ウィリアム・トレヴァー・コレクション

異国の出来事

Selected Short Stories Vol.3

ウィリアム・トレヴァー

栩木伸明【訳】

国書刊行会

異国の出来事　目次

異国の出来事

エスファハーンにて

In Isfahan

ふたりは至極偶然に、チャハールバーグ・ツアーズの二階のオフィスで出会った。ノーマントンが一階のオフィスを訪ねると少年が出てきて、二階で待って下さいと告げたのだ。ミニバスのエンジンに不具合が見つかったため、ツアーの開始まで少し掛かるという話だった。

二階のオフィスは営業所と言うよりちっぽけな待合室みたいな感じで、両側の壁を背にして椅子がいくつか置かれていた。椅子は簡素で、スチールパイプの骨組みに、フォームラバーを赤いビニールでくるんだ座面と背もたれがついた代物だ。カウンターの上のラックには、フランス語とドイツ語で書かれたエスファハーンの無料ガイドブックがたくさん挿してあり、シーラーズやペルセポリスを紹介する英語パンフレットもある。壁にはイラン政府観光局が刷った観光地のポスターがべたべたと貼ってある。ダマーヴァンド山、チャールース街道、イラン南部の伝統舞踊を踊るダンサーたち、棍棒を振り回す古式体操、ペルセポリスのアパダナ宮殿、エスファハーンの神学校。チャハールバーグ・ツアーズの料金と規約も掲示してある――**デラックスなマイクロバスにてツアーい**

たします。お一人様三七五リアル（五ドル）。フランス語及び英語によるガイドつき。マイクロバスはホテルまでお迎えに上がりますが、オフィスへ直接おいで下さってもかまいません。各施設入場料は料金に含まれております。ショッピング立ち寄りはなし。チャハールバーグ・ツアーズは素敵な旅をお約束いたします。

彼女はハンドバッグの上に広げたパンフレットを机代わりに、かがみ込むようにして、ボールペンでエアメールを書いていた。いかにも書きにくそうな姿勢だったが、本人は気にしていないように見えた。彼が部屋へ入ってきても顔を上げず、文章を吟味するために手を休めたりもせずに、一定のペースでペンを動かしていた。二階のオフィスには他に誰もいなかった。

彼はカウンターのラックからリーフレットを抜いてみた。フランス語で、〈エスファハーンはセルジューク朝とサファヴィー朝の首都です。それらふたつの王朝においてイフンのイスラム美術は絶頂期を迎えました〉と書かれていた。

「ツアーに参加するんですか？」

相手がイギリス人だとわかって驚いた彼は、振り返って彼女を見た。やせ形で、立ち上がっても背は高くなさそうだった。三十代で結婚指輪はしていない。顔色は青白く、丸い大きなサングラスを掛けているから目の表情はわからない。唇はぼってりと肉感的で、髪は黒くてやわらかそうだ。ピンクのドレスに白いハイヒールのサンダルを履いている。総じて垢抜けた感じには見えなかった。

一方、彼女は彼をひと目見て典型的なイギリス人だと思った。髪が白くなりかけた中年男。リネンのスーツを着て、リネンの帽子を手に持っている。顔じゅうに大小のしわが刻まれているが、目の周りと口元が特に目立つ。微笑むとしわがぐっと大きくなった。日焼けはしているものの、ふだんは太陽にさらされていない肌だ。イランへ来て一、二週間というところだろう、と彼女は判断した。

「ええ、参加するつもりです」と彼が答えた。「ミニバスに不具合があるようですよ」

「わたしたちふたりだけなのかしら？」

そんなことはないでしょう、と彼は答えた。ミニバスがホテルを巡回して、前もってチケットを買った客たちを次々に乗せていくのだから。彼は壁の掲示を指さした。

彼女がサングラスをはずした。すると、吸い込まれそうな目が現れた。美しい茶色の眼球に底知れない深さが宿り、とりたてて特徴のない顔の中で神秘的に輝いている。サングラスなしの顔はインド人のように見えた。唇と髪と両目が相まってそういう印象を与えたのだ。だが話すことばはまぎれもなくイギリス英語である。鼻に掛かるロンドンの下町なまり《コックニー》を隠そうとしているために耳障りに聞こえた。

「母に手紙を書いてたんです」と彼女が言った。

彼は彼女に微笑んでうなずいた。彼女はふたたびサングラスを掛け、エアメール専用の封筒兼用便せんの縁をすうっと舐めた。

「マイクロバス準備できました」階下から若い声が聞こえた。声の主は黒縁のメガネを掛け、真っ白な歯をした十五歳くらいの若者である。白いシャツの袖をきれいにまくりあげて、茶色いコットンパンツを履いている。「ツアー開始でございます」と若者が言った。「わたしガイド、ハーフィズです」

若者がふたりをミニバスへ案内した。「ふたりドイツ人ですか？」そう尋ねられたふたりがイギリス人だと答えると、ペルシアにはイギリス人はあまり来ません、と相手が言った。「アメリカ人」と彼が続けた。「フランス人。ドイツ人よく来ます」

ミニバスに乗り込むと、運転手が振り向いてふたりに微笑んだ。それからハーフィズにペルシア語で何か言い、声を上げて笑った。

「彼は冗談はじめます」とハーフィズが言った。「わたしに幸運祈ります。わたし今回がツアーはじめて。ごめんして下さい」彼は不安そうに唇を舐めまわしながら、リーフレットやガイドブックをぱらぱらめくった。

「アイリス・スミスといいます」と彼女が言った。

ノーマントンです、と彼も名乗った。


ミニバスはエスファハーンの青い町を走った。丸屋根《ドーム》や尖塔《ミナレット》の数々を見ながらチャハールバーグ大通りのみやげ物屋街を通っていくと、あらゆるものの表面が青いモザイクで飾られており、タクシーまでみな青色だった。地面が乾ききっているので木々や草地が貴重に見えた。空が青白いのは気温が上がる前触れだった。

ミニバスはパークホテルとインターコンチネンタルに立ち寄り、ノーマントンが宿泊しているシャー・アッバースにも寄った。アイリス・スミスは、テヘラン空港で安くて清潔だと聞いたオールド・アトランティックに泊まっていたが、そのホテルにはミニバスは立ち寄らなかった。車内にはフランス人のグループと、日焼けして困っているドイツ人のカップルと、健康そうな顔をしたアメリカ人の娘たちが乗り込んできた。ハーフィズは、外国語はこれしかできないと弁解しながら、英語でしゃべり続けた。「レーディス、ジェントルメン、わたしはテヘランからやってきました学生です」彼は誇らしげに自己紹介した後でつけくわえた。「わたしエスファハーンのこと、よく知りません」

フランス人グループのリーダーは不機嫌そうな男で、ノーマントンの見るところおそらく大学教授である。その男はすでに、ガイドがフランス語を話さないので苦情を口に出していた。今また、若者がエスファハーンのことをよく知らないと告白したので、看板に偽りありだと文句を言いはじめた。

「いえ、いえ」とハーフィズが返答した。「わたしのせいでは、ないのでございます。わたしは貧しいペルシアの学生です。昨晩、わたし、エスファハーンに生まれてはじめて到着しました。わが父は今まで、わたしをエスファハーンにつかわすこと不可能でございました」そう言って彼は不機嫌なフランス人に微笑みかけた。「ですからお聞き下さい、レーディス、ジェントルメン。今朝、わたしたち、ハッピーなツアーはじめます。たくさんの興味深いスポット探訪します」若者の顔にまた微笑みが光った。それから彼は、イラン航空の英語のリーフレットを読み上げはじめた。「**エスファハーンはイスラム化されたペルシアの白眉ですが、その創建は少なくとも二千年前にさかのぼります！**　さて、レーディス、ジェントルメン、チェヘルソトゥーン庭園に到着でございます。この迎賓館は叙情的な美の殿堂で、アッバース二世が賓客の方々をおもてなしした「四十の柱」の宮殿でございます。どなたさまもマイクロバスをお降り願います」

ノーマントンはひとりで、宮殿の「四十の柱」の間を歩き回った。アメリカ娘たちはパチパチ写真を撮り、ドイツ人のカップルも同じように写真を撮った。フランス人グループのひとりは８ミリカメラを回していた。ただし動くものと言えば、観光客たちとガイドしかいなかった。ノーマントンは、アイリス・スミスと名乗ったあの娘は場違いな感じがすると思った。ハイヒールのサンダルを履いた彼女の足元がなんとなく頼りなかった。

「マスジェデ・シャー〔王のモスク〕へ行きますよ」とハーフィズが叫び、手を叩いてツアー参加者を呼び集めた。不機嫌なフランス人はあいかわらず、チェヘルソトゥーン庭園の見学は時間の無駄だったと文句を言っていたが、ハーフィズは彼に向かって微笑んでみせた。

「**マスジェデ・シャーは**」ミニバスが動き出すと、彼がふたたびリーフレットの文章を読み上げはじめた。「**十七世紀初頭にアッバース一世が建立した、最も顕著にして強い印象を与えるモスクです**」

ところが、ミニバスがマスジェデ・シャーの前まで来て止まると、かんじんのモスクは修復工事中のため一般公開を中止していた。残念ながら、マスジェデ・シェイク・ロトフォラー〔王族専用モスク〕はあきらめるほかなかった。

「それでは、じゅうたん織るところ見に向かいます」ハーフィズはそう言いながら微笑みを浮かべ、抗議するフランス人教授にたいして首を振ってみせた。

カメラを持った参加者たちが、作業している織り子たちをさまざまな角度から撮影した。織り子はさまざまな年齢の女性たちで、エスファハーン特産の輸出用ペルシャじゅうたんをかなり速い速度で織っているところだった。「ちょとここ見て下さい」ハーフィズが、故ケネディ大統領の目鼻立ちが織り出されたじゅうたんを指さして言った。「この技術どぞご覧下さい、レーディス、ジェントルメン」

走るミニバスの中でハーフィズは、まもなくマスジェデ・ジャーメ〔金曜モスク〕に到着すると言った。彼はその少し前に、九世紀から十八世紀のペルシア建築を紹介したリーフレットを手に取って、「**エスファハーンにおける最古最大のモスクです**」と読み上げていた。「**必見です！　細道に尖塔《ミナレット》の数々！**　どなたさまもマイクロバスをお降りください。レーディス、ジェントルメン。一時間後、マイクロバスへどぞお戻りください」

　これを聞いたフランス人のグループからがやがやと声が上がった。このツアーは添乗員同行で、見どころは解説付きだったはずでしょ。だって三七五リアルもしたんだから、と。

「オーケー、レーディス、ジェントルメン」とハーフィズが言った。「情報必要なレーディス、ジェントルメンはわたしのところへおいでください。そうでないレーディス、ジェントルメンは一時間後にマイクロバスへお戻りください」

　金曜モスクで一時間の自由時間とは少々長すぎた。ノーマントンはモスクを出て、混雑した埃っぽい細道を通って市が開かれている広場へ行った。手紙の代書人が何人か、客を待ちくたびれて、腰掛けに座ったまま居眠りしている。暑く明るい日射しの中で、農産物を持ってきた農夫たちは、抜け目のない小売り商人と値段の駆け引きの最中だ。職人たちが地面にしゃがみ込んで靴をこしらえている。木陰の木の椅子に腰掛けて、ひとりの男がひげを剃ってもらっている。他の男たちはシャーベット水を飲みながら、気温に負けないくらいの激論を戦わせているところ。ヴェールをかぶった女たちが肉屋の店先で内臓を指でつついたり、米をちょっとさわったりした後、そそくさと歩いて行く。

「あら、観光ルートからはずれた場所にいらっしゃるのね、ミスター・ノーマントン」

白いハイヒールのサンダルが砂埃にまみれていた。しかも彼女は疲れて見えた。

「あなたも」と彼が言った。

「ちょうどいいところでお会いしたわ。あのドレスの値段を聞いてみようと思ってたところなんです」

一軒の店にだらりとぶら下がっているドレスを彼女が指さした。このあたりの国では、女ひとりで出歩いているときにはものの値段を尋ねることさえままならなくて、と彼女が説明した。ボンベイに住んでいるのでそういう約束事はよくわかるんです。

ノーマントンが店主にドレスの値段を尋ねた。安いな、と彼は思ったが、彼女にとっては高すぎるようだった。値引きしますと言いながら、店主がふたりの後をついてきた。他にもいろいろありますよ、バッグやペルシア更紗、象牙板に描いた細密画、どれも見事な細工で格安値段よ、と売り込んでくる相手に、ノーマントンはもういいよと言った。

「ボンベイに住んでいるんですか？」このひとはロンドンで育ったインド人か、さもなくばインド人との混血なのか、と考えながら彼が尋ねた。

「ええ、ボンベイに住んでます。イングランドにもときどき住んでます」

この返答は、アイリス・スミス本人の印象とはおよそかけはなれていた。豪奢と美、上流の生活様式と富を暗示するセリフだったからだ。

「ボンベイには行ったことがありません」と彼が言った。

「普通に暮らせるところですよ。社交生活は悪くないわ」

ふたりは金曜モスクまで戻ってきた。

「全部以前に見たことがあるんですね？」前方を指し示しながら彼が言った。

彼女はイエスと答えたが、彼が受けた印象では、モスクを好んで見て回るタイプではなさそうだった。彼女がどんな興味を抱いてエスファハーンへやってきたのか、彼には見当がつかなかった。

「旅が好きなの」と彼女が言った。

フランス人のグループは、8ミリカメラを持った男を除いて全員がミニバスへ戻ってきていた。かれらは大きな声で、チャハールバーグ・ツアーズとハーフィズへの不平不満を語り合っていた。ドイツ人のカップルも戻ってきた。野外を歩き回ったせいで、日焼けした肌のピンクがいっそう濃くなっている。ハーフィズはアメリカ娘たちと一緒に戻ってきた。声を上げて笑い、娘たちとなれなれしくしはじめているように見えた。

「それではいざ」彼が車内で話しはじめた。「揺れる尖塔《シェイキング・ミナレット》へまいりましょう。**揺らすことができる二本のミナレットは**」とまたリーフレットを読みはじめた。「**エスファハーンの郊外八キロにあります**。たいへん有名でございます。レーディス、ジェントルメン、たいへん不思議でございます」

運転手がバスを発進させた。するとフランス人のグループが、8ミリカメラの男がまだ戻ってきていないと言って、けたたましい声で抗議した。「彼はどこへ行ったの？《ウ・エ・ス・キ・レ》」と赤い服の女性が叫んだ。

「ペルシアのジョークを話します」とハーフィズがアメリカ娘たちに言った。「ペルシア人の学生がパーティーに行きました――」

「たいへんだわ！《アトンシヨン》」と赤い服の女性が叫んだ。

「ばか者！《アンベシル》」教授らしき男性がハーフィズにどなった。

ハーフィズは女性と教授に向かって微笑んだ。何を騒いでいるのかわからないとつぶやくハーフィズに向かって、ふたりは叫び続けた。ハーフィズはメガネをゆっくり外して、レンズについた細かい埃を拭き取った。「さて、ペルシア人の学生がパーティーに行きました」彼が今一度話をはじめた。

「乗り遅れたお客さんがいるんだよ」ノーマントンが言った。「ほらあの、8ミリカメラを持ってるひと」

ミニバスの運転手が声を上げて笑った。自分が犯した間違いにようやく気づいたハーフィズも同じように笑った。アメリカ娘たちの隣に座った彼は、自分の膝をこぶしで叩き、真っ白い歯をむき出して、気がゆるんだ大笑いを見せた。運転手はクラクションをひとつ鳴らして、ミニバスを方向転換した。「悪いひと！」フランス人の男がバスに乗り込んできたとき、ハーフィズはふたたび笑いながらそう言った。「おや、おや、おや」彼が大声でそう続けると、運転手とアメリカ娘たちも声を上げて笑った。

「頭がおかしいよ《イレ・フゥ》」フランス人グループのひとりが不機嫌そうにつぶやいた。「信じられない《アンクロワイヤーブル》！」

ノーマントンがミニバス内を見渡すと、アイリス・スミスは、外国人どうしのかみ合わない感情表現をおもしろがって、すでにこちらを見ていた。彼が微笑んでみせると相手も笑みを返してきた。

ハーフィズが入場料を支払い、男性ツアー客ふたりに頼んで揺れる尖塔《シェイキング・ミナレット》に登ってもらい、塔を揺らした。例のフランス人が8ミリカメラで揺れる塔を撮影した。ハーフィズは、神秘主義者の霊廟がすぐ近くにあると皆に知らせた。さらに今皆が立っている屋上からの眺望に注意を引き、その眺望を讃えたリーフレットの一節をゆっくり読み上げた。その後ハーフィズは、アメリカ娘たちにジョークの続きを語り出した。「学生はそのパーティーで美しい娘に出会いまして、彼女の胸についているヒコーキを見つめました。『なぜわたしのヒコーキを見つめますか？』と娘が言います。『あなた、わたしのヒコーキ気に入りましたか？』学生は、『いいえ、わたしが気に入ったのはヒコーキではありません』と答えます。『わたしが気に入ったのはヒコーキが留まっている飛行場のほうですよ』これがペルシアのジョークです」

　揺れる尖塔《シェイキング・ミナレット》のある屋上は非常に暑かった。ノーマントンはリネン帽子をかぶっていた。アイリス・スミスは黒いシフォンのスカーフを頭に巻いていた。

「これから営業所に戻ります」とハーフィズが言った。「午後はヴァーンク教会へまいります。珍しい拝火教寺院も訪ねます」彼はまたリーフレットを参照した。「アルメニア博物館。**ここでは、古写本と絵画の優れたコレクションを見ることができます**」

　マイクロバスがチャハールバーグ・ツアーズの営業所の前に停まると、ハーフィズが、どなたさまも中へお入り下さいと言った。彼が先に立ち、一階のオフィスを通って二階のオフィスへ上がった。お茶が供された。ハーフィズが、バスケットに入れたお茶菓子を一同に回した。個別包装された地元製のキャンディーで、とても珍しい味がしますと彼が言った。チャハールバーグ・ツアーズのお偉方らしい、薄手のスーツを着た数人の男たちも一緒にお茶を飲んだ。フランス人の教授が、ツアーの内容が物足りないと苦情を述べると、男たちはにっこり微笑みながらフランス語も英語もわからないふりをした。教授が話す言語を切り替えたとき、かれらは変化に気づいたことをおくびにも出さなかったが、ノーマントンの見るところでは、英語もフランス語も堪能に違いない。

「午後のツアーにも参加するんですか？」ノーマントンがアイリス・スミスに尋ねた。「ヴァーンク教会とアルメニア博物館。神学校へも行くはずです。じつはこれがどこよりも美しいのです。ここへ行かないツアーはありません」

「このツアーには以前にも参加したことがあるんですか？」

「いえ、歩いたんです。エスファハーンのことを知らなくちゃならないんで」

「それならどうして――」

「ツアーに参加するのは無駄じゃないんですよ。それなりの価値はいつだってある。第一に、他の参加者がいるのがおもしろい」

「わたし、午後は休もうと思っています」

「神学校はすぐ見つかりますよ。シャー・アッバース・ホテルから近いところにあるんです」

「あなたが泊まっていらっしゃるホテルね？」

「そう」

アイリス・スミスはノーマントンに好奇心をそそられていた。サングラスを外していたので、ノーマントンは彼女の瞳を見てそれがわかった。だが彼は、彼女の見た目と同じくらい、自分の外見が他人の好奇心をかきたてているとは思いも寄らなかった。

「きれいなところなんですってね」とアイリス・スミスが言った。「あのホテル」

「そう、美しいですよ」

「エスファハーンでは何もかもが美しいと思うわ」

「ここには長期滞在されるんですか？」

「明日の朝まで。五時のバスでテヘランへ戻るの。昨夜来たばかりなのに」

「ロンドンから？」

「そう」

お茶の時間は終わった。薄手のスーツを着た男たちが会釈をした。ハーフィズはアメリカ娘たちに、午後もまたお会いできるのを楽しみにしています、集合時間は二時ですよと告げた。さらに、夜も予定がなかったらまた会いましょう、と全員に笑顔を振りまいた。それから今一度、素敵なツアーの続きは二時からですよと告げ、知りたい情報があれば何でも喜んでお教えしますとつけくわえた。

ノーマントンはアイリス・スミスにさよならのあいさつをした。そして自分も、午後のツアーには参加しないつもりだと言った。口には出さなかったものの、今朝のツアーの参加者たちと一緒に過ごす午後が楽しくなるとは思えなかったからだ。8ミリカメラを持ったフランス人の男がまた置き去りにされるのは見たくなかったし、教授の不機嫌とハーフィズのカタコト英語の衝突にこれ以上つきあわされるのはうんざりだった。

ノーマントンは彼女に、神学校は見ておいたほうがいいと念を押した。すぐ脇に観光客向けのバザールがあって服もたくさん売っているので、気に入ったドレスが見つかるでしょう。ただし値段は少し高めかも知れない、と。彼女はうなずいた。掘り出し物には目がないのだ。

彼はシャー・アッバースまで歩いて帰った。そして、アイリス・スミスのことを忘れた。

彼女は軽い睡眠薬を飲んで、オールド・アトランティックのベッドに横になった。目が覚めると七時十五分前だった。

カーテンを引いた部屋は真っ暗である。ピンクのドレスは脱いで掛けておいた。ペチコート姿で横になってうとうとしたまま、見えない天井を眺めた。眠る前、少しのあいだ眺めたときには、ひび割れや塗料の剝がれを目でたどった。カーテンは引いてあっても、あのときはまだ十分明るかったのだ。

彼女はベッドから起き上がり、窓から外を見た。たそがれどきの光は明るい午後の光とはまったく異質な感じがする。昨晩、真夜中に到着したときも今とはまったく別世界だった。どこもかしこも真っ暗闇で、イスファハーン全体が静まりかえっていた。

今は静かどころではない。ホテルの前で渋滞に巻き込まれた青いタクシーの群れがエンジンをふかしている。観光客たちはさまざまな言語でおしゃべりしている。歩道には午後の学校が引けた子どもたちがわいわい騒ぐ声。交通係の警官が吹き鳴らす笛の音も聞こえた。

薄明の中でネオン灯がまたたいている。遠くに神学校の彩飾された大ドームが見える。丸々とふくれた青くて巨大な宝石が万物を支配しているかのようだ。

彼女は顔を洗い、スーツケースを開けて、母親がこしらえてくれた黒と白のドレスと、そのドレスに似合うフリルつきの黒いショールを取り出して着た。それからクリネックス・ティシューで、ハイヒールのサンダルについた砂埃を拭いた。夜の散歩にふさわしい、別の靴を履くに越したことはなかったのだが、スーツケースの中味をこれ以上広げたくなかったし、どうせ誰も気づきやしないとも思っていた。ここ数ヶ月しつこい咳に悩まされていて、とくに夜分ひどくなるので薬を飲む。いつものことだ。イングランドへ帰ると咳が出るようになる。

彼はホテルの部屋で、イラン国王が外交交渉のためにモスクワを訪問しているという記事を読んだ。それから目を閉じて新聞がじゅうたんの床へ落ちるにまかせた。

七時になったら階下へ行き、バーのスツールに腰掛けて、観光客のグループを観察するつもりである。バーのスタッフとはもう顔見知りだ。彼がバーへ顔を見せるやいなや、バーマンのひとりが指を一本立ててうなずく。そうしてすぐに、砕いた氷入りのウォッカ・ライムが運ばれてくる。「よい一日でしたか?」どのバーマンも決まってそう尋ねた。

午前中のツアーに参加した後、彼はチキンサンドイッチを食べ、十マイルほど歩き回った。くたびれて部屋に戻り、バスタブに身を横たえて暖かいお湯の感触を楽しんでいるうちに、ついうとうとした。ふと気がつくとお湯が冷えていてぞくっとした。彼はベッドでゆっくり体を伸ばしてから、昼間とは違うリネンのスーツにのろのろと着替えた。

シャー・アッバース・ホテルの彼の部屋はすべてが巨大だった。バルコニーがあり、丸屋根《ドーム》や尖塔《ミナレット》が写った写真を大きく引き伸ばしたのが掛かっていて、ダブルベッドはナイトクラブのダンスフロアにできるほど大きかった。ベッドを見た瞬間から、〈ダンスフロアにできるほど大きい〉という観念が頭にこびりついて離れなくなった。部屋そのものは、かなり大人数の家族が住めるくらい広かった。

彼は七時に階下へ行った。エレベーターが嫌いなので階段で下りた。高級ホテルの中を歩くのは気分がよかった。ロビーに、四十人ほどのスイス人の団体が到着している。彼は一本の柱を背にたたずんで、その団体をしばらく観察した。リーダーがチェックインをしている間に、ポーターたちがエアポートバスから荷物を下ろしている。荷物の無事を確認したスイス人たちはほっとしているように見えた。このひとたちは皆考古学者で、ジュネーブの学会が主催する団体旅行でやってきたに違いない、とノーマントンは推測した。バーへすぐ行くのはやめにして、たそがれどきの町へ出てみた。

ふたりは観光客向けのバザールで再会した。彼女の戦利品はブローチと四角いペルシャ更紗と、粗布製の買い物袋だった。彼女の姿を見つけたとき、彼は、彼女がここにいるかも知れないと思ってバザールに足が向いたのだと気がついた。ふたりは並んで歩きながら、馬上球技の場面が象牙板にさまざまに表現された細密画の値段を見比べた。彼が彼女に会いたいと思ったのは単なる好奇心のせいで、他意はなかった。

「神学校は閉まってました」と彼女が言った。

「入れますよ」

彼は彼女をバザールから連れ出して、神学校の入り口にあるベルを鳴らした。それから門番に二、三リアル渡して長居はしないからと告げた。

彼女はその場所の静寂さに心を打たれた。開放的な中庭には物音ひとつなく、青いモザイクの壁と青い水だけがあって、男たちが無言の祈りを捧げていた。彼女はその空間を天の洞穴と表現した。そしてふいに耳に飛び込んできた物音を、ナイチンゲールの鳴き声だと思った。彼は、ナイチンゲールで有名なのはシーラーズだけれど、ここでも鳴いているかも知れないと話した。「ワインとバラとナイチンゲールと」彼女が喜ぶだろうと思って彼が詩の一節を暗誦した。シーラーズもきれいだったけれどエスファハーンには及ばない。ここの中庭の芝生はよその芝生とは全然違う、と彼女が言った。敷石も水の青さもとても特別です。青は神聖な色。ここでは神聖さを直に感じ取ることができるわ。

「タージマハルよりもすばらしい。まさに魔法そのもの」

「よかったら一杯いかがです、ミス・スミス？　シャー・アッバース・ホテルの魔法もお目に掛けますよ」

「ご一緒したいわ」

彼女はサングラスを掛けていなかった。鼻に掛かる発音は相変わらず耳障りだったが、左右の瞳は日中見たときよりも一層まばゆかった。誤解されるのがいやなので、神学校の建築と同じくらいあなたの瞳は美しいと口に出せないのがもどかしかった。

「何にしますか？」ホテルのバーで彼が尋ねた。周囲の席に腰掛けているのは皆スイス人で、フランス語のおしゃべりが聞こえてくる。昨日の晩見かけた、テキサスの石油企業家とその妻たちのグループが今晩も同じ場所に陣取っている。チャハールバーグのツアーに参加していた、日焼けしたドイツ人カップルが、他のドイツ人たちと一緒に飲んでいる。

「ウイスキーをいただきます」と彼女が言った。「ソーダ割りで。あなたはとても親切な方ね」

飲み物が届いたところで、ホテルを案内しますよと彼が誘った。飲み物は持っていけばいい。

「わたしがハーフィズ君の役を引き受けましょう」

彼女は大理石貼りの廊下に息を呑み、どこまでも続く壁面のモザイクを指でなで、じゅうたんのけばにハイヒールを沈ませながら、いちいち驚嘆の声を上げるので、ガイドのしがいがあった。魔法の国に来たみたい、と彼女が言った。青と赤のモザイクに混じって金と鏡ガラスがきらめいていて、家具も階段もシャンデリアもぴかぴかなんだもの。

「ここが私の部屋です」磨き上げられたマホガニーの扉に鍵を差し入れて回しながら彼が告げた。

「あらまあ！」

「おかけ下さい、ミス・スミス」

ふたりは腰を下ろしてウイスキー・ソーダを飲みながら、部屋のことをあれこれ話した。彼女はバルコニーへ出て、また戻ってきて腰を下ろした。そして少し震えながら、ずいぶん冷え込んできたわと言った。彼女は咳をした。

「風邪ですか？」

「イングランドへ行くといつも風邪をひくんです」

ふたりはガラスの天板がついたテーブルをはさんで、濃い色のツイードを張ったアームチェアに腰掛けていた。メイドがすでに部屋に入り、ベッドの上掛けの角を折り返してある。枕の上にはパジャマが置いてある。

ハーフィズ、不機嫌な教授、8ミリカメラのフランス人など、ふたりはツアーで出会ったひとびとの話をした。彼女は、ハーフィズがアメリカ娘たちと一緒に観光客向けのバザールの喫茶店《チャイハネ》にいるのを目撃していた。他方彼は、例のミニバスが午後エンコしているのを見た。アルメニア博物館の前で、運転手とハーフィズがエンジンのプラグを調べていたのだ。

「母はきっとあそこが気に入るわ」彼女が言った。

「神学校ですか？」

「母ならあの場所のオーラを感じ取れると思う。神聖さも」

「お母様はイングランドに？」

「ボーンマスです」

「そしてあなた自身は――」

「休暇で母のところへ戻っていたんです。六週間のつもりが一年間も居続けてしまったの。夫はボンベイにいます」

彼は間違えたかなと思って、彼女の左手の指をちらりと見た。

「結婚指輪ははずしているんです。ボンベイに帰ったらまたつけるわ」

「食事をしませんか？」

彼女は躊躇した。首を横に振りかけてから気が変わったように、「ほんとにいいんですか？」と尋ねた。「このホテルでお食事？」

「内装にくらべると味はいまひとつですが」

彼がこんなことを言い出したのは、彼女とふたりきりでこの巨大なベッドルームにいるのが気詰まりになったからだ。彼女にいろいろ見せて回るのは楽しかったけれど、誤解されたくはなかった。

「階下へ行きましょう」と彼が言った。

ふたりはバーでもう一杯飲んだ。スイス人のグループはすでに去り、ドイツ人たちもいなくなっていた。テキサスの連中はさっきよりも騒々しくなっている。「これ、おかわり」ふたりのグラスに指で触れながら、彼がバーマンに言った。

彼女はボーンマスで一年間、速記タイピストとして働いたと語った。結婚前、母親とロンドンでふたり暮らしをしていたときにも同じ仕事をしていたのだという。「結婚後の名前はミセス・アザンといいます」と彼女が言った。

「はじめて会ったとき、インド人の雰囲気があるなと思った」

「インド人と結婚したせいでインドっぽくなったんじゃないかしら」

「でも生粋のイギリス人？」

「ずっと前から東洋に惹かれていました。霊的な親近感っていうのかな」

彼女と話していると、安っぽい恋愛小説を読んでいるような気分になった。話の中身、彼女の声、場違いなサンダル、夜気に当たるには寒すぎる薄着――それらすべてが釣り合っているのにたいして、例の瞳だけがやはりちぐはぐだった。彼女が自分のことを語れば語るほど、目だけがよけいに別人のもののように思われた。

「夫を尊敬しています」と彼女が言った。「とてもいいひとで、頭もすごくいいの。わたしより二十二歳年上です」

バーで飲みながら、彼女は大いに語った。口には出さなかったものの結婚は金目当てだったらしい。ぼかしてはいたけれど、夫を尊敬していると語る口ぶりから推して、夫婦関係がうまくいっていないのもわかった。原因のひとつは、彼女が子どもを産めない体だからだ。結婚した当初は夫婦ともそれに気づいていなかった。ところが事実がはっきりすると、夫が腹を立てた。彼女は彼女で、夫が見かけほど裕福でないのを知って憤りを感じた。ふたりはロンドンのリージェントパレスホテルで偶然出会った。彼女が別の人物と待ち合わせしていたとき、夫になる男が目の前に現れたのだが、そのとき彼は家具の製造販売をしていると自己紹介した。その自己紹介は嘘ではなかった。ところが彼は、事業が傾いていることは黙っていたのである。新婚初夜、夫に体を触られて嫌悪感を覚え、彼女は戸惑った。問題は他にもあった。ボンベイのベランダつき平屋住宅《バンガロー》には彼女と夫だけでなく、夫の母親とおば、夫の弟、さらには会社の業務管理をしている男まで同居することになるとわかったのだ。大家族で暮らすのに慣れていない娘にとって、バンガローは快適な住環境からほど遠かった。

「そうとう難しそうですね」

「ときどきね」

「彼はあなたの顔かたちがどことなくインドっぽいせいで結婚したのでしょうね。その他の点ではインドとは正反対なところがたくさんあるのに。第一、肌の色は淡くてイギリス人だし、あなたの——その——声だってイギリス人そのものですよ」

「わたし、ボンベイで話し方教室を開いてるんです」

彼は驚きのあまり目を見張った。だが次の瞬間、無礼な表情が顔に出なかったか心配になって、無理やり微笑んで見せた。

「クラブへやってくるインドの女性たちが生徒」と彼女は続けた。「夫とわたしはクラブのメンバーなんです。ボンベイ暮らしの最良の部分がクラブね。社交生活は悪くないの」

「あなたがボンベイに暮らしているのを想像するとなんだか奇妙な感じがします」

「戻るのはやめようかとも思ったの。母とずっと暮らしていこうかって。でももうイングランドにはほとんど何もないので」

「イングランドも捨てたものじゃないと思いますが」

「きっとそうでしょうね」彼女はまた咳き込んで、ハンドバッグから薬を取り出し、ウイスキーに少し垂らした。それを一口飲んでから、おしとやかでなくてごめんなさいとつぶやいた。クラブでこんなことをしたら、みんなが眉をひそめるわ。

「カーディガンをはおったほうがよさそうですね」彼はバーマンに合図して、飲み物のお代わりを注文した。

「酔っちゃいそう」彼女はくすくす笑いながらそう言った。

好奇心にとらわれたのも無理はないと彼は思った。彼女の話は奇妙奇天烈なのだ。彼は、クラブのインド人女性たちが、彼女の鼻に掛かった抑揚を真似て英語を話し、歪んだ音を出すために唇をひんまげたり、お手本通りに〈h〉の音をわざと落としたりしているさまを想像した。さらに彼女が、裕福でないことが判明した年配の夫と、夫の親戚たちと、夫の会社の業務管理をしている男と一緒に、バンガローに暮らしている様子も思い描いた。要するにこれはちっぽけでひねくれたおとぎ話だった。プリンスでないプリンスに出会い、四輪馬車が氷のように冷たいカボチャに変わってしまったシンデレラの物語なのだ。彼の好奇心を心配が脅かした。そしてふたたび、彼女がどうしてエスファハーンへ来たのかを考えはじめた。

「ディナーを食べましょう」かすかに気が急いた声で彼が言った。

ところがミセス・アザンはまばゆい瞳で彼を見つめながら、ものは食べられないのだと言った。

このひとはきっと結婚していると彼女は推測した。よく笑うし、楽天的に見えるけれど、顔のしわには苦悩が滲んでいる。大病でも患ったことがあるのかしら。部屋に招かれたとき、彼女は腰掛けたまま、このひとはわたしを誘惑するつもりかしらと考えた。そういうことをするタイプの男にはいささか心覚えがあったが、彼はその類いではない気がした。だって魅力的すぎる。物腰に品があるし、感じが良すぎると思った。

「あなたがお食事するのを眺めているから大丈夫です」と彼女が言った。「お腹が空いていらっしゃるなら遠慮しないで。わたしにつきあって食事を抜くなんてことになったら困ってしまうもの」

「そうですか。じつは腹ぺこなんですよ」

こういうセリフを口に出すときにはつい微笑むので唇が湾曲した。彼女は、彼が建築士ではないかと想像していた。エスファハーンへ行こうと思い立ったときからずっと、それが単なる思いつきではないのに気づいていた。彼女は常日頃から運命論者だった。

ふたりは連れ立ってレストランへ行った。このホテルの他の施設同様、レストランも巨大で、各テーブルに置かれたオイルランプがぼんやり輝いていた。彼女は、彼がウェイターに、自分の連れは食事をとりませんと述べた口調が素敵だと思った。彼は自分自身のためにチキンケバブとサラダを注文した。

「ワインを少しいかがです？」つい今しがたと同じ微笑みを浮かべて彼が言った。「ペルシアのワインはとてもおいしいですよ」

「一杯いただきたいわ」

彼はワインをオーダーした。彼女が言った――

「あなたはいつもひとり旅なの？」

「そうです」

「でも結婚しているのでしょう？」

「していますよ」

「奥さんは家にこもるタイプなのね」

「そうです」

彼女は、彼がミッドハーストの近郊か、セブンオークあたりの村に住んでいる様子を夢想した。奥さんは頭がよくて庭いじりが得意で、公共心に富む女性だろう。少々目方はありそうだけれど魅力的な彼の奥さんが、スイートピーを刈り取っているところをありありと想像した。

「あなた自身のことは何も話してくださらないのね」と彼女が言った。

「話すことなんてほとんどないからですよ。残念ながら、あなたのような物語はないんです」

「どうしてエスファハーンへいらしたの？」

「休暇です」

「いつもおひとりなの？」

「ひとりが好きなんです。ホテルも好きです。人間観察をして歩き回るのが好きなんですよ」

「わたしと同じ。あなたも旅がお好きなのね」

「大好きです」

「あなたが村のご自宅で暮らしているところが目に浮かぶようだわ。ロンドンの近くの州でしょ？」

「鋭い眼力です」

「あなたの奥さんもはっきり見えます」彼女は目方うんぬんのところだけ省いて、自分が想像した奥さんの姿を語った。彼はうなずいた。そしていつものように微笑んで、「あなたには透視力がありますよ」と返した。

「霊能力があるってときどき言われるんです。あなたにお会いできてうれしいわ」

「こちらこそとてもうれしい。あなたがしてくれたような話はめったに聞けるものじゃありません」

「本当の話。嘘はひとことも混じっていません」

「もちろんわかっています」

「あなたは建築家？」

「驚くべき推理力です」と彼が言った。

彼は食事を食べ終え、ふたりでワインを一本空けた。それからコーヒーを飲んだ。彼女はコーヒーをお代わりしてよいか彼に尋ねた。スイス人のグループはもういなかった。ドイツ人のカップルとかれらが知り合ったひとびとも帰ってしまった。コーヒーのおかわりを、とミセス・アザンが言ったとき、テキサスから来たグループも席を立つところだった。他のテーブルにはもう客はいなかった。

「もちろん」と彼が言った。

彼は、彼女がそろそろ帰ってくれないものかと思った。ふたりは一夕をともに過ごした。彼女の耳障りな声と美しい目を、彼は長く忘れないだろう。不愉快な展開を見せた彼女のおとぎ話も容易には忘れるまい。だがそれはそれ、夜はもう終わりだった。

コーヒーのお代わりを持ってきたウェイターは仕事に疲れ果てているように見えた。

「あの」と彼女が言った。「もうちょっとだけ飲みません？　タバコは売っているかしら？」

彼はブランデーを、彼女はまたウイスキーを注文した。ウェイターが彼女にアメリカのタバコを持ってきた。

「本当はボンベイには帰りたくないの」と彼女が言った。

「お気の毒です」

「ずっといつまでもエスファハーンにいられたらいいのに」

「でもとても退屈なんじゃないかな。クラブもないし。イギリス人が楽しめる社交生活のたぐいは、この町にはなさそうですよ」

「人づきあいだけはしたいわ」彼女は肉感的な唇をぐっと広げて微笑んだ。「父はレジ係をしていたんです」と彼女が言った。「生協の店舗で。考えられないでしょう？」

「思ってもみませんでした」と彼は嘘をついた。

「わたしの小さな秘密なの。クラブの女性陣や、夫の母親や、彼のおばにこんなこと話したら、みんな卒倒するわ。夫にさえ話してないんだから。これは母とわたしだけの秘密」

「わかりました」

「あなたにだけは話しちゃったけど」

「行きずりの人間になら秘密を話せますね」

「どうしてあなたに秘密を話したと思う？」

「わたしたちは夜分にすれ違った船同士みたいなものだから」

「あなたは思いやりがあるひとだからよ」

ウェイターが近くをうろうろして、テーブルのそばまでやってきた。バーなら客がいるかぎり開いているし、多種多様な酒もある。ウェイターは手際よくコーヒーポットとふたりのカップを下げていった。

「マジシャンみたい」と彼女が言った。「エスファハーンではすべてが魔法だわ」

「ここに来られて幸せそうですね」

「だってあなたに会えたもの」

彼は立ち上がったが、彼女がハンドバッグをテーブルに置き、その上にフリルが着いた黒いショールをかぶせたまま腰掛けていたので、少しのあいだ突っ立って待つ恰好になった。彼女はウイスキーを飲み残していた。彼は彼女が飲みたい分だけさっと飲むか、そのままグラスを置いたままにするかしてくれればいい、と思った。ところが彼女はグラスを持って立ち上がり、彼と一緒にレストランを出た。彼女は空いた方の手を彼の腕にからめた。

「階下にディスコがあるのね」と彼女が言った。

「いやあ、ディスコはちょっと」

「わたしもなの。わたしたちのバーへ行きましょう」

彼女は自分のグラスを彼に手渡して、すぐ戻りますとつぶやいた。そして、飲みかけのグラスがあるにもかかわらず、ウイスキーのソーダ割り、氷無しで、と言い残した。

バーは、バーマンがぽつんといるだけでがらんとしていた。ノーマントンはブランデーを注文し、ミセス・アザンのためにウイスキーを注文した。彼は、安っぽいドレスを着てサングラスで瞳を隠した、アイリス・スミスとしての彼女のほうがずっといいと思った。ミスター・アザンと結婚して話の種をこしらえさえしなければ、彼女はどこにでもいるタイピストだったのだ。

彼女は戻ってきて腰を下ろし、「いろいろあるけど、まあ悪くないの」とつぶやいた。「夫がああいうことを求めはするし、バンガローには女のひとたちと夫の弟と、会社の業務管理をしているひとまで住んでいるとはいえ、まあ悪くない暮らしなんです。わたしがイギリス人なので、みんなから白い目で見られてはいるけれど。とくに夫のお母さんとおばさんがね。でも夫本人はわたしのことを認めているの。わたしにぞっこんだから。会社の業務管理をしているひとは、わたしがなに人だろうが関係ないみたい。飼ってる犬たちも気に留めてないわね。わかります？　何があっても自分にぞっこんなひとがいてくれるってのは悪くない。クラブがあるから人づきあいだってできるし。先立つものには不自由してるけど、女にとってはイングランドより住みやすいところだわ。第一、召使いたちだっているんだもの」

ウイスキーのせいで彼女のものの言い方が変化してきた。一時間前なら、「ああいうことを求める」とか「先立つもの」などとわざわざ言いはしなかっただろう。婉曲なことば遣いをしているにもかかわらず、鼻に掛かったなまりが抜けなくて、すぐにお里が知れてしまうところが奇妙だった。

「でも、ご主人を愛してはおられないんですね」

「夫のことは尊敬してます。主人とああいうことをするのが嫌なだけなの。本当に嫌。一瞬たりとも夫を愛したことはないわ」

ご主人を愛しておられないんですねなどと言ったのを、彼は後悔した。つい口が滑ってしまったのだが、望みもしない方向へ会話が動いていきそうなので、後悔によけい拍車が掛かった。

「旅から帰ったら、きっと万事うまくいきますよ」

「帰る先がどんなだかはわかっているつもり」彼女はそう言ってひと息置き、彼と目を合わせようとした。「エスファハーンの思い出は死ぬまできっと忘れない」

「とてもきれいなところですから」

「チャハールバーグ・ツアーズも、ハーフィズも忘れない。あなたに連れて行ってもらった場所のことも。シャー・アッバース・ホテルのことも」

「そろそろ、あなたのホテルへ送っていく時間が来たようです」

「このバーに永遠に座っていてもいいんだけど」

「私は、夜の娯楽は性に合わないほうなので」

「ボンベイに帰ってもあなたの姿をきっと思い浮かべます。イングランドの村に住んでいらっしゃるあなたと奥さんを心の目で眺めます。建築設計のお仕事をしている最中のあなた、それから、奥さんが旅嫌いなのでひとりぼっちで旅をしているあなたのことも、ちょくちょく思い浮かべると思います」

「ボンベイでいろんなことが好転するといいですね。ものごとは全然期待していないときにうまくいくことがあるから」

「元気が出る薬を飲んだみたい。あなたと会ってとても幸せな気持ちになれたわ」

「そう言ってもらえて光栄です」

「言い足りないことはまだたくさんあるけど、わたしのこと、忘れないでくださる？」

「もちろんですよ」

彼女はグラスの底にたまった飲み物を名残惜しそうにすすった。さらにハンドバッグから薬を取り出すと、グラスに少し垂らして、それも飲み干した。喉のむずがゆさをとる薬だと彼女は言った。しつこい咳に襲われると、いつも喉がむずがゆくなるのだ。

「歩いて帰りましょうか？」

ふたりはバーを出た。彼女は彼にまとわりつくようにして、モザイク柱の間をたいそうゆっくり歩いた。オールド・アトランティック・ホテルまでの道々、彼女は今晩のことを振り返って、楽しかったとしみじみつぶやいた。そして、これからの人生でエスファハーンのことをなつかしく思い出すわ、と何度か繰り返した。

別れ際に、彼女は彼の頬にキスした。美しい瞳に呑み込まれた彼はふと思った――彼女の本来の姿を映しているのは瞳だ。瞳こそいちばん本物の彼女なのだ、と。

二時半に目が覚めてしまい、それから先は眠れなかった。朝がすでに明けはじめていた。彼は横になったまま、新鮮な空気を取り込むためにすかしておいたカーテンの隙間から入ってくる光が、しだいに明るくなるのを眺めていた。一日がまた過ぎた。早朝の散歩から、緑のパジャマを着てベッドへ入るまでにしたことを、ひとつひとつ思い出していった。そうするのがいつもの夜の習慣なのだ。彼は目を閉じて、細かいところまで思い出そうとした。

夢想の中で再びチャハールバーグ・ツアーズの営業所へ歩き着いた彼は、ハーフィズに会い、二階のオフィスで待つように言われる。二階には母親に手紙を書いている彼女がいて、ツアーに参加するんですかと尋ねる彼女の声が聞こえる。彼は再び、ドイツ人カップルの日焼けした顔と、アメリカ娘たちの健康そうな顔と、フランス人グループの顔を見る。午後の散歩に出て、帰ってきて風呂に入る。その後バザールへ行き、サングラスを掛けてささやかなおみやげを買った彼女に出会う。それから彼女の身の上話。

彼のほうからは彼女に、何ひとつ自分のことを話さなかった。ロンドンの近くの州の村に住む裕福な建築家で、妻は庭いじりが好き――彼女がこしらえた安っぽい恋愛小説めいたイメージに、彼は異論を唱えなかった。建築家というのは医者と同じくらい美化して描かれる職業なので、わざわざ相手を幻滅させるには及ばなかった。妻が出不精なので彼はいつもひとりでエキゾチックな場所を選んで旅をする――彼女は永遠にそう思い込み続けるだろう。

彼はどうして何も言わなかったのか？　ひとつ話を聞いたらこちらもひとつ返せばよかったのに、なぜそうできなかったのか？　彼女はへまをさらけだし、それを決して隠そうとはしなかった。彼女は人生に失望し、自分自身にも失望していた。あのなまった英語でインド人女性のために話し方教室を開いており、それがいかに滑稽なことかまるで気づいていなかった。彼女は彼に秘密を打ち明けた。彼女と母親だけしか知らない秘密だというのは真実に違いない。

一時間、二時間と時が流れた。ダンスフロアほどの大きさがあるこのベッドに、彼女も一緒にいても不思議はなかった。彼は夜明けの光の中で、輝く瞳に宿された神秘と恋に落ちていても不思議はなかった。彼も彼女に話を打ち明け、彼女が望んだのと同じように、同情を求めればよかったのだ。ある日帰宅したとき――家はロンドン近郊の村にではなく、住み心地が悪く美しくもないハムステッドにあったのだが――ふたり目の妻がよその男とベッドにいるのを見つけてしまった。じつは同じ仕打ちをひとり目の妻からも受けたことがあったんだよ、と話せばよかった。あるいはいっそのこと率直に、彼女に問いかければよかったのだ――なぜ私は寝取られ男になってしまったんだろう。ふたりの妻は気質も性格も異なる女なのに、なぜ揃いも揃って男をベッドに呼び込み、私のことを侮辱したんだろう、と。彼女の体のぬくもりを直に感じながら、寝物語に話しても悪くはなかった――二番目の妻ときたら、あたし浮気してるとき、ふだんよりも熱く燃えちゃったわってぬけぬけと言い放ったんだよ、と。

彼の話は彼女のと同じくらい悲惨で、負けず劣らず不愉快な話だった。偏った印象を持たれるのがいやで、それを話す勇気がついに出なかった。彼は軽々とした足取りで旅に出て、世の中の表面をすいすい移動していく男だが、自分自身を見せる場合も表面しか見せられない。ゆきずりの男としてしか受け止めてもらえない人間なのだ。それゆえ二度も結婚したのに、見た目と異なる自分自身を見せられぬままに終わった。人生で一度妻を寝取られたのならば運が悪かったで済ませられよう。だが同じことが二度起きたとなると、自業自得めいた匂いがしてくる。プライドも何も捨て去って、このことについてどう思うか彼女に問いかけてみるべきだったのである。

四時半。彼は窓辺に立って、がらんとした通りを見下ろしていた。彼女は五時発のテヘラン行きバスをつかまえるために、バスターミナルへ向かっているところだろう。その気にさえなれば着替えて、ひげを剃ってもまだ間に合う時間だった。フライトに乗り遅れるせいで生じる割増料金は彼が負担すればいい。話を聞いてもらい、あと二、三日一緒に過ごせばいいのだ。ワインとバラとナイチンゲールの町、シーラーズへだって一緒に行けるだろう。

彼は窓辺に突っ立っていた。下の通りは相変わらずしんとしていた。いつまでそこに立っていたところで、勇気は決して湧いてこない――彼にはそれがわかっていた。彼女は思いやり深いひとりの男に出会った。その男の存在はエスファハーンのあらゆる驚異にもまさる驚異だった。彼女は、心根の狭さが人間の胸の内に残酷さを呼び起こす場合があるのを知らぬまま、その男との思い出をボンベイのバンガローへ持ち帰るだろう。他方彼は、うわべはさえない彼女の奥深くに、輝く瞳が神秘的に訴えかける非凡さが存在したのを決して忘れないだろう。状況が異なり、話の中身がそれほど悲惨でなかったならば、彼女の非凡さは間違いなく精彩を放ったはずだ。そして今、夜明けの光の中でもうひとつ別の事実が明らかになった。彼は彼女の空想の、材料でしかないという事実。彼女には美点があったのに、彼には何もなかった。

サン・ピエトロの煙の木

The Smoke Trees of San Pietro

父は乗馬の名手だった。母は今まで出会ったどんな女性よりも美しかった。陸軍の馬術チームの一員として障害飛越に出場した父の勇姿を見た。リンヴィク〔ノルウェーの町〕でおこなわれた大会に連れて行ってもらったのだ。ぼくは五歳だった。その日の午後、チーム優勝はかなわなかったけれど、父の演技が完璧だったので個人賞を獲得した。大喝采と、それに応える父の姿と、ぼくの腕を押さえた母の手指にぎゅっと力が入ったのを、よく覚えている。「まあ、なんて凛々しいこと！」母がささやいた。しばらくしてぼくたちのところへ来た父の晴れ姿が目に焼きついた。障害飛越競技の選手だったから、いつも馬と革の匂いがした。ぼくは今でもその匂いを呼び起こして、嗅ぐことができる。

あの日の経験が、ぼくの子ども時代のいちばん生き生きした記憶だ。競技場から車でレストランへ行った。ぼくにとって人生最初のよそ行きディナーだった。父と母のあいだにぼくが座り、卓上の花瓶には赤いバラが挿してあって、青と緑に塗り分けられた木製の燭台にロウソクが灯っていた。

「そのうちおまえも」と父が言った。やがて息子も陸軍の馬術チームに入って欲しい、という期待がこもったひとことだった。おまえは早くも前途有望だぞ――カバノキが林立する芝生の小径で、ぼくが母と一緒に走り回っているのを見て、父はそう言い張った。レストランで父と母がワインで乾杯するとき、父はウェイターに頼んで、ぼくのグラスにもほんの少しワインを垂らさせた。この特別な日に、息子にもワインの味見をさせてやろうと考えたのだ。ヨハン――父の名である――がウェイターに声を掛けたとき、ぼくは、母が並外れて美しいのは目鼻立ちのどの部分のおかげなのか考えていた。淡い色の髪がロウソクの炎を反射しているおかげかもしれないし、青い瞳のせいかもしれない。あるいはまた、唇と額のかすかなしわや、首の傾げ方がしとやかなせいだろうか。父の片手がテーブルクロスを横断して母の手に触れたところで、その場の記憶はとぎれている。

別の記憶もある。エドルンド先生が診察室で、鉛筆みたいに細い懐中電灯でぼくの両目を照らしている場面。背中と胸に聴診器が長時間当てられ、反射行動のテストと喉の検査の後、小さな容器に血が採られ、胸や腹の打診も受けた。それから数週間後、ぼくは丈夫ではないと宣告された。今後は疲労を避けること。走り回る場合もほどほどに。身体が火照るような状態は好ましくありません。「どうやら期待通りにはいかない」と父がつぶやいた。「まあそういうことだ」そのときはまだ、父の声音に失望を感じ取れなかった。

母がぼくをサン・ピエトロ・アルマーレへ連れて行ってくれたのは、虚弱な健康状態を改善する夏期養生法をはじめるためで、夏期滞在は子ども時代を通じて毎年恒例になった。汽車でふたり旅をしたのだが、ぼくが虚弱だったせいで普通よりも時間を掛けて移動した。ハンブルクのホテル・クロンベルクに一晩泊まった後、夜を日に継いでゆっくり汽車に揺られていくと、駅に停まるごとに気温が暖かくなった。最後の晩はミラノのホテル・ベルベデーレに泊まるのがお決まりだった。サン・ピエトロ・アルマーレには翌日の午後早く到着した。

初日の夕刻、母は少し緊張していたと思う。ホテルの従業員に英語で話しかけていたのだけれど、ちゃんと通じているかどうか不安だったせいだ。レストランでディナーのとき、母はウェイターにとてもゆっくり話しかけた。でもぼくには、母のことばが完全には理解できなかった。ぼくの英語力はまだずいぶん頼りなかったのだ。このウェイターは何をするにも動きがすばやいひとで、ぼくたちのナプキンを開くやいなやそれぞれの膝に掛け、指をメニューの上にさっとすべらせておすすめの品を述べたかと思うと、母の注文をはぎ取り式の帳面に書き留めた。決して、母に注文を繰り返させはしなかった。ウェイターが去って行くと、母はぼくに疲れていないか尋ねた。全然疲れてなどいなかった。汽車がサン・ピエトロに近づいてスピードを緩めはじめた瞬間、ぼくは胸が高鳴るのを感じた。重たい荷物を持つのは避けるよう言われていたにもかかわらず、母が通貨交換所《カンビオ》で用事を済ませている間、ぼくはポーターに手を貸して、スーツケースをタクシーに積み込んだ。車は棕櫚の並木に沿って走った。棕櫚の木を見たのは生まれてはじめてだ。並木の向こうには青い海が揺らめいていて、空そっくりだった。遊歩道をそぞろ歩くカップルたち——男はみな白いスーツ、女はみなビーチドレスを着ていた——が見えた。カフェのテーブルに丸い日陰をつくっている色とりどりの傘を追い越したあたりで、タクシーが急に道を曲がった。それからごく短い時間、たぶん三十秒ぐらいかかって丘を登り、坂がぐっと急になったところで車はヴィッラ・パルコに到着した。ここは棕櫚並木と遊歩道をはるかに見下ろす場所で、透明な海がどこまでも広がっているのが見えた。

ディナーのときぼくは、まるで別世界へ来たみたいだとつぶやいた。母とぼくが腰を下ろしているダイニングルームは、父が個人賞を受けた日に祝杯をあげたレストランよりも美しく、ぜいたくで、はるかに大きかった。これほど大勢のひとびとが一堂に会して食事をしているのを見るのははじめてだった。しかもひとびとの多くはイブニングドレスを着ている。テーブルごとにアルコールランプが灯り、天井から床までのガラス扉が、石造りの障壁で飾られたテラスに向かって開け放たれていた。障壁の手すりを支えるために立ち並んだ灰色の小柱のところどころに、彩色した長円形の大メダルがはめこんである。障壁の向こうにはヴィッラ・パルコの庭園が広がっていて、はじめて見る花々が咲いていた。新芽を伸ばしつつある茂みはキョウチクトウとブーゲンビリアで、そのあたりに生えている樹木は煙の木という名前なのだと母が教えてくれた。ぼくはホテルで耳にするイタリア語の響きに魅了された。部屋係のメイドやウェイターが交わす謎めいた単語や言い回しが素敵だった。母が話す、ためらいがちな英語もとてもいいと思った。

翌朝——そして以後毎朝——母とぼくは岩場にはさまれた海で海水浴をした。のんびり泳ぐのは養生に有効だとエドルンド先生が教えてくれたからだ。母とぼくはホテルの庭園から低地へ下りるエレベーターに乗って海水浴場まで行き、泳いだ後は日焼け止めクリームを塗って短時間日光浴をした。それからカフェまで歩いて杏《アルビコッカ》を食べた。ぼくたちは散歩しているひとびとを眺めて、風変わりなひとを見つけると教え合った。母はぼくに、「傲慢な」とか「青白い」とか「うわの空の」とかを意味する英単語を教えてくれた。また、ウェイトレスがアルビコッカを持ってきたときには、「サンキューベリーマッチ」と英語で言えるようにもしてくれた。それからホテルへ戻ってランチまでの時間、庭園で母が『誘拐されて』を読み聞かせてくれた。ぼくはウェイターやポーターたちの顔や、ヴィッラ・パルコの建物の正面や、煙の木の間に点々と置いてある白塗りの椅子をスケッチした。ホテルの客は白い鉄製の椅子を思い思いに動かして、奥まった場所に置いてくつろいだ後、もとに戻さない。ふたりきりで内緒のおしゃべりが交わされた名残を留めて、ふたつのグラスが置かれたテーブルの脇に椅子が二脚、置き去りになっていたりする。ランチの後は少し休み、それからまた泳いでから町へ行った。「はがきを書いてしまわなくちゃ」食事に向かうときや食事の最中に母がよくそうつぶやいた。ぼくたちははがきを書き終えるとロビーの郵便箱へ投函した。ぼくは父に宛てたはがきに、誰かの似顔絵や拾った貝殻の形を描き添えたりした。母はいつもぼくの健康状態について報告した。

サン・ピエトロでの最初の夏に定着した休暇の過ごし方は、その後もずっと繰り返された。母とぼくはいつも火曜日にリンヴィクを出発し、道中にはハンブルクのホテル・クロンベルクと、ミラノのホテル・ベルベデーレに泊まった。毎年七月と八月はサン・ピエトロ・アルマーレで過ごした。だが年が経つにつれて変化した部分もある。母は英語を話すときに緊張しなくなったし、ヴィッラ・パルコの従業員たちはぼくたちのことを覚えてくれて、いっそうの温かさで迎えてくれるようになった。ぼくたちが到着する日、前の年に出会ったお客さんたちが居合わせると、なつかしいあいさつが交わされるようにもなった。母はこういうのを喜んでいたけれど、ぼくは見知らぬひとたちと会えるほうが好ましいと思った。荷物を満載したタクシーが到着して、男女のひとり客や、家族がぞろぞろ下りてくる場面を見るのがとりわけ好きだった。おじいさんやおばあさんが到着して、付添の若いひとにあれこれ指示を出しているところとか、ひとり客がやってくる情景はそれぞれにおもしろくて、きままな当て推量をしながら眺めた。ムッシュー・パイエもそうした観察対象のひとりだった。ヴィッラ・パルコに彼があらわれたのは、ぼくたちが三度目に滞在した夏である。ある日の午後遅くテラスの階段にふらりと姿を見せた彼のことを、母とぼくだけでなく、他の常連客たちもこぞって品定めしたに違いない。やせ形で背が高く、黒髪でリネンのスーツを着た彼は、ぼくたちがいたテーブルから遠くないところに腰掛けた。少しすると、ウェイターがティーをトレイに載せて運んできた。彼は庭園の様子や他のひとびとには興味を見せずにティーを飲み、タバコを吸った。

「リンヴィクという町なんですの」母がぼくたちの町のようすを説明する間、庭園で同席したふたりの女性が話に耳を傾けていた。イタリア人の親子で、シニョーラ・ビネッリと娘のクラウディアである。商人ギルドと料理で知られるジェノヴァから来たのだそうだ。ジェノヴァの驚嘆すべき灰色の石とすばらしい御殿の数々について、母娘が熱弁を振るうのを聞いているうちに、ぼくの心には、それらの御殿が灰色の巨大な山腹をくりぬいてつくられているという間違った印象が刻み込まれた。ジェノヴァには丘のてっぺんと下の町をつなぐ地下エレベーターがあって、山腹の岩をくりぬいてつくられたそのエレベーターは一日中、ひとびとを運んで上下しているのだという。母娘はこの話を繰り返し語り、ジェノヴァのエレベーターは、ヴィッラ・パルコの庭園から海水浴場へ下りるエレベーターよりもはるかに大きく、馬力だって違うのだと強調した。やがて、数々の御殿は長四角の石のブロックを積んで装飾的に仕上げられているという話を聞くにおよんで、ぼくの心に刻まれた印象はようやく修正された。

シニョーラ・ビネッリはとても肉づきがよかった。すべすべの白い肌がむちむちとあえいで、肌を覆うシルクのドレスと同じくらい、ぴっちり張りつめているみたいだった。あるとき、ふたりと別れた直後に母が、あのひとは明るすぎる色の服を着ないように心がけているのよ、とつぶやいた。くすんだ栗色や緑で描かれたオークの葉模様や、青や茶色の渦巻き模様にときおり黒が混じるというように、彼女のドレスには必ず黒色があしらわれていた。イタリア人は太った身体をどう見せたらいいかよくわかっているから、と母が言った。

シニョーラ・ビネッリの娘のクラウディアはまったく異なる体型だった。映画女優をしていると聞いたが、当然それにふさわしい容姿だった。指には宝石がついた指輪をたくさんして、赤くて大きな唇をいつもすこし開いて、真っ白い歯並びが見えるようにしていた。目もとても大きく、目の下にうっすら浮かぶ隈との組み合わせがいちばん効果的になるよう気を配っていた。服の色はシニョーラ・ビネッリよりもはるかにカラフルだったけれど、考え抜いた上の派手さだった。母が言うには、クラウディアにはセンスがあった。

「こんにちは《ブオン・ジョルノ》」ある朝庭園でエレベーターへ向かう途中のムッシュー・パイエが、母とふたりのイタリア女性に会釈した。ぼくたちはみんなで、青とグレーの巨大な傘の下のテーブルを囲んでいた。クラウディアは水着を入れたバッグを椅子の肘掛けにぶら下げ、サングラスを掛けているせいでせっかくの大きな目が隠れていた。テーブルの上の灰皿の脇に、黄色いカバーの『スイス旅行案内《イティネラーリオ・ズヴィッツェロ》』という本が置いてあった。彼女はタバコを吸っていた。シニョーラ・ビネッリは肌を日射しから守れるよう、大きなつばがついた白い帽子をかぶっていた。暗色のドレスの袖口は手首のところでボタン留めになっており、両肩と首の大部分も肌を露出していなかった。

「パイエというお名前は」とシニョーラ・ビネッリが口を開いた。「フランスではよく知られたお名前ですの？　パイエさんは伯爵？」だしぬけな質問に面食らった母は微笑んだだけだった。クラウディアはくわえていたタバコを口から離して、ムッシュー・パイエは伯爵ではないと思うと言った。ホテルの誰もそんな話はしていないもの、と。

「わたしの国には伯爵という爵位はないんです」と母が口をはさんだ。

「イタリア語ではコンテと申しますね」とシニョーラ・ビネッリが説明した。「また、コンテッサ〔伯爵夫人〕とも」

「わたし、ひと泳ぎしてきます」とクラウディアが言った。

母は、わたしたちもすぐにまいりますと言った。ぼくのために夏期養生法を処方するとき、エドルンド先生は母に、食物が消化の初期段階にある時間帯には運動をし過ぎないよう注意した。そのためぼくたちはいつも、ティーとブリオッシュの朝食をとった後は、少なくとも二時間食休みをしてから海へ入った。よそのひとたちはいちいちそんなことを気にしていないようだったけれど、ぼくはこと健康に関しては、他人と自分は違うのだと考えるのが当然になっていた。エドルンド先生は自信たっぷりに請け合った——こうやって身体を気遣った時期をおもしろおかしく振り返る日がやがて必ずやってきますよ。そう言ってから先生はあわててつけくわえた——感謝も込めて振り返るわけだ、なにしろこの養生法のおかげで君は壮健になれるのですから、と。先生は真実を語っていたわけではない。医者というのはときどき嘘をつかなくてはならない場合がある。先生は父と母に、ぼくの人生には子ども時代しかないと告げていた。それ以上は生きられないだろうという見立てだった。「このことは口に出さないようにしよう」と語る父の声を小耳にはさんだことがある。

祖母が二、三日、リングヴィクへやってきたとき、父が祖母に打ち明けた。父は祖母の滞在中、賢い判断でこの話を語らずにおき、帰る間際のタイミングを選んで切り出したのだ。配慮と注意を怠りなく育てたおかげで、不幸に見舞われずにここまでこぎつけたんだから、と父が語る声が聞こえた。別れ際に祖母は涙ながらにぼくを抱きしめた。あまりきつく抱きしめるので、ぼくはそのときその場所で自分の命が終わるのかも知れないと思った。このできごとがあったのは、ぼくと母がはじめてサン・ピエトロ・アルマーレで夏を過ごす少し前のこと。ムッシュー・パイエがヴィッラ・パルコにあらわれたのはぼくが十一歳の夏である。

「さあ、もう出かけて大丈夫よ」母のひと声で荷物を持ち、芝生の斜面をだらだら下って海水浴場行きのエレベーターに向かった。シニョーラ・ビネッリはいっそう濃い日陰を求めて林の中のテーブルへ移動していた。

サン・ピエトロの岩がちな海岸で泳いだときほど楽しい経験はちょっと思い当たらない。波がなく、水の色が澄んだブルーなので、海よりも湖に似ていた。波に洗われた岩々は真っ白だった。なめらかに湾曲した骨のような岩の上に横たわると、体中に至福が染みわたった。芝生に立てられた傘とそっくりの、青とグレーのキャンバス地を張ったちっぽけな更衣小屋がふたつあって、そこが母とぼくの小世界になった。泳いだり浮かんだりしている間、持ち物はその更衣小屋の中にしまっておけば安心だった。

「楽しんでいますか？《タミューゼ・テュ》」ムッシュー・パイエが海面にほとんど波を立てずに、抜き手でぼくのそばまで泳いできて言った。「気持ちいいでしょう？《テイ・デイヴェルテイ》」その先はぼくの耳にも聞き取りやすい英語に切り替えて、「楽しんでいますか？」と尋ねた。

「はい、もちろん。楽しいです。ありがとう」

「そいつはよかった《セ・ボン》」彼は振り向いてそう言った。「楽しむためにみんな、ここへ来ているのですから。ね、そうでしょう?」

海水浴場の世話係がふくらませた空気枕を母に渡した。その上に寝転ぶためのものなのだが、ぼくは骨みたいな白い岩のほうが気に入っていた。クラウディアはちっぽけな岩鼻を独占し、バッグから取り出したタオルを広げた上にうつぶせになってうたた寝をした。他の海水浴客たちも似たような姿勢で寝そべり、自分の脚や背中にオイルを塗った。ムッシュー・パイエは手早く身体を乾かして海岸から立ち去った。

その同じ日、ディナーの一時間ほど前に、母とぼくが夕方の町の散歩を終えてホテルに向かって歩いていると、すぐ隣りにタクシーが停まり、ムッシュー・パイエが話しかけてきた。

「一緒に乗っていきませんか?」

わたしたちは散歩を楽しんでいますので、と母が答えると、ムッシュー・パイエは運転手に代金を払ってタクシーを降り、ぼくたちと並んで歩きはじめた。これはちょっとした驚きだった(その晩、ディナーを食べながらこのときの話をしていたとき、母はしみじみ、「あのときはほんとに驚いたわ」とつぶやいた)。

「わたしはトリオーラに仕事を抱えているのです」とムッシュー・パイエが言った。「涼しくなりましたね!」

トリオーラは蒸し暑かったですから、と彼が言い、サン・ピエトロへ戻ってくるといつも快適ですとつけくわえた。「サン・ピエトロの煙の木はじつにすばらしい。マダム、そうお思いになりませんか?」

すばらしいと思います、と母が答え、ふたりの間にひとしきり灌木や園芸をめぐる会話が続いた。

その後、母がサン・ピエトロ・アルマーレへは三年続けて来ていると言うと、ムッシュー・パイエは、自分は今回はじめてここへ来たばかりなので、この土地のことはよく知らないと語った。トリオーラに滞在するよりもサン・ピエトロの海とホテルのほうがよさそうだと思って、ここへ来たのだという。彼はトリオーラのことはとてもよく知っていた。

「わたしたちはいつもヴィッラ・パルコに満足しているんですよ」と母が言った。

ムッシュー・パイエはていねいな口調で、ぼくらの町からサン・ピエトロまでは長旅なのか、どのように旅してくるのか、道中はどこで泊まるのかなどいくつか質問をした。母は同じくらいていねいな口調で質問に答えた。

「あなたはパリからいらっしゃったのですか、ムッシュー・パイエ？」

「いいえ、違います。パリからではありません。リールから来ました。もしかしてリールという地名をお聞きになったことは？」

あります、と母が答えた。そして尋ねられるままに、リンヴィクから来たのだと答えたが、相手になかなか通じなかったので、リンヴィクの名を繰り返した。ムッシュー・パイエは、ぼくたちの町の存在を知らなかった。

「そうですね、たぶんリールと似ているのではないかしら」と母が言った。「製造業が盛んな町なので」

「ただ、規模においてはかなり小さいのではないでしょうか？」

「おっしゃるとおりです、ずっと小さな町ですわ」

「今、香っているのは、煙の木の夕方の香りですよ」とムッシュー・パイエがつぶやいた（その後、ディナーのとき、母はぼくに、あのとき気がついたのはよく嗅いでいるブーゲンビリアの香りだけで、煙の木が芳香を放つなんて聞いたのは初耳だった、と打ち明けた)。

「すばらしいところです！」ホテルの庭園を歩きながら、ムッシュー・パイエが感極まったように言った。「すばらしいところですよ！」

ムッシュー・パイエとぼくの母のつきあいがはじまったのはこれがきっかけである。翌朝、ぼくたちが芝生へ出て食休みをしていると、ムッシュー・パイエが通りかかった。そしてぼくたちのテーブルを素通りせずに会話がはじまり、座ってもいいですかと母に尋ねた。十分後、ホテルから出てきたシニョーラ・ビネッリとクラウディアはいつもとは異なり、ぼくたちのほうへは来なかった。シニョーラ・ビネッリは煙の木の木陰にひとりで腰を下ろし、クラウディアはエレベーターのほうへ歩いて行った。モーツァルトのオペラの感想を交換するのに夢中な母とムッシュー・パイエは気づかなかったかもしれないけれど、ぼくの目には、イタリア人の母娘が機嫌を損ねたのが明らかに見えた。

「『女はみんなそうしたもの《コシ・ファン・トゥッテ》』は実におもしろいです！」しばらくしてから、エレベーターの中でムッシュー・パイエが言い張った。「わたしはあのおもしろさを愛します」

海水浴場通いをはじめとして、母とぼくはさまざまな日課をこなした。毎日することは同じだった。二十分かそこら泳ぎ、その後甲羅干しをしてまた泳いだ。クラウディアは自分の縄張りを独占していた。他のひとびとも前日と同じ場所に陣取って海水浴をした。ムッシュー・パイエはいつも、急ぎの用事を思い出したかのように手早く体を乾かして、そそくさと海岸を去って行った。

「トリオーラに仕事があるなんて！」ムッシュー・パイエがいつもの時刻にホテルへ戻らなかった

日の夕暮れ、シニョーラ・ビネッリがずばりと言った。その日は余り涼しくならなかったので、テラスにいてはぼくの体によくないということで、母が食前酒《アペリティフ》を飲む間、屋根の下へ入った。シニョーラ・ビネッリとクラウディアはいつものようにぼくたちの隣のテーブルに座った。ムッシュー・パイエがタクシーを降りた日以来、彼とぼくの母が一緒にアペリティフを飲むのが決まり事のようになっていたのだが、今日ばかりはビネッリ母娘と世間話をはじめた。ぼくひとりだけが聞き役になった。

「仕事なんてほとんどないんじゃないかしら。だってトリオーラでしょ」クラウディアはそう言いながら、お気に入りのオリーブを選ぶためにタバコを灰皿に置いた。「フランス人の興味をそそる仕事なんてありゃしないわ」

「ムッシュー・パイエは奥さんを訪ねに行っているのです」と母が言った。「仕事というのは彼独特の言い回しなのです」

「奥さん！」シニョーラ・ビネッリが鋭い口調で繰り返した。「妻《モツリエ》だって」とイタリア語で言い直したのが娘をむっとさせた。

「そのぐらいわかるわよ」とクラウディアが言い返した。「ということは、ムッシュー・パイエは結婚しているという意味ですね、シニョーラ？」

「あの方の奥さんはイタリア人で」と母が言ってひと息ついた。「修道女の方たちのお世話になっているのです」

「修道女《レ・スオーレ》」シニョーラ・ビネッリのおせっかいにクラウディアが不機嫌なため息を漏らした。

「トリオーラには苦しんでいるひとのための施設があるのでしょう」と母が言った。「あの方の奥さんはトリオーラ生まれだそうで、たぶん貴族の出だと思うのです」

シニョーラ・ビネッリは突然話題を変えた。今の話題は、無難に続けていくには厄介すぎると考えたらしい。「クラウディアは近々映画に出るんです」と彼女が告知した。「今日、知らせが届いたのですけど、とてもいい役なの。『亭主学校《イル・マリート・イン・コッレージョ》』」

「可能性があるだけよ」不機嫌さを残した声で、娘が訂正した。「第一に、映画を撮るための資金繰りをしなくちゃならないんだから」

その晩、ムッシュー・パイエはぼくたちと合流しなかった。それどころか、ダイニングルームへ現れさえしなかった。そのことについて母は何も言わなかったけれど、テーブルを立つときにビネッリ母娘のすぐ脇を通らないわけにはいかなかった。「まさかあのひと、さようならも言わずに去ってしまうことはないでしょうね？」とシニョーラ・ビネッリが言った。肉づきのいい顔にぽっちりついた、ビーズみたいな目を輝かせて、母が抱いているに違いないと彼女が見積もった説明を、その表情から読み取ろうとしていた。「ムッシュー・パイエからは何も聞いていません」と母は答えた。だが部屋に戻ったとき、母はほとんど独り言のように低い声でつぶやいた。「今日、彼の奥さんは具合が悪かったのよ」

翌朝、朝食後の食休みのときにもムッシュー・パイエは姿を見せなかったし、海水浴場にも来なかった。母は少し憂鬱そうで、かすかな疑いを抱えているように——心に兆した憶測が間違っているとでも思いはじめたかのように——ぼくの目には見えた。だが母は、とりつきかけたそんな疑いをじきに振り払った。

「悲しい時が続きました」夕刻、町でムッシュー・パイエがそう話しかけてきた。母とふたりで薬局に寄り、処方箋を更新してもらった後、道へ出たら彼が突然現れたのだ。「昨日の昼からずっと不幸せでした」

「まあ、お気の毒なこと」

「ときどきこんなふうになるのはしかたがありません」

ムッシュー・パイエは表情が豊かだった。見る間に面持ちが変わって、唇のしわが動くより先に、黒い瞳が心模様を代弁した。ムッシュー・パイエの奥さんはおかしくなっちゃったの——前の晩、シニョーラ・ビネッリと母のやりとりがよく理解できなかったので尋ねると、母がそう教えてくれた。ムッシュー・パイエは苦労なさっているのよ、と母はつけくわえた。

彼はぼくたちと一緒に歩いてホテルへ戻り、テラスに腰を下ろして、母と自分のアペリティフを注文し、ぼくにはアルビコッカを注文してくれた。彼はトリオーラでスーツに合うリネン帽子を買っていた。トリオーラの日射しは猛烈なので、と彼は言った。

「戻ってきてくださったのね！」ムッシュー・パイエが座っているのを見つけたとたん、シニョーラ・ビネッリが声を上げた。

「ええ、ウィ」と彼が答えた。「戻ってきました」

単語の最初に〈h〉がくるときだけなのだが、彼は英語をしゃべるとき、いつも〈h〉の発音に苦労していた。しゃべった内容をはっきりさせるために二度繰り返すこともあった。彼は、戻ってきましたと言った後でこっくりうなずいてみせた。シニョーラ・ビネッリが、みんなあなたのことを心配していたんですよと話す間、彼は黙って聞いていた。

「ムッシュー・パイエにまたお会いできたわ」娘がテラスへ出てきたとき、シニョーラ・ビネッリが彼を指さしてさらにつけくわえた。「黙って立ち去ったりはしなかったのよ」

「そんなこと」とムッシュー・パイエが口をはさんだ。「決してしませんよ」

その晩、意気消沈したムッシュー・パイエはぼくたちと一緒にディナーを食べた。「もしかして、お邪魔ではないですか？」と彼が言った。母は、邪魔なんてとんでもないと答えた。ぼくが思うに母は、ダイニングルームの混雑を隔ててこちらに向けられたシニョーラ・ビネッリの視線と、知らんぷりを装っているクラウディアには気づかなかったようだ。

「サン・ピエトロでは」とムッシュー・パイエがぼくに話しかけた。「何の絵を描くのが一番好きですか？」

どう答えたらいいか、とまどった。海水浴場の岩？　海水浴をするひとびと？　カフェの屋外席から見た遊歩道？　クラウディア、それともシニョーラ・ビネッリ？　そこでぼくはこう答えた——

「煙の木です。難しいから」それは真実だった。何度描いても霧のように霞んだ群葉は絵にならなかったし、微妙な色合いを写すこともできなかったからだ。

「それに、どれほどがんばっても」と母が口をはさんだ。「煙の木の夕方の芳香を描きとることはできませんわ」

母は声を上げて笑い、ムッシュー・パイエも大笑いした。いつからそうなったのか、ぼくにははっきり言えなかったものの、煙の木は夕方芳香を放つという彼の勘違いが、母とムッシュー・パイエの間だけで通じるジョークになったようだった。それ以上何も言わずに座りながら、ぼくはずっと考えていた——朝食後の食休みに芝生で一緒に過ごしたり、アペリティフを一緒に飲んだりしただけでは知り得ないような、ムッシュー・パイエにまつわることがらを母は知っているらしい。ぼく自身が口をはさんだ会話も含めて、母と彼が語り合っているときには、交わされることば以上の何かがやりとりされているようで、落ち着かなくてしかたがなかった。

「先に部屋へ行っててちょうだい」と母が言った。「すぐ追いかけるから」

ダイニングルームをひとりで出て行くのははじめてだったから、ちょっと照れくさかった。母とぼくが出て行くときにはいつも他のお客さんたちの注目を浴びた。会釈してくれたり、「お休み《ブオナ》なさい《ノッテ》」とか「お休みなさい《ボンニュイ》」と声を掛けてくれたりした。ひとりで出て行こうとするぼくにかまうひとはいなかったけれど、案の定、シニョーラ・ビネッリだけは黙っていなかった──「あらまあ、ふたりに追い出されたのね！」

「ブオナノッテ、シニョーラ」

クラウディアは両手の指先を合わせて小さく拍手してみせた。彼女はぼくにイタリア語の表現をいくつか教えてくれていたので、上手にあいさつできたのを喜んだのだ。とてもきれいな発音よ、耳がいいわ、とぼくの背中に向かって彼女がほめた。

「かわいそうな子」ダイニングルームのスイングドアを押し開けたとき、シニョーラ・ビネッリのえぐるような声が聞こえた。「子どもになんてことを！」

その夜、ぼくは悪夢を見た。父とぼくがリンヴィクの教区牧師先生の家にいる場面だった。なぜそこへ行ったのかはわからなかったが、とにかく牧師先生と一緒に何かを食べた後、置き時計がたくさん並んだ小部屋へ通された。牧師先生は時計を集めて修理するのが趣味なのだ。この部屋でふたりがおしゃべりをしている間に、ぼくは時計の文字盤をひとつ盗んで、服の内側に隠そうとした。

ふと気づくと、他にも盗んでいた。テーブルに掛けられた青いラシャ布の上にあったスプリングや歯車や円盤や針がみなポケットに入っていた。「警察を呼びます」と牧師先生が宣告した。ぼくは椅子に座らされて、父がぼくをロープで椅子に縛りつけた。ところがやってきたのは警察ではなく、薪を配達する老人だった。「これが新しい治療法だよ」と言いながら、老人は青いラシャ布の上から大型箱時計の分針を手にとって、ぼくのまぶたの間に差し込んだ。

「大丈夫、だいじょうぶ」と母が言った。「悪い夢を見ただけよ」

抱きしめられてぼくはほっとした。母の唇がほっぺたにひんやり触れた。子牛のエスカロップを食べたからニンニクの匂いがひどくするでしょ、夢の話を聞かせてちょうだい、と母が言った。ぼくは早くも、ばかげた夢におびえたのは愚かだったと感じていた。そうして、薪売りにひどい目に遭わされた夢の一部始終を話しはしたものの、その夢がどんな意味なのか見当さえつけられない自分自身を恥じた。

かがみ込んだ母の背後に、縦に細長い光の長方形が見えた。母が寝ていた部屋との間のドアが開いていたのだ。ぼくの健康状態に配慮して、ホテルに泊まるときはいつも続き部屋をとった。「今夜はこのままにしておこうか？」そう言ってくれた母にぼくは首を横に振った。ベッド脇のランプを点けておこうかという提案も断った。ゆめまぼろしに脅かされて降参するのは意気地がないんだぞ——父にそう言われたことがあったような気がした。もっともそれが確かだとしても、父はきついものの言い方はしなかったはずだけれど。

それからしばらく眠ったと思うのだが、どれくらいの時間だったかはわからない。ふいに目覚めると牧師先生の時計部屋を思い出し、ついさっき味わった恐怖が戻ってきた。臆病風にとりつかれるばかりで、母がいなければ眠る気になれなかった。ところがいざ母が来て抱きしめてくれたときには、目がいっそう冴えてしまった。ぼくは暗闇の中に横たわったまま、怖くてずっと目を閉じられなかった。

かすかな人声が聞こえてきた。母の寝室へ続くドアの下からわずかな光が漏れていた。その光に目をこらして聞き耳を立てた。母が誰かに話していて、誰かが母に受け答えしている。しばらく静かになったと思うと、つぶやき声が再び語りはじめた。

ふいにドアが開いたので、ぼくは目を閉じた。おびえて眠れないなどと母に思われたくなかったからだ。母はぼくのベッドの脇まで静かにやってきて、じっとたたずんで、それからまたドアを閉めて戻っていった。閉める直前に母が、「眠っているわ」と言った。よかった、と返したのは、ムッシュー・パイエの声だった。

ふたりの静かな会話がまたはじまった。何を話し合っているのだろう？　ぼくは思いをめぐらした。母はもう、ぼくの身体が虚弱だという話はしただろうか？　エドルンド先生はごまかしているけれど、ぼくが子どものうちに死んでしまうことはみんなが知っている、という話もしただろうか？　ぼくは、母のそういう話を聞いてムッシュー・パイエが気の毒がっている場面と、おかしくなったイタリア人の奥さんに母が同情している場面を想像した。ぼくは母が、サン・ピエトロでよい友達に恵まれたのを心から喜んだ。というのも、やさしい母はぼくのためだけを考えて、ヨーロッパを縦断してこんなに遠いところまでやってきたのに、ここへ来て以来、本を読むか、泳ぐか、お上品なあいさつをやりとりする以外にすることがなかったからだ。あるとき母に、ぼくにも弟か妹がいればいいのにと言ってみたときの反応から、母はもう妊娠できない身体らしいとわかった。

ぼくは、自分のために大きな犠牲が払われたことも、やがて自分の命が終わったときに母と父が悲しむだろうこともよく理解していた。ぼく自身は悲しんではいけないし、悲しみなんて知らないほうがいいと思った。自分に保証された以上の何かを期待できる立場ではなかったからである。

ぼくは眠りに落ちてもう一度夢を見た。今度はいい夢だった。母と父と一緒に、父が障害飛越で個人賞をとったときに連れて行ってもらったレストランにいる場面。周囲のひとびとはみんな笑い合って、おしゃべりしていた。母と父も談笑していた。それだけの夢だったけれど、朝、目が覚めて思い出したときには幸せな気分になった。

「トリオーラにはキリスト降架のいい絵があります」芝生で朝食後の食休みをしているとき、ムッシュー・パイエが言った。「見に行ってみる値打ちがあるかもしれませんよ」

母はまるでそのひとことを待っていたかのように応答した。相手がしゃべり終わるか終わらないかのタイミングで返事をし、すぐにぼくに向き直って、トリオーラまで遠出してみましょうと言ったのだ。

「教会から遠くないところにしゃれた軽食堂《トラットリア》があります」とムッシュー・パイエがつけ加えた。「テラスにはブドウが茂って日陰をつくっています。一度か二度、そこでランチを食べたことがあるのです」

そういうわけでその日は一泳ぎした後、母は空気枕の上に寝そべるのをやめにした。ぼくも自分専用の白い岩で甲羅干しはせずに、ムッシュー・パイエと同じくらいそそくさと服を着た。ホテルに戻ると、毎日彼をトリオーラへ送っているタクシーが待ち構えていた。

いつもと違うことをするのは楽しかった。とはいえキリスト降架の絵も、その絵がある教会も、楽しいとは言えなかった。母とぼくは教会でたぶん一分くらい過ごした後、すぐにカフェを見つけて入り、毎日書くことにしている父宛てのはがきを書いた。**今日はトリオーラへやってきました、**とぼくは書いた。**おかしくなったイタリア人の奥さんのお見舞いに来た、ムッシュー・パイエも一緒です。教会で絵を見ました。**今日はふだんと違うことをしたので、ことばがすらすら出てきた。あんまり早く書けたので驚いてくれるのを期待して、ほくほくしながら母にはがきを見せた。ところが母は文面をていねいに読んだ後、いつものような二、三行を、すぐには書き加えてくれなかった。後で書くわねと言って、はがきをハンドバッグにしまってしまったのだ（ぼくは後に、そのはがきがびりびりに破られて母の部屋のくず入れに捨てられているのを見つけた）。

「今日は平穏でした」ブドウが茂ったトラットリアへムッシュー・パイエがやってきて報告した。「そうです、ずいぶん穏やかだったのです、今日は」

　妻はたいていこんなふうに、悪い容態がしばらく続いた後に小康状態がやってくるのです、と彼は説明した。そのおかげで彼はその日、午後の見舞いをとりやめにして、ぼくたちとともにヴィッラ・パルコへ戻り、一緒に午後の海水浴をした。

「クラウディアはほぼ確実に役をもらえそうです」ディナーの前にテラスで、シニョーラ・ビネッリがそう告知した。「一日中、娘に宛てた電話が鳴りっぱなしでしたのよ」

　目くばせこそしなかったものの、母とムッシュー・パイエは微笑した。クラウディアがテラスへ出てきて、『亭主学校《イル・マリート・イン・コッレージョ》』で役がもらえるかどうかはまだわからないと語った。電話が掛かってくるのはものごとがいつまでも決まらない証拠で、むしろ悪い知らせだから、と。

　ダイニングルームへ歩いていくほんの少しの間、ムッシュー・パイエの手がやさしく母のひじに添えられた。彼は意気消沈してはいなかったけれど、この晩もまたぼくたちと一緒にディナーを食べた。母と彼がおしゃべりしているのを見ながら、ぼくは、母がビネッリ母娘やその他のお客さんよりも友達らしいひとと出会えて本当によかったと思った。その夜、ぼくは一度だけ目が覚めた。耳を澄ますと例のつぶやき声が聞こえた。


リンヴィクへの帰途——たしかハンブルクだったと思うのだが——母がこんなことを言いだした。

「トリオーラへ行った日のことは忘れましょう」

「忘れるって？」

「そうね、つまり、秘密にするってこと」

ぼくは母に、どうしてそうしなくてはならないのか尋ねた。母は迷わずにこう言った——三人であの町へ行った日、あるお店のショウウインドウで、あなたのお父様にあげるクリスマスプレゼントにぴったりな品物を見つけたの。でもそのときは買わずに帰ってきてしまったので、次にトリオーラへいらしたときに買って来てくださいなってムッシュー・パイエにお願いしたのよ。

「で、買って来てくれたの？」

「買って来てくれたわ」

ムッシュー・パイエはあなたのお父様とちょうど同じサイズなの、と母が言った。（母は具体的に教えてくれなかったので）どんな服かは知らないけれど、彼が試着してみてくれたのだそうだ。「だからムッシュー・パイエのことはあまり話さないようにするつもりなの」と続けた。「このちっぽけな秘密を漏らしてしまうといけないから。誰かの話をしているとき、うっかりよけいなことまでしゃべってしまったりするでしょう。だからあなたもわたしも、ムッシュー・パイエのことは黙っていたほうがいいと思うのよ」

この話を聞きながら、母がこれほどばかげたことを言うのははじめてだと思った。トリオーラへ三人ででかけた日以来、ムッシュー・パイエはホテルの前で夕刻タクシーを降りると、いつもその足でテラスにいるぼくたちに合流した。そのさい一度も包みを持っていたためしはないし、母に何かを渡したこともない。ぼくが覚えている限り、トリオーラの町で、母が男物の服を売っている店のショウウインドウの前で立ち止まったこともなかった。

「わかった、そうする」とぼくは言った。

その瞬間、ぼくの子ども時代が終わった。やがて、エドルンド先生が信じてもいないくせに自信たっぷりに請け合ったことが現実になった。そのおかげでぼくは、サン・ピエトロ・アルマーレで過ごした毎夏の思い出――とりわけ例のあの夏のこと――を振り返っているのだから、なんとも回りくどい皮肉である。リンヴィクでの暮らしを回顧できるのももちろん、同じ皮肉のおかげだ。当時は知らなかったのだが、ぼくの子ども時代、父と母の愛はすでに消え去っていた。ふたりをなんとかつなぎ留めていたのがぼく自身の不安な健康状態だったことも、当時は気づいていなかった。じきに死ぬと思われた子どもが家庭崩壊を食い止めていたとは正直驚きである。

あの夏の翌年も母とふたりでヴィッラ・パルコを訪れた。着いてみるとムッシュー・パイエは、おかしくなったイタリア人の奥さんを見舞うためにすでに滞在していた。彼は初日からぼくたちと同じテーブルで食事をし、それ以後はなんでも三人一組だった。その夏は、シニョーラ・ビネッリとその娘はホテルに現れなかった（それ以後の年も、ヴィッラ・パルコであの母娘を見かけたことはない。母とムッシュー・パイエはビネッリ母娘のことをよく話題にして、あれこれ思い出しては愉快がっていたけれど、内心はふたりとも胸をなで下ろしていたのだとぼくは思う）。

「リールでは十月に初雪が降りました」とムッシュー・パイエが言った。最初の晩はそんなふうに当たり障りのない会話ばかりだと思っていたら、次の晩以降も同じようなものだった。ぼくは、自分が同席しているせいでそうなのだと理解した。母はやがて、リンヴィクへ帰ったらムッシュー・パイエのことは秘密にしておきましょう、とは言わなくなった。ばかげた口実をもっともらしくでっちあげる必要などないと考えるようになったのだろう。

ぼくが十六、七歳になっても、サン・ピエトロ行きはまだ続いた。病弱な息子に日光浴をさせるためにヨーロッパを縦断しなければならない、という義務感からはじまった毎年の習慣が、今では母の人生の息抜きへと変化していた。夏期に養生する必要がなくなってからもずっと、ぼくたちの旅は繰り返された。ただし母とぼくの役割は逆転して、ぼくのほうが同情を感じて付き添って行くようになった。ムッシュー・パイエは、同情の対象だった奥さんが亡くなった後もヴィッラ・パルコへやってきた。ダイニングルームでぼくはときどき、古参のウェイターが新人たちに、引き継ぐべきことを申し送っているのに気づいた。やがてぼくも一人前の年齢になり、母と一緒の続き部屋ではない客室に泊まるようになった。

リンヴィクでは父が母以外の女たちと交際を続けた。子ども時代が過ぎ去ると、父が夜ときどき酔っぱらっている姿が目につくようになった。父自身も母も、ぼくの命は長くないと思っていたようだけれど、お互いに離婚する気はなかったらしい。

　思いに耽るうちに年月がゆっくり流れて、子ども時代の記憶に備わっていた魔法はすっかり洗い落とされた。その結果記憶はくすみはてて、事実を身も蓋もなく記録しただけの、地味な写真みたいになってしまった。とはいえ輝きを失わない瞬間は数々残っている――テーブルクロスの上に伸ばされた彼の手。母の髪に照り映えるロウソクの炎。煙の木、シニョーラ・ビネッリ、クラウディア。そして、空にそっくりなほど青い海！　父は乗馬の名手だった。母は今まで出会ったどんな女性よりも美しかった。「気持ちいいでしょう《ティ・ディヴェルティ》？」ムッシュー・パイエは抜き手を切りながら、声を張り上げずに話しかけてきた。話しかけられたぼくは天にも昇るほどうれしかった！

　人生の持ち時間を思いがけず延長してもらったおかげで黒檀の箱を開くことができる。サン・ピエトロの煙の木を描こうと試みた、にじんだ絵を取り出して眺めると、自分の才能がたいしたことなかったのがわかる。今思えば、あの見事な群葉を捕らえようとして、雲をつかむような挑戦をしたこと自体がばかげていたのだ。

だだっ広い部屋で、シャーロットが物干しロープに洗濯物を掛けるようにして、刷り上がった版画を乾かしている。一頭の雌牛の四本足と腹に縁取られ、垂れ下がった乳房の下にちょうどおさまるように描かれたカラスが三羽。ほんの一瞬、カラスが降り立ったのだ。脳裏に焼き付いたそのイメージが白黒と緑のトーンに置き換えられ、増殖して、部屋中にあふれている。

その光景を目にしたのはずいぶん昔、フランスでのこと。シャーロットはどんな状況でそれを見たのか思い出せないのだが、その瞬間を確実に生きなおすことができる。窓ごしにちらっと見たか、走る車から見たのだったか、とにかくそのときの感触をずっと覚えている。「ここもまだランジュバン家の地所です」とムッシュー・ランジュバンが英語で教えてくれた。マシュリ屋敷から十五キロ離れたサンセラズまで、白いシトロエンではじめてドライブに連れて行ってもらったとき聞いたことばだ。彼女は言われるままに右手の牧草地をじっと眺めた。樹木のない殺風景な土地で牛の群れが草を食べていた。三羽のカラスもたぶんそこにいたのだろう。

室内にぶら下げられた版画は綿密に検品されて、七、八枚に一枚がはじかれていく。版画を留めているさまざまな色の洗濯ばさみを先細の華奢な指が開く。すると刷り上がりが満足でないシートがはらりと揺らいで、白木の床に落ちる。シャーロットは作業に没頭して音もなく室内を移動していく。自分自身がこしらえたイメージが遍在する、小世界に紛れ込んだ亡霊のように。三十九歳になってもあいかわらず細身で、骨格と肌がくっきりしている。少女の面影が残る顔を引き立てるのは明るい空色の瞳。時の流れを打ち負かしたかに見える容姿をかすかに損なっているものといえば、淡い小麦色の頭髪にこっそり紛れ込んだ幾筋かの白髪と、直射日光や荒天が両手の甲に残した染みぐらいしか見あたらない。

床に落とした刷りぞこないのシートを彼女の手が一枚ずつ拾い上げる。そうしてそれを半分に破り、ひとまとめにして紙くず専用の木箱に捨てる。次に、ぶら下がっている一枚を選んで、光にかざし、完全に乾いたのを確かめてから洗濯ばさみをはずして、裁断機で余白を切り取る。彼女はそのシートにサインをし、鉛筆で1／50と書き込んだ後、薄緑色のポートフォリオに収納する。彼女は同じ作業を繰り返してすべてのシートを完成させ、ポートフォリオのよれたリボンを軽めに結ぶ。

「サンセラズ教会は見ておくといい」最初の水曜日の午後、ムッシュー・ランジュバンが言った。平和広場《プラース・ド・ラ・ペ》に車を停めて、教会がある方向を指さした。それから、他には何もない町だよと注意を促した。新聞社《メゾン・ド・ラ・プレス》の隣りに公園があって、あとはティールームとカフェが何軒か、それと古い郵便局を改装したホテルがあるだけ。でも教会は一見の価値がある。「とにかく、聖堂の正面は悪くない」とつけくわえた。

シャーロットは教会まで歩いていき、聖堂の正面に感銘を受けた。それから堂内へ入った。ロウソクの獣脂と、たぶんお香の香りがしたが、香料が何かを言い当てるのは難しかった。彼女はそのとき十七歳で、ランジュバン家に滞在することになったのは、「完璧なフランス語」にたいそう重きを置く彼女の父親が手配したからである。父親の知り合いがマダム・ランジュバンのいとことつながりがあったおかげで、このホームステイが実現したのだ。父親はかなり早い頃、「おまえに絵心があるから父さんは鼻が高いよ」とほめそやしたが、その時期なりの親心から出たことばだった。「絵の道へ進むなら、父さんがおまえに望みたいのはただひとつ、つぶしがきく完璧なフランス語を身につけることだ」かく言う父親は娘の画才を信じていたわけではない。実業家としての直感で、フランス語さえしっかり習得しておけば、一人娘が商社あたりに職を得た場合、上げ底が効くだろうと踏んだのである。彼は口に出したことば通り、娘の関心事を深く心に掛けていた。そしてその先には裕福な相手との結婚を想定していた。彼は保守的な父親だった。

サンセラズ教会の堂内には告解室が何室かあり、十字架の道行きを描いた聖画像も掲げてあったけれど、十七歳の娘の興味をそそりはしなかった。シャーロットはただ、父親が自分をマシュリなんかに来させようと思いつかなければよかったのに、とくよくよ考えていた。毎週水曜日の午後はマダム・ランジュバンが子どもたちを乗馬に連れて行くので、彼女はひとりで過ごすことになっていた。日曜の午後と、毎晩子どもたちが眠った後の時間も、自由に過ごせた。とはいえ日曜の午後は森へ散歩にでも出かける以外、ひとりきりでは時間のつぶしようがなかった。その一方で、夜の時間を家族と一緒に過ごさずにひとり席を外すと、驚いたような顔をされた。子どもたちはぜんぶで五人いて、末っ子はまだ幼児だった。双子はそろって腕白で、まだ六歳だというのにひとをいじめるやりかたを心得ていた。コレットはいつもふくれっ面。十歳で黒髪のギーだけがシャーロットのお気に入りだった。

この家の家族をめぐる細かい話は、ハンドバッグに入れた書きかけの手紙に記した。ふくれっ面やいじわるのこと、ギーの可愛らしさやぽっちゃりした赤ん坊のこと。母親は手紙の行間を読んで、はっきりとは書かれていない不満を見つけ出すだろう。父親は走り読みしかしないだろう。**マダム・ランジュバンの妹さんがこの家に滞在しています。背が高くてかったるそうで、チェーンスモーカーで、化粧が濃くて、きれいな服を着ています。マダム・ランジュバンはぜんぜん違うタイプです。あかぬけた服装で、妹さんとは似ていないけど同じくらい美人で、みんなが気持ちよくしていられるよう気を配っているところがいっそう素敵。いつもにこにこしていますが心配性です。ムッシュー・ランジュバンは、口数が少ないです。**

広場のカフェの屋外の席で手紙を仕上げた。時間を持てあまさずにすむよう、休み休み書いた。七月だったので日陰の席を選んで座らなければならなかった。**ここへ来て以来雲はひとつも見ていません。**レモン入りの紅茶を飲み、封筒を閉じ、宛名を書いてしまうと、シャーロットは道行くひとびとを眺めはじめた。とはいえ午後の日射しが強いので、歩いているひとはほとんどいなかった。ブルーのドレスを着てサングラスを掛けて、プードルを連れた女性。自転車に乗った子ども。ワゴン車でやってきて靴箱の山を配達している男のひと。シャーロットは新聞社《メゾン・ド・ラ・プレス》の隣りにあると聞いていた公園を見つけた。ベンチはほこりにまみれ、鳥の糞で白く汚れていた。木々の葉が日射しを遮っているせいで涼しく、人気《ひとけ》がないのがありがたかった。彼女は腰を下ろして、持ってきた『美しく呪われし者』を読んだ。

二十二年たった今でも、ベンチに座っている自分自身の姿が脳裏によみがえる。小説のカバーに描かれた、タバコを手にした娘と夜会服を着た男の絵もありありと思い出せる。**マダム・ランジュバンはいつもわたしにフランス語で話しかけるよう心がけてくれています。**手紙ではそんなことも報告した。**ムッシューのほうは英語を話す練習をしています。**あの頃のシャーロットは臆病で、ほぼすべての感情において経験が乏しかった。子ども時代の彼女は、嫉妬の存在に気づいてはいたものの、父親と母親にたいする愛情はゆるがなかった。だが自分の心の意外な変化や、心それ自体の性質についてはまだよくわかっていなかったので、マシュリ屋敷へやってきた当初は孤独感ばかりが心をさいなんだ。

仕事部屋に掛かっているハンガーから防水厚地《ローデン》のオーバーをはずし、手袋を探している間もずっと、サンセラズの公園での経験が脳裏で再演され続けている。あの日の午後はちょうどよく周囲に誰もいなかったので、泣いてしまえばよかったのだ。どうして泣かなかったんだろう、と後々彼女は考えた。一時間後、博物館へ行ってみたが、あいにく閉まっていた。しかたなく彼女は、平和広場《プラース・ド・ラ・ペ》に立つ、永遠の平和を擬人化した派手な女性像の下で、マシュリ屋敷の表門まで連れ帰ってくれる路線バスが来るまで延々と待った。

「イングランドってどんなところか話してよ」その晩、マダム・ランジュバンの妹が頼んだ。彼女も英語を練習しているのだ。「あなたのお父様のお家の様子を、わたしに、聞かせてください。イングランドの食べ物はおいしくありません、でしょ《ネスパ》？」

問われるままにシャーロットはフランス語で話しはじめたが、きれいなドレスを着た背の高い相手が口をはさんだ。英語の音が聞きたいと言われて、英語に切り替えた。相手はあくびをした。この国は概して退屈だが、七月はパリでさえ退屈なのだそうだ。

シャーロットは自分が住んでいる家と、母親と父親について語った。マダム・ランジュバンの妹がことさらに知りたがったトーストの焼き方や、イングランドの肉屋が牛肉を吊し切りにするやりかたも講釈した。牛肉については知識が曖昧で、肉の部位の名称もよく知らなかったけれど、できるだけの説明はした。マダム・ランジュバンの妹はソファーに横たわり、黒いホルダーの先につけたタバコを吸いながら耳を傾けていた。緑のシルクのドレスが両脚にまとわりついていた。

「わたしはジャクソンの紅茶のこと、聞いたことあります」と相手が言った。

シャーロットは聞いたことがなかった。わが家に召使いはいないし、王室についてもよく知らないのだと白状した。

「ピムスNo.1」マダム・ランジュバンの妹がたたみかけた。「それって何《ケスクセクサ》?」

マシュリの地所は広大だった。庭園の向こうには羊の群れが草を食む牧草地が続き、その奥には、一フィートほどの高さしかない若木を植えた植林地が広がっていた。さらに分け入った傾斜地一帯にはおびただしい数のモミの木が生えていた。ときどきその方角から一日中チェーンソーの音が聞こえてきた。単調できしむようなその響きを耳にすると、シャーロットの心はざわざわした。

毎朝早く、屋敷の正面に敷かれた砂利を庭師たちがレーキで平らに均《なら》した。シャーロットが見たこともないほど幅広いレーキを扱うのは、老人と少年の二人組である。かれらは一時間かけて雑草が出そうな兆しを取り除き、前日やってきた車の痕跡をきれいに均す。少年は昼食の一時間ほど前に、屋敷へ野菜を届けに来る。彼は夕刻にもまたやってきた。

マシュリ屋敷の正面大扉の両側には大理石のニンフ像がある。大扉にいたる石段には装飾が彫り込まれた欄干がついており、豪勢な石段は途中で左右に分かれ、上りきる直前にふたたびひとつになる。屋敷の建材は灰色がかった茶色の石で、窓につけられた羽根板式のよろい戸は緑色に塗られている。屋敷は内側も外側も手抜かりなく維持されていた。銀器、家具、シャンデリア、狩猟の場面を描いたタピスリーから、巨大な玄関ホールのチェス盤そっくりな大理石の床にいたるまで、あらゆるものが屋敷の正面の砂利と同様、丹精込めて手入れされているのだ。階段でじゅうたん押さえとして使われている真鍮棒はお揃いの欄干とともに定期的に磨きが掛けられ、大きい方の客間にあるピアノはつねに調律されていて、ダイニングルームに鎮座する七宝細工のクジャクもくすみひとつなく輝いていた。このようにマシュリ屋敷は豪奢を極めていたが、電話は一台しかなく、一階の小さな専用室に置かれていた。凝った装飾を施した天井の色と合うように、電話室の壁には赤とブルーの壁紙が使われ、電話台とその前に置かれた椅子を青い電灯が照らしていた。メッセージを書き留めるための筆記用具と紙も用意してあった。マダム・ランジュバンの妹はドアを開け放ったまま腰を据えて、何時間も長電話をした。相手はパリの住人か、さもなくば彼女同様パリを離れて避暑に出かけているひとびとだった。

「まったく！《モンデュー》」ムッシュー・ランジュバンは、開いたドアの前を通りかかるとよくそうつぶやいた。こめかみのところの髪が白かった。髭はきれいに剃って、背は高からず低からず。茶色い瞳は、子どもたちがいるときにはいたずらっぽく、甘やかすような光を帯びた。子どもたちは父親に甘やかされて調子に乗る一方で、悪さをした場合お仕置き役を引き受ける母親にも同じくらいなついていた。ある日、双子が猫を煙突に入れ、別の日には双子が無茶をしたせいで、アンズの木の枝が折れた。別の朝には、老庭師ジュールの靴がぜんぶなくなっており、違う日にはコレットがベッドに寝たまま誰とも話さず、とりわけシャーロットのことをとことん無視して、壁とにらめっこしながら壁紙を指でいじくり続けていた。ムッシュー・ランジュバンは、猫の一件で双子を叱ったときと同じ剣幕でコレットを叱ったが、どちらの場合も、不始末にふさわしいお仕置きを決めたのはマダム・ランジュバンのほうだった。

マダム・ランジュバンの妹は浮気をしていた。彼女の夫が帰ってくるのは毎週木曜だけで、それも夕食が終わってずいぶん後、真夜中に近い時刻だった。パリ発の汽車でやってきて日曜の夜までこの屋敷で過ごし、寝台車でパリへ戻っていく。陽気な男で妻ほど背は高くなく、赤らんだ顔をして、小さな黒い口ひげを生やしていた。シャーロットが彼と居あわせた最初の週末が終わった後、マダム・ランジュバンが彼女に、妹は自分より身分が低い男のひとと結婚したのだと言った。マダム・ランジュバンが義弟のことを語る声音にはやさしさがこもっていたので、単なる事実を語っているだけなのだという感じがした。彼女は誰のことも悪く言わなかったし、悪意を持って誰かを傷つけようなどとは考えもしなかった。彼女はそういう女性ではなかった。妹の浮気について語るときには肩をすくめながら話した。妹の結婚式の当日から、姉は、そんなこともあるかもしれないと予想しており、なりゆきでそうなってしまう人間もいると考えていた。マダム・ランジュバンは、「世の中ってそういうもの《ル・モンド》」とつぶやいたが、その声音は妹をとがめるでもなく、寝取られ男になってしまった義弟を見くびるでもなかった。

シャーロットはフラットを出て、薄暗い階段を下りて街路に出る。薄緑色のポートフォリオを小脇に抱えて歩く。十二月の朝のしんしんと冷え切った大気の中、防水厚地《ローデン》のオーバーの襟を立てて、黒いマフラーを首にぐるぐる巻いている。彼女は考える——他のひとの人生でも、たったひとつのできごとがその後の長い年月に影響を与え続けるなんてことがあるのだろうか。五歳のとき彼女は重い病気を患った。緊迫した周囲の状況、死が近くまで来ていたこと、さらには黙って死に従うつもりだったことまでよく思い出せるのだが、その経験はそれ以上追いかけて来はしなかった。経験は特定の時と場所にしっくりはまり込んでいるので、彼女はそれを脱ぎ捨てて難なく先へ進めた。同じように、他の事件やできごとも置き去りにすることができた。いかにも永遠に影を落としそうにみえたのに、実際はそれほどでもなかったのだ。マシュリ屋敷でのひと夏の経験だけがシャーロットの心に住みつき、彼女の一部になったような顔をして今でもしつこくつきまとっている。

「ジュラ山脈は黄ワインの産地です」ムッシュー・ランジュバンが英語で話し続けていた。「ノランスの他のワインとは違います」

マシュリ屋敷の窓からはジュラ山脈が見えた。春から初夏にかけて山の方角から風が吹いてくるときには冷え込むのだと教えられた。ジュラ山脈はしばしば話の種になった。

「お医者様は手近にいますか？」夫に頼んでパリから持ってこさせた英会話用語集の表現を真似て、マダム・ランジュバンの妹が言った。「『手近』ってどういう意味？　お医者様を手に載せるなんて《アン・メドサン・シュー・》できるの《ラ・マン》？　無理よ《セタンポシーブル》！」彼女は退屈した人間特有の几帳面さで、タバコをもう一本選び出してホルダーの先端に差し込んだ。

「つきあっている相手は年下の男なのよ」マダム・ランジュバンが、明瞭な発音のフランス語でゆっくり言った。「薬局をお手伝いしている店員。やがてもちろん結婚を望むでしょうし、望めばそれはかなうでしょう」

朝目覚めたとたんに、開けてある窓からコーヒーを淹れている香りが漂ってきます。召使いたち

の朝食だと思います。八時半にはわたしたちの朝食も準備が整って、庭のあずまやでいただきます。昼食も同じところでとります。でも夕食は、たとえどんなに暑い日でも、戸外では決して食べません。日曜日にはムッシュー・ランジュバンのお母様がちっぽけな自動車をなんとか運転してやってきます。三十キロ離れた村でひとり暮らしをしているのです。家政婦さんはいるようですが。小柄で近寄り難いひとで、わたしには話しかけてくれません。ときどき男のひとが一緒に来ます。ムッシュー・オジェという名前であごひげを生やしています。彼はわたしに、自分の健康状態について細かく話します。わたしは彼が帰った後、聞き覚えのなかった単語を辞書で調べます。日曜には他の親戚もよくやってきます。マダムのいとこがご主人と一緒にソーリューから来たり、将軍の未亡人さんも来ます。

　戦争中、マシュリ屋敷に女性と子どもしかいなかったとき、ドイツ兵がひとり敷地内に入りこんでいるのが見つかった。隠れ処をこしらえて潜み、屋敷から出る残飯で食いつないでいたのに、やけを起こして食料貯蔵室からチーズとパンを盗もうとしたのだ。屋敷の女性たちはそれから一週間以上ものあいだ、兵士が近くにいる気配を感じながら暮らした。夜分に兵士の姿をかいま見たりもしたが、どうすればよいかわからなかった。脱走兵だろうと想像してはいたものの本当のところは不明で、本隊からはぐれたのかもしれなかった。そうこうするうちに女性たちの心に、自分たちがなんらかの理由で監視されているのではないかという恐怖がつのり、ついに兵士を射殺し、庭に埋葬した。「ここよ《イシ》」バラが植わっている大きな楕円形の花壇の真ん中を指さして、マダム・ランジュバンが言った。「わたしが手を下したのよ《セ・テ・モワ》」シャーロットがことばにしなかった質問に答えてそうつけくわえた。雨の夜、彼女と夫の母親とお手伝いが、兵士が現れるのを待ち構えた。最初に撃った二発の弾がはずれると、兵士が三人のほうへ向かってまっすぐに歩きはじめた。三発目の銃弾を受けた兵士がよろめいたのを見て、マダム・ランジュバンは四発目の弾を相手の身体に撃ち込んだ。彼女は当時、結婚後数ヶ月しかたっておらず、今のシャーロットとあまりかわらない年齢だった。**とてもやさしくおとなしそうなひとなのに、**とシャーロットは手紙に書いた。**想像を越えています。**

　八月十四日。シャーロットが以後心の奥底に秘めることになるその日、彼女は水曜午後の自由時間をサンセラズで過ごすために、ムッシュー・ランジュバンに車で送ってもらった。いつもなら平和広場《プラース・ド・ラ・ペ》に着いたら彼女を下ろし、ドアを閉めたら、車は何かの約束を果たすために去っていく。ところが今日は違っていた。

「さて、どうしようかな」

　ムッシュー・ランジュバンがなぜかフランス語で言った。それから微笑んで、彼女同様自分も数時間暇ができたのだと言った。それを聞いたシャーロットは彼の厚意に気がついた。毎週水曜の午後は、ムッシュー・ランジュバンが約束のある仕事先へ出向くついでに彼女を町まで送っていたのだが、今日はそのついでがなかったのに、ある種の義務感を感じて送ってくれたのだ。

「表門のところからバスに乗ってきてもよかったのに」と彼女が言った。

　彼はまた微笑んで口を開いた。「そんなことをさせては面目が立たないよ、シャーロット」

　ムッシュー・ランジュバンから感情的なほのめかしを受けたのははじめてである。彼女はどう応答したらいいかわからなくて混乱した。おまけに自分の顔が赤らむのがわかった。**ムッシュー・ランジュバンはとても素敵なひとです、**と彼女はすでに書き送っていた。**ムッシューもマダム

も素敵です。それ以外にことばが見つかりません。

「ちょっとしたドライブにお連れしてもいいかな、シャーロット。ここでは何もすることがないから」

シャーロットは首を横に振った。そして、ちょっと買っておきたいものがあるので、買い物をすませてからいつものようにバスでマシュリへ戻ります、と言った。大丈夫です。

「何をするというんだい、シャーロット？　教会の正面をもういっぺん見るのかい？　博物館はたいしたことないし、コーヒーを飲んだって時間はつぶせないよ」

シャーロットは、フランス語をしっかり身につけてほしいと願う父親の期待にはまだまだ応えていない。彼女はたどたどしいフランス語で、毎週水曜の午後を楽しんでいます、と言おうとした。そうやって口を動かしながら、この夏楽しかったのは何かと問われれば、まさに今ここ、ムッシュー・ランジュバンとのふたりきりのドライブが一番だと考えていた。ついさっきまで、そんなふうに考えてはいけないと自分に禁じていたのだが、いったん思いがまとまると打ち消せなかった。

「買い物をするあいだ」とムッシュー・ランジュバンが言った。「待っているから心配はいらない」

シャーロットが戻ってくると彼は車を発進させ、ほぼ五十キロも離れたところにある鄙びたホテルまでドライブした。キヅタがからまったそのホテルは川岸にあった。庭園には鳩が群れ遊び、すぐ近くを小川が流れている。ふたりはブナの木陰のテーブルを囲んで腰掛けたが、急いで注文をとりにくる者はいない。庭園には人影がなく、ホテルそのものも閑散としているようだった。みんな眠っているらしい、とムッシュー・ランジュバンが言った。

「マシュリは楽しいかい、シャーロット？」

ムッシュー・ランジュバンから三フィート離れていても、溺愛に似た感情の波が伝わってきて、彼女はかすかなめまいを感じた。彼の指先が彼女の前腕に触れて、反響音が体中に行き渡ったかのように、肌の表面がぞくぞくしたのだ。彼の指先は彼女に触れていない。彼女は彼の子どもたちのことを思い出そうとした。コレットと、最悪に忌々しくなったときの双子を頭に浮かべようとして必死になった。マダム・ランジュバンを思い描いて、穏やかでやさしい声を聞こうとした。だがすべて無駄だった。目の前にはひとりの男がいて、彼の白い車がずっと向こうに停まっていて、差し向かいに座っている真ん中に丸い小テーブルがあるばかりだ。裏切り行為がはじまっている。ふたりはすでに裏切りの共犯者だった。

「はい、今はとても楽しいです」

「最初は楽しくなかったのかな」

「少し寂しかったので」

シャーロットはポートフォリオを抱えて、十二月の灰色の街路を足早に歩いていく。ずっと以前、顔のないふたりの人物が丸くて白い小テーブルを囲んでいるところを描いた版画を制作した。雨水がしたたる低い木立の間で三人の女性が雨宿りしていて、その姿が強い雨のためにぼやけて見える場面や、木漏れ日でまだらになったマシュリ屋敷も描いた。子どもたちが遊んでいる場面や、誰も乗っていない白いシトロエンも版画にした。

「子どもたちは君が好きだよ、シャーロット。たぶんギーが一番なついている」

「わたしも今ではみんなが好きです」

しばらくの間おしゃべりをした後、ふたりは車へ戻った。一時間ほどもたっただろうかと思われた。シャーロットが後で時計を見ると、そこで過ごしたのはほぼ一時間だった。とうとうウェイターは姿を現さなかった。

「みんなまだ眠っているらしい」とムッシュー・ランジュバンが言った。

彼が彼女に両腕を回したのはどういうなりゆきだったのか？　芝生を歩いている途中で足を止めたのだろうか？　後にシャーロットは、そうに違いないと気づいた。ところがかんじんの瞬間の記憶をたどってみると、拒むようなことばをつぶやいたのと、彼女の両手のひらが彼の胸に押しつけられていたことしか意識になかった。彼は唇こそ触れなかったものの、キスと区別できない感情の高まりがあった。彼女はそれも後から気づいた。

「だいじなシャーロット」と彼がつぶやき、さらにつけくわえた。「わたしを許しておくれ」めまいがしたかもしれなかった。それを察知したかのように彼が彼女の片腕を支えた。路上で知らないひとに助けられたような指の感触を、彼女はひじに感じた。彼は車を運転しながら、マシュリでの子ども時代について語った。年老いた庭師はそれ以前から屋敷で働いており、ほぼ何も変わらぬまま今に至っているという。違いがあるとすれば、今日ではオイルを取るためにひまわりを植えてあるところに、かつては小麦が栽培されていたことぐらいであった。荷車や、それを牽く去勢雄牛たちのことまで、彼はよく覚えていた。

白いシトロエンが表門を入り、プラタナス並木を左右に見ながら屋敷の玄関まで走っていく間じゅう、タイヤが砂利を踏みしめる音が聞こえた。昔は母屋のすぐ前にオークの大木があったが、枝が茂りすぎたため切り倒された。ムッシュー・ランジュバンはその木が立っていた場所を指さした。ふたりは石段を一緒に上り、玄関ホールへ入った。

その晩、夕食のテーブルでマダム・ランジュバンの妹が新しいフレーズに取り組んでいた。「友人とわたしは劇場へ行きたいのです」と何度か繰り返して、強勢の置き方や発音についてアドバイスを求めた。水曜日はいつもバスで帰宅していたシャーロットが、今日に限ってムッシュー・フンジュバンと一緒に車で帰ってきたのを話題にする者はいなかった。誰も気づいていなかったし、興味もなかったのだ。あれはほんの一瞬のこと、取るに足らないこと、と彼女は自分に言い聞かせた。許しておくれ、と彼に言われたとき彼女は返答しそこなった。彼は彼女の手さえ握らなかった。

日曜がまためぐってきて、ムッシュー・ランジュバンの母親がやってきた。あごひげを生やして、自分の健康状態の話ばかりするムッシュー・オジェもついてきた。将軍の未亡人も来た。その日、妻に欺かれている夫はいつにも増して上機嫌だった。夜、彼が駅へ向かって出発した後、マダム・ランジュバンの妹は受話器に向かって「最愛のひと《モンシェリ》」とささやきかけていた。「残酷すぎるわね《セットロ・クリュエル》」

次の水曜日、マダム・ランジュバンがシャーロットに、夫は今日その方面に用向きがないので、サンセラズへはバスで行ってくれないかしら、と言った。その次の週の水曜には、先週同様のことが今後も続くのは当然であるかのように、バスで行くことになった。マダム・ランジュバンに気取られたのだろうか？　彼女はおくびにも出さなかったものの、シャーロットは彼女が、妹と薬局の店員との関係についてはじめて語ったときにかいま見えた哲学の片鱗を忘れていなかった。マダム・ランジュバンは、あきらかにばかげたことであっても、それが存在する場合には、事実と割り切って受け止めるひとなのだ。

シャーロットはいつものカフェにひとりで腰掛けて、決断を迫られなくてよかったと思い返していた。水曜の午後はいつもここにいるので、彼女はこの店の一部になっている。もし彼が、どこか楽しいところへもう一度ドライブしようと誘ってきたら、断り切れていただろうか？　勇気が折れてしまったのではないか？　カフェにぽつんと座りながら、彼女は首を横に振った。もしもう一度誘われていたら、彼と一緒にいたい欲望の前では、世間並みの節操など黙りこくってしまったに違いない。勇気が割り込む隙などなかったはずだ。

　その日、彼女は博物館を再訪した後、ほこりっぽい公園のベンチで過ごした。そして近くに置き去りにされていた棒馬をスケッチした。彼が心変わりしたとしても、裏切りは厳然と存在する。ふたりからそれを奪い取るなど、もはやできない相談だった。

「悲しそうだよ《チユエ・トリスト》」その晩、彼女がおやすみを言ったとき、ギーはそう返してきた。「どうして悲しいの《プルコワ・エチユ・トリスト》、シャーロット？」あと三週間しかここにいられないのが悲しくて、と彼女は答えた。その答えは真実を含んでいた。「でもまた来ればいい《メ・チユ・ルヴィエンドラ》」とギーがなぐさめてくれた。彼女はそのことばを信じた。マシュリが見納めになってしまうなどとは考えることさえできなかった。

　男は満足げにうなずく。作家に期待する彼の方向性ははっきりしているし、自分の顧客がどんな作品を好むかについてもよくわかっている。彼がおこなうインテリア設計では、ミニバーやテレビの上の壁に薄い色の額縁をつけた版画を掛けて、空間を引き締める。しゃれた線を狙ったホテルの客室、重役用会議室、管理職専用ダイニングルーム、事業家の執務室などに、シャーロットが描いたマシュリの夏の版画が掛かっているのだ。

　今日持ってきた作品を注文主が仔細に点検している間、シャーロットはマシュリの森を歩く自分自身の、やせた、ひとりぼっちの姿を想像している。いったいわたしのどんなところが、世慣れた男の愛をかきたてたのだろう？　ある種の美しさに恵まれていなかったとは思わないけれど、と彼女は考え続ける。身のこなしが不器用で、会話しようにも知識が乏しく、世間知らずで、言われたことをすぐ真に受ける質《たち》だった。その上、イギリスの高校生だから服のセンスだって悪くて、化粧のしかたもほとんど知らないから、すっぴんでいることも多かった。もしかしてその、ひとずれしていないところが彼の目を牽いたのか？　買い物が終わるまで待つと彼が言ってくれたとき、顔にふと浮かんだに違いない、おびえた困惑の表情が彼を喜ばせたのか？　シャーロットは記憶を総ざらえして、マシュリに着いた初日から彼の視線を感じていたのを確信する。彼がシャーロットをちらりと見たときの愉快そうなまなざしには好意があったのだが、そのときはそれが何だか理解できなかったし、それを求めたいとも思わなかった。ところが、ふたりの間に震えるほどの感情の高まりが生じるのに気づき、彼のしぐさやことばがその身震いの源だとわかるやいなや、それまでランジュバン夫妻を同等に素敵だと思っていた気持ちが消し飛んで、彼と同席することがあらゆる意味で特別になってしまったのだ。記憶の総ざらえをしているうちに、もうひとつのこともわかってくる。シャーロットは、ムッシュー・ランジュバンの名誉を重んじる心と道義心に牽かれたと思い込んでいたが、相手のそうした資質に気づくより前に、彼女自身の感情がまず最初に揺れ動いた。心の表面に浮かび上がったその動揺を無意識の礼節が埋め戻したのだ、と彼女は不意に自覚する。

マダム・ランジュバンの妹は、シャーロットがマシュリ屋敷から帰る日、彼女を暖かく抱きしめた。「ごきげんよう」と言ってから、イングランドではこういう場合にこのあいさつをするのだったわねと確かめた。子どもたちはシャーロットにプレゼントを渡した。ムッシュー・ランジュバンはありがとうと言った。彼はシャーロットの両肩に両手を置き、片手をすぐに下ろして握手を求めた。マダム・ランジュバンが駅まで車で送ってくれることになった。車に乗ってからムッシュー・ランジュバンのほうを振り向くと、瞳の中につい今しがたまで見えなかったものが浮かんでいた。あの秘密の午後がもたらした、悲しい苦悶。彼は両手を娘の両肩に置いたまま、無言の声を発していた。車が駅に着いたとき、マダム・ランジュバンは、彼女の妹と同じようにシャーロットを抱きしめた。

　九月末の光を浴びて走る汽車の仕切り客室《コンパートメント》の片隅で、シャーロットは声を上げずに泣いた。彼はマダム・ランジュバンを大切に思っているから、彼女の妹とは違って、自分が選んだ伴侶を裏切ったりしなかった。彼は、自分のわがままを満足させるために子どもたちを苦しませるようなひとではない。それらすべてをわかっているから、ムッシュー・ランジュバンへの敬意は揺るがなかった。汽車の中で運命を甘受したシャーロットの心は憂鬱そのものだった。だがやがて、年月に身を任せるうちに心はしだいに癒やされていった。

「君の心は何マイルも離れたところにあるみたいだね、シャーロット」彼女はその後、若い男たちから冗談半分によくそう言われた。言われるたびに謝ったが、心はいつもマシュリにあった。若い男たちのおしゃべりに耳を傾けているときにも、マシュリ屋敷の石段を下り、森へ散歩に出かけていた。そうした記憶があったせいで、男たちにぎこちなく手を握られたり、キスされたりしたとき、過度にどぎまぎしないですんだ。プロポーズを受けるたびに心の中で、平和広場《プラース・ド・ラ・ペ》で白い車がわたしを待っているので、とつぶやいた。だが、彼女に愛されていると勘違いした男たちにたいして、シャーロットが実際に言ったことばはいつも、ごめんなさいのひとことだった。

「君の版画は改装のいいアクセントになるんだ」新作を注文した男がつぶやく。オフィスやホテルの客室の壁を塗り替えた後、彼はいつも、新しいカーテンを掛けるとともに、新しい版画を掛けるよう指示を出す。顧客もそれを求めているからだ。六ヶ月後くらいをめどに新作をまた持ってきてくれれば、まとめて買い取れるからと彼が告げる。「そんな感じで段取りをよろしく、ねえ、君」彼はシャーロットをいつもそう呼ぶ。マホガニー色の髪はバネのように弾力がありそうだ。あごと首筋のあたりに無精ひげが見えるものの、薄くてやわらかいひげなので、ほとんど剃る必要がない。

「小切手を送るよ」と男がしめくくる。

シャーロットは礼を述べる。この男の他にも、新しい感覚とインテリアの邪魔にならない淡泊さをあわせもつ作品が必要になると、彼女のことを思い出して声を掛けてくれるひとが何人かいる。かれらはシャーロットの版画を、本人が考えるよりも高く評価しているが、それは当然とも言える。彼女にとって版画そのものは副次的な意味しかない。彼女が重んじているのは自分の信条の揺るぎなさである。あらためて考えるまでもなく、彼女と同様、彼女の思い人にとっても、時の流れが禁断の愛を消し去るのにしくじったことは明らかだった。あの夏以来ずいぶん長い年月をかけて、彼女は彼を思い続けてきた。そして愛というものの本性について考え抜いた結果、もうずいぶん前に結論に達している。愛とは謎で、どこからともなくやってくる、訳も理由もないものだ。真実は揺るがない。不似合いでほとんど残酷と言ってよさそうな愛に、ふたりがとらわれた理由など、わかるはずがない。

十二月のくすみはてた町は、日中の光でさえ貫き通せない。霧が街路を覆い隠し、舗道はじっとり湿っている。資産リストのチェックや企業買収の画策に忙しいビジネスマンたちはおそらく、オフィスの壁に掛かっている版画に目を留める暇などない。「なんて素敵な絵なのかしら！」ホテルの部屋で半裸の女性が、版画の存在に気づいたことはあったかもしれない。それはたぶん、あわただしい午後の情事の後か、週末の浮気の真っ最中のけだるいひとときだっただろう。

シャーロットはパブに入り、カウンターの隅に腰掛けると、空になった薄緑色のポートフォリオを脇に置く。まだ時間が早いから、バーマンがふたり立ち働いているだけで、他に客はいない。彼女は目の前に届いた赤ワインを幸せな気持ちで口にふくむ。それから、わざとゆっくりしたしぐさでタバコに火を点け、色あせたプラスチックの灰皿にマッチ棒を落とす。ポートフォリオで手元が隠れてちょうどいい具合なので、暇つぶしに、プラタナスの並木道を通っていく陰鬱な葬列の絵を描きはじめる。マホガニー色の髪の男はやがて版画になったこの絵を見るだろうが、何が描いてあるのかは詮索しないだろう。そもそも興味がないからだ。葬列の版画が掛けられる部屋べやを使うひとびとも誰ひとり不思議がりはしないだろう。

彼女はワインを飲み終わり、背が高いほうのバーマンにめくばせをする。おかわりのグラスが目の前に届く。怒った父親の顔と、困惑してしかめた母親の顔が、彼女の脳裏に浮かぶ。両親に心の奥底を語ったことはない。父親は彼女に前向きな希望がないと言って怒り、若い男たちを次から次へと袖にすると言って憤慨した。「あなたいつまでもひとりぼっちよ」と悲しそうに母親が言った。シャーロットはあえて説明する気にはならなかった。人間存在の奥底にとても脆いものが居座ってしまうことがあるなどという話を、幸せな結婚生活を続けている人間に言ってもわかるはずがない。彼女がうちに秘めているものに照らしてみれば、野心満々の男や、女を口説こうと必死になっている夫志願の男などは軽薄の極みで、滑稽にしか見えなかった。

彼女はムッシュー・ランジュバンの筆跡を見たことはないが、たぶんギーの筆跡に似た、大きくて斜めの字を書くに違いないと思っている。彼女は未来永劫、彼の筆跡を目にする機会はないとあきらめている。彼女を繰り返し訪れる夢想は筆跡の残像を残してはいかないからだ。マダム・ランジュバンは一ヶ月ほど前に馬から落ちた――それはシャーロットが抑えきれずに夢想したことがたまたま現実となった事件である――が、その事故をシャーロットに告げる手紙が届く見込みもない。葬列の絵は願望のイメージではなく、彼女が版画家として蓄えた数々のイメージの中のひとつにすぎない。名誉に値する裏切りとしてはじまったものが現実の恋に終わってよいはずがあるだろうか？　高潔さの報酬はしかるべく与えられぬものである。

シャーロットにとって彼との恋は、屋敷のひとびと、訪れた町、また来ればいいと言ってくれたギー、砂利をレーキで均す音、早朝のコーヒーの香りなど、ひと夏のさまざまな記憶と混じりあって今でも厳然と存在している。他方、ムッシュー・ランジュバンもあれ以来、来る日も来る日も痛みを払いのけ、口を突いて出そうになることばを抑えて、裏切りとともに生きてきた。ふたりが以後それぞれに生きていく習慣のようなものが、あの夏の日の午後、形作られた。そういうことはめったに起こるものではないのだがね――シャーロットとの声なき対話の中で、彼女の思い人が述懐する。彼もまた彼なりに感謝しているのだ。

ばかばかしい、とヘンリエッタは思う。だがそれでもなお、この娘がかわいそうな気もする。無精で顔が青白くて、憐れっぽい声を出す子。傷に塩を塗るみたいに、シャロンという名前まで魅力のかけらもない。

「悪いことは言わないから」ヘンリエッタが静かに口を開く。「全部忘れてしまうこと。シャロン、しばらくの間、どこか遠くへ行ってみたら？　たとえば……ええと……」シャロン・タムのような娘はどんなところへ行きたいのだろう？　マーゲイト？　それともベニドルム？　「援助が欲しければ考えましょう。お金なら少し貸してあげますよ」

娘は首を横に振る。洗髪が必要な髪がはためく。憐れっぽい声が、遠くへなんか行きたくありませんと言い張る。ここにいたいんです、だってここが私の居場所だから。

「でもね、シャロン、きっと気が楽になると思うわよ。一週間か二週間、居場所を変えてみるだけで。そうするのがつらいのはわかるけど」

相手は再び首を振る。真っ直ぐで柔らかい髪がはためく。小さいレンズの金縁メガネをはずして、パッチワークのスカートでていねいに拭く。パッチワークに見えるのは単なるつぎあてかもしれない。ゆるくて薄汚れたサンダルは蹴るように脱ぎ捨てたままだ。シャロンはしゃべりながら、そのサンダルを足でいじっている。床にべったり腰を下ろした彼女は、決して椅子には座らない。

「わたしたち、お互いを理解しているでしょ」とヘンリエッタがやさしく話し続ける。「そのことをね、覚えておいてほしいのよ」

「わたしもう、オレンジ教団とは関わってません。以前のわたしとは違います。自分の行動にはちゃんと責任がとれるんです」

「オレンジ教団との一件が終わったのは知っているわ。今は地に足がしっかりついているものね、シャロン」

「ホントにあれはメチャクチャでした、まったく」

オレンジ教団は東洋的な神秘主義を提唱しているのだが、ヘンリエッタはその内実をほとんど知らない。神秘主義を掲げて性的放縦の隠れ蓑にしているのだと誰かが教えてくれたけれど、それ以上詳しい話はしてくれなかった。この宗派はクリシュナ教団とは明らかに別物である。クリシュナ教団の連中もときによってオレンジ色の衣をまといはする。だが粗食に甘んじるかれらにとって、セックスに耽るなど問題外だった。オレンジ教団は牧草地にキャンプして近隣住民の怒りを買ったものだが、それも今は昔の話だ。

「あなたががんばって生きているのはわかっています。あなたが人生の新しいページをめくったのもわかるわ」ただここにひとつ、厄介な事態がもちあがった。不条理にも、めくられたページがへンリエッタの夫に向けられているのだ。

「わたしはどうしてもここにいたいんです」とシャロンが繰り返す。「あのことが起きて以来、ここ以外は自分の居場所と思えなくなったから」

「あら、あのことって。何も起きてはいないでしょ、シャロン」

「でもわたしには起きたんです、ヘンリエッタ」

シャロンは決して微笑まない。ヘンリエッタは、この娘の無精な顔に笑みが浮かぶのを見た覚えがない。また、青白い顔が薄化粧で華やいだところも見たことがない。ヘンリエッタは身なりに気を遣い、持ち前のかなり恵まれた容姿に手入れを怠らないほうなので、シャロンの無頓着さが理解できない。ただ、シャロン・タムは人前に出せないほどだらしないとはいえ、ふしだらな女ではないし、男をたらし込んで金品を巻き上げるタイプではない。ヘンリエッタは、そういう女は現実には存在せず、書物の中にしかいないと考えている。

「わたしの口からお話ししたほうがいいと思ったんです」とシャロン・タムが話しはじめる。「そのほうがフェアだろうと思って。ねえ、ヘンリエッタ」

「そうね、話してくれてよかった」

「彼は打ち明けるようなひとじゃないから」

娘はそう言って立ち上がり、垢じみた足にサンダルをねじこむ。白くて小さいプラスチック製の蝶形リボンが髪についている。ヘンリエッタはこの髪留めの存在にはじめて気づいた。いままでは髪の毛が覆いかぶさっていて見えなかったのだ。娘は白い蝶を外してもつれた髪をなおし、頭を大きく振ってから、まとめなおした髪に再び蝶を留める。

「彼はひとを傷つけることができないんです」ヘンリエッタに向かって娘が話題にしている彼とは、ヘンリエッタが結婚してかれこれ二十年以上にもなる男のことである。

シャロン・タムはそう言い残して部屋を出て行く。話の間ずっと背もたれの高い椅子に腰掛けていたヘンリエッタは動こうとしない。娘が言ってのけた、最後のふたつのセリフに仰天しているのだ。彼は打ち明けるようなひとじゃないからなんて、どうしてあの娘が言えるの！　彼はひとを傷つけることができないだなんて、純情ぶって言ってるけど、あのひとのことをどれだけ知っているというの！　ほんの一瞬、ヘンリエッタは娘の後を走って追いかけ、玄関で追いついたら平手で頬を張り飛ばしてやりたい衝動に駆られる。だが不意打ちを受けた衝撃があまりに大きく、予想できなかった話の内容に激怒しすぎていて身体が動かない。「緊急にお話ししたいこと」があるのでうかがってもいいですか、と憐れっぽい泣き声で電話を掛けてきたのは娘のほうである。困り事でもできたのだろうと思い、ヘンリエッタは外出する予定をとりやめて、その午後会うことにしたのだ。

玄関ドアがばたんと音をたてる。ヘンリエッタはまだ動けない。先月四十二歳になった彼女は、今日は青いプルオーバーのセーターを着て、のど元にはピンクのサンゴのネックレスが見える。両手の指にいくつか指輪をして、髪は赤っぽい茶色に染めている。目は娘が腰を下ろしていたカーペットを見据えたきり動かない。シャロン・タムはひと頃この家へひんぱんにやってきて、自分の家族の話をずいぶん聞かせた。ヘンリエッタは情が移って、かわいそうだと思うようになった。ところが娘はぱたりと顔を見せなくなり、オレンジ教団へ入り浸るようになった。

庭にいるヘンリエッタの犬が、鼻面でフランス窓のガラスに触れて入りたがっている。カーキという名前のケアンテリアである。夫のロイがしつけたのだが、もともと頭がいい犬なので訓練は容易だった。ヘンリエッタは部屋を横切ってフランス窓を開けてやる。足元に駆け寄り、大騒ぎして感謝の意を表する犬を、いつもとは違ってそっけなくあしらう。始末が悪いのは、あの娘が自分自身にとりついた途方もない妄想を心から信じているということ。娘はもちろんすでにロイに話したに違いなくて、でも、ロイはロイだから、どうしたらいいかわからないでいるのだろう。

ふたりが結婚したのはロイがまだ駆け出しの頃だ。ロイはヘンリエッタよりも七歳年上で、彼女は当時、学科の秘書をしていた。彼女は大学を出ておらず、アカデミックな世界の一員ではなかったので引け目を感じていた。「どうせわたしはただのタイピストよ！」つきあいはじめたばかりで、むきになってケンカをした頃には、恨みがましいことをよく叫んだ。「ただのタイピストなんだから、あなたのことが理解できるほど頭がよくないの」一方ロイは行儀がよく、どんなときにも取り乱さないタイプなので、すねて閉ざした唇にそっとキスをして、ばかなことを言うもんじゃないよとたしなめた。ヘンリエッタは同僚のどの女性よりも賢いし、美しいし、あらゆる点において魅力的だと彼は言い、そのことばに偽りはなかった。彼は今でもよくそのセリフを繰り返す。ヘンリエッタは、「賢い」という部分にはうなずけないものの、「美しい」と「魅力的」ということばは額面通り受け取って、自らそう認めても恥ずかしくない自信がある。そもそもあの学科に関係する女性たちの服装センスはひどすぎて、ほとんど傲慢の域に達している、とヘンリエッタは思っている。

シャロン・タムに出したお茶の道具一式を片づけて台所へ運ぶ。娘から最後の言いぐさを聞かされたときよりも、ほんの少しだけ平静が戻ったヘンリエッタは、オーブンに入れる七面鳥胸肉の下ごしらえをする。たいした手間は掛からない料理だが、自分で考案したレシピにしたがって胸肉にハーブを突き刺し、セロリの芯を詰める作業が気に入っている。パースニップをスライスし、トマトの皮も剝いて、一緒にローストする。特別な料理ではないけれど、あの娘がやってきたことを報告すれば夫が嫌な気分になるのはわかっているので、料理する手に自然と力がこもる。

彼が好きなパイナップルプディングもこしらえることにする。本人も認めているように、ロイの食の好みは男子中学生みたいなものだ。ヘンリエッタの見るところ、彼は乳製品を少々摂りすぎているので、クリームの食べ過ぎに注意する必要がある。塩分も摂りすぎないよう、いつも言い聞かせている。子どもがいないせいで、夫婦がお互いを気遣うような感じになっている。彼は彼で、妻が長時間掃除機を掛けすぎて背中を痛めるのが心配なので、ほどほどにするよう声をかける。

ヘンリエッタはプディング液をパイレックスの皿に注ぐ。オーブンに二十分間入れておけば完成である。玄関に夫が帰ってきた音がする。彼女の名前を呼ぶ声と、カーキが喜ぶ吠え声が聞こえる。「飲みましょうよ」と彼女が声を上げて返す。「庭で一杯飲みましょう」

ヘンリエッタがシェリーとジンとチンザノのボトルをトレイに載せて四阿《あずまや》へ行くと、彼はもう腰掛けている。ほとんど必要ないとは思ったけれど、彼女は化粧を直してきた。髪に赤いシフォンのスカーフも巻いている。「夕食は」と彼女が口を開く。「もうじきできるから」ロイの帰りはいつもより少し早かったのだ。

彼女は夫のグラスにジンとチンザノを注ぎ、自分のにはシェリーを注ぐ。「今日はどうだった？」と彼女が夫に微笑む。

「いや、特別なことはなかったな。マクメラニーのやつはあいかわらず不愉快だが」

「あのひとは撃ち殺すしかないわね」

「射殺してくれる人間が見つかればいいが」

フォッシーという名前の学生が幻覚に陥った状態で公園管理人に発見された事件以外、とりたてて話すことはない。成績はよく、いつも落ち着いていて、バランスがよさそうな学生だったから、とても惜しい事件である。

「ロイ、わたしあなたに話しておきたいことがあるの」

「ほう？」

太った彼が椅子に腰掛けると、手足を投げ出したような姿勢になる。歩くときも手足がばらばらに動くので、歩道にのさばっているように見える。映画館でも、バスに乗っても、自家用車を運転するときにも、手足がぶざまに広がる。もじゃもじゃの白髪頭にはいつも櫛を入れ、ちゃんと手入れをしているのだが、決してそうは見えない。フレームが太くレンズが分厚いメガネは赤らんだ顔の上をぐらぐら移動し、しばしばはずれて落ちる。着るやいなやスーツがよじれて、服の隙間からぜい肉がはみ出す。今日は一番お気に入りの、濃茶のコーデュロイのスーツを着ている。胸ポケットには、ゆるんだ蝶ネクタイと色を合わせた、染みだらけのブルーのハンカチが入っている。

「シャロン・タムが来たのよ」とヘンリエッタが言う。

「ほう」

彼女は、ジンのベルモット割りをごくりと飲む夫を見つめている。度が強いレンズの奥の両目には表情がない。夫の心は、妻が話している事柄に反応しているようには思えない。学科内で成功者になれなかったから、何年も前に大学をやめるべきだったと考えているのかしら、と妻は思う。マクメラニーを不愉快な奴だと感じるとき、ロイがしばしばそんなふうにくよくよするのを、ヘンリエッタは知っている。

「ねえ、ロイ、聞いて」

「ああ、聞いてるよ」

「困った話なのよ」と彼女が言う。

「何が？」

「シャロン・タムのことに決まってるでしょ」

「彼女はずいぶん立ち直ってきた。とても頭がいいからね。ほんとに優秀なんだ」

「あの娘、あなたを相手にして妄想を膨らませてるんだから」

ロイは妻のことばが聞こえなかったかのように——あるいは、聞こえはしても理解できなかったかのように——黙っている。

「あの娘はあなたと恋をしてるつもりなのよ」

彼は一口酒を飲み、さらにもう一口ごくりと飲む。それから、テーブルの上のトレイに手を伸ばして、自分のグラスに酒を注ぐ。ほとんどジンのストレートだ、とヘンリエッタは気づく。ロイは妻のグラスには見向きもしない。彼は黙して語らない。

「とても気まずい話だったわ」

ヘンリエッタは、娘がやって来てあんなことを言ったという事実を、夫にも確実に伝えたかった。そうすることで、このばかげた一件に関して夫婦の間に秘密がないようにしたかった。

「ロイ、このことはどうしても聞いてもらいたかったの。黙っていられなかったのよ」

夫はまた酒を飲む。するというよりごくごく飲んでいる。ロイは不安を抱えている——それは確かだ、とヘンリエッタは思い、今日またマクメラニーが不愉快だったというけれど、具体的にはどういうことだったのかわかればいいのに、と考える。もしかするとロイは、フォッシーという学生の事件のせいで落ち込んでいるだけなのかもしれない。メガネの奥の眼光が変化して表情が曇ってきた。もうじき額に、ぴくぴくする血管が浮き出してくる。

「ロイ」

「シャロンが押しかけてきてすまなかった」

雰囲気を和らげようとしてヘンリエッタがかすかに笑う。「まず第一にあの娘、ブラをつけなくちゃだめよね」

夫が注いでくれそうにないので、彼女は自分でシェリーを注ぐ。ブラジャーのことを言ったのは間が抜けていた。冗談にならなかった。ヘンリエッタはアルコールには弱いのだ。

「あの娘、あなたはひとを傷つけることができないんですって言ってたわよ」

ロイはポケットから染みだらけのハンカチを出して、あごの汗をぬぐう。それから上下の唇を舌で舐めまわす。夫がかすかに首をひねっているのは、「ひとを傷つけることができない」ということばを否定しているようにも見えるけれど、そうではない、と妻にはわかる。彼女自身と同じで、夫も気が動転しているのだ。彼女が考えたのと同じように、夫も、シャロン・タムがかつては自分たち夫婦の世話になっていたことを思い出しているに違いない。ある夜、ロンが連れて帰ってきたシャロンをはげましてやったのは、迷い犬に恩情を掛けてやったのと似たようなものだ。他にも娘や息子のように頼ってくる学生がいて、かれらとはずっとつきあいが続いている。一種の代理家族である。それだからこそ、シャロン・タムがロンとヘンリエッタを捨てて、オレンジ教団へ行ってしまったときにはひどく寂しい思いをさせられた。

「もちろんわたしは納得してるの」とヘンリエッタが言う。「あんな仕打ちを受けた理由は今でもはかりしれないってこと」

ロンは、妻がすでにお代わりしたのに気づかずに、かすかなしぐさでシェリーを勧める。そして自分のグラスにお代わりを注ぐ。

「そう、何かが間違っていたんだ」と彼が言う。

その一件については夫婦で何度も考えた。長時間語り合っても埒《らち》が明かなかったので一晩眠り、明けた日曜の朝に起き出して、さらに話を続けたりもした。ヘンリエッタは、恩を忘れた娘をなかなか許せなかった。夫婦ふたりしてあらゆる方面から面倒を見てやったのだから、と彼女は考えていた。

「もう全部忘れたほうがいい?」ヘンリエッタは、そう語る自分の声が不安定なのを自覚している。

「不憫なあの娘のことはきれいさっぱり忘れましょうか?」

「忘れる?」

夫の声音が、そんなことは不可能だと告げている。シャロン・タムがかれらに話した、ダベントリーの実家のことを全部忘れるなんてできるはずがない。家族と同居していて何かと問題を起こす父方の祖母、肥満しすぎた姉のダイアン、弟のレズリー。シャロン・タムの実家という小世界がヘンリエッタとロイの中にすでに染みこんでしまっている。ふたりは今すぐにでも、食堂兼居間《キッチン》の特別な肘掛け椅子に腰掛けた、不機嫌な祖母の姿を思い浮かべられる。この祖母が気難しいのは、ずっと昔に死んだろくでなしの夫のせいだ。ミセス・タムが不注意なためにコンロの上でいつも焦げついてしまうシチュー鍋と、調理台の上に置かれたレズリーの服と、ダイアンの巨体も目に浮かぶ。

ミスター・タムはひっきりなしに怒鳴る。レズリーに服をしまえと言い、ダイアンの肥満に文句をつけ、妻にもシャロンにも怒鳴るので、シャロンは気の休まるときがなかった。父は母のために、「おまえはよほどの間抜けだぞ」という決めゼリフを考え出し、毎晩何回も、まるで恩を着せるみたいに繰り返す。うんざりした怒りの中をことばがぐずぐず浮かんでいくかのように、ゆっくり一語一語発音するのだ。このセリフのときだけ、やかましい口調が鳴りを潜める。ふだん、おまえは醜いとかあばずれだとかいうことばを妻に投げつけるときには大声でがなりたて、鍋ぶたや煮豆の缶詰やスプーンなど、手近にある音の出るものを握りしめてテーブルを叩く。ただし自分の母親だけは例外で、決して怒鳴りつけたりせず、仰々しいほどの敬意を持って接する。シャロンによれば、父は祖母を愛している。父は毎晩、祖母をタッパーズ・アームズへ連れて行くのだが、パブの閉店時間まで居座ってからふたりが帰宅するときの様子をシャロンから事細かに聞かされた。口論が筒抜けになる壁の薄さも、バスタブの縁でくすぶるタバコの煙も、階段を上がったところに掛かっている黒人娘の絵も、レズリーのバイクのグリースが染みついてところどころすり切れた階段のカーペットも、全部知っている。夏場はフランス窓を開けると花々が咲き乱れる庭と一続きになり、寒い季節には薪を焚いてぬくぬくと暖まれるヘンリエッタの居間に、これらのイメージがなんべんもなんべんも運び込まれた。シャロン・タムが腹の中に抱えているものをしゃべり尽くすことで、かなりの癒し効果が期待できたからだ。

「とにかく、あの娘がわたしに話したことを全部あなたにも伝えたわ。夕食の用意をしてくるからちょっと待っててね」

ヘンリエッタはそう言いながら立ち上がり、キッチンへ急ぐ。そうしてオーブンを開き、最下段にパイナップルプディングを入れる。七面鳥胸肉とポテトとパースニップに焼き汁を掛ける。さらにブロッコリーを洗って、水切り板に載せる。彼女はロイが、シャロン・タムはじつに、かわいそうなくらい駄目な娘だと言うかと思った。だが夫の口からそのことばは出なかった。オーブンが発する匂いにカーキが反応して、キッチンのあちこちをくんくん嗅ぎ回っている。そしてヘンリエッタの後を追って、とことこと庭へ戻る。

「あの娘はあなたにも話したんでしょう、ロイ？　もう全部聞いてるんでしょ？」

ヘンリエッタは、そう言ってからしまったと思った。ブロッコリーを洗っているときには、ちゃんと落ち着いて話題を変えて、マクメラニーのことを話すことにしようと考えていた。ところが、ロイはひとを傷つけることができないんです、というシャロンのセリフを聞いたときの動揺がふいにぶり返した上にシェリーの酔いも手伝って、一瞬わけがわからなくなっていた。

「うん、話はすでに聞いた」と夫が答える。「というか、事情が少し違うんだよ」

彼はまた汗をかきはじめている。額とあごから細かい汗粒が噴き出してきた。染みだらけのハンカチをポケットから再び出して顔をぬぐう。のろくさく、気が進まなそうな声音で夫が妻に話しはじめる。その内容は信じがたいとは言え、すでにある種の直感によって真実に間違いないと保証されている。すなわち、一方的にのぼせ上がった娘が妄想を抱いているのではなく、ふたりの間に現実の関係があるということ。夫の話を聞くうちに、ヘンリエッタは吐き気を覚えた。悪夢を見て、腹の中に吐き気がこみ上げてきたので、必死に目を覚まそうとしているような感じだった。あご先ににきびがあり、目の縁が赤らんだ娘の顔が、脳裏にはっきりと浮かぶ。足が薄汚れ、爪が割れた娘の存在そのものが、ヘンリエッタを侮辱している。

「もう二度とこの話はやめましょう」彼女は自分の声がまた同じことを繰り返しているのを聞く。「マクメラニーは」と口火を切って話題を変えようとしたものの、二の句が継げない。ロイも何かしゃべっているのだが、ばつが悪いせいで口ごもっている。彼女には夫のことばがよく聞き取れない。

夫婦の間にはこれまで浮気の兆しなどなかったし、お互いへの愛と思いやりに疑念が生じたこともない。ロイは研究者として成功できなかったせいで失望を抱いているが、そのことと夫婦関係とは無関係である。彼には野心がなく、栄達を求めなくてはならないという感覚が欠如しているだけだ。ヘンリエッタはそれをよく承知していたが口に出したことはない。

「ごめん、ヘンリエッタ」という夫のことばを聞いて、彼女は声を上げて笑いたくなる。太った身体から汗を流しながら、手足を投げ出した姿勢で座っている彼を、驚きの目で見つめてやろうかと思う。この一件がいかにばかげているかが身にしみて分かるように、相手の顔を正面から見据えて大笑いしてやりたくなる。このわたしに向かって、三十歳も年下で魅力のかけらもない小娘を愛していると告げるだなんて、どうしたらこんなことが起こりうるの？

「人生最悪の憂鬱だよ」椅子の下の敷石に目を落としてロイが言う。足元には犬がおとなしくしている。空の高みを飛行機が飛んでいく。

ロイは本気であの娘と結婚するつもりなのかしら？　家族と引き合わせるために、あの娘は彼をダベントリーの実家へ連れていくのかしら？　食堂兼居間《キッチン》には怖い顔の祖母が待ち構えているのに？　〝よほどの間抜け〟なミセス・タムと、レズリーと、ダイアンとも握手をする？　ミスター・タムと肩を並べてタッパーズ・アームズのパブへ行くの？

「わたしには信じられないわ、ロイ」

「ごめん」

「あの娘を愛しているの？」

彼は答えない。

「長い年月、わたしに不満だったわけね、そうなの、ロイ？」

「もちろんそうじゃない」

娘と彼にはすでに肉体関係がある。ロイがヘンリエッタにぼそぼそ語りはじめた告白には、大学の個人研究室の床が出てきた。彼は娘が掛けている小さいレンズの金縁メガネをはずし、デスクの足のそばの、栗毛色のビニール床に置いたに違いない。そうして娘の光沢のない髪に指を走らせたのだ。

「どうしてそんなことをしたの、ロイ？」

「ただ起きてしまったとしか言えない。わざとやったわけじゃないんだ」羞恥心で顔をまっ赤にして、彼は肩をすくめようとするが、その身振りは、脂肪太りした身体が手足を広げた姿勢の中に呑み込まれてしまう。ヘンリエッタはふと、夫は岸に乗り上げたクラゲみたいだ――あの娘と同じくらい魅力がない――と思っている自分自身に気づく。

「ばかばかしすぎるわ、ロイ」彼女はついにこらえきれなくなって大声を上げる。「狂ってるとしか思えない」ふたりはもちろんケンカをしてきた。ごく普通の事柄をめぐる普通のケンカだ。後になって暴言を取り消し、謝り、むきになりすぎたことを悔いた経験がある。

「どうしてばかばかしいことがある？」と相手が反問してくる。「ひとりの人間がぼくを愛しているんだ。なぜそんなことが言える？」

「あの娘は子どもです。あなたは五十男。そのふたりの間にいったいどうすれば普通の関係が成り立つのかしら？　あなたたちの間にどんな共通点があるって言うの？」

「ぼくたちは愛し合ってしまったんだ、ヘンリエッタ。愛において、共通点とか普通の関係とかは意味を持たない。ヘッセルマンによれば――」

「いいかげんにしてよ、ロイ。ヘッセルマンなんて言ってる場合じゃないでしょう」

「だがヘッセルマンは、愛は常態を変態化すると言っていて――」

「なるほどね。中年ヒッピーになりたいわけね、そうなんでしょ、ロイ？　だぶだぶの着物を着て、ダンスして、瞑想して、牧草地にキャンプするオレンジ教団の仲間になるってこと？　あなた、オレンジ教団はニセモノだって言ってたじゃない。自分のことばを忘れたの？」

「君もよく承知している通り、シャロンはもうオレンジ教団とは縁を切っている」

「あの娘のおばあちゃんと仲良くやっていくわけね。もちろん、ミスター・タムとも」

「シャロンは実家から隔離する必要がある。事実、あの家へは二度と戻りたくないと本人が言っている。君は、他人の名誉を傷つけるようなものの言い方をしてるぞ」

「ショックを受けてるだけよ」

「ぼくたちには解決すべき問題がある」

「ロイ、もういいわ。あの娘と更年期の浮気を楽しんだらいいじゃない。あの娘を連れて、マーゲイトかベニドルムのホテルへでも行きなさい」

ヘンリエッタは自分のグラスにシェリーを注ぐ。手が震えている。激しい感情で顔が黒ずみ、声にも怒りがこもっている。彼女は、年の離れたカップルがひとびとの視線を浴びながら、今名指ししたリゾートにいる場面を思い描く。ロイはしだいに娘のプライベートな習慣を知るようになる。ハンドバッグの中味、服を脱ぎ着するしかた、どんなふうに目覚めるかもなじみ深いものになる。十九年前、新婚旅行でラ・グレーヴへ行ったとき、そういうことまで知り合う親密な関係についてロイは語った。彼にとって、ヘンリエッタのさまざまな癖や持ち物——口紅、コンパクト、サングラス、独身時代のイニシャルがついたスーツケース、スカートやドレスにいたるまで——が日を追う毎になじみ深いものになり、ついには本人と同じくらいそれらを知り尽くした。彼女が自分の子ども時代について語ったので、子ども時代のさまざまなイメージがロイの心にも住みついた。

「ラ・グレーヴを覚えてる？」そう問いかける彼女の声は再び平静に戻っている。「あなたを教授と呼ぶ女がいて、雪の中を何度も散歩したでしょ？」

相手は耐えきれずにそっぽを向く。遠い昔に訪れたリゾート地を持ち出すなんて場違いもいいところだ。彼はもう一度ヘッセルマンの話をする。わけがわからない、と彼女が返す。

「少なくともわたしはラ・グレーヴのことを忘れない」

「彼女をあきらめようとした。会わないようにもした。でもだめだった」

「あなたは打ち明けるようなひとじゃないってあの娘が言ってたわ。どうするつもりだったの、ロイ？」

「さあ、わからない」

「あの娘は、あなたから打ち明けるのはフェアじゃないって言ったんでしょ、どうなの？」

「たしかにそう言ったよ」彼はそこでひと息つく。「彼女は君のことが好きなんだ」

オーブンの中で七面鳥胸肉がしぼんでいく。子どもっぽいロイが好きなパイナップルプディングは、焦げた固まりへと変貌していく。「口ではいろいろ言ったけど、わたしだってあの娘のことをずっと大事に思っていたのよ」ヘンリエッタはそうつぶやき、自分のことばに思わず恥じ入る。「彼女に今すぐ話をしなくちゃならない。暗雲が晴れたって言ってやらないと」

ロイは立ち上がり、グラスの中味を飲み干す。メガネの奥からヘンリエッタを見下ろす両目に涙が溢れている。彼はまたもや、ごめんとしか言わない。話をしながらポケットに手を突っ込んで、鼻をかむ。それから彼は背を向けて見えなくなる。二、三分後、玄関ドアがばたんと音を立てる。シャロン・タムが去っていったときに聞いたのと同じ音である。

ヘンリエッタが八百屋で買い物をしている。イタリアの小さな町の店だから屋号はなくて、ドアの上に〈花と果物《フィヨーレ・エ・フルッタ》〉とだけ書いてある。店番はヘンリエッタと顔なじみにはなったものの、内気な女性だ。さやいんげん《ファジョリーニ》と梨とほうれん草を合わせていくらになるか、紙の上で計算する。「ミッレ・クワットロ・チェント〔四十万リラ〕」ヘンリエッタは代金を数えて手渡し、買ったものをひとまとめにする。

「ブオンジョルノ、グラッツィエ」店番の女性がぼそりと言ったので、ヘンリエッタもあいさつを返し、通りの向こうへ歩いていく。

太った床屋が客用の椅子に腰掛けてうたた寝をしている。着ている上っ張りが、手術を控えた外科医のように真っ白だ。窓辺で編み物をしているのはその妻で、ときどき目を上げてはマルグル・モーダへ出たり入ったりする女性客たちを見ている。今日は火曜なのでジョッリカッフェは閉店していて、いつも店の外に腰掛けている男たちの姿は見えない。

ヘンリエッタはステーキ用の牛肉を一切れ買う。ひとり分にはちょうどいい。食料雑貨店に入り、卵と野菜スープ《ズッパ・ディ・ヴェルドゥーラ》一袋を買い、すっかりお気に入りになったフルーツカクテルの巻き甘菓子《シュトルーデル》も買い求める。それから街路をずっと登って、サンタ・ルチーア広場に面したアパート《アッパルタメント》へ帰る。ヘンリエッタは、イングランドで中年女性にふさわしいと思って着ていた服よりも、いちだんとくだけた服を着るようになった。今日は、デニムのスカートにブルーのスニーカーを履き、シニョーラ・レーイチの店で先週買ったブルーのシャツを合わせた。地域公民館《インフォルマッツィヨーニ》で若い娘からイタリア語のレッスンを受けているので、ことばは毎日少しずつ上達している。冬までには、孤児院の一番小さな子どもたちに英語を教えられる程度にイタリア語の実力をつけたいと思い立ったのだ。修道女のマリアさんは、英語教室を開いてくれるのはありがたいと言っている。

時は五月。町の下に広がっている牧草地や小麦畑のへりで、淡い色のバラが満開になっている。キングサリが花盛りのブドウ園では、ブドウの木の細い幹と幹の間に枝を固定する針金が張りめぐらされている。エニシダとクローバーが咲き、ケシも花開き、ゼラニウムの花々は草に紛れて忘れられている。丘の斜面ではかつて家畜が草を食んでいたが、今はもういないので、眠たげに見えるクサリヘビが岩の裂け目から遠慮なく這い出してくる。ヘビに嚙まれずに森を歩いたり、モンテ・トトナへ登ったりできるように、ヘンリエッタはゴム長靴を買った。

彼女はひとり暮らしを満喫している。姉の友達が所有するアッパルタメントをめったに使わないというので、借りて住んでいるのだ。急斜面だけれど日陰で涼しい町の通りは大好きだし、静かなのもいい。地元の丘から切り出した灰色の石で建てられた丘上の家々も素敵だと思う。今や悪夢は遠い彼方なので、一部始終を思い出して静かにおさらいできるようになった。夫が手足をぶざまに広げて庭の椅子に座っている姿や、小さいレンズの金縁メガネを掛けたシャロンがバスルームの鏡の前でべそをかいている姿を思い描く。時が経つにつれて、できごとの順番は端折《はしょ》られていく傾向にあるようだ。ヘンリエッタが三つのスーツケースに服を詰め込んでいる。ヘメル・ヘンプステッドの姉の家。ヘメル・ヘンプステッドの家に身を寄せていた時期が最悪だった。姉と、寛大で我慢強いその夫の同情を受け、子どもたちには病気だと思われていたのだから。今の自分を見つめてみると、ひとりの子どもに戻った気がする。郊外の自宅の居間を領分にして酒を載せたトレイを運ぶ、シフォンのスカーフを髪に巻いたヘンリエッタはどこかへ消えてしまった。子どものとき、彼女がせがんだので、父親がリンゴの木の枝にロープを結びつけてブランコをこしらえてくれた。その木に登ったせいで母親の機嫌を損ねた。晴れ着にタールをつけてしまい、泣いていたら、姉がなぐさめてくれた——ある晴れた日の午後だった。九歳の誕生日、お誕生会の前に特別なお楽しみとして、凍った池の上でスケートをした。ヘメル・ヘンプステッドの家に居候していたある日、「いつまでもここにいるわけにはいかないわ」と口に出してみたら運が向いてきた。会ったことさえないひとたちが、トスカーナの丘の町にアッパルタメントを所有していることがわかったのだ。

　コントゥッチ家のワイン醸造所《カンティーナ》では、箍《たが》を素敵な赤に塗った巨大なオーク樽の中でワインが熟成していく。ヘンリエッタは、ワイン醸造所《カンティーナ》とコントゥッチ家の屋敷を見学させてもらった。テラコッタの屋根瓦の家並みを手前に見ながら目をこらすと、モンティキエッロとピエンツァの町が遠くに見えた。彼女は近所に湧いている鉱泉水を飲む。午前中は銀行の隣のカフェの野外席で日なたぼっこをしながら、イタリア語の辞書を片手に過ごす。フルスタという単語は〈鞭〉という意味だが、フォンティーナ・チーズと一緒にお昼に食べるパンのことも指す。
夫が彼女の銀行口座に現金を振り込んでくる。生活費は必要だからいつも受け取っている。その他に、父親が残してくれた投資物件がいくつかあるので、日々の暮らしはなんとかなる。だが彼女は、イタリア語がじゅうぶんできるようになったあかつきには夫の仕送りを断るつもりだ。もはや敬意を感じていない人間から援助を受け続けるのはふがいないからである。また、いつの日か名前を旧姓に戻そうとも考えている。お払い箱にした男の名前をいつまでもぶらさげておく義理なんてないのだから。

涼しいアッパルタメントで、彼女はひとりで昼食をとる。フルスタとフォンティーナ・チーズにくわえて、辛いラディッシュをかじり、鉱泉水《アックワ・ミネラーレ》を飲む。昼間飲むと眠くなるのでワインは控えておく。今日の午後は、地域公民館《インフォルマッツィヨーニ》で受けているイタリア語のレッスンに備えて新しい単語を三十個覚え、練習問題をふたつやると決めている。手元にはA・J・クローニンの『天国の鍵《ル・キャーヴィ・デル・レンニョ》』があるが、今しばらくは読まないでおく。一週間前、シニョーラ・ファルコーニに頼まれてイギリスへ電話を掛けた。シニョール・ファルコーニが持っている四軒の貸別荘の借り手になるかもしれない人物に詳しい説明をしたのである。ヘンリエッタはファルコーニ夫妻が丘を見晴らす観光農園《ファットーリア》に隣接する敷地に建てた貸別荘を見せてもらっていたので、グロスター在住の人物に電話で伝えた――四軒とも日当たりが良く静かで、六人分のスペースもじゅうぶんにありますから、そちらが求めている必要条件は満たしていますよ、と。

ヘンリエッタは思いに耽る。罪悪感に苦しんだ時期もあった。彼女は結婚してからも六年間学科秘書として勤務した後、退職した。自分の夫のためばかりか、夫のライバルや敵のためにも働くのが、危ない橋を渡るように思えてきたからだ。夫は彼女の退職を歓迎した。本人は大学の外で良い勤め口があれば秘書を続ける意志があったけれど、結局勤めには出ずじまいだった。それが罪悪感になった。子どものいない主婦として生きるだけでは、あまりにも世の中のためになっていないと感じたのだ。

「わたしはここで暮らしていきたい」食べるのを一休みして、自分のグラスに鉱泉水《アックワ・ミネラーレ》を注ぎ足しながら、彼女はそう声に出してみる。「ヴォッリヨ・スターレ・クイ」。昨冬の最悪の天気を経験し、春の足取りを見守った彼女は、夏の暑さにへこたれることはないだろう。申し分ない結婚のように見えたあの長い年月の間、自分にはひとりのほうが似合っているとどうして思いつかなかったのだろう。申し分ないのはうわべだけだった、と今ではつくづくわかる。自己暗示をかけて満足したと思い込んでいただけ。図体ばかりどてっと大きくて、挫折感に囚われた、ばかで退屈な男のせいで、わたしはずるずると無感覚になってしまった。でも今は、テレビのジョークに大笑いする彼の声を聞かないですむし、派手なネクタイと磨いてない靴も毎日見ないですむ――これこそ至福というものなのだ。「クエッラ・マッティーナ・イル・ディアーリヨ・スィ・アプリ・アッラ・ダータ・オットーブレ・ミッレノヴェチェントディチャッセッテ〔今朝はどうしたものか、最初に、一九一七年十月の日記のページが開かれた〕」。『天国の鍵』のイタリア語訳を、子どもみたいに夢中に読んでいるわたしを彼が見たら、どんなに驚くか知れやしない。

夫婦の間に子どもができないのは自分のせいだ、と彼女はいつも決めつけていた。だが今では、原因はむしろ夫のほうにあって、自分を責めたのは間違いだと考えている。触れるものすべてを掃除機が吸い込むように、ロイはヘンリエッタを彼女のものではない世界へ引きずり込んだ。その結果彼女は、目が見えないのが当然な世界に長年暮らした。それはまた、研究者として成功できなかった夫を慰めるのは妻の義務だと感じるのが当然な世界でもあった。「おまえは生まれつき義務感が強いね」十歳くらいのとき父親からそう言われた。「いいことだよ、ヘンリエッタ」だが今の彼女には胸を張れる自信がない。罪悪感と義務感は一緒くたで、ひとつのもののふたつの名前としか思えないからだ。

その日の午後、彼女は町の城壁を出て、牧草地を下ったところにあるサン・ビアージョ教会のほうまで足を延ばす。男の子たちが日陰でフットボールをし、女の子たちは草の上に寝転んでいる。心の中でイタリア語の単語のおさらいをしながら教会の前を通り過ぎる。両側にひょろ長い松が生えた、土ぼこりにまみれた白い道を歩いて行く。ソリヴァーレ——これだけは彼女がこしらえた単語で、〈ひとりで歩き回る〉という意味。ピヤンターレは〈植物〉。ピヤンタメントは〈植物を植える〉。ピヤンタジョーネは〈大農園〉。ヘンリエッタは、すり減ってきつつある記憶力をこれでもかと酷使する。家に帰る途中で《スッラ・ヴィーア・デイ・カーサ》。その結果《イン・モード・ダ》。ひとりの下働き職人《ウン・マノヴァーレ》。パンくず《ラ・ブリーチョラ》。

その年の八月、ある炎暑の日。ヘンリエッタが肉屋《マチェッレリーア》へ行くとシニョーラ・ファルコーニが話しかけてくる。ヘンリエッタのイタリア語はシニョーラ・ファルコーニのカタコト英語よりもましになってきたので、彼女はイタリア語で受け答えする。電話で貸別荘の予約確認をしてもらうのとは違うお仕事をお願いしたいの、と相手が言い出す。ファルコーニ夫妻は、彼女に働いてもらえないか頼もうとしているのだ。

「行きます《ヴェッロ》」と彼女が返答する。「火曜日、バスに乗って《ヴェロ・マルテディ・コッル・アウトブス》」

ファルコーニ夫妻は彼女にコーヒーを出し、グラッパのグラスも添えてすすめる。観光農園《ファットーリア》に隣接する四軒の貸別荘はイギリス人の借り手で満室になっているが、二週間ごとに客たちが入れ替わるときには、クリーニング屋《ラヴァンデリーア》へ運ぶために汚れ物を集め、新しいシーツをベッドに敷き、室内を清掃しなければならない。さらに、新しい客たちが到着したら、まず何がどこにあるのか案内し、窓や鎧戸の使い方、蚊にたいする用心のしかた、水を使いすぎないことなどについても説明しなくてはならない。そのほかにも必要な数々の説明を、これまではファルコーニ夫妻がおこなってきたのだが、なかなかうまくいかなかった。ついては、貸別荘のうちの一軒にバルコニーと浴室がついた個室があるので、ヘンリエッタにはそこに住んでもらって、雑多な仕事を受け持ってもらえないかという申し出だった。シーツの洗濯と取り替え、それに、こまごまと説明をしてもらう分については些少ですが給料をお支払いします。こんな些細な仕事ではヘンリエッタが気を悪くするかと思い、夫妻はすまなそうに話し続ける。シーツを洗濯したり取り替えたりしてくれそうな女性はみな、近所にある鉱泉保養地のホテルに雇われてしまっているため人手が足りないうえに、シニョーラ・ファルコーニ自身は観光農園《ファットーリア》のほうで手一杯なのだった。

この仕事は、ヘンリエッタが未来の自分を思い描いたときに想定した仕事とは異なっている。とはいえ、アッパルタメントにこの先いつまで住めるかはわからない。会ったことさえないひとたちの厚意にすがりつづけるには限度があり、遅かれ早かれ、本来の持ち主がアッパルタメントを使いはじめるに決まっている。

彼女はファルコーニ夫妻に、「わかりました《ヴァ・ベーネ》」と答える。「お引き受けします《ロ・ファッチョ》」

ヘンリエッタがサンタ・ルチーア広場のアッパルタメントから引っ越してくる。シニョーラ・ファルコーニは彼女を家政婦《ラ・ゴヴェルナンテ》さんと呼ぶ。そして、貸別荘へやってくる客たちが彼女のつかのまの友達になる。客たちの中には、彼女を町のホテル、イル・マルッツコや硫黄泉の公衆浴場へ連れて行ってくれるひとがいる。モンテ・オリヴェートの大修道院へ車で行くと、土ぼこりにまみれたお気に入りの坂道と同じくらい真っ白な鳩の群れが、回廊をひらひら飛び回っている。ピンク色のレンガのアーチの両側にはルカ・デッラ・ロッビアの傑作彫刻があり、その上にときどき白鳩が舞い降りて止まる。オリヴェートの丘のてっぺんにあるこの修道院はこれまでの人生で目にしたうちで、最も美しい場所である。彼女はふと、小さいレンズの金縁メガネを掛けたあの娘のおかげだと考える。

　夜はバルコニーに腰掛けて、英語の話し声を聞きながらモンテプルチャーノの極上赤《ヴィーノ・ノービレ》を飲む。観光農園《ファットーリア》のほうからはイタリア語が流れてくる。だが十月になるとしだいに英語は聞こえなくなる。観光農園《ファットーリア》もひっそりとして、やってくるのは古式を守って日曜の昼食を摂りに来るイタリア人だけだ。この季節にヘンリエッタは貸別荘の大掃除をする。シチュー鍋をこすって磨き、食器とベッドリネンをしまい込む。ファルコーニ夫妻はヘンリエッタがいつもひとりぼっちでいるのを気遣って、しばしば食事に招く。彼女は、ひとりで暮らす楽しみを見つけたので寂しくないのだと語り、夫妻が石鹼やロウソクを手作りするのを見せてもらい、やりかたを学んだりもする。

　かつてヘンリエッタのものだった居間を行ったり来たりしている娘は、相変わらず顔色こそ悪いものの、ヘンリエッタが覚えているかつての彼女よりも現実的で、いっそうずうずうしくなっている。黒いメリヤスのセーターと黒革のスカートは、かつて着ていたのよりも上等そうに見える。長かった髪は短く切って、セーターの肩にフケがかかっている。

「こんな結果になっちゃいましたね」ヘンリエッタに再会して一緒に時間を過ごさなければならない羽目に追い込まれて以降、彼女はこのセリフをなんべんも繰り返している。

なんべん言われてもヘンリエッタは応答を返さない。二階では、三年前にヘンリエッタが買った青と茶色の縞模様のパジャマを着て、ひとりの男が臥《ふ》せっている。かつてふたりが争った当の男だ。危機は脱して着実に快復しつつある。

「ロイ自身が言ってたことですが」と娘がまた繰り返す。「わたしたちは間違いだらけの世界に住んでいるんですって」

彼と娘はふたりとも学究肌で頭がよくて、ヘッセルマンなんかの話だって合うのだから、同じ世界の住人に違いない。だが犬はもうこの家にいない。カーキはビニール袋にこびりついた肉片につられて、袋ごと呑み込んだのが原因で死んだ。ヘンリエッタは自分を責める。極度に動転していたとはいえ、犬を置き去りにしてこの家を立ち去ったのは残酷すぎた。

「ロイはあなたに任せたのよ」とヘンリエッタが言う。「だってあなたたちがそれを望んだんだから」

「ロイは病気なんです」

「確かに病気だけど治りつつあるわ。この家はあなたとロイのものよ。あなたはいろんなものを変えたわね。どこもかしこも汚くなったし、窓なんか開けたことないみたいだし。家もあなたに任せたんだから、今さら返してなんて言わない」

「さっきも言ったように、あの犬は残念でした。ヘンリエッタ、ほんとに気の毒なことになっちゃって」

「他の一切合切ともども、犬をここへ置き去りにしようと決めたのは、わたし自身なんだからしかたないわ」

「ちょっと待って、ヘンリエッタ……」

「ロイはじきに前と同じように働けるようになります。お医者様もそうおっしゃってたでしょ。ただし、減量しなくちゃならないし、日常の食事を管理する必要もある。それに、これからはきちんと運動だってしなくちゃならない。お医者様がそういう指示を下さったのは、わたしにではなく、あなたにだったのよ」

「お医者さんはわたしたちの関係がわかってないんです、ヘンリエッタ。さっきから言ってるように、わたしたちはもう終わったの。わたしはここに住んでさえいないんです。説明しましたよね、ヘンリエッタ。過去五ヶ月間、ここへ来たこともないの。だって、ロンドンに住んでるんだから」

「ロイをもう一度、二本の足で歩けるようにしてあげようっていう気にはならないの？　彼を最近まで利用してたのはあなたなのよ」

「そういう言い方は不愉快です、ヘンリエッタ。わたしに詰め寄ろうとなさるのね。かわいそうにロイまで非難されちゃって。焼きもちを焼いてるのかしら。確かにわたしたちは愛し合っていました。愛があった。深い愛が。わかります？　ヘンリエッタ、理解できますか？」

「その愛とやらの話なら、あの晩、ロイがたっぷりしてくれたわよ」

「でもその愛は消えました。消滅しちゃったの。たぶん、年の違いっていうのが大きかったんでしょうけど。わたしにはわからない。おそらく、いつまでたってもわからないんじゃないかしら、ヘンリエッタ」

「そうね、おそらくわからないわね」

「わたしたち、長いこと幸せだった。わたしとロイのことです。カップルとして幸せを極めたと思う」

「そりゃそうでしょうよ」

「ごめんなさい。そういう意味じゃなくて。でもね、ヘンリエッタ、わたしは今、別のひとと暮らしているの。わたしはもう昔のわたしじゃない。こんどはうまくやっていきたいんです」

庭にかかる霧さながらの湿った寒気がヘンリエッタの肌を刺し、衣服を突き抜けて腹と背中を氷のように冷やす。シャロンがまず病院に呼ばれた。ロイがヘンリエッタに会いたいと言うのを聞いて、即座に病院から彼女が電話してきたのだ。シャロンは電話口で、他の男と暮らしているなどとはおくびにも出さなかった。

「ロイにさよならを言ってきてもいいかしら？　五分間だけ話してきたいの。いいかしら、ヘンリエッタ？」

彼女は返事をしない。寒気が両腕と両脚をじんじんさせている。胸が冷え切って足先は感覚がない。ぼやけた視界の中に彼女が家出した先の風景が広がって、田舎町の涼しい坂道とキングサリの花と燃え立つようなクローバーが見える。

「大変になりますね、お察しします。ヘンリエッタ」

シャロン・タムは五分間で別れを告げるために二階へ上がっていく。ヘンリエッタの視界はもうぼやけていない。ふと、死んだ犬はどこかに埋葬されているのかしら、と思う。

「さよなら、ヘンリエッタ。彼はずいぶん良くなったみたい」

彼女は玄関ドアが閉まる音を聞く。シャロンが話をしに来たあの午後に聞き、しばらく後にロイが出ていったときにも聞いた音だ。結婚していて、夫の姓を名乗っているだけで、わたしはあの娘よりも不自由だ、と彼女は思う。でもわたしが自分のために見つけたあの暮らしは、新しい男を見つけたのと同じようなものじゃないのかしら？　たぶん同じではないのだろう。

「ごめん」彼女がトレイを運んでいくと夫が口を開く。「ああ、こんなことになってしまって、本当にごめん」

夫は泣きはじめ、涙が止まらない。涙は、彼女が彼のためにこしらえた落とし卵に落ち、牛肉《ボヴリル》エキスを入れたボウルに落ちる。「ごめん」と夫が繰り返す。「ああ、本当にごめん」

お客さん《ル・ヴィジトゥール》

Le Visiteur

ギーは年に一度、夏の終わりに島を訪問する。そして滞在が終わりに近づく頃、ビュイソネ夫妻をホテルに誘って晩餐をごちそうする。とはいえ最初からそんな慣例があったわけではない。彼がはじめてビュイソネ夫妻から島へ招待されたのは、わずか七歳のときである。今はもう三十二歳なので、ヴヴェイの港からフェリーに乗船するとき、道中の世話を母親から船員に託されたりしないし、帰り船に乗るとき、マダム・ビュイソネに世話を焼かせることもない。年に一度、ホテルで晩餐をごちそうする慣例がはじまって十三年になる。ふだんはタマネギを運搬しているトラックに乗って夫妻は農場を出る。マダム・ビュイソネはグレーと黒の装い、ムッシュー・ビュイソネはかなり柔らかい半分で船乗りの帽子をかぶってでかける。そうしていざレストランへ入ろうというときに、ようやく帽子を取ってポケットに押し込む。夫妻は毎回スズキ《ルー・ド・メール》をとり、ギーもたいていは決まった料理を注文する。アカザエビのスープからはじめるのが気に入っている。

「さて、それで」マコン・フュイッセの味見が済んだところで、マダム・ビュイソネがいつものように口を開いた。「さてそれで？」彼女がもう一度繰り返した。例年この晩餐の席で、ギーがまだ打ち明けていない話が披露されるからだ。

「ジェラールは結婚して」とギーが言った。「ジャン＝クロードはアフリカへ行きました」

「アフリカへ？」

「たぶん戻らないでしょう。寂しいですが」

ムッシュー・ビュイソネは、妻ほど熱心には話を聞いていなかった。レストラン内を見回して美しい顔を見つけると、しばしば視線がそこにとどまった。そしてときおり、静かにためいきをついた。「君の母上は？」毎年、ギーが島へやってくると、着いた日の午後ふたりだけのときに、彼は決まってそう尋ねた。一方マダム・ビュイソネはどうかと言えば、彼女にとってギーの母親は存在していないも同然だった。

「それであなたは、一段階昇進したんでしょ、ギー？」彼女が尋ねた。

「三年に一回なんですよ」

「あら、そうだったわね」

「そういうことさ」ムッシュー・ビュイソネは妻の手の上に自分の片手を重ねた。昇級が毎年おこなわれないのを忘れたからといって、どうということはないのだよという思いやりの表現である。

「ここはほんとにいいお店だわね」彼女はそうつぶやきながら手のひらを上に向けて、とっておきの笑顔を見せた。ギーは、夫妻を晩餐に招いたのが自分自身であるのを一瞬忘れて、ひとりだけ仲間はずれにされているような気がした。ひとしきりの沈黙の後、ムッシュー・ビュイソネが口を開いた。

「ゼロからはじめたんだよ。このホテルのことだがね」

「でも開業以来、十億稼いだのよね」妻が口をはさむと、二十億かもしれんと夫がうなずいた。金儲けの方法を知っている男がいるとしたら、ペルドローがそいつだ。だがあいつのレストランで食べる料理はすべて支払ったフラン分の値打ちがある、と。

白くなったとはいえ髪がふさふさと額に垂れかかるムッシュー・ビュイソネには、男っぷりのよさが残っている。妻のほうにも美しさの名残がある。失われたものは取り戻せないし、年月と日射しによる刻印は歴然としているものの、損失は埋め合わせされていた。豊かな白髪が渋い魅力を引き出した上に、ムッシュー・ビュイソネは年を取って体重が落ちたせいで、かつてないほど引き締まった印象を与えた。妻はあいかわらずすらりとした体型を保っていたので、虚弱な感じが目立たなかった。

「それで他には？」前菜《アミューズグール》を食べ終えたマダム・ビュイソネが言った。

他に何も思いつかなかったので、ギーはクラブ・キャトーズの話をした。語られることがある一方で、決して語られないことがあるのは奇妙だ、と彼はいつも感じていた。それは、この島でビュイソネ夫妻と一緒にいるときだけではない。彼の母親はふだん島について何ひとつ尋ねなかったし、ビュイソネ夫妻の名前を口に出しさえしなかった。彼が子どもだった頃、毎年九月の後半にさしかかると、そろそろまた訪問する時期だね、とつぶやくのが唯一の例外だった。彼は一度だけ母親に、ムッシュー・ビュイソネが農夫たちを動員して一、二エーカーの土地を開墾するのには、何年もかかるのだと説明しようとした。荒れ地を開いてオリーブやブドウの木を植え、わずか数メートル四方の土地を区画して水を引くのがどれほど大仕事かを。ところが母親は好奇心のかけらさえ示さなかった。「それは、あのひとたちに子どもがいないせいだわね」ビュイソネ夫妻がなぜ自分を招いてくれるのか尋ねたとき、母親はそう答えて、「そういうことはよくあるものよ」とつけ足した。

ギーは、島へ招かれるのが不服なわけではない。ビュイソネ夫妻の人柄に負けず劣らず、農場も島も大好きなのだ。乾ききって焦げたような大地も、山の稜線も、危険な崖も気に入っていた。砂埃が島の草木をおおっていた。巨大なサボテンや、村人達が塀に這わせている紫や深紅のサツマイモの蔓、木イチゴやキョウチクトウの葉をおおう砂埃は、イトスギやヒース、ギーがまだ一度も花が咲いているのを見たことがないロックローズにも積もっていた。灰色の砂埃におおわれていないものといえば、巨大な岩と小さな入江の石浜、高々と聳えるユーカリやプラタナスの木ぐらいしかなかった。

アカザエビのスープと添え物が載った皿を運んできたウェイターは見慣れない顔である。ウェイターにはよくあることだが、今シーズンからここで働きはじめたのだろう。彼は、三人の誰もが手を伸ばしやすい位置に添え物の皿を置き、レードルでスープを取り分けた。それからマコン・フュイッセを注ぎ足した。

「まあ手際のいいこと！」ウェイターが他のテーブルへ廻っていくのを見計らってマダム・ビュイソネが言った。「このお店にまた来られてうれしいわ、ギー！」

「どういたしまして」

「そんなに謙遜しないで。大感謝してるんだから」

ホテルのレストランからは、島には珍しく青々と葉が茂った谷間が見える。はるかに見下ろすと谷底にじゅうたんのような草地があって、ところどころにキョウチクトウが群落をつくっている。

今は、九月の夕闇の中でそれらがすべて影に隠れて、昼間見れば華麗な色彩がすっかり消え失せていた。ランチタイムの客たちを日射しから守っていた青白縞模様の日除けは巻き上げられ、ガラスの引き戸が引き出されて、蚊の侵入を防いでいる。テーブルは三十卓あり、すべてにぴんと張ったテーブルクロスが掛けられて、広々とした円形の空間にゆったり配置されている。二、三卓を残して、他はすべて客たちが囲んでいる。ギーとビュイソネ夫妻がここへ来て食事をするようになってからはムッシュー・ペルドローがホテルのオーナーだが、その彼が店内を一巡しはじめたところだ。ひとつひとつのテーブルに立ち寄って自己紹介し、サービスに不行き届きなところがないか気配りに余念がない。

ビュイソネ夫妻とムッシュー・ペルドローは旧知の仲で、今ではギーもよく知っている。彼は三人のテーブル脇にしばらくとどまり、ほめことばを受け、お辞儀で感謝を返し、今シーズンの客足について詳しく語った。今晩、レストランは満席ではないものの、今季の景気はとくによいのだという。ヨットハーバーの繋留数が少ないのだけが不安材料ですが、ホテル全体としてはすこぶる堅調なのですと彼は説明した。

「今やあなたは最も古いお得意様のひとりですよ、ギー」そう言いながら握手をして、ムッシュー・ペルドローは去っていった。

ちょうどそのときギーは、二つ離れたテーブルにぽつんと座っていた娘に、連れが現れたのに気がついた。娘は白いドレスを着て、色白でほっそりしている。男のほうはどっしりと大柄で、明るいブルーのスーツを着ている。ギーは娘の存在に早くから気づいていた。ひとりなのに目立つテーブルに席を取るとは珍しいと思っていたのだ。

「おいしかったよ！」スープ皿を下げにきたウェイターに、ムッシュー・ビュイソネが大声で言った。

愉快に、そして滞りなく夜が更けていった。それまでの九月の宴同様、スズキ《ルー・ド・メール》は美味だったし、マルゴーの赤ワインはチーズとの相性が絶妙だった。ギーには新しい恋の話がなかったのでマダム・ビュイソネは内心がっかりしたのだが、その気持ちは秘めておいた。一時期ギーのフィアンセだったコレットの近況を尋ねると、アンドレ・デレスポールと婚約したという話が返ってきたので、マダムは気丈に微笑んでみせた。ムッシュー・ビュイソネはオリーブの収穫について語った。去年の十一月に突然、身を切るように冷たい強風が吹き荒れはじめ、何週間も吹き止まなかった。時ならぬ北西風《ミストラル》のせいでそのひと月はかつてないほど寒かったが、結局、オリーブの収穫は悪くなかった、と。

マンゴーソースを掛けたバニラアイスがきた。黄色い縁取りがある緑の皿に、ソースの点々で描かれた模様がとてもきれいだったので、マダム・ビュイソネは食べてしまうのがもったいないとつぶやいた。ブルーのスーツの男がまた席を立って、娘がひとりぼっちになった。彼女はじっと腰掛けたまま何も食べていない。コーヒーポットが目の前に運ばれてきたが、コーヒーは注がれぬままになっている。男がいた席には、しわくちゃになったナプキンの脇にカップと受け皿が置いてある。

「迷惑なこともけっこうあるんだ」ムッシュー・ビュイソネがつぶやいた。島へやってくる観光客について、彼がときどき口にする感想である。「にぎやかなのはけっこうなんだが」

観光客は港か村で自転車を借りて砂だらけの小径を乗り回す。日帰り客も泊まりがけの客もいる。

ムッシュー・ペルドローのホテルは敷居が高いと思った客は、村内にいくつかある小さな宿に泊まって帰る。島で運行が許可されている乗り物は農業用のトラック、トラクター、物品運搬用のワゴン車、それから観光客を送迎するミニバスのみ。山火事を未然に防ぐため、樹木が生えている地域での喫煙は禁じられている。

「あら、わたしたちは観光客のみなさんを歓迎しているのよ」とマダム・ビュイソネが口をはさむ。「ほんとに歓迎してるんだから」

ひとつ、またひとつ、テーブルから客たちが去っていく。手際がいい、とマダム・ビュイソネが誉めたウェイターがチョコレートとコーヒーを運んできたときには、客がいるテーブルはもう二つ三つしかなかった。娘がぽつんと座っているテーブル。イタリア語でおしゃべりが続いている隅のテーブル。三つめのテーブルでは、カップルがちょうど立ち上がったところである。ブルーのスーツの男が戻ってきた。よたよたしてぎごちない足取りで、椅子の間を縫うように歩いてくるのだが、それらの椅子が空っぽなのに気づいていないかのように、わびるような微笑みを振りまいている。がたんと音を立てて腰を下ろしたかと思うとすぐにまた立ち上がり、ウェイターを呼び止めようとするようなそぶりを見せる。ウェイターのひとりが近づいてくると手で振り払い、立ったままグラスにワインを注ぎ、腰掛けた拍子にグラスを割ってしまう。娘はポットのコーヒーをカップに注ぐ。彼女はひとこともしゃべらない。

「鳥類学者で《エ・オルニトーロゴ》」イタリア語のおしゃべりが続いているテーブルで誰かが言った。女性の声がレストランを横切って聞こえてくる。「鳥の本を何冊も書いてるのよ《スクリーヴェ・リーブリ・スッリ・ウッチェリ》」

ブルーのスーツの男がまた立ち上がり、周囲をぐるりと見回した。結び目を引っ張ってネクタイをゆるめ、さらにその裏を手探りしてシャツのボタンをはずした。娘はテーブルクロスをじっと見つめていた。泣いているのかな？　ギーの胸がざわついた。うなだれているので、泣いているのかもしれないと思ったのだ。

男の額と両頬に汗が光った。彼はイタリア人のテーブルに向かってグラスを上げて、ふぬけた微笑みを見せた。イタリア人のひとり——スエードのジャケットを着ている——がこわばった会釈を返した。

ウェイターたちは距離を置いて慎重な態度を保っている。マダム・ビュイソネは最初、突然の出来事をおもしろがったようだったが、今は顔を背けて、あのひとたちは帰ったほうがいいわとつぶやいている。

「わたし、寒気がするわ《ミ・ダ・イ・ブリーヴィディ》」イタリア人のひとりがかなり大きな声でそう言ったのを潮に全員が立ち上がった。女たちはハンドバッグとショールを手に取り、男のひとりがタバコに火を点けた。

ギーはかれらが退出するのを見送りながら、酔った男と一緒にいる娘をはじめからずっと盗み見続けている自分自身に気づいた。とりわけ娘がひとりぼっちで座っていたときには、抑えきれずにちらちら視線を投げ続けていたのである。娘はとてもやせていた。ギーは、彼女ほどやせた娘を見たことがなかった。ジェラールとジャン＝クロード、アンドレ・デレスポールとコレットのことを話している間も、オリーブの収穫の話を聞いている間も、ムッシュー・ペルドローと握手して彼のジョークに大笑いしたときも、ギーはずっと夢想に耽っていた。娘と自分がふたりきりで、小さな入江で海水浴をしている場面や、村のル・ノーティックやカフェ・ヴェールに腰掛けている場面。結婚指輪をしているかどうか目を凝らすと、彼女の指にはそれがあった。

酔った男が声を上げて笑った。彼はイタリア人客の一行に手を振り、一緒に愉快な場面でも眺めているかのようにいっそう大きな声で笑った。タバコに火を点けた男性が手を振り返した。

「ハーイ！」酔った男がイタリア人たちに声を掛け、存在しない客たちにいちいちわびながら椅子やテーブルをかき分けて、よたよたと店内を横切っていった。ところが突然、電池が切れたかのようにぱたりと動かなくなった。男は自分自身を見失っていた。顔をしかめ、首をかしげた。

娘がギーに微笑みかけたが、それは本物の微笑ではなかった。訴えるようなその表情は微笑にしては喜びがなさすぎた。彼女は、ギーがずっと彼女から目をそらすことができなかったのに気づいていたのを示すために、微笑んで見せたのである。娘はこんな男と本当に結婚したのだろうか？

ギーは夢想した。ふたりが夫婦だなんてことがありうるのだろうか？

「ありがとう、ギー」マダム・ビュイソネが晩餐の最後にいつも述べるひとことを言った。ギーが身振りで示すと勘定書がすぐに届いた。彼は銀行カード《カルトバンケール》を示し、サインをした。

「そうだよ」とムッシュー・ビュイソネも口を開いた。「いつもありがとう」

酔った男が転んだのはその瞬間だった。セッティングをしていないテーブルの上に倒れ込み、横ざまにずるずると床へ崩れた。ウェイターたちが助け起こそうと飛んできたが、男はなんとか自力で立ち上がった。娘は目を背けていた。それを見てギーは、娘はやはり男の妻なのだと確信した。

「ハーイ！」男はビュイソネ夫妻に大声で呼びかけた。「ハーイ！」

男はまた声を上げて笑い、他にも何か叫んだが、そのことばは英語でもドイツ語でもないらしく、ギーには意味が摑めない。舌がもつれていたので何語だか判然としなかった。男はやかましい音を立てて自分の席に座った。そしてテーブルクロスの上に両腕を広げ、頭を真ん中に埋めるような姿勢になった。娘が何か話しかけたが男は動かない。

ギーは怒りをぐっと呑み込む。そうするのは得意なのだ。今に限らずいつだって得意だった。彼はこうして恋に落ちた。かんじんの瞬間は気づかれぬまま過ぎ去り、後から思い出そうとしても特定できない。それが確かにそこにあり、過去においてそれが確かに起きたのを自分自身が承知してさえいれば、他のことなどどうでもよかった。

「今日、散歩していたとき、あのふたりと話したんです」そのひとことは、伝えておくべき真実を述べているように聞こえた。どんな口実でも用は足りた。

マダム・ビュイソネは驚きを見せず、訳知り顔の微笑みもつくらずに、聞いたままを受け取った。ムッシュー・ビュイソネも世慣れた大人らしく、玄関の鍵はいつもの場所——鳩小屋の中——に置いておくから、と言った。それから、「夜更かしはマダムの美容の敵だからね」と言い添えて、彼は妻の腕を自分の腕に絡めた。


「問題ありませんよ」

ギーはふたたび、彼女とふたりで小さな入江にいる自分を思い浮かべた。ル・ノーティックかカフェ・ヴェールでは、彼女にさまざまな話を聞かせている。この島になぜ来ているのか。ビュイソネ夫妻のこと。最初に会ったレストランに自分がいた経緯について。ビュイソネ夫妻にあんな嘘をついたのはなぜか。夫妻がどうしてそれを嘘だと思ったのか。さらには、嘘か否かがいかに重要でないかという話までしている自分を夢想した。

「マダム」ウェイターのひとりが、たいしたことは起こらなかったかのようにふるまい、ギーと同じく「問題ありませんよ」と小声で言いながら手を貸そうとした。

ブルーのスーツの男は目覚めて立ち上がり、見えにくい目を凝らそうとするみたいにきつく閉じた後、ぱっちりと開いた。ギーとウェイターが手を貸して、男にレストランを横切らせてロビーへ歩かせ、エレベーターに乗せた。恥じ入った娘は声を張り上げる勇気が出ないとみえて、かすかな声で感謝を述べた。立って歩きはじめた彼女の姿はいっそうやせて、か弱く見えた。

日曜夕刻の最終フェリーでギーは島を去る予定である。娘はもっと早く島を出るかもしれない。彼女とその夫は恥ずかしさの余り、明日朝一番に帰ろうとしても不思議はない。エレベーターの中で彼女の肩がギーの肩に押し当てられるのを感じたが、なにぶん狭い空間なので気まずさはなかった。ただ彼は体じゅうにパニックが広がるのを感じて、動悸が激しくなり、口の中が乾いた。訴えるようなさっきの表情が体の接触へと飛躍したのだとしたら、あまりに急すぎる展開ではないか？　いやむしろ、お互いに意識し合っていたからこそ、あの表情があらわれたのではなかったか？　不作法な夫に置き去りにされた彼女は、知らない男の視線を浴びて動揺したに違いないのに、断固拒否はしなかった。そのわけは、彼女もギーと同じ思いを抱いていたからではないのか？　互いの声を聞く前から確信のようなものがありはしなかったか？　それは直感、あるいは遠目に見た感触に過ぎないとはいえ、ふたりがかつて知らなかった何かである。

「ありました《ヴォアラ》」ウェイターが、酔った男のポケットからルームキーを取り出してつぶやいた。鍵が見つからなかったらどうすればいいか心配していたギーはほっとした。

愛ってのは語り合うことだよ――ジェラールがいつかつぶやいていたことばの意味を、ギーは今夜ようやく理解した。ふたりは岩に腰掛け、語り合いが自然にはじまり、すでに絡み合いはじめているふたつの人生が、ほどけなくなっていくだろう。クラブ・キャトーズ、ジェラール、ジャン＝クロード、ジャン＝ピエール、コレット、ミシェル、ドミニク、アドリアン、バドミントン試合の後にマルソー通りからカフェ・ド・ラ・ペまで歩いた話、母さんのこと、その他もろもろすべて。明日と土曜だけでは到底足りない。とはいえもちろん、何がどうなると決まったわけでない。

ベッドの上に男を下ろしてもらったところで、娘がウェイターに百フラン札を手渡す。ウェイターはルームキーを書き物テーブルの上に置いた。ウェイターが退出するとき、ギーも一緒に行かないのを見て驚いた様子がなかったのはたぶん、何かが起こりつつあるのを察知したからだ。人生に一度だけ、運命はふたりの人間にこんな贈り物をくれるのだ、とギーは考えた。「あなたっていつもお客さんなんだから！」ミシェルに一度そう言われたことがある。彼の実感を言い当てたことばだった。事実、彼はいかなる集団にも属しておらず、母親にさえ帰属していない。ビュイソネ夫妻にとっても彼は「お客さん」である。そういうことも全部彼女に話すことになる。ふたりの間で、あらゆる話題が語り合われるだろう。

「ありがとう」彼女は英語でそう言ってから、念のためにフランス語でも言いなおした。ギーは英語がほとんどできないので、このカップルがアメリカ人かイギリス人か判断に迷った。ベッドの上では男がいびきをかいていた。

「どうぞ」ミニバーを開け、並んでいるちっぽけなボトルのほうを身振りで示しながら、彼女が言った。「どうぞ、何かお飲みになって」

彼は、恥ずかしいことなどありませんよと言いたかった。彼女を無条件に安心させたかったし、階下で起きたことを気に病む必要など全然ないのです、と言ってやりたかった。彼はその他の話も全部まとめて語りたかった。ずっと昔、ぼくは、自分の父親はムッシュー・ビュイソネに違いないと思っていて、クレディ・リヨネ銀行に就職が決まったのもムッシュー・ビュイソネのおかげだと確信していたのです。また、マダム・ビュイソネはぼくの母のことを一度たりとも話題にしたことがないし、ぼくの母も、マダム・ビュイソネのビの字も口にしたことがないのです。だからぼくはずっと昔、ぼくの母は結婚前にムッシュー・ビュイソネとつきあっていたに違いないと見極めをつけたのです。母とつきあっていた頃、ムッシュー・ビュイソネも未婚だったと思います。不倫をするなんて彼らしくありませんからね、と。

「あ、それではコニャックを」とギーは言った。

やがて農場の所有権はギーのものになる、という話がおおっぴらに語られたことはない。だがムッシュー・ビュイソネは農場の話ばかりしたがったし、マダム・ビュイソネが部屋の塗り替えを頼むときには、どんな色にしたらいいかギーに相談した。

差し出されたグラスを受け取った瞬間、ギーの指先が、恋に落ちた相手の指先をわずかにかすめた。ひとを愛しはじめているかどうかは数分で、いや数秒でわかる、と彼は今晩ようやく知った。

「いろいろ親切にしてくださって」と彼女が口を開く。彼女はミニバーの脇の低いアームチェアに身を委ね、ギーは書き物テーブルの椅子に腰掛けている。白いドレスのスカートの膝にできたしわを彼女が伸ばす。子どもみたいなところのあるひとだとギーは思う。白い生地をなでる両手も、膝小僧の輪郭も、ハイヒールを履いた足の形も。金髪がさらさら流れて目鼻立ちを縁取っている。その表情の中に、彼女が苦しんできた心痛の名残が見えるような気がした。彼女の目は、今日一日の空と同じくらい青い色だった。

「あなたはアメリカ人ですか？」疑問文をフランス語から英語へ注意深く翻訳しながら、ギーが尋ねた。

「そう、アメリカ人です」

眠っているとはいえ、男がすぐそこにいるのは気まずい。目覚めたらいい気持ちはしないだろうと思ったが、そんなことはどうでもいいような気もした。気まずさなんてたかが知れている。ギーが言った。

「このホテルはレストランしか入ったことがないんです。部屋へはじめて入りました」

「ここに泊まっているんじゃないのですか？」

「いえいえ、違います」

彼女はベッドへ行き、力任せに男を横向きに寝かせた。するといびきが止んだ。

「ぼくは毎年この島へ来ます」とギーが言った。「ビュイソネ夫妻が農場を持っているので」

「一緒にいらした方たちですね」

「そう」

「わたしはこの島ははじめてなんです」

「みなさん、静かな島だと感じるようです」

「そうね、わたしもそう思う」

彼女がふたたび腰を下ろしたとき、ふたりは階下で交わしたのと同じまなざしを交わした。大胆で、率直で、確信にあふれたまなざしだった。ギーは、彼女が微笑んでいるのを見て、まなざしが語る確信と露骨さをはじめて理解した。レストランは薄暗かったので、彼女は彼の燃えるような執着には気づかなかっただろう、と思っていたのだ。ギーはついさっきの気持ちを正確には思い出せなかったが、そんなことはどうでもいい。彼女が今何を考えているかのほうが重要だった。

「ここへはたまたま来たの」と彼女が言った。「この島へ」

「なるほど」

「立たないで。もう少しここにいて」

ギーがうなずく。彼女の微笑みに、ギーも微笑みを返す。彼は彼女に、島のすべてを見せてやろうと思う。そして時が来たら、彼女を愛している、と言おうと思う。女のひとをこんなふうに愛したのははじめてなんだ、今まではもっとふつうの惹かれかただったのに、と。これまでそんなふうに生きてきたのは、ミシェルに「お客さん」だと図星を指されたように、ギーがいつも少しだけひとりぼっちだったせいかもしれない。それはまた、彼が生まれた事情についてほとんど、いや何ひとつ、誰も語ってくれなかったせいでもあるだろう。でも誰に分かる？　ギーは考えた。何がひとりの人間をつくっているかなんて誰にもわかりゃしないだろう。

「お名前を尋ねてもいいかしら？」

「ギーです」

彼女自身は名乗らなかった。そして、ギーって素敵な名前ねと言った。フランスらしくてあなたにお似合いだし、フランス式の発音も素敵だわ。

「もう少しいかが？」彼女が勧めた。

まだほとんどグラスに口をつけていなかったので、ギーは首を横に振った。彼女はミニバーに手を伸ばしてドアを閉めた。ずらりと並んだミニボトルの背後から発して、彼女のふくらはぎを照らしていた明かりが消えた。ふたりはビュイソネ夫妻と似たような結婚生活を送ることになるだろう。あの農場で暮らせばそんな感じになるはずだ。彼女がゆっくりかがみ込んで靴を脱いだ。

ベッドに横たわっている男が口をあんぐり開けていた。片腕がだらりと下がり、手の指がたれさがって、ふたりがいる間近の床のカーペットに届きそうになっていた。

「ギー」彼女がささやいた。白いドレスが丸まって床に落ちて、ハイヒールの片方がそのそばにころがった。「ねえ、あなた」と彼女がささやいた。

ギーを無理矢理引きずり込むようにして行為がおこなわれた。彼が終わろうとすると相手は泣きつくように抵抗した。ささやきもなく愛撫もなかった。ギーは、彼女の側に快楽はなかったと直感した。行為が終わったとき、彼女は音もなく笑った。夫の大笑いとは異なる笑いだったが、あの声をどこかしらこだまさせてもいた。

部屋の中は蒸し暑く、眠っている男の酒臭い息のせいで空気がこもっていた。彼女は裸のまま立ち上がり、男の寝顔を見下ろした。あごと首筋のあたりに無精髭が伸びはじめ、口の端からよだれが垂れている。彼女が男の肩に手を触れると、男が一瞬目を開く。彼女は何も言わない。すると男はまた眠ってしまう。これらすべて――すでに起きたことと今起きつつあることの全部――にたいして、彼女は他人事のようなまなざしを向ける。部屋の中には破滅が居座っている。ギーはそれに気づいている。

彼女は、夫が眠るベッドから目をそらす。そしてギーからも目をそらす。彼女が自分のために注いだ飲み物は手をつけぬままになっている。ギーは目で、彼女が部屋を横切って後ろ手にドアを閉めるのを追いかける。バスタブにお湯を張る音が聞こえる。

彼は自分の服と彼女の服を選り分けて、服を着た。ここはいったん別れて、もう一度彼女に会おうと考えている。明日、たぶん。カフェ・ヴェール、朝十時半。十時のほうが都合がいいならそれでもいい。島を案内しよう。農場も見せてやろう。彼女も自分のことをいろいろ話すだろう。起きてしまったことは忘れられない。忘れたふりなどできやしない。でもふたりが語り合いをはじめるとき、おしゃべりの中で、この部屋で起きたことが語られることはないだろう。

ギーは彼女のドレスと下着を椅子の上に拾い上げ、靴も床の上に左右並べておいた。それからコニャックを飲み干した。彼女が注いでくれたものだから残したくなかったのだ。彼は彼女が閉じたドアをトントンと叩く。

するとただちに、別人のようにぶっきらぼうな大声が返ってきた。

「今、お風呂に入ってんのよ。待つことぐらいできるでしょ」

英語だった。ギーは最初の文は理解できたが、第二の文については考え込まなければならず、考えるうちにふと、語りかけられている相手は眠っている男なのだと気がついた。ギーはもう帰ったと思われているのだ。彼は誤解を訂正するために返事をしようとしたが、とっさに口ごもった。「待ってる間に、自分が何をしでかしたか考えること」彼女の声音が語る複雑なニュアンスの上に、あざけりが新たにまぶされた。「ちゃんと考えたほうが身のためだよ」

さっき男の肩に手を触れたときに男が目覚めていれば、彼女としては思う壺だったに違いない。だがドレスと下着が散乱していて、グラスがふたつ置きっぱなしになっているのを見せるだけでも悪くない。一番きついこらしめにはならないものの十分効果はあったはずだ。何が起きたかありありとわかる空気が、部屋中にまだ漂っていたからである。

部屋を出て行くとき、ギーの足はカーペットの上で音を立てなかった。彼は横目で、ベッドの上の青いスーツの男を見た。襟についた食べこぼしが白くなりかけていた。頬と額は血色がよかった。部屋を出るとき、この男の名前も彼女の名前もついに聞かずじまいだったという思いが頭をよぎった。


夜の空気は冷たく、すでに秋の気配があった。ギーは砂埃にまみれた小径を歩きながら、別れた後ビュイソネ夫妻はどんなことを話し合っただろうと考えた。朝になったら、あれからどうだったと尋ねられるかもしれない。あるいは夫妻で申し合わせて、そのことは一切尋ねないと決めたかもしれない。

いつも海水浴をする入江の小石浜に、波がやさしく打ち寄せていた。点々とある岩の間に腰を下ろして、ギーはこの一件を誰かに話すべきか思案した。そしてもし話すとすれば、どんなふうに語ればいいか考えた。それが彼らの生き方で、と言うだろう。さらに続けて、男と女はそうやってつながりあっているんですよ、などと言うだろうが、ギーが身をもってその内実を理解しているわけではない。冷たく輝く月明かりを浴びながら、彼はひとりぼっちでいるほうが気楽だと感じていた。

男がすぐそばに来た気配を感じて、ウィルビーは読みはじめたばかりの本から目を上げる。男は突っ立っているだけで何も言わない。微笑みもしない。前で結んだエプロンの薄汚れた紐に、皿を拭く布巾がたくしこんである。この男は、注文した魚料理の調理が遅れているのをわびるために調理場からやってきた使いっ走りに違いない、とウィルビーは考える。

セーヴル通りから脇へ入った、ピク通りに面した地味な店。ウィルビーは入るときに屋号を確認さえしなかった。ブラッスリーとカフェを兼ねたこの店は全体に薄暗い。バーカウンターの周囲だけ明るい電灯がついていて、今はカップルが一組、グラスにかがみ込むような姿勢で静かに語り合っている。カフェのほうの、いくつかあるテーブルのひとつを囲んで、四人の年輩女性たちがトランプをしている。ブラッスリーのほうのテーブルでは二、三人の客が食事をしている。

調理場からやってきた男は終始無言のまま、向きを変えて戻っていってしまった。ウィルビーは、誰か他のひとと間違えられたのかなと思う。ワインを注ぎ足して本をまた読みはじめる。ウィルビーは本をたくさん読み、ワインをたくさん飲む。

彼は四十代、やせ形の体型である。角張った顔で髭はきれいに剃っている。グレーのスーツに青と赤のストライプのネクタイを締めているものの、とりたててスタイリッシュというわけではない。ときどきパリへやってくるのは、レアな古切手専門のオークションルームを巡り歩くのが目的だ。財力があるのでたいていはだらだらと長く滞在する。三年前、ウェストミーズ州で代々続いてきた家業のワイン輸入販売業を相続したが、一年半後にそれを売却した。以後の人生はその収益で暮らし、趣味の切手収集に専念しようという腹づもりだった。彼は家業とともに相続した屋敷にひとりで住んでいる。キヅタが絡まるその屋敷は、生まれ故郷であるウェストミーズの町はずれにたっている。結婚に失敗した——というか、彼のせいで破綻させた——経歴がある彼は、もう一度試すつもりはなさそうだ。

注文した料理は小柄で年配のウェイターが運んできた。無言のまま来て去ったさきほどの男よりも見苦しくない風体だった。ちゃんと気配りもできて、昔通りのやりかたで客に話しかけるそのウェイターは、ウィルビーが塩と胡椒をくれと頼むと、即座によそのテーブルから取ってきた。「こちらをどうぞ《ヴォアラ、ムッシュー》」とつぶやく声音に遠慮がちな響きがある。

ウィルビーは魚を食べながら、この魚は何だったかなと考える。注文したときにはわかっていたのだがその後忘れてしまい、味わいだけでは種類が判然としない。料理よりもパンのほうが美味いので、ウェイターを呼んでおかわりをもらう。彼が手にしているペーパーバックは、以前にも読んだ『エセルバータの手』である。

もう一ページ読んでワインを追加注文し、揚げジャガイモ《ポム・フリット》を平らげて魚は残す。彼は静かな店を好み、決して急がない。コーヒーを注文し、――そのつもりはなかったのだが――カルバドスも頼む。飲み過ぎだぞと自分に言い聞かせ、コーヒーが届いたとき、もう一杯と言いたい気持ちをぐっとこらえる。パリにいる喜びにひたりながらまた本を読みはじめる。BGMが掛かっていないブラッスリーの隅っこの小さなテーブルに陣取って、よく知っているはずなのにところどころ憶えていない物語を読み進むのは、楽しい記憶をたぐりよせる行為に似ている。料理はたいして美味くなくてもかまわない。ワインのよしあしと、静けさが確保されているかどうかのほうが気になる。食後はオテル・メルノイユまで歩いて帰る。運が味方してくれさえすれば、明日、オークションルームでいい結果が得られるだろう。

身振りで合図して勘定書をもらい、支払いを済ませる。年配のウェイターがウィルビーのコートを準備して、出口で控えている。彼はチップを渡す。外へ出ると十一月後半の夜気が冷え冷えと肌を刺す。

さきほどテーブルの脇までやってきた男がそのままの服装で通りに立っている。じっと突っ立ったまま口を噤んでいる。ウェイターのつねで、タバコを一服吸うために外へ出てきたのかもしれない。だがタバコは見あたらない。

「こんばんは《ボンソワール》」ウィルビーが声を掛ける。

「こんばんは《ボンソワール》」

そうあいさつを返した男が突然別人に変貌したように見えた。似ている、と思う。黒くてまっすぐな頭髪。弾丸の先端みたいに丸みのある頭。昔どおりではないにせよ、切り下げにした前髪に見覚えがある。そして黒い瞳。不安や動揺などないのに、どこかぎごちない立ち姿も独特だ。両腕をだらりと下げて手先を広げている。

「いったいどうなってるんだ？」ウィルビーは疑問文を組み立てながら、ばかげた単語の並べ方になっているのを自覚した。「アンソニー？」

　相手がふいに動く。片手が意味不明の、ほとんど反応とも言えないような身振りを見せた。それから男は向きを変えて、別のドアからブラッスリーへ入った。

「アンソニー」ウィルビーはもう一度つぶやく。だがもう誰もいない。

　アンソニーはずっと前に死んだはずの男なのだ。


　行きがけは混み合っていた舗道が、今はうってかわってひっそりしている。たくさんの車が飛ばしていくバビロヌ通りの交叉点で、歩行者信号を守ってたたずむウィルビーの隣りに女が立っている。白っぽいレインコートを着て、コートの下に突き出した両脚は細く、ブロンドの髪をアップにしている。アンソニーのことを考えたくなかったので、彼は、娼婦のようにも見えるこの女が何者か品定めする。それからひとしきり頭に思い描く——彼女のコートが小部屋に脱ぎ捨てられている場面。電灯の下、鏡台に現金が置かれている。彼は旅先でときおり女を買うことがある。だがこの女は彼のほうをちらりとも見ない。そのうちに赤信号が青になる。

　あれはアンソニーではなかったかもしれない。もちろんだ、人違いに決まっている。もしかりに彼が生きているとしても、パリで調理場の下働きに雇われているはずがないではないか？「そうです、最悪の事態を覚悟しておるのです」彼の父親がそう語る声を電話越しに聞いてから、ずいぶんの年月が流れた。「息子は身の回り品を少し送ってきたのですが、それもかなり前のことでしてね。本のページの間に、君に宛てた書きかけの短い手紙がはさんでありました。いやね、じつは手紙の本文はないのです。君の名前が書いてあるだけなのですよ」

バック通りにウィルビーが気に入っているショウウィンドウがある。フランス革命関係の古版画が飾られたそのウィンドウの陳列品は、この前来たときとほとんど変わっていない。マリー・アントワネットの死。断頭台へと送られるジロンド派のひとびと。バスチーユ監獄襲撃。ダントンの死。ロベスピエールの勝利。ロベスピエール失脚。今は街灯が薄暗いので、絵柄の詳細が判別しにくい。見覚えのない版画が奥の方にあるのだがよく見えない。

バーに立ち寄ってもう一杯カルバドスを飲む。かつてひとびとに尋ねられたとき、彼自身も、アンソニーは死んだと思いますと答えた。何年もの間ひとつの目撃情報もないまま、行方不明状態が続いた結果、「今のところ行方不明」の「今のところ」がしだいに消えて、おのずと結論が出てしまったのだ。

モンタランベール通りでカップルに地下鉄《メトロ》への道順を尋ねられる。ウィルビーは内心、交叉点で見知らぬ女に好奇心を感じたのと同じくらいいそいそした気分になって、わざわざ来た道を少し戻って案内してやる。

「お帰りなさいませ《ボンニュイ、ムッシュー》」オテル・メルノイユまで戻ってくると、夜間勤務のボーイがそうあいさつして、ロビーのエレベーターのドアを開けてくれる。彼がドアを閉めると、エレベーターは音もなく上へ昇りはじめる。「希望にすがってきましたが、ついに折れてしまいました」アンソニーの父親は電話の向こうでそうつぶやき、新しいことがわかったらまた連絡しますとつけくわえた。

ムッシュー・ジョティは放置されている給料袋を見て首を傾げる。その給料袋は流しの正面の窓枠の上に、同一人物の過去の給料袋とともに捨て置かれている。彼は封筒にメッセージを書いて、あらためて空き瓶に立てかける。

夜が更けたこの時間に、ムッシュー・ジョティがただひとりで調理場にいるのは、時に応じて出すべき指示を検討するためなのだが、たいていは調理場の切り回しが上々なのを確認して、ほくそえむひとときになっている。彼はジャン＝アンドレが書いた連絡メモを見て明日の段取りを確かめ、掃除用具が収めてある棚をチェックする。ジャン＝アンドレは近頃、調理の手順を端折《はしょ》っているのではないか。彼がこしらえるリゾットは、かつては人気メニューだったのに最近では注文する客がさっぱりいない。ムッシュー・ジョティの見るところでは、ジャン＝アンドレのリゾットはかつての魅力を失い、しばしば汁気のない代物になりはてている。だが少なくとも調理場の清潔さは保たれている。食器や皿のどこを見ても食べかすはこびりついていないし、カップの縁に汚れもない。かつて皿洗い担当がふたりでやっていた仕事を今はひとりの男がこなしている。給料袋をしばしば取り忘れるのはこの男だ。ムッシュー・ジョティは彼を引き留めておきたいので、遠く離れたところにある部屋から毎日通わずにすむよう、店の建物内に住まわせてやることはできないか考えた。だが店の物置部屋には余裕がなかった。また、ピク通りの近隣に貸部屋がないか探してもみたものの、ちょうどよい物件は見つからなかった。

皿を拭く布巾はきれいに洗ってすすいだ上で、ラジエターに掛け並べてある。こうしておけば朝までにすっかり乾く。スープ皿はちゃんと積み重ねてある。グラスはサイドテーブルの上にきちんと整列させられてかすかに光を放っている。「よろしい《トレボン》、文句なし《トレボン》」ムッシュー・ジョティはそうつぶやいてから電灯を消し、鍵を閉めた。

ウィルビーは寝つかれない。本を読もうとしてみたけれど読むこともできない。「まさに驚きよ、そう思わない？」ミス・ダヴァリーのことばを昨日聞いたかのように鮮明に覚えている。こんなに寒くて湿った土地で、杏がこれほど熟すなんて信じられないでしょ、と言うのだ。レンガ塀で囲っただけじゃここまでは無理よ。彼女が指さした先にはワイヤー伝いに枝が伸び広がっていて、小さな房になった果実がたくさん見えた。「これはデルフィニウム」次々に花を指さして名前を唱えながら、彼女が庭園を案内してくれた。それから屋敷に入り、「この子がアンソニー」と紹介した。

床一面に広げたトランプから少年が顔を上げた。ミス・ダヴァリーは、「その子はなんていう名前？」と尋ねる少年に向かって、まえに教えてあげたのだから知っているはずでしょ、と告げた。そしてもう一度、ウィルビーの名前を繰り返した。「なんでそういう名前なの？」とアンソニーがまた尋ねた。「君はなんでそう呼ばれてるの？」

「それがぼくの名前だからだよ」

「お庭で遊ぼうか？」

初日を皮切りに以後毎日、午前の中頃にショウガ入りクッキーが出た。「ぼくのほうが君より年上？」とアンソニーが尋ねた。「六歳だったら年上？」お庭の隅の低い木の中にぼくの屋敷がある、と彼が言うので、ふたりで屋敷ごっこをして遊んだ。「ジェリコっていうのが彼の名前」ふたりの後についてくる犬の名前をアンソニーが教えてくれた。怪我した足を一本引きずって歩く、黒いラブラドールは十三歳だという。「ミス・ダヴァリーはみなしごなの」と彼が言った。「だからぼくたちと一緒に住んでいるんだ。みなしごってどういうのかわかる？」

中庭では、厩舎の半扉から馬が外を見ていた。猟犬の群れは小さい方の中庭で飼われていた。馬と猟犬を調教する時間帯と重なるので、アンソニーの母親は決して昼食のテーブルには姿を現さなかった。彼の父親はいつもふたりといっしょに昼食をとった。毎回違うツイードのジャケットを着て、グレーの口ひげをきれいに刈り込んで、食卓にオリーブが載っていると上機嫌で、健康のためにウイスキーを飲んだ。「やあ、お若い友人、ご機嫌はいかがかな？」といつも尋ねた。

雨降りの日には、炊事室の前の廊下でビー玉遊びをした。ふたりの脇に犬が寝そべっていた。「夏になったら海へ遊びに行こう」とアンソニーが言った。「きっと楽しいよ」こうして内陸のウェストミーズから遠乗りをして、名前のない入江を見下ろす崖の上の小別荘へ行くのが、毎年七月の恒例行事になった。アンソニーにいろんなことを告げるのはいつもミス・ダヴァリーのお役目だった。彼女は屋敷に厄介になっている返礼として、小別荘へアンソニーを送り迎えする運転手役をしばしば買って出た。わたしもおでかけは好きだものと彼女は言い、まるでおよばれするときの手みやげのように、お手製のケーキを持って出発した。アンソニーに負けず劣らず、ミス・ダヴァリーも海が好きだった。小別荘で彼女は、食堂兼居間《キッチン》に据え付けてある手回し式の鞴《ふいご》を廻し、暖炉に火花がパチパチ散るのを喜んで眺めた。アンソニーは岸辺のごわごわした砂がお気に入りで、火打ち石を拾い集めたり、小エビを網ですくったりして楽しんだ。老犬は岩の間をうろうろ歩いて海草の匂いを嗅いだり、イソギンチャクをつめでひっかいたりした。あるときふたりで腹ばいになって岩の裂け目へ入っていったら、誰にも知られていない洞穴が見つかった。アンソニーはその洞穴を

「ぼくらの家」と呼んだ。

窓のてっぺんを少しだけ開けると新鮮な外気が入ってくる。そしてちょうど、午前二時を告げる鐘の音が聞こえてくる。本は開いたままで伏せてある。ベッドランプは点けっぱなしになっていたが、暗いほうがいいと思ってスイッチを切る。

階段室の壁のくぼみに青い花瓶がひとつ、ぽつんと置かれていた。踊り場の奥行きのない棚に、ペーパーウェイトが所狭しと並んでいた。全部で四十六個ある、とアンソニーが言った。彼の母親が客間でピアノを弾いていた。手を振って微笑みながら彼女が、「ハロー」と言った。このひとがフォックスハウンドの調教をするなんて、とても信じられなかった。やせて小柄で、いつもいい匂いがして、おまけに美しかった。広間のマントルピースの上に掛かっている貴婦人の肖像画を指さして、アンソニーが「これ見てごらん！」と言った。

ミス・ダヴァリーは孤児であるとともに遠い親戚だった。海水浴を終えて浜に上がると、彼女はよく子どもの頃に預けられていた家で起きたできごとを語った。大嫌いな少年が背後から忍び寄って、彼女の耳の中にクラッカーを押し込もうとした話。リボンをつけたお下げ髪が気に入らなかったので、お人好しのお手伝いさんにハサミでばっさり切らせた話。それから、炊事室で猫に踊りを教えていたら、そういう踊りははじめて見たとみんなに言われた話も。

昼食のテーブルではアンソニーの父親がいつも、子どもたちがまだ知らない世界のものごとについて話をした。プレイボーイのプロボクサー、ジャック・ドイルの右パンチのうまさを身振りを交えて誉め称え、落ちぶれて文無しになる前の無謀な暮らしぶりについて語った。パット・リード少佐がコルディッツ収容所から脱走した偉業も教えた。さらには初代インチクウィン伯爵を槍玉に挙げて、アイルランドを逃げ出した史上最低の卑劣漢だとこき下ろした。

昼食のときには、他にも新知識がふるまわれた。蜘蛛はなぜ、どのようにして糸で巣をこしらえるのか。飛行機はなぜ飛べるのか。時計はどのように時を刻むのか。知ることはとても大事なんだ、というのがアンソニーの父親の口癖だった。昼食のテーブルで聞く話と、ミス・ダヴァリーの思い出話が好奇心を養い、未知なる世界が興奮の源になった。アンソニーは、「ものを食べなかったらどうなるか？」という問題についてあれこれ考えた。よく晴れた日にホースの水で虹はつくれるかどうか、さまざまな実験もおこなわれた。そうしてついに、できるという結論を出した。小エビをすくう網でクラゲをすくい、砂の上にほうって置いたら消えるか生き延びるか、実地で確かめようとした。するとミス・ダヴァリーが、クラゲはスズメバチみたいに刺すことがあるので、危ないから海へ戻したほうがいいと助言した。

ミス・ダヴァリーとウィルビーの母親との間には親交が芽生えた。会話の中で名前を出すときにも、夏毎にやりとりする手紙の中でも、決してファーストネームで呼びあわない、堅苦しいつきあいではあったけれど、親交は親交だった。**アンソニーは利口なようです、**と蜘蛛の糸がのたくるような筆跡でミス・ダヴァリーが伝えてきた。そう書いた後、少し水で薄める必要を感じたのか、**とにかくそのように言われていますとつけ加えてあった。**また、毎年七月が近づいてくるとアンソニーは日にちを数えはじめるとも書いてあった。**彼は友情をとても大切にしているのです！**　ミス・ダヴァリーがさらに感想を述べていた。**ふたりのひとりっ子どうしがこんなふうにおつきあいできるなんて、本当に幸運ですこと！**

たしかに幸運であるように思えた。ふたりの少年はけんかをせず、主導権争いも対抗意識もなかった。ある夏、黄色いエアマットレスが海から上がった。まだふくらんでいたので、ふたりだけの秘密の洞穴へ持っていった。そのさいにもどちらが先に見つけたかとか、誰のものかなどということをめぐって言い争ったりしなかった。「誰かがなくしたんだね」とアンソニーが言った。だが誰も探しに来なかった。ふたりはエアマットレスが水に浮くので喜び、本来の用途については何も知らないままだった。彼らがそれを海岸へ運ぶときにはいつも、ジェリコも足を引きずってついていった。犬は頭を少し傾げて、尻尾を激しく振ってみせた。洞穴ではエアマットレスが老犬の疲れを癒すベッドになった。

こうして黄色いエアマットレスは洞穴と並んで、ふたりが秘める友情の象徴になった。エアマットレスにそれ以外の用途はなく、それをふたりが所有していること自体が、あの夏のハイライトだった。七月最後の日、ふたりはエアマットレスをふたたび海岸へ持っていった。興奮する犬を「ほーら静かに」となだめた。その朝、波はほとんどないに等しかった。

暗闇の中、テレビ画面の上に針で突いたような赤い光点がいつまでも消え残っている。部屋へ吹き込む空気が冷たくなってきたので、ウィルビーは少し開けてあった窓を閉じ、遥か彼方を飛んでいく飛行機の音を閉め出す。もはや記憶は彼を離そうとしない。それはわかっているので無駄な抵抗はしない。

老犬が溺れるのを見ていた間じゅう、ふたりは押し黙っていた。ジェリコは賢いので、おもしろそうなことを前にして、決してまごついたりしなかった。いつものように従順で、じっとしていた。

エアマットレス遊びをするにあたって、ジェリコは自分の配役を演じていたのだ。エアマットレスがぷかぷか浮かんで海へ乗り出していくと、けばけばしい黄色の上に鎮座した老犬の姿がくっきりした黒い影になった。ふたりはじっと見つめ続けた。ホースの水がつくりだす虹を見つめたときのように。ミス・ダヴァリーの話に出てきた、ダンスをする猫の頼りないステップを見つめたときのように。すでに沖合に出たエアマットレスの黄色は、海面にぽつんと浮かんだにじみになって、ふいに見えなくなった。目を凝らすとまた浮かび、また消えた。やがて老犬が吠えはじめ、甘えるような泣き声へと変化した。ふたりは押し黙っていた。砂利浜を這い登るようにして岩場へ出て、近道を通ってハリエニシダの群落を突っ切った。そうして崖の上からもういちど沖を見た。それが最後だった。水平線まではるかに見えた。海は何事もなかったかのように日射しに照らされていた。

「それでふたりは午前中、何をしてたの？」ミス・ダヴァリーが尋ねた。翌日、離れたところの海岸に老犬が打ち上げられた。

ミス・ダヴァリーは自分を責めた。彼女にはそういう傾向があった。だが彼女が悪かったわけではない。そんなことはあり得ない、と皆が口を揃えて言った。老犬ジェリコは盲目も同然で、自由に動く脚は三本しかないのに、そうした制約に気づいていないかのように、木片が波間に漂っているのを見つけると海へ乗り出す癖があった。なんべんも同じことを繰り返していたのだ。ジェリコの名前と生没年を記したスレートの小片を芝生に突き刺した墓が庭園内につくられた。

犬を溺れさせた事件についてふたりは決して語り合わなかった。わざとやったのではないと弁解するでもなく、お互いを責めたりとがめたりもしなかった。ふたりはあの行為をふざけ半分でやったわけではない。何が起こるかやってみよう、犬がどうするか見てみよう、というつもりだった。

ふたりの沈黙はエアマットレスを海へ押し出す前からはじまっていた。

夏が来る毎に小さな事件がいくつか起こり、さまざまな経験もした。だがあれほどの大事件は二度と起こらなかった。過ぎ去っていく時の流れが求めるままに、友情はしだいに変化した。あれこれのゲームに興じ、おしゃべりを楽しみ、新しい発見もいろいろあった。

そうして、冬のある日、ミス・ダヴァリーから手紙が届いた。いつもより元気のない手紙だった。**アンソニーが引きこもっているので、**と彼女は書いていた。**みんなが心配しています。**その手紙の内容は、夏の到来とともに真実であることが明らかになった。その夏以降、アンソニーは人が変わってしまい、新しい夏が来るたびに特異さを増していった。彼は無口でおどおどして、ときおり放心するようになった。老犬の墓碑がいつのまにか庭園から消えていた。

暗闇の中、テレビ画面に浮かんだ赤い光点が依然として刺すような輝きを放っている。ウィルビーは、動機も確信もなく、ことばさえ交わさずにおこなった行為がどれほどの影響力をおよぼすものか考えている。ずっと前からしばしば考えてきたことだ。秘密が欺瞞に変化したのはふたりが九歳のときだった。

彼とアンソニーが再会した日の夕刻、外は雪が降っていた。ふたりとも新入生で、礼拝堂脇の回廊に整列して、自分の名前が呼ばれるのを待っていた。アンソニーは、数年前彼に〈利口〉という太鼓判を押した学校からこちらへ転校してきたのだが、それは別段驚くべきことではない。また、ふたりが今後の学校生活をここでともに過ごすよう段取りが整えられたのも偶然ではない。「知り合いがいればアンソニーも心強いから」電話の向こうで彼の父親がそうつぶやき、あの子はいまだに内向きなのでと続けたからだ。

夕方のほの暗い光の中で小雪が回廊へ吹き込んでいた。点呼が終わって生徒たちの自由時間がやかましくはじまると、ひとりぼっちの人影が目立った。つやのある黒髪も独特の立ち姿も以前のままだった。「やあ、元気?」とウィルビーが声を掛けた。相手は微笑みを返したものの、かつてのくったくない笑みではなかった。ぬけがらのような笑い顔が浮かんだのもつかの間、気まずさに埋もれてすぐに消えた。

変なやつ。アンソニーは学校でみんなからそう呼ばれるようになったが、いじめられはしなかった。いじめ甲斐のないやつだと烙印を押されたかのようだった。彼は球技が根っから苦手で、必修でない活動はいっさいやらなかったけれど、利口さの証拠はすぐさまあらわれた。とりわけ理科と数学関係の科目が抜群だった。信心深い生徒たちは宥和をはかろうとして、アンソニーに近づいた。そうするのが義務だと考えたからだ。思いやりのある先生たちは彼の重い口を開かせようと試みた。ウィルビーは、「ええ、そうです、ぼくは彼を以前から知っています」と白状し、この学校でできた友達とはずいぶん毛色が異なるアンソニーとのつきあいを、ぎごちなく説明した。彼はたいてい、「でもずっと昔の話なんです」とつけくわえた。

誰もいない教室の窓を横目で見ながら歩いていたとき、ウィルビーは何度か、縦横に並んだ机の間にアンソニーがぽつんといるのに気づいた。校舎から正門まで延々と続く車道のはるか彼方に——あるいはその他いたるところでも——同じ人影をしばしば見かけた。アンソニーは、上級生がプレイするのを許されているゴルフ場の塀を背にしたベンチに腰掛けて、アプローチ・ショットを打つゴルファーたちを眺めたり、彼らが歩き去っていくのを見送っていることもあった。だが誰かに話しかけられそうになると、ひとりぼっちの薄暗い世界へ逃げ込んでしまうのだった。

アンソニーはある日、書物をきちんと机の中に収め、衣服は共同寝室のロッカーに吊し、パジャマを枕の下にたくし込んだまま忽然と姿を消した。他人と打ち解けない子どもはしばしばホームシックになるものなので、アンソニーも実家へ帰ったに違いないとみんなが思った。だが彼は帰郷を企てたわけではなかった。アンソニーは学校の敷地内にいるのが見つかった。その日一日集合時刻を知らせるチャイムを徹底的に無視していたのだが、それ以外は何ひとつルールを破っていなかった。


明け方が近づいてくる。ウィルビーは眠っている。だがそれはつかの間の眠りにすぎない。夢を見ても目覚めた途端に忘れてしまう。ふたりして砂利浜を這い登って岩場に出て、ハリエニシダの群落を突っ切ったとき、沈黙のうちにのしかかってきた重たい罪悪感が困惑――というか子ども心をかき乱す恐慌状態――と混じり合った。だがそのときはまだ、精神が押さえ込まれてひしゃげるところまではいかなかった。それから何年もたち、アンソニーが死んだとはじめて聞かされ、自分自身でもそのことを口にするようになった頃、ウィルビーは罪悪感が変化した羞恥心の名残からようやく解放された。

髭を剃り顔を洗って、のろのろと服を着る。ロビーへ下りていくと、フロント係がちょうど仕事をはじめる時刻である。彼らはウィルビーに会釈をし、おはようございますとあいさつする。今朝は傘を持って出る必要はなさそうです、とひとりがつけくわえる。

外へ出たがまだ薄暗い。というよりまだ朝になっていない。路面清掃車が通りを走り、洗い水が側溝へ流れ落ちていく。バック通りに人影はなく、たくさんのゴミ袋が収集車を待っている。まだ開いているバーがある。カウンターに突っ立っている男たちは、互いにことばを交わすのさえ億劫がっているようだ。戸口のところで寝入っている人物を揺り起こす者はいない。ウィルビーは足を止めずに、調理場の下働きに雇われた人間はどんな部屋に住んでいるのだろうと考える。

ピク通りのブラッスリーの前まで来るとシャッターが下りていて、明かりも灯っていない。上階を見上げると、三つの窓のすぐ内側にダンボール箱が積み上がっている。他の窓にもカーテンは掛かっておらず、ひとが住んでいる気配はまったくない。この店の屋号は〈ジョティ父さん《ルペール・ジョティ》〉なのだとはじめてわかった。

ウィルビーは近所の通りを歩いてみる。カフェが二、三軒ちょうど開くところだったので、そのうちの一軒に入る。コーヒーが運ばれてくる。ちょっとすすってからクロワッサンを割る。バーマンがひとり、他の客はいない。

これ以上深入りしないほうがいいのはわかっている。パッシー行きの電車に乗って予定通りオークションルームへ行ったほうがいい。ピク通りに二度と戻ってきてはいけない。ウィルビーは精神の変調を抱えたまま普通に暮らした後、その変調を振り切った。あのできごとはとるに足らない事件だったのだ。

男の客が何人かカフェへ入ってくる。女の客もひとり。顔の半面になぐられたような傷があり、黒々としたみみずばれを隠そうともしない。女が顔の傷に触れながら低い声で、傷を負った事情をバーマンに打ち明ける。グラスに注がれたコニャックを持ってテーブルへ移動するときには、女は声をたてずに泣いている。

〈じつにばかげている!〉ミス・ダヴァリーから最近手紙が届き、彼だけにわかるほのめかしが書かれているのを読んだとき、ウィルビーは声に出さずに叫びを上げた。〈いいかげんにしてくれ!〉学校の回廊でアンソニーと再会したとき、口では無難なあいさつを述べたものの、内心で不機嫌につぶやいたのもこのことばだった。アンソニーの姿をゴルフコースで何度も見かけたときにも、同じことばを吐きかけてやりたかった。どっちみち老犬の寿命はほとんど尽きていたのだ。ウィルビーが今、夜の闇と同じくらいとげとげした気分で思い出すのは、つねに喜びの源泉だった友情が消え失せ、アンソニーの世界——庭園、屋敷、母親、父親、そしてミス・ダヴァリー——が崩壊してしまったときに感じた、怒りの苦々しさである。

「息子はわたしたちにとって役立たずになってしまいました」と彼の父親が言った。「誰にとっても役立たずだ、とわたしたちは考えています」

アンソニーがピク通りへ曲がってくるとすぐ、リボン専門店の前に人影が待っているのが目に入る。十一月二十四日、月の最後の木曜日である。同じ日は二度とめぐってこない。

「こんにちは《ボンジュール》」と彼が言う。

「やあ、アンソニー、元気かい?」

アンソニーが語り出す——月曜は休業日なんだ。日曜も休みでないわけではない。だから月曜と日曜にリボン屋の前で待っていてもあんまりいいことはない。そもそもこんなところで待つ人は、そうたくさんはいないよ。

風が吹いて紙くずが舞い上がり、ふたりが立っている近くまで飛んでくる。リボンの店のショウウィンドウにはさまざまな幅や色の巻いたリボンが飾ってある。多様な用途に使われる生地見本の小片やら、レースやベルベットや白無地の縁飾りやら、厚板にボタンをずらりと並べた見本などもある。たまには陳列替えをするかと思って、アンソニーはしばしばショウウィンドウを覗き込むのだが、いつ見ても何も変わらない。

「アンソニー、元気なのかい？」

飛んできた紙くずは白い紙袋の切れ端だ。アンソニーは白地に書かれた赤い字の断片を見て、デュパン通りのパン屋《ブーランジェリー》の紙袋だとわかる。その紙袋が至近距離まで飛ばされてきたのを靴で踏んづけて押さえる。

「アンソニー、君の居場所がわからなくて、みんな心配したんだぞ」

「ぼくはアイルランドにさよならしたんだ」

アンソニーはかがみ込んで、靴で押さえた紙くずを拾う。そして、今日はオーブンをきれいに磨くんだとつぶやく。木曜だからね。朝から一仕事するんだよ。

「ミス・ダヴァリーが今でも手紙を寄越すんだ。君の消息がつかめましたかって」

木曜は八時半から仕事。アンソニーはそう言ってから、調理場ではひとことも苦情は出ていない、とつけくわえる。フォークの先にぽちっと汚れがついてるだけで苦情が出るんだ。魚の皮の切れ端とか、キャベツの葉のくずとかが苦情の種になる。でもそういう苦情は一度も出たことがないんだよ。

「みんな、君は死んだと思ってたんだぞ、アンソニー」

ウィルビーは家業のワイン輸入販売業を売却したことを打ち明ける。子ども時代に一度だけ、家業の内容をアンソニーに説明した。いろんな形のボトルが並んだ棚があって、ボトルの中味は赤いのと白いのがあって、お好みとあらばピンクのもあって、二、三回味見したこともある、と語ったのを覚えている。

「君のお父さんは亡くなったよ、アンソニー。お母さんも亡くなった。他に誰もいなかったから、ミス・ダヴァリーが遺言で屋敷を譲られた。彼女は今でもあそこに住んでいるよ」

相手は何も答えない。ウィルビーも返答を期待していない。ぼくは切手収集家になった、とだけつけくわえる。

アンソニーは道路を渡るタイミングを見計らいながらうなずく。彼は父親が死に、母親も死んだのを先刻承知している。ミス・ダヴァリーが屋敷を相続しただろうことも彼が推測していた通りだ。両親の死亡記事は『アイリッシュ・タイムズ』で読んだ。ドーキーのクリフキャッスル・ホテルに夜間勤務のボーイとして勤めていた長年月のあいだ、新聞は隅から隅まで毎日読んでいたのだ。

だが彼は、クリフキャッスル・ホテルのことはおくびにも出さない。『アイリッシュ・タイムズ』やなつかしい名前、政治のニュースや知っている場所の写真、昔と変わっただろう今のアイルランドがなつかしいなどとは決して言わない。『ル・モンド』のほうが落ち着いていて慎重で、お堅い新聞だと彼は考えているのだが、そういうことも口には出さない。パリを短期間だけ訪れている人間はそんなことに興味あるまいと思うからである。

だんだん増えてきた交通量がふいにとぎれる瞬間がある。だがアンソニーはあせって道を渡ろうとせずじっくりと待つ。この周辺の通りは知り尽くしているにもかかわらず、横断するときは慎重にする癖がついている。

「ぼくは死んでないよ」と彼が言う。


よく晴れたあの日、老犬の賢さが自分自身の命を救えるかどうか試すという、ひとりでおこなうにはあまりにも恥ずべき行為を、彼らふたりが組んで完璧に実行してしまった。

アンソニーが道路を渡るタイミングをつかみあぐねている間、ウィルビーは頭の中で文章を組み立てようとしている。そもそもの発端となった事件を否定するか、さもなくば、せめてその一部始終を違った形で説明できることばを探し求めているのだ。不慮の事故。想定外の不運。突発的な事態——彼は落ち着いて話すことが必須だと考え、おだやかな調子で言い訳を述べようとして口を開く。ところがちょうどその瞬間、アンソニーはすたすたと通りの向こう側へ渡り、ブラッスリーの勝手口のドアを鍵で開けた。さよならのしぐさもなければ、振り返りもしなかった。


ウィルビーは、パッシーにあるオークションルームに向かってセーヌ河畔を歩きながら、君が生きていてよかった、とアンソニーに言うべきだったと後悔する。思い残すのはそれだけだ。川面を遊覧船が流れていく。ほとんど客は乗っておらず、子どもがひとり手を振っている。ウィルビーは振り返しそびれて、挙げた手をぶらりと下ろす。ピク通りで紙くずを舞わせた風が新たに勢いづき、大曲がりになった川筋沿いに立つ黒い幹の木々に残った枯れ葉をもぎとっていく。

オークションルームは川の対岸にある。近くにはラジオ局があり、アパルトマンばかりが建ち並ぶ街区もあるので、この界隈まで来ると川岸の雰囲気が一変する。膨大な数の切手が陳列されている、そのオークションルームは過去にも何度か訪れた。貴重な切手はガラスケースの中に、それほどでもないものはテーブルの上に、それぞれ国別に分けられている。活気に溢れた陳列室を想像するといつも胸が躍る。対岸へ渡る橋の上に出る石段を登りながら、今日も想像してみるのだが、いまひとつ心が浮き立ってこない。

毎週木曜の朝オーブンを掃除するのは、懲らしめのためにさせられる作業ではない。ランチタイムに使われた皿の食べ残しをただちにこそげ落とすのは、罪滅ぼしの行為ではない。過ちから救済されようとして悩んでいるわけではないのだ。川の緩慢な流れを橋の上から眺めながら、ウィルビーはその考えに確信を持つ。夕闇に似た朝靄がアパルトマンばかりの街区にかかって、ぼんやりとした明るみを帯びている。遠く離れた通りを這うように進む自動車の群れが見える。

アンソニーがこだわっているのは裏切りである。人道にもとる行為、とり返しのつかない軽率、そして残虐。ふたりで目を凝らし、砂利浜を這い登るように岩場へ出て、ハリエニシダの群落を突っ切ったとき、沈黙のうちに裏切りがはじまっていた。いまだにそれが尾を引いている。苦悩にさいなまれた海こそ、アンソニーにとって真実のすべてなのだ。彼は今でも、それらすべてとともに生きている。

いくつもあるテーブルの周りを買い手たちが行き交っている。ウィルビーにはわかっている——ぬくぬくとしたこの中古切手市場に身を置いてさえいれば、心の平安はきっと戻ってくる。この小世界にいるかぎり、自分がどこにいるのか不安にはならないし、世界内の事情も把握できている。人生のあらゆる面において整理整頓を心がけてきた甲斐があるというものだ。だがこの日の朝、ウィルビーの胸の内では、アンソニーの生き方を好ましいと思う気持ちが、自分自身を愛する気持ちよりもほんの少しだけ勝っている。

新婚旅行以来はじめての休暇旅行は、ドーンとキースがおじさんと呼ぶ老人が費用を負担してくれることになった。おじさんといってもふたりの血縁者ではない。過去十一年間、おじさんはドーンの雇い主だが、彼と夫婦の関係ははっきり言えば、経済的支援者と寄食者《いそうろう》たちなのだ。三人は同居しており、夫婦がおじさんの世話をしているのだが、おじさんは常日頃、夫婦がいかに援助を必要としているか本人たちに思い知らせるよう心がけていたので、ある意味では、おじさんのほうが夫婦の面倒を見ているとも言えた。「あんたたちに必要なのは秋の日射しだよ」とおじさんがつぶやき、旅行パンフレットをかき集められるだけ集めてくるよう、キースに命じた。「あんたたち夫婦は、ベッドのシーツみたいに青白い肌をしてるんだから」

老人は、ドーンとキースの生活のあらゆる側面を自分のことのようにとらえ、夫婦が言うことにはなんでもよく耳を傾けた。ふたりの期待をわがものとしたおじさんはカラフルなパンフレットのページをうきうきと繰り、食堂兼居間《キッチン》のテーブルの上に、折りたたみチラシを次々に広げた。エーゲ海の青い海、サンレモの花市場、ナイル川とピラミッド、コスタデルソル、バイエルンの至宝などを見て、おじさんは目を丸くした。だが彼の心を瞬時に捕らえたのはヴェネツィアのパンフレットで、数々の橋と運河が織りなす不思議と、サンマルコ広場の威風堂々たるたたずまいを、何度もつくづくと眺めた。

「ヴェネツィアへ行くには年を取り過ぎた」おじさんが少し寂しそうにつぶやいた。「この年じゃもうどこへも行けやしねえや」

そんなことはないはずだとふたりは言い張り、一緒に行こうとしつこく勧めた。だが老人は、年齢ばかりでなく、新聞売店のことも気がかりだった。ミセス・ウィザーズひとりにすべてを任せて海外旅行に出かけるなど、とうてい無理そうだったからだ。

「一枚か二枚、絵はがきを送ってくれりゃあじゅうぶんだから」とおじさんは言った。

そうして彼はふたりのために格安のツアーを選択した。ロンドンのガトウィック空港から飛んでおとぎの国へ行き、ペンシオーネ・コンコルディアという小さなホテルに十二泊するというプランである。予約をするためにキースとドーンが連れだって旅行社へ行くと、カウンター係が、このツアーに参加する他の方々は全員、ウィンザーでシニョール・バンチーニという先生についてイタリア語を学んでおられます、と告げた。「現地ではバンチーニ先生によるガイドツアーがありますが、参加されるかどうかはお客様のご自由です」とカウンター係が言った。「ご朝食とご夕食はもちろん、おふたりのテーブルで召し上がっていただきます」

ウィンザーのグループの話をすると、老人は大いに喜んだ。そういうひとたちと一緒に旅ができる上に、ごくわずかな追加料金でイタリア語の先生の専門的な知識に与かれるとは願ってもないおまけつきだな、と彼は言った。「旅は精神を大きく開く。そういう機会に恵まれなかったわが身を嘆くのみだよ」

ところがちょっと歯車が狂った。ガトウィック空港の旅行社か、どこか知るよしもないコンピューターの中で、ちっぽけな災いの種が芽生えたのだ。その結果、ドーンとキースが到着したのは、スイスにあるエーデルワイスホテルの二一二号室だった。ふたりはガトウィック空港で、〈気ままにホリデー〉の黄色と赤の制服を着た娘にチケットを渡した。娘はふたりに名前で呼びかけ、チケットの詳細をチェックして、素敵ですねと言った。一時間後、飛行機に乗ったふたりは内心驚いた。旅行社のカウンターでは、ツアーの参加者はウィンザーの町の、バンチーニ先生のイタリア語教室の生徒たちだと聞かされていたのに、周囲の座席のひとびとは北イングランドなまりで話す老人ばかりだったからだ。ドーンがそのことを口に出すと、キースは、イタリア語教室の生徒たちはキャンセルしたのかも知れないし、別の飛行機で来るのかも知れないと返した。パイロットが機内放送で、ヴェネツィアではなさそうな目的地の名前を告げたときには、「たぶん空港の名前なんじゃないかな」とつぶやいた。「ガトウィックとか、ヒースローとかと同じようなもんさ」と。ふたりは、ドーンが好きなドランブイ［スコッチと蜂蜜のリキュール］を頼み、しばらくしてから、お代わりをお揃いで注文した。旅客機が着陸すると、メガネを掛けた大柄な女性が「これからバスに乗りますのでみなさん一緒に来て下さい」と告げた。パンフレットには道中一泊という記述はなかったものの、バスがエーデルワイスホテルに到着したとき、キースはドーンに、ここで一泊するんだよと説明した。格安ツアーの場合、フライトとバス移動を組み合わせることで経費を抑えるのだと勤め先の同僚から聞いた覚えがあったからだ。バスを降りたのは午前零時に近かったので、長旅で疲れ果てたふたりは、このホテルでの宿泊内容を確認する気が起きなかった。翌朝、ここが自分たちの休暇の最終目的地だと判明したとき、キースとドーンは仰天した。

「湖がございまして、水鳥たちがおります」とフロント係がにこやかに説明した。「インターラーケン行きの汽船も出ております」

「どうやら間違いが起きたようで」とキースがフロント係に告げた。平静を保つのが第一と考え、声がうわずらないように注意した。すぐ隣にいる妻の息づかいが震えているのが感じられた。ふたりが間違いに気づいたとき、彼女は座り込んでしまったが、今はしっかり立っていた。

「お部屋のご変更はできないのです」フロント係が即座に返した。「お部屋は前もって決まっておりますので。お客様はグループツアーに参加なさってますよね？」

キースはうなずいた。でもこのグループじゃなくて別のグループで、行き先も違うところなんです。上背のないキースはしばしば、ある種の役人の対応の仕方や、背の低さが人格的にちっぽけであることを反映していると言いたげな店員の応対にふれて、世の中にいる傲慢な連中の被害を受けていると感じていた。彼はフロント係の対応にかちんときた。

「こちらはエーデルワイスホテルでございます」

「ヴェネツィアへ行くはずだったんですよ。ペンシオーネ・コンコルディアへね」

「そのホテルは存じ上げません。ここはスイスですから」

「ここからバスでヴェネツィアへ向かうんだ。機内で担当者がそう言っていたんだから。昨夜ここにいた、あの女性ですよ」

「明日はフォンデュー・パーティーが開かれる予定となっております」担当者うんぬんというセリ

フにていねいに耳を傾けながら、フロント係がそう返した。「火曜日はチョコレート工場訪問。他の日には汽船にてインターラーケンをご訪問されまして、喫茶をお楽しみいただく予定も入っております。インターラーケンではおみやげ品が適正な価格でお求めになれます」

ドーンは黙りこくっていた。彼女も小柄で、青白い目鼻立ちの上にオレンジ色っぽいパウダーをつけていた。その目鼻立ちを、老人はふざけ半分に「ちまちま顔」と呼び、ときには、どうだい俺の言う通りだろとつけ加えた。

「こりゃあ、いいとこだねえ？」キースの背中で喜んでいる声が聞こえた。「あんたさんはもうアヒルっ子に餌やってみたかね？」

キースは振り返らなかった。その代わりにゆっくりと、一語一語をかみしめるようにフロント係に言った。「わたしたちは、間違ったツアーに、予約されて、しまったんです」

「お客様のツアーはこのエーデルワイスホテルに十二連泊となっております。考えをお変えになられて、プランのご変更をお望みでしたら……」

「いや、気が変わったんじゃない。何か間違いが起きたんですよ」

フロント係は首を振った。間違いが起きたという報告は届いていない。そんな話は聞いていない。できるものなら客の役に立ちたいが、どうすれば役に立てるのか見当もつかなかった。

「予約のとき対応してくれたのは」とドーンが口をはさんだ。「メガネを掛けて口ひげを生やした、はげ頭のひとでした」彼女はロンドン市内の旅行社のカウンター係の名前を伝えた。

フロント係は職務上の同情を込めてにっこり微笑んだ。そして、レジスターの角を指でなぞりながら、「口ひげを？」とつぶやいた。

旅客機の機内で見かけた三人の年配女性がフロントの前を通りかかった。そのうちのひとりが仲間に向かって、シーツの下にゴムの中敷きが敷いてあるのよ、わたし気づいたの、と言った。するともうひとりが、ホテルをやっていくには、念には念を入れなくちゃってことだわねと返した。

「どうかしましたか?」別の女性がそう言いながら、キースに微笑みかけた。キースがさっき担当者だと名指しした人物だ。今朝は緑と青のツートンカラーの、でかでかとしたパンツスーツを着ている。彼女のメガネはフレームが肌色で、金色のメタルでできた渦巻き飾りがついている。白髪頭にはていねいにパーマが掛かっている。キースとドーンは、この女性がガトウィック空港で〈気ままにホリデー〉の制服を着た娘と話していたのを覚えている。飛行機の中では通路を行ったり来たりして、乗客たちに微笑みを振りまいていた。

「フランクスと申します」と女性が自己紹介をした。「足の悪いのがわたしの夫です」

「あなたが責任者の方ですか、ミセス・フランクス?」ドーンが尋ねた。「わたしたち、間違ったホテルに来てしまって」彼女は再び旅行社の名前をあげ、メガネを掛けて口ひげを生やしたはげ頭の、とカウンター係の風貌を語りはじめた。キースが妻のことばをさえぎって口をはさんだ。

「どうやらわたしたちは間違ったツアーに入ってしまったらしいんですよ。空港で〈気ままにホリデー〉の女性にチケットを渡して、すべて彼女の指示に従ったんですが」

ドーンが、「ウィンザーのグループと一緒じゃないと気づいた時点で申し出るべきでした」と言った。「だってみんな、ダーリントンの話をしていたんですもの」

キースはあからさまにいらだっていた。大事な話は自分に任せておけと言ってやりたかった。ダーリントンだの、カウンター係が口ひげを生やしていただのと言えば言うほど、事態が混乱するだけなんだぞ、と。

「ガトウィック空港にいたときから気づいてました」キースが大柄な女性に言った。「あなたが責任者なんですよね」

「こちらもあなたたちのことは気づいてましたよ。もちろん気づいてましたとも。当然ですよ。ご本人が気づいていようといまいと、お客様の人数を数えるのがわたしの仕事ですから。モニカがチケットをチェックして、わたしが数を数えたんです。そうやって異状がないのを確かめています。ご説明しましょうね。〈気ままにホリデー〉はお客様をさまざまな場所へ送り出します。さまざまな価格帯の、バリエーション豊かなツアーをご用意しているんです。よろしいですか？　ご予算やご趣味に合わせて、どなた様にもぴったりのツアーがきっと見つかりますよ。たとえば、アドベンチャーを求める三十五歳未満のお客様には、別荘滞在型のプランをご提案します。トルコやヒマラヤでのトレッキング、あるいはポルトガルでの自炊プランもあります。十一月にはカサブランカが割引になりますし、ビアリッツなら二月が狙い目です。〈トスカーナでカルチャーを〉、〈ソレントでサンシャイン〉。ナイル川探訪。〈ケニアで気ままにホリデー〉だってあるんです。そういうわけですので、おふたりに申し上げたいのはですね、どのチケットもどのラベルもよく似ているということ。どれも黄色い地の上に赤線が二本入っているんですから」ミセス・フランクスはここで突然、声を上げて笑った。「黄色に赤線のラベルをつけたひとたちについて行ったらサファリパークに着いてしまった、なんていうお話もありえないとは言えないわけです！」彼女はせかせかと早口で、歯の間から次から次へと、ことばがこけつまろびつ飛び出してきた。「でももちろん」となだめるようにつけくわえた。「そういうことは百万年に一度しか起こりませんけれどね」

「わたしたちはスイスへ来るはずじゃなかったんですよ」キースは断固として言い張った。

「わかりました。ちょっと調べてみましょうか」

意外にもミセス・フランクスは、ふたりを立たせたままどこかへ消えた。フロント係はもういなかった。キーを打つ音だけが聞こえてきた。

「親切みたいじゃない」とドーンがささやいた。「あの女のひと」

そんなことは言わなくてもいい、とキースは思った。この状況では、ミセス・フランクスが何をどう考慮したところで、旅行社のカウンター係の風貌を語るのと同じくらい意味はない。彼は心の中で、起きたことすべてを振り返ってみようとした。娘にチケットを渡し、腰掛けて待ち、娘に案内してもらって旅客機に乗り込み、搭乗を歓迎するパイロットの声が聞こえ、黒いさらさらな髪の客室乗務員が回ってきて、シートベルトがちゃんと着用されているかチェックした。

「スネイス」ドーンがつぶやいた。「正面のプラスチックの名札に、スネイスって書いてあった」

「何の話をしてるんだ?」

「旅行社のカウンターの男のひとはスネイスっていう名字だったのよ。G・スネイスっていう名前だわ」

「あいつはただの事務員だよ」

「でも、わたしたちの予約を間違えたのよ。あのひとの責任でしょ、キース」

「それはともかく」

ドーンは、遅かれ早かれ夫がこれを言うだろうとわかっていた。「それはともかく」というひとことで、妻に身の程を思い知らせようとしているのだ。彼はいつもこの手を使った。精一杯がんばっていいことを言おうとしているのはわかるけど、おまえの言うことは結局世間知らずだから、「それはともかく」と返すより他にない、というわけである。文の後半はどう続くのか当然聞き耳を立てるのだが、彼はいつもそこまでしか言えなかった。決まり文句が宙ぶらりんになったまま、キースの無教育さだけがきわだった。

「キース、あの男のひとに電話を掛けるつもりなの？」

「誰のことだい？」

妻は答えない。妻が誰のことを言っているのか、キースは完璧にわかっていた。電話番号案内に問い合わせて、旅行社の電話番号を探し当てさえすればよい。何も知らないホテルのフロント係や、全然違うパッケージツアーの添乗員に苦情を言っても意味がない。見当違いな相手にクレームを持ち込んだところで、埒《らち》があくはずはないからだ。

「ツアー仲間に若いひとたちがいてうれしいなあ」とひとりの老人が話しかけてきた。「ノッティジです」

ドーンが微笑んだ。日頃、新聞売店に立っているとき、愛想のいいひとが話しかけてきたときに返す微笑みである。キースのほうは、関わり合いになりたくなかったので、あいさつを返さなかった。

「アヒルっ子もう見たかね？　なんともかわいくてなんねえよ、アヒルっ子てば」

老人の隣には彼の妻がいた。ふたりとも八十代に見えた。老人がアヒルをほめたとき、彼の妻はうんうんとうなずいた。彼女は、何年ぶりかっていうくらいぐっすり眠ったけども、湖畔の澄んだ空気のせいだろねえ、と言った。

「よかったですね」とドーンが返した。

キースがロビーを出て行くので、ドーンも後について、ホテルの砂利敷きの前庭へ出た。ふたりは、今回の災難が呼び寄せた皮肉な結果のことを決して口に出さなかった。そもそもふたりが新婚旅行以来の休暇旅行に出たのは年寄りの世話から逃れるためだったのに、こともあろうに、年寄りばかりが参加するパッケージツアーに迷い込んでしまっている。羽を伸ばしてくるがいいさ――ふたりがおじさんを旅行に誘おうとしたとき、頑として首を縦に振らなかったおじさんがつぶやいたことばである。

「スネイスさんに電話すればいいのよ」ドーンがなんべんもそう言ったので、キースのいらだちが募った。カウンター係の男のミスでこんなことになったのならば、問題が複雑にこじれてはいても、張本人が何もできないなどという事態は、ドーンにはどうしても理解できなかった。一方、ジェネラルアクシデント保険のカウンターで販売員をしているキースは、些細な不確定要素がコンピューターに入力されてしまった場合、厄介な状況が生じかねないのをある程度理解していた。今回の災難もその種の混乱に違いないと思ったが、彼女に説明しようとすれば手こずるのは目に見えていた。ドーンはレジ打ちの仕事は人並みにこなせるし、毎日店に立っているから、マーズのチョコレートバーや各種のタバコ、さまざまな新聞雑誌の価格をそらんじていた。だがキースの見るところ、彼女はそれ以外のこととなると飲み込みが遅く、しばしば簡単な理屈にもついていけないことがあった。

「ハーイ、いたいた!」大声にふたりが振り向くと、ミセス・フランクスが砂利敷きの前庭を歩きにくそうにこちらへ向かってくるところだった。手にピンク色の紙切れを持っている。近くまで来ると彼女は、「宿題をやってきましたよ！」と声を張り上げて、ピンクの紙切れを振りかざした。

「これを見て下さい」

その紙はコンピューターのプリントアウトで、細かい点々の集積でできた名前が並んでいた。覗き込んでみると、K&H・ビールにはじまり、T&G・クレイヴァン、P&R・ファインマンと続き、ずっと見ていくとB&Y・ノッティジの名前もあった。名前は姓のアルファベット順に正しく並んでおり、J&H・ハインズとC&L・メースの間にキースとドーンの名前が見つかった。

「一番困るのは」とドーンが話しはじめると、キースはそっぽを向いた。妻の声はミセス・フランクスに向かって静かに話し続けた——今回の旅行代金はわたしたちと同居している親切な老人が支払ってくれたのですけど、その老人は別々のところに暮らしていたときからわたしの雇い主で、今でもわたしはそのひとに雇われているのです。わたしたちはその老人をおじさんと呼んでいますが、親戚ではなくて友人です。いや、本当のところは友人以上の存在です。一番困るのは、おじさんの厚意でヴェネツィア旅行に行かせてもらったのに、わたしたちがヴェネツィアにいないと知ったら、おじさんはきっと怒り出すに違いないということ。老人の世話からしばらく解放してやろうという親心でわたしたちを送り出してくれたのですから、老人ばかりが参加しているパッケージツアーに紛れ込んでしまったのを知ったら、怒るに決まっています。もちろんわたしは、おじさんを世話するのが嫌だと思ったことはありません。一度だってないです。旅行社の説明では、ウィンザーから参加するグループのひとはみんな若いということでした。「そういうことに関しては、わたしは記憶力がとてもいいんです」とドーンは締めくくった。「カウンター係はスネイスというひとです。G・スネイスと書いてありました」

「なるほど、たいそう興味深いお話ですね」とミセス・フランクスが返した。そして一呼吸置いてから、「実を言いますと、わたくしと主人はまだ五十代なんですけどね」とつけくわえた。

「それはともかく」とキースが口を開いた。「わたしたちは断じてスイス旅行に予約などしてないんです」

「でも実際にはこうなっていますよね。ガトウィック空港で、あなたからわたしが受け取ったチケットは、ビールさんやメースさんから受け取ったものとまったく同じで、わたしども夫婦のチケットとも同じなんですよ。それはもう、どう見ても明らかな事実なんです。ほんのちょっとの違いもないんですよ、キース」

「わたしたちを本来の目的地へ連れて行っていただきたい。なんとかしてもらわなくちゃなりませんよ」

「さて困りましたね、キース。まず第一に、今いる場所とヴェネツィアは大陸の半分ほども離れています。それに加えて、わたくしは〈気ままにホリデー〉の社員ではありません。ツアーグループ全体に目を配るという条件で、チケット代金を割引してもらっただけなんです。業界では現地幹事と呼んでいるんですが」ミセス・フランクスはさらに、自分の夫もピンク色のプリントアウトを細かくチェックしましたがわたくしと同意見でした、と言った。主人とはお会いになりましたか、足の悪い人間ですが、と彼女はつけくわえた。会計士事務所を退職した後、今でも個人ベースでその方面のお仕事をしているんです。エーデルワイスホテルは文句なしですよ。〈気ままにホリデー〉は取り柄のないホテルは選びませんから。

「ロンドンの本社と連絡をとってください」とキースが切り出した。「わたしたちはあなたが幹事を務めているグループの一員ではないので」

黙り込みはしたものの微笑みは失わずに、ミセス・フランクスがピンク色のリストを差し出した。リストの内容がすべてを語っていると言いたげな表情だった。点々の集積で表示された名前には議論の余地などありません、と。

「わたしたちの名前は間違ってそこに載ってしまったんです」

男がひとり、砂利敷きの前庭をゆっくりと歩いてくるのが見えた。足を引きずって歩くその男も大柄で、ピンストライプの濃紺のジャケットとチョッキを着た上半身が茶色いズボンとちぐはぐで、メガネはセロテープで補修してあった。近づいてくるにつれて男の息づかいが聞こえると思ったら、唇を半開きにしてサヴォイ・オペラの曲をハミングしているのだった。

「こちらはあわれな迷える子羊さん」とミセス・フランクスが紹介した。「キースとドーンです」

「やあどうも」ミスター・フランクスが片手を差し出した。「ばかげたことが起きたもんですな、ホントに」

〈気ままにホリデー〉に電話してみた方がいい、とこの男が提案してくれたおかげで、キースはついに電話を掛けた。すると驚いたことに、何の苦もなく、クロイドンの旅行社に電話がつながった。キースがひととおり説明を終えると、電話の向こうの娘の声が「少々お待ち下さい」と言った。娘が他の誰かに説明しているのが漏れ聞こえ、相手が声を上げて笑っているのが聞こえた。娘がもう一度電話に出たとき、その声には笑いの余韻が残っていた。旅行中に目的地を変更するというケースには対応できかねますと娘が言った。そんな気まぐれは認められないということだ。「気まぐれで言ってるんじゃないんです」とキースは抗議した。ところが、事情をもういっぺん説明している最中にコインがなくなって電話が切れた。彼はフロントへ行き、トラベラーズチェックを換金して、五フラン硬貨を山ほどもらってもう一度電話を掛けた。しかし、つい今しがた話した娘が誰だったかつきとめられなかったので、別の娘に一部始終を繰り返さなければならなかった。「残念ですが」と今度の娘が答えた。「到着された場所がお客様のお気に召さないという理由で目的地の変更をお認めいたしますと、わたくしどものビジネスはたちまち立ちゆかなくなってしまいます」キースは送話口に向かって怒鳴り声を上げはじめていた。ドーンは電話室のガラスをトントン叩いて、〝名前はG・スネイス〟と書いたメモを見せた。「たぶん頭がおかしいひと」送話口をきちんと押さえていないせいか、クロイドンの娘がそう話している声が聞こえた。電話が切られる直前、受話器の向こう側で忍び笑いが噴出した。

キースとドーンがこんなふうに不快な思いをしたのははじめてではない。失敗には慣れっこだった。結婚して二、三年経った頃、キースがボトルシップの材料を買い込みすぎて代金を払えなくなり、借金をしたことがある。もっと昔、ふたりが出会う以前には、ラム・アンド・フラッグ亭に勤めていたドーンが、店の規則を破ってチップを受け取ったためクビになった。また別のときには、キースがノコギリで水道管を切断したせいで下の階のフラットの天井が落ちて、家主から二百ポンド近い金額の請求書をつきつけられた。ラム・アンド・フラッグ亭を解雇された後、店で働かせてくれたのはおじさんで、ボトルシップ材料の未払い分を肩代わりしてくれたのもおじさんだった。おじさんは結局、ふたりを説得して一緒に住もうと話を決め、そうするのが二人にとって一番いいんだよとしめくくった。老人は姉の死後、ひとりきりで新聞売店を切り盛りしていくのがしんどくなっていたのだ。

インターラーケンでふたりは、おじさんに送る絵はがきを選んだ。ジェームズ・ボンド映画に登場した山の写真のはがきである。だがふたりはどんな文章を書いたらいいかわからなかった。もし真実を書けば、帰宅したとき、おじさんの無言の冷笑を浴びることになる。じっとかれらを見つめる老人の目に独特な光が宿るのだ。何年も前に、老人はふたりに向かってただ一度だけ、しかしはっきりと、あんたたちは不幸にとりつかれてるねと言った。ドーンが聞き返すと、おじさんは、世の中とつきあっていこうとするとき、あんたたちは何かと運が悪いんだよと説明した。失礼ながらこう言ってよければ、半端者というか生来の被害者。あんたたち自身にはまるで責任はないんだがね、と。それ以来定まったその評価は、目に宿る光だけで表現された。

「カウンターへ行って選ぶのよ」とドーンが言った。「ケーキを。そしたらお皿に載せてくれるわ。それをウェイトレスがテーブルへ運んできたらお茶を注文するの。他のお客さんがどうやってるか観察してたんだ」

キースはグレーズを掛けたスモモのケーキを選び、ドーンはイチゴのフランにした。ふたりが席に座るとすぐにウェイトレスがやってきて、にこにこしながらテーブルの前に立った。「ミルクを入れたティーを下さい」ドーンがそう注文したのは、新聞売店へ来る客に夫婦で外国旅行をするんですと話したら、お茶を頼むときにはミルク入りと言わなくちゃだめだよ、さもないとお茶だけが出てくるからね、悪くするとティーバッグとグラスに入った熱湯が出てくるよ、と注意されたからである。

「ストライキって書いたらどう？」とドーンが提案した。「空港では年がら年中ストライキが起きてるじゃない」

キースは白紙の絵はがきを見つめたまま、嘘を書くのは賢い策ではないと考えていた。おじさんはそう簡単にだませない。第一キースは嘘をつくのがへたくそなので、しまいにはぼろが出るに決まっていた。どっちみちおじさんからの軽蔑は何ヶ月も続く。とりわけ今回は、ふたりのチケット代金として「大金」――おじさんは少なくとも二、三百回はこのことばを繰り返すだろう――を出しているのだから。「キースにはよくあることでね、こういうことは」とドーンが聞いている前で常連客に言いふらす。ドーンは夜ベッドに入ると昼間聞いたままをキースに話す。そうやっておじさんの話は筒抜けになるのだ。

キースはスモモのケーキを食べ、ドーンはイチゴのフランを食べた。ふたりは似たようなことを考えていたものの口には出さなかった。「あんたたちはどっちも、商売にはからっきし向いてねえな」おじさんはボトルシップ事件の後でそうつぶやき、ドーンが洋服直しの請負をはじめようとして失敗したときにも再びつぶやいた。「階下《した》の仕事を任せたら一週間ももたないだろうね」おじさんは新聞売店のことをいつも「階下《した》」と呼んだ。彼は毎朝必ず五時に起きて新聞が届くのを受け取る。それを五十三年間も続けてきた。

キースは書いた――**ストライキのため、飛行機がイタリアの空港に着陸できませんでした。それでやむを得ずここへ来ました。でもここも悪くないです。だって外国を見物できることに違いはないんですから！　風邪、お大事に。**ドーンが書き加えた――**ここはとても素敵なところです！　愛と感謝を込めて。**

ふたりは、おじさんがこの絵はがきをミセス・ウィザーズに見せているところを想像した。「あのふたりにはよくあることだよ、こういうことは」とおじさんがつぶやき、ミセス・ウィザーズが、嫌みを言うものじゃありませんよ、と冗談半分にご機嫌を取っている場面である。ミセス・ウィザーズは余分に稼げるのでうきうきしている。二週間フルタイムで店番を頼むよと言われて大喜びしたに違いない。

「運が悪いですね、ストライキなんて」ミセス・ウィザーズが言いそうなセリフをドーンが口まねしてみせた。

キースはスモモのケーキを食べ終えた。「スミス文具店で遺言書用紙を買ってきておくれ」おじさんがミセス・ウィザーズに指図する、いらついた不機嫌な声が、キースの耳の奥で響く。絵はがきはすでに、フィルターつきエンバシーを陳列した整理棚の片隅に突っ込まれてしまっているだろう。翌朝、ミセス・ウィザーズが遺言書用紙を持って出勤してくる。おじさんは用紙を受け取ってそのあたりに一日中置きっ放しにしておく。そして、ミセス・ウィザーズの勤務時間が終わり、夜、店のドアを閉める直前に、おじさんは遺言書用紙を手に取るのだ。ミセス・ウィザーズがやがてドーンに一部始終を打ち明けるとき、彼女はこう言うに決まっている——「何べん書き直したら気がすむのかしらね」。

「ここへ来たのはかえってよかった」ドーンはぐっと身を乗り出して、一大決心をしたかのようにささやいた。「キーシー、わたし、スイスへ来て、かえってよかったと思ってるの」

彼は返事する代わりに喫茶店の中を見回した。カウンターを兼ねた横長のガラスケースにいろんなケーキが陳列されていた——アンズとプラムとリンゴ、キャロットケーキに黒い森のケーキ《シュヴァルツヴェルダー・キルシュ・トルテ》、グレーズをたっぷり掛けたフルーツケーキ、マジパンスライス、小さなレモンタルト、オレンジ風味のエクレア、コーヒー風味のフォンダンショコラ。キースは、腹立たしいことを言いだした妻に不愉快な気分を味わわせてやるために黙りこくったまま、美しく飾られた丸テーブルに行儀よく座ったカップルたちを順々に眺めた。さらに彼は、フリルがついた深紅のテーブルクロスと色を合わせた、深紅のエプロンをつけたウェイトレスたちがにこやかにしているのを仔細に観察した。彼女たちに心を奪われているように見えればいいと思って、がんばった。

「とってもいいところだわ」とドーンが言った。依然として、はにかんだような小声だった。

彼としても逆らうつもりはなかった。申し分ない場所だったからだ。ひとびとはドイツ語を話していたけれど、こちらが英語で話しかければちゃんと通じた。苦情係に勤務しているイーノック・メルチャーが去年イタリアのどこかを旅行したとき、豆料理を注文したら魚の頭が出てきたりして、ことばが通じなくて辟易したと聞いた。

「ここが気に入ったので滞在することにしましたって言えばいいのよ」とドーンがつぶやいた。

彼女は、どうしてわたしたちは自分の意志で何事も決められないのだろうと考えていた。〈ヴェネツィア十二日間〉を選んだのはわたしたちじゃない。代金も他人が支払った。行ったこともないくせに、イーノック・メルチャーは「下水溝並みに臭いんだ。あの匂いは天国まで届くぜ」なんて言ってたそうだけれど、そんなことはどうでもいい。問題はヴェネツィアの思い出がすでに注文されてしまったこと。ヴェネツィアと言えばガラスだから、マントルピースに飾るガラスの置物と一緒にロンドンへ持ち帰るみやげ話が選択されてしまったということ。ペンシオーネ・コンコルディアで食べる食事のメニューと、カフェで出合う楽団が演奏する曲目が、ドーンの旅日記に書き留められなければならないということ。新聞によれば、この秋のヴェネツィアは例年になく晴れの日が続いているらしかった。

ふたりは喫茶店を出て、町を散歩した。身を切るような寒風が吹きはじめたせいで、最初は目がひりひりしたけれど、じきに慣れた。時計が所狭しと並べられたショウウィンドウを見て、〈見物無料〉の張り紙があるみやげ店を次から次へと冷やかした。毎時の時報とともに少女がブランコを揺らす仕掛けがついた置き時計があった。大きなノコギリを男女が両側から挽くのや、乳牛の乳を搾るやつも見た。いろんな形をしたオルゴールからさまざまな曲が聞こえていた——「リリー・マルレーン」、「美しく青きドナウ」、『ドクトル・ジバゴ』の「ララのテーマ」、「運命のワルツ」。来年のカレンダーが英語でプリントされたオーブン手袋や、ベルベットの布を背景にアレンジした押し花を額縁に入れた飾り物もあった。チョコレート店にはリンツ、スシャール、ネスレ、カイエをはじめとして数え切れないほどのブランドが揃っていた。ナッツ入り、レーズン入り、ヌガーと蜂蜜入り、ホワイトチョコ、ミルクチョコ、プレーンチョコ、ファッジ入り、コニャック入り、ウイスキー入り、シャルトルーズ入り、さらには、ネズミや風車をかたどったチョコレートまであった。「ほんとに、とっても楽しいところだわ」ドーンは心底興奮してそう言った。それから、さっきとは別の喫茶店に入り、キースは栗のスライスを注文し、ドーンは黒スグリのお菓子を注文した。ふたりともクリーム添えにしてもらった。

ディナーは、グレーに塗られた羽目板が上品な雰囲気を醸し出しているダイニングルームで食べた。周りは皆ダーリントンから来たひとたちばかりだったけれど、旅行社のカウンター係が約束したとおり、ふたりだけのテーブルが用意されていた。チキンヌードルスープは食べ慣れた味だった。

続いて出たのはアップルソースとフライドポテトを添えたポークチョップだったが、これもふたりの口に合う味だった。ミセス・フランクスが各テーブルを回って歩き、「ここの料理人はわたしたちの好みがわかっているんですよ」と繰り返した。

「ほんとにおいしいわ」とドーンがうなずいた。到着地の間違いに気づいたときには吐き気に襲われた。一部始終が悪夢であることを祈りながら、トイレに入ってじっとしていたい心境になった。旅行社で聞いた話では若いひとたちと一緒の旅になるはずだったのに、いざ蓋を開けてみると年配客ばかりなのを最初に不審に思ったのは彼女自身だったので、ドーンは自分を責めた。空港名のアナウンスがあったとき、一瞬まゆをひそめたのも彼女だった。キースには、妻がいだく不審を鼻であしらう傾向がある。マットレスの訪問販売に引っかかって頭金を払わされてしまったときも、原因はそれだった。キースがいけないのは、彼の言いぶりはいつも自信たっぷりで、ドーンが知らないことを知っているかのように、あるいは、誰かから情報を聞いたかのようにしゃべってみせるところだ。キースが「ここで一泊するんだよ」と言ったとき、彼女はてっきり、キースが旅程表をチェックしたか、旅行社で説明を受けたことを繰り返しているのだと思い込んでしまった。キースとはそういうふうにできあがった人間なのである。彼は自分をどうすることもできない。八月の法定休日《バンクホリデー》に三人でブライトンへ行こうとしたとき、彼がなぜか一時間も余計に掛かる汽車を選んでしまったのを知ったおじさんは、思いやりのかけらもなく、「あんたの頭の中には脱脂綿が詰まってるのかね？」と言った。

「あなたの頭には銀の内張がしてあるのよね、キーシー」ドーンが小首を傾げて、こぢんまりした顔に微笑みを浮かべた。ディナーの前には湖畔を散歩した。ドーンがしゃがんだだけで湖上の水鳥たちが集まってきた。散歩から戻ってきた彼女は、今回の旅行のために買った鹿毛色のドレスに着替えた。

「明日もう一度、さっきの電話番号に掛け直してみるよ」とキースが言った。

彼がまだ拘泥しているのがドーンにはわかった。食事は喉を通っているものの、気持ちは極端に沈み込んでいた。旅行社の名前を口にしただけでキースの不機嫌さに油を注いでしまいそうだったので、余計なことは言わずにおいた。旅から帰って当てこすりを言われたら受け流せばいいのだし、結局なるようにしかならないということも伝えたかったけれど、やめておいた。

「そうね、してみたらいいわ、キーシー」彼女は代わりにそう言った。「悔いを残さないのが一番だもの」

キースは当然ながら、ドーンよりも激しい自責の念を感じていた。男として情けないという気持ちもあった。だが、この旅はこの旅なりにそれほどひどくはなさそうだという見通しもあった。フォンデュー・パーティーやチョコレート工場の見学はよいみやげ話になる。泳ぐ水鳥や喫茶店や、アルプスのてっぺんまで汽車で行く小旅行だって悪くない話の種だ。

「バナナスプリットになさいますか?」とウェイターが尋ねた。「メレンゲ・ウィリアムズもございますが?」

ふたりは迷った。ウェイターが、メレンゲ・ウィリアムズというのは梨とアイスクリームを添えたメレンゲで、とてもおいしいのだと説明した。彼が個人的に勧めたいのもそちらのほうだという。

「おいしそうね」とドーンが答えた。キースもそれを頼んだ。ドーンは、ここで出会ったひとはみんな感じがいいと言いたかった。ミセス・フランクスはとても思いやりがあるし、テーブルへ回ってきてディナーはお口に合いましたかと尋ねた男のひともいい感じだったし、ウェイターも愛想がいいわ、と。だが気持ちをひっそり沈ませていたい気質の夫を思いやって、何も言わなかった。おじさんはときどきキースのことを「くたびれたズボン下」とか「うなだれ鬱《うつ》男」と呼んでいた。

周囲のテーブルでは老人たちがおしゃべりを楽しんでいた。ドーンの目には、おじさんよりもみんな年上に見えた。十歳上、あるいは十五歳上に見えるひとたちもいた。キースも同じことに気づいているのかしら、それで憂鬱が増しているのかしら、と彼女は考えた。どんなおみやげを買ったかとか、どんな喫茶店に入ったかなどについて語り合う声が聞こえてきた。老人たちは皆矍鑠《かくしゃく》としていて、おじさんと同じくらい活気に溢れていた。「この歳になりゃいつ何時おっ死んでも不思議はねえんだ」というのがおじさんの口癖だったが、まったくそんなふうには見えなかった。ドーンは老人たちの口元を見た。かれらはバナナやメレンゲをスプーンで口に運び、ゆっくり咀嚼し、甘さを味わっていた。おじさんはまだ少なくとも二十年は生きるだろう、という考えがふいにドーンの頭をよぎった。

「ちょっと運が悪かっただけ」と彼女が言った。

「それはともかく」

「それを言わないで、キーシー」

「何を言うなって？」

「『それはともかく』って言わないで」

「なんでいけないんだ？」

「なんでって、なんでもよ、キーシー」

ふたりは児童養護施設の出身である。ふたりとも両親が誰なのか知らない。出会ったときキースは十一歳、ドーンは九歳だった。このときはまだ惹かれ合ったわけではない。ふたりは成長した後、施設へ里帰りしたときに再会した。近頃ではディスコとか呼ばれている、年に一度のダンスパーティーのときだ。「わたしはお店で働いているの」とドーンは言ったが、その頃はまだおじさんの姉が健在だったので、雇い主であるおじさんのことは話さなかった。老人がふたりの人生に影響を及ぼすようになるのは、かれらが結婚してしばらくたってからのことだ。ふたりは今では、彼の心の変化やきまぐれを直観的に予測できる。おじさんが時々行く教会でシムズ牧師とおなじみの口論をはじめそうなときにも、気配ですぐ察知できる。ドーンとキースは、かつてはそうした口論を未然に防ぐよう努力したし、老人の心の変化にそなえて緊張もした。また、厄介な気まぐれにたいして対抗する策を考えたりもした。だが今はもうそんな無駄なことはしない。おじさんは常日頃、ふたりの言うことによく耳を傾けはするものの、自分のほうが優勢だとわかっているので、本当はふたりの言い分など眼中になかったからだ。おじさんがちらつかせる武器は、ドーンとキースにたいしてはスミス文具店の遺言書用紙で、シムズ牧師にたいしては、「男たる者が最も幸せな一時間を過ごせる場所」としての古ぼけたビリヤード室である。おじさんはいつもそのビリヤード室に通ってデイリー・エクスプレス紙を読み、瓶ビールの世界最高峰とおじさんが讃えるダブルダイヤモンドを飲んだ。老いも若きも男たちは、そのビリヤード室が閉鎖されてしまうかもしれない、と考えるだけで皆ぞっとした。末永くこの部屋を維持していく予算を確保するためには、おじさんの協力が不可欠だったのだ。

ミセス・フランクスが一同に告知をはじめた。ご静粛にと言ってから、翌日の観光予定を詳細に述べた。内容は、例のジェームズ・ボンドの山を探訪するオプショナルツアーで、希望者は十時半にホテルの前庭に集合、参加を希望しないひとは今晩中にミセス・フランクスに申し出ること、という話だった。

「無理しなくていいわよ、キーシー」ミセス・フランクスが着席すると、ドーンがキースにそうささやいた。「行きたくなかったら行かなければいいんだから」

おしゃべりがまたはじまり、スプーンがせっせと動いた。入れ歯、白髪、メガネの数々。このひとたちの中におじさんが混じっていても不思議はない感じがしたけれど、彼は老人一般を軽蔑していたので、決してこういう場に姿を現しはしなかっただろう。「このおれに向かってそれを言うつもりかい？　あんたたちは、老齢年金の受給者連中とつるんできたって言いたいのかね？　こいつは驚きだぞ！」驚いたように見せかけたおじさんのセリフが、まるで隣の席から聞こえてきたかのように、ドーンの耳の奥で鳴り響いた。「間違った国へ行ったあげく、おいぼれどもに混じって休暇を過ごしてきたとな！　その話、本気で信じろっていうのかね？」

ミセス・フランクスは気を遣って、翌日の山行きへの参加をふたりに強く勧めたりはしなかった。三十代のカップルが老人の団体に混じっても楽しくないのはわかりきっていたからだ。彼女は、間違いが起きたのはふたりのせいではないと承知していた。とはいえドーンとしては、ミセス・フランクスがいかに思いやり深いかをおじさんに伝えても意味がないと思った。キースがホテルのフロント係に腹を立てたことや、クロイドンの旅行社に電話して気まずい思いをしたことも、伝えたところで意味はない。一応はふんふんと聞いておいて返事をしないに決まっていた。おじさんは黙り込んだ後で話題を変えて、ビリヤード室の話をはじめるに違いなかった。

「今日は一日楽しかったですか？」ミセス・フランクスがダイニングルームから出掛けに話しかけてきた。「終わりよければすべてよし、でしょ？」

キースは相手を無視してメレンゲ・ウィリアムズを槍玉に挙げて、こいつばっかり食べておっては、わたしらみんな体型に気をつけねばなりませんぞ、と言って笑った。ミスター・フランクスはメレンゲ・ウィリアムズを食べ続けた。ミスター・フランクスは「今回の旅はお天気に恵まれてますよ。ぜんぜん雨に降られていないんですから」と言った。服はあいかわらず派手だった。それから彼女は、マダム・ロシャスの香水がすごいお買い得値段で買えたんですよとつけくわえた。

「お年寄りたちの話をする必要はないわ」フランクス夫妻が行ってしまったのを見計らってドーンがささやいた。「わざわざ報告なんかしなくていいのよ」

ドーンはグラスの底の方をスプーンで探って、梨のスライスの下に隠れていたアイスクリームを食べた。彼女は、わたしが老人たちのことをうっかりしゃべってしまうに決まっている、とキースが考えているのを承知していた。おじさんが自分で洗髪するのがしんどくなって以来、ドーンが毎週土曜日におじさんの髪を洗うようになった。洗髪後に風邪をひかれては困るからぬるま湯ですぐのだが、おじさんが水の温度にやかましいのでご機嫌を取りながら洗った。彼女はふたつのことを同時にするのが苦手なので、洗髪中に何か言おうとすると、時々言いたいことを忘れてしまう。けどもう失敗は繰り返さないようにしよう、と堅く心に決めた。ずっと昔、新聞の部数を勘定している最中に何か尋ねられても決して慌てちゃだめ、と決心したことがある。あのときと同じようにがんばろうと思った。

「それで、ウィンザー出身のお友達は見つかったの？」歩行補助用フレームにすがって歩いてきたおばあさんが彼女に尋ねた。「お友達とはぐれてしまってお気の毒だったわね」

当てこすりでないのは明らかだったので、ドーンはていねいに説明した。他の老人たちも立ち止まってドーンの話を聞いていたが、中に数人耳の遠いひとがいたので、何度か説明を繰り返さなければならなかった。キースはまだメレンゲ・ウィリアムズをつついていた。

「キーシー、お年寄りたちが悪いんじゃないのよ」老人たちが行ってしまってからドーンがためらいがちに口を開いた。「しかたないのよ、キーシー」

「それはともかく。あいつらを呼び寄せなくたっていいだろう」

「わたしが呼び寄せてるんじゃない。向こうが勝手に立ち止まっていくの。ミセス・フランクスと同じよ」

「ミセス・フランクスって誰だい？」

「わかってるくせに。あの大柄な女性。今朝、名前を言ったでしょ」

「帰ったらさっそく訴訟手続きをはじめるよ」

ドーンは彼の口調を即座に聞き分けて、長い時間考えた末の結果をしゃべっているのだと理解した。インターラーケン行きの汽船の上でも、喫茶店でお茶を飲んだときにも、寒い通りを歩いたときにも、おみやげ屋でも、ショウウィンドウの時計を品定めしたときも、チョコレートの陳列台を眺めたときにも、グレーの羽目板のダイニングルームでもずっと、たった今口に出したことを彼は考え続けていた。次に出す絵はがきにはおそらく、訴訟手続きをはじめるつもりですと書くつもりなのだ。ロンドンへ帰ったら、キースは食堂兼居間《キッチン》に突っ立って、自分がやろうとしていることの段取りをてきぱき述べるだろう。月曜の朝一番に事務弁護士をつかまえて、相談に乗ってもらう時間を昼休みに確保します、と。おじさんは黙ったまま、ときどき首を傾げたり横に振ったりするだろう。事務弁護士に話を持っていけば費用が掛かるのを承知しているのだ。

「旅行会社は全額払い戻すべきだよ。一ペニーたりとも容赦できない」

「ねえキーシー、楽しみましょう。ミセス・フランクスに、明日の山行きに参加しますって言おうかな？」

「何の山だって？」

「さっき彼女が説明していた山のことよ。おじさんに送った絵はがきの写真に写ってた山へ行くの」

「明日朝、クロイドンの旅行社に電話しなくちゃならない」

「電話なら、十時半前に掛けられるわよね」

最後までダイニングルームに残っていた老人たちが、おやすみなさいと言いながら出て行った。いつかきっと自分で決めてお金も払って、ウィンザーのひとたちみたいな一行に混じってヴェネツィア旅行ができるはずだ、とドーンは考えた。そして、ウィンザーの一行がペンシオーネ・コンコルディアに滞在している様子を思い浮かべた。ひとり残らず、ドーンとキースよりも若い。シニョール・バンチーニがかれらの間を歩き回りながら、イタリア語の単語をひとつふたつ英訳しているところも想像した。ペンシオーネ・コンコルディアのダイニングルームには笑い声が溢れ、テーブルには赤ワインのボトルが何本も見える。若者たちの名前はデジレ、ロブ、ルークにアンジェリク、それからショーンとエイミー。「わたしたちは彼を〈おじさん〉って呼んでいたんですが」と自分自身の声が話しているのが聞こえた。「しばらく前に亡くなったんです」

キースが立ち上がった。テーブルクロスを抱えたウェイターがふたりにあいさつした。ロビーではフロント係が交代して、今は娘が立っていた。娘がふたりに微笑みかけた。立ち話をしていた老人のひとりが、今晩は散歩に出るには寒すぎると言った。こんな晩にはテレビが恋しい、と別の老人がつぶやく声が聞こえた。

お互いの暖かい肉体はうちとけた慰めである。ふたりが子どもを作らないのは、店の上階の部屋が子育てに向いていないからだ。赤ん坊が夜泣きでもすればおじさんの気にさわるのは目に見えていたので、子づくりは控えていたのだ。ただ、おじさんと同居しはじめたばかりの頃、計算違いの過ちをしでかし、それをなかったことにするために大枚をはたいたことがある。

それ以来ずっと、お互いの体が慰めだと口に出したことはない。一度たりとも。ふたりの間の話題はもっぱら、キースの昇進がいつ頃になりそうかとか、ドーンがどんな服を欲しいかという話だった。少しでも余計に稼ぐにはどうすればいいか。あるいはまた、おじさんの家の建具をなだめすかし、へたったカーペットを鋲で留めて、借金をせずに暮らすにはどんな工夫をすればいいかというような話だ。

かれらの報告を聞けばおじさんはきっと、ハリファックス住宅金融組合に預けてある貯金と、店の営業権と、四年前におこなわれた査定の結果を持ち出してくるだろう。さらにくわえて、老いも若きも男たる者には、夜でも午後でも朝でもふらりと行くことができ、心安らかになれる場所が必要だ、と念押しするに決まっている。しまいには、事業を興して利益を上げてきた人物なら誰しも、この世とおさらばする時までに、家賃と暖房代とビリヤード台の交換費用くらいは準備しておくものなのだ、と一席ぶつだろう。そうして、「近所の小売業店主であったつつましい男の、それが形見になるんだから」という決めぜりふを繰り返すに違いなかった。

暗闇の中でふたりは、老人があんたたちに必要なのは秋の日射しだと言い張りさえしなければ、恥の上塗りをさせられることもなかったのに、などと嘆くのはやめておいた。そもそも今回の一件は、心ゆくまで嘲笑に耽りたいと願ったおじさんがすべてを承知の上で仕組んだのかも知れない。老人の目はしばしば語っていた——みすぼらしい施設の出なんだから、自分たちの才覚でものごとをやりくりできなくてもしかたがない。お互い同士が欲しがっているものを与え合うことさえできないのだから、と。

暗闇の中でふたりは、自分たちがおじさんの財産を狙って血眼になっているのと、おじさんが自分たちを服従させようとしてやっきになっているのはおあいこで、三人の強欲さががっぷり組んだせいで三つどもえになってしまったのだ、とため息をついたりもしなかった。さらには、財産——とそれが約束してくれる自由——がふたりにとって人生の銀河だとしたら、老人にとっては、残酷にふるまうことが人生最後の喜びなのだ、とつぶやきもしなかった。ふと気がつくと寝具の下でふたりは堅く抱き合っていた。そしてまんじりともせずに、おじさんの意地悪で低い笑い声を聞いていた。やがてふたりは眠りに落ち、夢の中でも同じ笑い声を聞いた。

ミセス・ヴァンシッタートの好色なまなざし

The Bedroom Eyes of Mrs Vansittart

「あの目は食わせ者だ」フェラ岬〔南仏コート・ダジュールの高級別荘地〕のひとびとが口々にそう言うのは、ミセス・ヴァンシッタートに関する限り、いい顔ばかりはしていられないと感じているせいである。「誰にも好かれていない奥様」ジャスパーはわざと耳障りなちゃらちゃら声でそう言い放つ。ミセス・ヴァンシッタートにはネオン街こそふさわしい、と言いたいのだ。

ジャスパーによれば彼女は五十四歳だが、まだまだオーラがある。サンジャン・カップ・フェラやモンテカルロへ行けば、ほっそりした姿が歩き去るのを若い男たちが振り向く。リズミカルに動くヒップが気になって仕方がないからだ。何年も前にシチリア島で、農家の女性が彼女につばを吐きかけたという話が伝わっている。ミセス・ヴァンシッタートはセジェスタへ古代ギリシアの遺跡を見に行った。半裸で草の上に横たわった彼女が地元の男に身体を弄ばせているのを農家の女性が目撃し、激怒したというのである。ひとしきり後、ミセス・ヴァンシッタートは何事もなかったかのように駅でカターニア行きの列車を待っていた。女性が彼女につばを吐きかけたのはそのときのことだ。

ミセス・ヴァンシッタートはアメリカ人である。だが彼女の完璧な形をした唇からは、イギリスの公爵夫人を思わせる気取った英語が流れ出す。イントネーションを間違えて、実はヴァージニア州ホランド・フォールズの歯科医の娘だと気取られることはまずないし、場違いなことば遣いを聞かせることも決してない。夫のハリーも彼女と同じくらい洗練されたイギリス英語を身につけている。彼は万事妻の命令に従って動く男なので、ことばも彼女に命じられて習得したのだろう、とフェラ岬のひとびとは信じている。ふたりは新婚の十年間をロンドンで暮らした。その間、ミセス・ヴァンシッタートは三回の浮気にくわえて数々の小さな恋をしたと伝えられる。ハリーはその頃すでに、歌曲の連作を作詞作曲しはじめていた。

ふたりは現在、セマフォール通りから少し引っ込んだヴィラ・テレサに居を構えていて、これ以上引っ越すつもりはない。子どもがいないせいで、フィレンツェやベルリンのホテルにはじまり、シャトー・デーやパリやセビリアのホテルにいたるまで、ヨーロッパを転々とした末にここへたどり着いた。週に二回、他のヴィラの住人たちがヴィラ・テレサに集まってテニスをする。夜は夜で、どこかのヴィラに集まってブリッジをする。

そういうひとびとをフェラ岬へ引き寄せたのは富であり、富がかれらを支えている。ヨーロッパのほぼ全ての国から来たひとびとがおり、アメリカその他の国から来たひとびともいる。太陽とブーゲンビリアに惹かれてやってきたかれらはヴィラを購入する。それらは過去の持ち主たちの人柄を永遠に残すために建てられ、持ち主の気まぐれを具現化した建物である。多種多様な建築様式に共通しているのはロマンスとノスタルジアだ。石彫の動物群は、持ち主たちに世界の別の場所を思い起こさせる。屋根の上にドーム状の小塔が建て増しされたのは、賓客を迎える際にそのような塔があればいっそういい、とアドバイスを受けたからだ。テラコッタの屋根は装飾的なカーブを描き、壁の凹みにはめ込まれた皇帝像たちはおしなべて目を閉じている。ミモザと青白い藤蔓がおとぎ話のような色彩を加味し、イトスギが真昼の日光を和らげている。なじむ必要のない外界に対しては、境界の生け垣に隠して金網を張り巡らせ、〈猛犬に注意〉とか〈防犯警戒中〉などの厳めしい張り紙も出してある。

熟年を迎えたミセス・ヴァンシッタートの人生を彩るのは、地中海の青い海よりもっと青いプールにくわえて、恋人や愛人の名前、他人の成功物語、不可思議な執着などを匂わせた表札の数々である。ヴィラ・バナナ、ヴィラ・マグダレン、モーニングデュー〔朝露〕、ワイキキ、ヴィラ・グロリエッタ、ヴィラ・スティーヴン、ソー・ホワット〔問答無用〕、マイ・ウェイ。ド・ゴール将軍大通りにはベンツやベントレーが行き交い、特別な日にはフェラ岬グランドホテル《グランドテル・デュ・キャプフェラ》の、緑色ガラスのシャンデリアが美しいバーでカクテルを飲む。ヴィラ・テレサのテニスコートにやってくるブロッホ夫妻とセシル夫妻とボッロメーオ夫妻は、いまだかつてミセス・ヴァンシッタートと口論をしたことがない。口論は不面目なことだと見なされているせいだ。ジャスパーは彼女のお相手役である。夫のハリーはテニスもブリッジもせずに、料理をしたり、ピエールじいさんを助けて庭の手入れをしたりしている。ハリーもホランド・フォールズの出身で、製紙工場の跡継ぎだった。

ヴィラ・テレサは今や、ヴァンシッタート夫妻が望んだとおりの世界に仕上がっている。今後もそれほど変わることはないだろう。夫妻がサロンと呼ぶ大広間には時代を超越したような浮き彫りで飾られた壁面があり、さまざまな色彩の陶製タイルが美しい。イタリア製の大きな壺に生けられた花は毎日取り替えられる。ペルシアじゅうたん。スーラの絵。ハリーが旅先で買い集めたペーパーウェイトもたくさん並んでいる。毎朝、カローラとマダム・スパッドがやってきて屋内の清掃をし、食料雑貨類を運び込む。他のヴィラと同様、ヴィラ・テレサは小さな島のようなものだ。

「ルビー、ばかげていると思わない？」ひと月かそこら前、ミセス・ヴァンシッタートが言った。

「ジャスパー、そうでしょ？」

ミセス・セシルがかすかにうなずき、ジャスパーが口を開いた。

「あの標識はまだ仮のものだと思いますよ」

「間違った綴りで出てるということは、同じ間違いを今後も繰り返すということよね」

ふたつのテーブルでブリッジがおこなわれていた。ひとつの卓では、ミセス・セシルとシニョール・ボッロメーオのペアに対してジャスパーとミセス・ヴァンシッタートのペアが対戦し、もう一卓ではブロッホ夫妻対シニョーラ・ボッロメーオとミスター・セシルのペアが対戦していた。一晩の中頃に設定された休憩時間に、ハリーがお茶と手製のお菓子《パティスリー》を出すなか、サマセット・モームの顕彰をめぐる話題になった。ある大通りが彼の名にちなんで名付けられることになり、ヴィラ・モーレスクの近くに標識が取り付けられたのだが、残念なことにそこに掲げられた「モーム」の綴りが間違っていたのだ。

「それなら是非とも言ってやらなくちゃ」機会さえあれば不和の種を蒔くのを好むジャスパーがけしかけた。「役所へ乗り込んで断固抗議すべきです」

「抗議ならしたわよ。話した相手は途方もなく無能な抜け作君だったけど」

「そいつは、こちらの言い分を理解したんですか？」

「抜け作君ったら反論したの。ハリー、あなたが今ティーポットをじかに置いたテーブルはワックス掛けしてあるのよ」

ハリーはすまなそうな表情を浮かべて、苦情がついたティーポットを即座に引っ込めた。ホーンフレームのメガネの奥で目玉が大きく見えた。ハリーは長身ではないが肉づきはいい。とくに腰回りに贅肉がついている。手足がちっぽけで、ねずみ色の髪は白髪にもなっていないし、抜け上がってもいない。すぐに微笑みを返すせいで神経質な男だと思われており、じっさい口下手な方である。ヴィラへやってくるひとびとは皆ハリーが好きで、妻にいつもへこまされている彼に同情している。泥だらけの恰好で庭に膝を突いて作業したり、顔に小麦粉をつけたまま厨房から出てきたりするので、知らないひとが見たら屋敷の使用人にしか見えないだろう。テニスやブリッジをするためにやってくる常連客たちはハリーが年中しいたげられているのを知っており、彼と妻の隷属関係をありのままに受け入れてしまっている。ヴィラ・グロリエッタに死ぬまで住んでいたスウェーデン人の女性は、かつて彼のことを聖人と呼んだ。ミセス・セシルとミセス・ブロッホも、以来しばしば彼をそう呼ぶ。

「ほらハリー、見てよ。跡がついちゃったじゃないの」

本当に見えたのかしら、とミセス・セシルは怪訝に思った。全体に薄暗くて、ブリッジ用のテーブルの上にだけ点々と明かりが灯った大きなサロンで、部屋の反対側にあるライティングデスクの天板にティーポットが跡をつけたかどうかなんてわかるのかしら。ミセス・セシルは、ミセス・ヴァンシッタートよりもライティングデスクに近い位置に腰掛けていたのだが、彼女の目には何も見えなかった。

「大丈夫だと思うよ」ハリーが静かな声で言った。

「あら、それならよかったけど。気をつけなさいね」

「とてもおいしいわ、ハリー」ミセス・セシルがすかさずお菓子《パティスリー》を誉めた。

「ブラボー！　ブラボー！」鷹揚な人柄と肥満体型がよく調和したシニョール・ボッロメーオがさらに誉めた。そして、毒なのは分かってるんだがねとつぶやきながら、ふたつ目のチェリータルトを口に入れた。

「ハリー、わたしたちは」とミセス・ヴァンシッタートが言った。「サマセット・モーム通りの話をしていたのよ」

「ああ、そうなの」

彼は銀のトレイに載せたお菓子《パティスリー》を、シニョーラ・ボッロメーオとブロッホ夫妻――やせ形でたくましい感じのこの夫婦は南アフリカ出身である――にしきりに勧めた。「アル・リモーネ？」人差し指を宙に浮かせてシニョーラ・ボッロメーオが尋ねた。彼女は夫ほど肥満してはいないものの、ふくよかな身体にドレスをまとっていた。ミセス・ヴァンシッタートは、シニョーラ・ボッロメーオのドレスの趣味は最悪だと思っていた。それに彼女は感情に走りやすいところがある。はい、それはレモンですとハリーが答えた。

「ようするに」ミセス・ヴァンシッタートが話を続けた。「もし誰かが、大通りにハリーにちなんだ名前をつけようと決めたとして、かんじんの綴りが間違っていたらどうしようもないでしょ、と言いたいのです」

「もし誰かが――」ミスター・セシルはそう言いかけたが、妻が首を横に振りながら顔をしかめたので口を噤んだ。

「いえいえもちろん、そんな名前をつけたがるひとなんていませんよ」ミセス・ヴァンシッタートが断固とした口調で接ぎ穂を接いだ。ハリーが話の中心になりそうになると、彼女は決まってそうした口ぶりになる。「そんなひとなんて誰もいません。でも、ありえないとは言い切れないわけです。ハリーも創作家なので」

「そうよ、もちろんだわ」ミセス・セシルとミセス・ブロッホが間髪を入れずに口をそろえた。

「ハリーが有名になる可能性も」とミセス・ヴァンシッタートが続けた。「まったくゼロではないということです。彼が書いている歌の連作には非凡なところがありますから」

「その通りですよ」とジャスパーが言った。

ミセス・ヴァンシッタート以外にその連作を聞いたことがある者はいない。ヴィラの住人たちがハリーの作品について知っているのは、本人ではなく、ミセス・ヴァンシッタートの口から内容が伝わっているからである。たとえば彼が今作曲しているのは、フーンティモという名前のアメリカインディアンをめぐる歌曲らしい。

「ハリー・ヴァンシッタート通りの実現を」とジャスパーが言った。「さまたげる要因は何ひとつないというわけですね」

彼はハリーを励ますように、微笑んで見せた。落胆するなと言いたそうな、すくなくとも何かを応援するような微笑みだった。ジャスパーは自分の名前が入った腕輪をして、禿げ残った髪を染め、その色に見事なほど似合う部分カツラをつけていた。口先だけのおべんちゃらを鋭く見抜いたミセス・ヴァンシッタートが口を開いた。

「ジャスパー、嫌みはよして」

「誰とかいうひとがラ・スーコを買収したそうですよ」ミセス・セシルが助け船を出した。「たしかスイス人です」

ハリーがティーカップをまとめて下げ、ブリッジが再開された。トランプが配られている間、ジャスパーはミセス・ヴァンシッタートの手の甲の上に、片手を軽く置いた。嫌みを言うつもりなどさらさらなく、もしそう聞こえたなら心からお詫びします、と言った。だが詫びたのは形だけで、この一件を通して何か少しでも得になることがあればいいと考えていた。「ハリーを傷つけるなんて、まさか」配られたカードに手を伸ばしながら、ジャスパーが息を殺した声でささやいた。

全員が持ち札を確認し、ハリーがトレイを持ち上げた瞬間、ヴィラ・テレサの玄関の呼び鈴が鳴った。電話の音ではない。ヴィラの門の脇にとりつけた、魚形の真鍮の取っ手を誰かが揺り動かしたのだ。

「あら、誰かしら！」ミセス・ヴァンシッタートが声を上げた。どのヴィラでも不意の訪問者は歓迎されなかった。

「わたしなら出ませんね」とシニョール・ボッロメーオが言った。「ならず者《ウン・ブリッコーネ》ですよ！」

シニョール・ボッロメーオが大げさなことを言うのを聞いて、いつもそうするように一同が大笑いした。だがわずか数秒の間を置いて再び呼び鈴が鳴ったとき、シニョーラ・ボッロメーオが動揺した。「ならず者《ウン・ブリッコーネ》！」と彼女が叫んだ。「神の名にかけて《イン・ノーメ・ディ・ディーオ》！　ならず者《ウン・ブリッコーネ》！」

ハリーは食器を載せたトレイを持ったまま突っ立っていた。トランプをしているひとびとに、彼は背中を見せていた。庭の手入れのために毎朝来るピエールじいさんは正午に帰ってしまうし、カローラとマダム・スパッドも五時には仕事を終えるので、呼び鈴に応対する使用人はいない。だがハリーは、呼び鈴が三回鳴っても動こうとしなかった。

「ハリー、わたしたちも一緒に行くよ」やせ形だが筋骨たくましいミスター・ブロッホが椅子から立ち上がってそう持ちかけた。

ミスター・セシルとジャスパーも席を立った。シニョール・ボッロメーオは座ったままでいた。ガラスで保護された天板にルイ十四世時代の狩猟シーンが描かれたテーブルに、ハリーはトレイを置いた。そしておびえたように鼻の上のメガネの位置を直した。「そうですか、それじゃあ」彼はそうつぶやいて、庭を通って門まで一緒に行ってくれるという三人の申し出を受けた。シニョーラ・ボッロメーオは扇状に広げたトランプで、自分の顔にせわしなく風を送っていた。

その後に起きたことを皆に報告したのはジャスパーである。ミスター・ブロッホが陣頭に立った。彼は、シニョール・ボッロメーオが指摘したように、門のところで待っている人間が非道な目的を持っていることもありうるので、庭では口を噤んだまま行きましょうと提案した。彼は南アフリカで侵入者による被害を経験したことがある。ひとりでも摑まえれば近隣の治安向上に役立つ――ならず者が驚いて逃げ、次回の機会を狙って雌伏するようなことにでもなれば最悪だ。そういうわけで、ヴィラ内で呼び鈴がもう一度鳴ったとき、四人は足音を立てずに出発した。一行はときおり手のひらでうるさい蚊を叩きながら進んだ。

浅黒くてたいそう小柄な男が、門のところにたたずんでいた。門が開くと同時に灯った明かりの下で、誰に話しかけたらいいのか考えあぐんでいるらしく、四人の顔を代わる代わる見つめた。

ジャスパーの報告によれば、男は、他の三人よりもハリーの顔をまじまじと見つめ、ハリーのほうも相手が誰なのか思い出そうとしているように見えたという。双方ともまったく驚いた様子はなかったらしい。

「約束してあります」男がついに口を開いた。「マダムに面会お願いします」

「マダム・スパッドはいませんよ」ハリーが答えた。

「マダム・スパッドでないです。ヴィラのマダム」

「おいおい、君」ミスター・セシルが口をはさんだ。「マダム・ヴァンシッタートが君の来訪を待っているとは思えないがねえ」ミスター・セシルは、困った状況に直面したとき弱腰になるような人物ではなかったが、ジャスパーの意見によれば、彼が「君」と呼んだ浅黒い来訪者は一座の誰かの古なじみには見えなかった。彼はミスター・ブロッホに、そのことをささやきかけてやめた。

その代わりにジャスパーは、男に向かって言った。「朝、電話してくれたほうがいいんじゃないかね」

「妻は今晩、ブリッジをしているんだが」とハリーが説明した。「こんな時間にひとを訪ねてくるもんじゃないよ」

「約束してあります」男が同じことばを繰り返した。

一行は囚人を護送するかのようにぞろぞろと庭を突っ切って屋敷へ戻った。ミスター・ブロッホがいくつか質問をしたが、男は肩をすくめて答えなかった。そこから先は誰も口を開かなかった。ただ、彼らの心にはほぼ共通した理解ができあがりつつあった。ピエールじいさんはもうじき定年を迎える。ある晩、テニスをした後で、どなたか若い庭師をご存じでしたらご紹介下さい、とミセス・ヴァンシッタートが皆に告げた。それらをふまえれば、目の前の男は、前もってミセス・ヴァンシッタートに電話をして面接の予約をしたのだが、朝十時に来るべきところを間違えて夜十時にやってきたのだと説明がつく。屋敷に到着したので、ミスター・セシルが男に、朝と夜を間違えたのだろうと持ちかけてみた。ところが相手はきょとんとした顔を見せただけだった。

男は玄関広間に招き入れられ、念のためジャスパーとミスター・ブロッホが両脇を固めた。ほかのひとびとがサロンに入ると、すぐにミセス・ヴァンシッタートが出てきた。それを潮時にジャスパーは、いきそびれていたトイレに行った。ミスター・ブロッホはサロンへ入り、ハリーは茶道具を載せたトレイを持ち上げて厨房へ運んだ。

「ここへ来てはだめと言ったのに」ミセス・ヴァンシッタートが憤然とした調子でささやいた。

「あなたが来るとは思ってもみなかったわ」

「ちょっと嘘つきました、マダム。迎えに来たひとたちに、約束してありますと言いました」

「まあなんてことを！」

「今朝、わたし待ちました。あなた来ませんでした」

「小さな声でしゃべってちょうだい」

「厨房へ行きますか？」

「厨房には夫がいます。今朝行けなかったのは寝過ごしたからよ」

「わたし、灯台の脇にいました。テーブルにクロスをセットする時間だったけど、わたし灯台の脇に立ってました。あなた来ないと知る方法なかったです」

「電話すればよかったでしょうに」ミセス・ヴァンシッタートが一層激高した声でささやいた。

「受話器を取って掛けるだけのことでしょ。わたしは一日中待ってたんだから」

「はい、わたし、受話器取って電話しました、マダム。あなたのだんなさん、電話出ましたので、わたしすぐ切りました。ずっとムッシュー・ジャンがわたしのこと見張ってました。「テーブルクロスしないでどうするつもりか！」、灯台から走って帰ってきたらどなられました。わたしの手の汗、テーブルクロスにつきました。わたし悪い、わたし悪いウェイター、フェラ岬グランドホテルにふさわしくない、とムッシュー・ジャン言いました」

「ここでは話はできないわ。明日の朝、会いましょう」

「灯台でですか、マダム？」

「もちろん灯台で」

ジャスパーはほんの少し開いたトイレのドア越しに一部始終を聞いてしまった。そして即座に、これは女主人と庭師採用候補者の間に交わされる会話ではなさそうだと直観した。玄関広間を通っていくとき、ミセス・ヴァンシッタートが歯を食いしばった声で、もちろん寝過ごしはしないとささやいていた。朝六時半に灯台へ行くわ、と。

「フェラ岬グランドホテルのウェイターです」ジャスパーはサロンにいるひとびとに抑えた声でそう報告した。それから皆に確実に伝わる程度に声を上げて、「朝、灯台のところで逢い引きしてるみたいですよ」と言った。

その晩は、シニョール・ボッロメーオとミセス・セシルが勝ちを収めた。真夜中の十五分前、ハリーがグラスを載せたトレイを持ってきた。さらにもうひとつ、コニャックとウイスキーのデキャンタにコアントロー、チェリーブランデー、黄色いシャルトルーズのボトルを載せたトレイも運んできた。彼はコアントローを飲みながら、ミセス・セシルとミセス・ブロッホにアザレアの話をした。

「ハリー、あなた、上着にべったりこぼしてるじゃない!」ミセス・ヴァンシッタートが大声を上げた。「ハリーったら、ほんとにもう!」

彼は厨房へ行き、濡れ雑巾で染みを落とそうとした。「お湯よ、ハリー」ミセス・ヴァンシッタートが夫の背中に叫んだ。「熱湯でなくちゃだめ。石鹼をちょっとだけつけるのよ!」

ハリーが向こうへ行ったのを見計らって、ミセス・ヴァンシッタートは、「彼、今日は散々な一日だったんですよ」と皆に報告した。アメリカインディアンを題材にした歌の作詞では、フーンティモの幼妻——実在せず、フーンティモの夢にだけ現れる——にからむ部分が難航していた。ハリーは幼妻にふさわしい名前を与えることができずにいた。彼はすでに四百ほど名前を書いてみたのだが、ぴったりする名前が見つからなかった。そのせいで何週間にもわたってハリーは意気消沈しているのだという。

ミセス・ヴァンシッタートの話を聞いているうちに、その場にいた全員が、いままでよりも彼女を嫌いになったのを自覚した。トイレのドア越しに盗み聞きするのを大いに楽しんだジャスパーでさえ、ハリーが食器洗いをするため席を外している間に、ミセス・ヴァンシッタートのいかがわしい逢い引きの話を皆に伝えてしまった自分の行為を、たいそう不愉快なできごとのように感じはじめていた。ミセス・ヴァンシッタートが、インディアンの幼妻の造形にハリーが苦慮しているという話を報告している最中、ミセス・ブロッホは唇を何度かぎゅっと噤んだ。ミスター・ブロッホは顔をしかめ、いらついているように見えた。本当に度を超しているわ——ミセス・セシルはそうつぶやき、帰る道でさっそく、ヴァンシッタート夫妻との絶交を夫に持ちかけてみようと決心した。シニョール・ボッロメーオは、ついさっきミセス・ヴァンシッタートが夫をとがめ立てするのを耳にして、世の中にいろんな人間がいるのは分かっているとはいえ、彼女に対する我慢もこれまでだと思った。男として妻に浮気《コルヌート》されるのは不面目だが、皆の前で《イン・プッブリコ》侮辱されるのは許しがたい名折れである。シニョーラ・ボッロメーオが、ハリーはいいひと《ブオーノ》だわ、と独り言を言った。彼はときどき子ども《バンビーノ》みたいなのよ。ミスター・セシルは口を閉ざしたまま静かに困惑していた。

集いは午前零時にお開きになった。皆口々に楽しい一晩だったと言った。そしてミセス・ヴァンシッタートに微笑みかけ、お礼を述べた。

「彼女は自分の夫を破滅させたのよ」ヴィラ・ジャフィコに夫婦で帰宅するやいなや、ミセス・セシルが感極まったようにつぶやいた。

シニョーラ・ボッロメーオはヴィラ・グッドファンですすり泣いた。彼女の夫は夜食のサンドイッチをほおばり、ビールのグラスを傾けながら、悲しそうにうなずいた。

「彼女は自分の夫を破滅させたんだ」ジャスパーがエルドラドで、同居している友人に言った。ミセス・セシルが一分前にヴィラ・ジャフィコでつぶやいたのとまったく同じことばだった。ヴィラ・ハドリアヌスではブロッホ夫妻が無言のまま服を脱いだ。

ミセス・ヴァンシッタートはタバコに火を点けた。彼女は化粧テーブルに腰掛けてメイクを落としながら、時々手を休めてタバコを吸った。心はほとんど空っぽだった。

彼女の心はくたくただった。ひとびとに悪口を言われてきた彼女の目は、疲れてもなお輝いていたが、その同じ疲労感が心を消耗させていたのだ。

ハリーは、彼が仕事部屋と呼んでいるこぢんまりとした部屋でピアノの前に座っていた。その部屋は、ヨーロッパ各地で見つけてきた飾り物や絵、値札がつけられない古物、個人的な思い入れ以外には価値のないガラクタなど、彼が気に入ったモノであふれかえっている。大きな電灯は消されたまま、凝った装飾を施したランプだけがぽつんと灯り、ピアノと、彼の脇の小さなテーブルに置いた楽譜用紙を照らしている。彼はジャワ模様がついた木綿地の、オレンジ色っぽいガウンをはおっていた。

フーンティモの夢に出てきた幼妻は、飛雲《ソアリング・クラウド》と名乗った。彼女はフーンティモのために至福の場所を用意した。彼女は永遠に彼に寄り添い、決して老いることはない。

ハリーが満足気に微笑むと、真っ白く揃った歯が濡れて光った。幼妻はついに、名前のある存在になったのだ。

翌朝、ジャスパーが岩場に潜んで、灯台を見張っていた。地形のせいで近くへ寄って盗み見ることができないので、小さな双眼鏡を持参していた。数分間待っていると、ミセス・ヴァンシッタートが現れた。彼女は周囲を見回してから、細道を伝って岩の切れ目まで降りた。日中には海水浴をする連中がそこから海へ入る。彼女はそこに腰を下ろしてタバコに火を点けた。まもなくフェラ岬グランドホテルの浅黒いウェイターが急ぎ足でやってきた。

ジャスパーは用心深く移動した。彼はふたりよりも少し高い位置にいて、相手の視界からちょうどよく隠されていた。とはいえ会話を漏れ聞くには遠すぎた。岩の隙間に身体をねじ込んだ彼は双眼鏡を構え、ふたりに焦点を合わせた。

見るからに激しい感情を伴った会話がはじまった。浅黒い男が身振り手振りで何かを表現していた。彼は途中で立ち去りかけたが、ミセス・ヴァンシッタートが引き留めた。彼女は男にタバコを勧め、男はそれを受けた。それから彼女がズボンのポケットから財布を取り出し、高額紙幣を数えながら、男の手のひらに一枚ずつ置いた。「なんてこった！」ジャスパーが思わず声を上げた。「金を払ってるぞ」

ふたりは別れ、ウェイターは大急ぎでホテルへ戻っていった。ひとり残されたミセス・ヴァンシッタートは少しの間その場所に腰掛けた後、もと来た細道を登り返して海岸沿いの歩道へ出た。そうして彼女はジャスパーの視界から消えた。

ミセス・ヴァンシッタートは密かに人生の記録をつけていた。ハリーが歌をこしらえている時間に、今は誰にも知られたくないが、自分とハリーが死んだときには公になればいいと願う事実について書きとめていたのだ。長年にわたる告白録は何冊もの堅表紙のノートに記されていた。この日彼女は次のように書いた——

ときどき立ち止まって、早朝から海へ出ている漁師たちの仕事を見た。わたしは一万フランを支払った。シーズンが終われば男はこの地を去り、約束通り二度と戻っては来ないだろう。だが確実なことは何も言えない。

美しい朝だった。まだ少しも暑くなく、空は完璧な青だった。ぎらぎら輝く海を隔てたボーリューの家々はニコニコしているように見えたけれど、本当は何の変哲もない家々だ。道端によけてジョギングするひとを通したら、こちらをちらりと見て走っていった。鼻の頭とあご先に汗が光っていた。声も掛けなければにこりともしない。フェラ岬のひとびとのそういうところがときどき嫌になる。

朝、海岸沿いの歩道で、ハリーと自分が十一歳だった頃のことを考えていた。あの頃すでにわたしは彼が好きだった。ホランド・フォールズの屋敷でのこと。彼はわたしを、彼の母親の寝室へ連れて行き、彼女がぽっちゃりした指にぎっしりつける指輪の数々や、きっちり栓をした香水瓶や、派手派手しいシルクのストッキングを見せてくれた。でもわたしは、彼の母親の持ち物には全然興味がなかった。ハリーはわたしに、服を脱いでと言った。恥ずかしかったけれど言われた通りにしたのは、彼がそう望んだからだ。わたしは顔を背けたままだった。ハリーが母親を嫌っているのは皆が知っていたけれど、そのことについて深く考えたり、彼を責めたりするひとはいなかった。彼の母親は肌がピンク色の大女で、傍目にも恥ずかしくなるくらいひとり息子を溺愛していた。フリルがごてごてついた母親の持ち物の真ん中で、やせっぽちのわたしが裸になったのを見た彼は、「わあ！」と声を上げた。「わあ、すごいぞ！」わたしは歯列矯正のワイヤをつけていて、手足がひょろ長く、胸はまだぺったんこだった。わたしはハリーの赤いウインドブレーカーを脱がせた。それから他の服全部と靴も脱がせた。ハリーとわたしは、彼の母親の香水の匂いがするシーツの間に潜り込み、並んで横になった。二つ下の階では彼女がミセス・ギリランドとおしゃべりしているはずだった。ローズがわたしたちを見つけて、ありのままを彼の母親に報告したとき、「そんなの嘘に決まってるわ！」と彼女は金切り声を上げた。寝室のドアのところで立ちすくんだローズの、黒くてかわいい顔をわたしは忘れないだろう。ティーカップみたいにまん丸な両目が、かわいそうに顔から飛び出さんばかりだった。ハリーの母親はこの事件の噂が広まらないようローズに暇を出した。でも話はホランド・フォールズの町を勝手に駆け巡り、誰かの口からわたしの母の耳にも伝わって、母は座り込んで泣いた。父はわたしに大声で怒鳴り散らした。父の口と舌がまっ赤に爆発したみたいになって、水玉模様のネクタイが激しく上下した。ハリーが悪いんじゃないの、わたしがハリーを好きだから彼のことを誘惑したの、とわたしは言った。それからさらに、何も起こらなかったのよとつけくわえた。「おまえたちは十一歳なんだぞ！」と父が叫んだ。「何も起こらなかったとはどういう意味だ。ばかも休み休み言うがいい！」

朝、海岸沿いの歩道でわたしはつぶやいた——よりによって怒りの頂点に達した姿を思い出すなんて、父も浮かばれないわ。父は柔和な人物だった。とりわけ白衣をまとって満足げに、歯科用ドリルを高速回転させているときには、とても穏やかなひとだった。でもわたしのことは決して許してくれなかった。

わたしたちは二十二歳のとき、ホランド・フォールズを飛び出した。ハリーはすでに製紙工場を相続していたけれど、経営は支配人任せで現在に至っている。わたしたちは最初一年間ほど車で放浪し、町から町へとモーテルを渡り歩いた。ハリーは歌の連作をつくりはじめていて、夜の時間をひとりで過ごしたがったので、わたしたちは別々の部屋をとった。わたしはことばで伝えられないほど彼を愛していたけれど、二度と彼のために服を脱ぎはしなかった。彼はわたしに一度もキスしたことがない。わたしのほうは今でも自分を抑えきれずに、ときどき腰を屈めて彼の頬にキスをする。あえて言うなら、母親がキスするみたいに。自分自身とハリーの関係を考えるとき、わたしはいつも、エロイーズとアベラールや、ベアトリーチェとダンテなどを思い合わせる。ばかげている。もちろんだ。

わたしは海岸沿いの歩道を離れてふたたび岩場へ行き、澄んだ青い海を覗き込んだ。「君はいくら怒っても怒りきれないだろうね」ハリーが子どもっぽくすねてそう言った。ハリスバーグのシティホテルでのこと、わたしたちはまだ二十二歳だった。わたしが部屋に戻ったとき、わたしたちがハリーの母親のベッドに寝たのとちょうど同じように、わたしのベッドに少女が横たわっていたのだ。ハリーはわたしの目の前で少女に四十ドルを支払った。だが彼があのときわたしに手を触れなかったのと同様、その子にも何もしていないのはわかっていた。

その後わたしたちはイングランドへ渡った。というのもある日、わたしたちの車がパトカーに止められて、ハリスバーグにいたことがあるかと職務質問され、ハリーがおびえるようになったからだ。その場はわたしがノーと答えて事なきを得たのだが、ハリーの発案で大西洋を渡った。そして着くやいなや、彼はイングランドが大好きになった。イギリス式の慣用句だけを用いてイギリス式にしゃべること——それがふたりの間のゲームになり、ハリーは歌の連作と同じくらいこのゲームに熱中した。わたしは彼を熱愛していたから、彼を喜ばせるためにできるかぎりのことをした。無害なゲームで気晴らししたり埋め合わせしたりするのが、わたしの義務だと考えていた。こういう場合に義務などという重たいことばを使うのはばかげているかも知れないけれど、さまざまなゲームや気晴らしは功を奏し、何年間もやり続けたものもあった。そうこうするうちにハリスバーグでの事件から長い年月が流れた。だがやがてイングランドで、同じことがさらに二度あった。最初の事件はロンドンで起きた。わたしが部屋へ踏み込んだとき、哀れな子どもは、「大丈夫」と声を上げた。「言いふらさないで、ミセス・ヴァンシッタート」ハリーはその子に約束通りお金を支払った。少女が行ってしまうとわたしは取り乱して泣き崩れた。ハリーの顔なんか見たくなかったし、声も聞きたくなかった。一時間かそこらたってから彼は熱いお茶を一杯持ってきてくれた。

うわべだけを見ればシンプルそのものだ。わたしがハリーを愛しすぎていたせいで、別れられなかったということ。彼のぷくぷく太った手と、穏やかな微笑みと、メガネを外したときのもろいまなざしを愛していたのである。もしわたしが彼を見捨てていたら、愛を求めずにいられない彼は、刑務所へ入る羽目になったかも知れない。ずっと一緒にいたおかげで、少なくともわたしの側には大きな幸せもあった。ふたりでほうぼう旅をして、熱を入れて収集した絵画や家具、それからもちろんヴィラ・テレサ。それらがぜんぶ、世界一風変わりな幸せの印である。

わたしが腰掛けていた岩の近くへ、ボートに乗った漁師がひとり戻ってきた。わたしはタバコに火を点け、日中のぎらぎらした光が照りつけはじめたのでサングラスを掛けた。そして漁師が少ない漁獲を船から降ろし、茶色い指で漁網と釣り針を巧みに片づけるところを眺めた。もしこの漁師と結婚していたら今とどれくらい違う生活をしていただろう、とわたしは夢想した。だがそもそもハリー以外が相手だったら、わたしがずっと感じてきた激しい愛情を持つことなんてできただろうか？

「ごめん」というのがハリーの口癖になり、一九五〇年代の決まり文句のようになった。泥んこの靴で花壇から戻ってきたときや、ワックス掛けした天板にティーポットを置いたとき、それから約束を守れなかったときにも、彼はいつもごめんと言う。どうしてそうなのか他人には伝えにくいけれど、ハリーは申し訳なくしているのが好きなのだ。

「ボンジュール、マダム」バスケットにヒラメだか何だかを入れて去っていくとき、漁師が声を掛けた。

「ボンジュール」わたしも微笑みを返した。

ハリーは昨晩も三時か四時まで歌つくりをしただろうから、まだ眠っているはずだ。ピエールじいさんとカローラとマダム・スパッドはあと一時間かそこらしないと出勤してこない。かれらの出勤時にわたしが不在でも問題はない。だがいつもわたしの心の片隅に恐怖がわだかまっている。ヴィラ・テレサへ戻ったとき、ハリーが死んでいるのではないかという恐怖だ。

わたしは岩場伝いに海岸沿いの歩道まで戻り、そのまま歩き続けた。イングランドで最初の事件が起きてからしばらくして、女子修道会付属女学校の赤い制服を着た女生徒がやってきた。それまでの従順な少女たちとは違い、この娘はわたしに向かって、自分のほうがハリーを深く愛していると大声で叫んだ。午後の買い物から帰宅するとこの子が来ていたことが何度かあり、別のときには帰った後で、わたしのベッドのシーツがしわくちゃになっているのを見つけたりした。この子が起こした見苦しい大騒ぎのせいで、わたしたちはイングランドにいられなくなった。ハリーは激しくふさぎ込んだ後、もう二度とこんなことはしでかさないと約束した。

わたしが朝、灯台へ行ったのは、十一年前スイスにいたときにハリーが連れ込んだドイツ人の少女について、始末をつけるためだった。今季フェラ岬グランドホテルへ来て働いているあのウェイターはあの年、シャトー・デーのホテル、オーボナクイユで働いていた。ディナーのときにワインを飲んだその子が突然大泣きして、すごい勢いで言いがかりをつけはじめたのだ。わたしは声を上げて笑い、ばかばかしいと言ってみせるほかなかった。

翌朝の朝食時間までに、わたしたちはホテルから逃げ出した。ハリーはさすがに懲りたらしく、以後十一年間約束を破らないでいる。おとなしくなったハリーは、少女たちに手を触れたことは一度もない。今後も決して手を触れはしないだろう。


同じ日の朝遅い時間、ジャスパーと同居している男が、ジャスパーが飼っているテリアをつれてサンジャン・カップ・フェラの町で買い物をした。買い物がぜんぶ終わるとバス停の脇のカフェに腰を下ろしてジュ・ダ・ブリコ〔杏ジュース〕を飲んだ。彼は観光客やヨットから下りてきた若者たちを眺めていた。老犬のテリアは直射日光を避けて、彼が腰掛けている椅子の下へ潜りこんだ。「ミセス・ブロッホ！」南アフリカ出身のやせた夫人が買い物をしている姿を見つけて、彼は呼びかけた。ミセス・ブロッホはこの男がなんとなく好きになれなかったのだが、無理に呼び止められて椅子に腰掛けた。相手は、ジャスパーから聞いたばかりのことをそっくりそのまま話して聞かせた。ミセス・ヴァンシッタートが、男たちから受けた親密な奉仕に対して現金を支払っているという話だ。彼はいくぶんか誇張を交えながら、灯台の脇でおこなわれた取り引きを詳しく語った。その内容に不快感を覚えたミセス・ブロッホは唇をぎゅっと噛みしめた。

ヴィラ・ハドリアヌスへ帰る途中で、ミセス・ブロッホはヴィラ・ジャファイコに立ち寄り、ミセス・セシルのために買うと約束してあったネズミ捕りを二個手渡した。セシル夫妻の屋敷では庭師も掃除婦も雇っていないので、毎日買い物に出る時間がとれない。おまけにサンジャンの荒物屋はネズミ捕りの配達をしてくれない。ミセス・ブロッホは、相手がお礼のことばを言い終わるのを待ってから口を開いた。

「昨晩あの男はお金を取りに来たんですよ！　考えてもみてくださいな。ハリーもわたしたちもいたっていうのに！」

ミセス・セシルはぞっとして頭を震わせた。ジャスパーはよくもめ事を起こすし、彼の同居人も気にくわない人物だけれど、どちらもあからさまな嘘を言うような人間ではない。ミセス・ヴァンシッタートがウェイターを相手にそんなことをしているとは言語道断。女性が性欲を満たすなどという話を聞かされて虫酸が走った。

「ハリーはどうして別れないのかしら」ミセス・セシルが言った。

「決して別れたりしないわ。だってハリーはそういうひとじゃないんだから」

「そうね、あのひとは誠実なんだわ」

その日の朝、セシル夫妻はヴァンシッタート夫妻と絶交するかどうかについて、すでに話し合っていた。そういう行動を起こした場合、ハリーを苦しめることになるだろう、というのがふたりの結論だった。ミセス・セシルは、わたしたちは絶交しないことにしました、とミセス・ブロッホに伝えた。

ミセス・ブロッホは暗い面持ちでうなずいた。

ミセス・ヴァンシッタートが最後の切り札を出し、ブリッジのその回は彼女の勝利に終わった。

もう秋である。観光の季節は終わり、浅黒いウェイターはすでにどこかへいなくなった。

ハリーがお茶と、午前中こしらえたお菓子《パティスリー》を載せたトレイを持って、サロンへ入ってくる。いつもながらとても静かで、部屋の暗がりに紛れるように立っているので、ミセス・ブロッホはつい、事情を知らないひとが彼のことを使用人と間違えた場面を思い出してしまう。ミセス・セシルはハリーがいる方向に微笑みを投げる。

ミスター・ブロッホもミスター・セシルもシニョール・ボッロメーオも、灯台の脇でおこなわれた取り引きについて知ってはいるが、そのことは考えないようにしている。ジャスパーは、ミセス・ヴァンシッタートがまた近いうちに何か大それた行為をしでかしてくれればいいと思っている。そうすればそのゴシップで、ひと冬なんとか間を持たせられるからだ。彼はよく同居人に、ミセス・ヴァンシッタートがミセス・ブロッホやミセス・セシルやシニョーラ・ボッロメーオみたいだったら退屈で仕方がなかったところだとこぼしている。

「あらあら、まだお茶を注いじゃだめよ！」部屋の反対側に向かって声が飛び、いっそうきついもうひとことが追い打ちを掛ける。「まだゲームは続いているの、ほんとにだめねえ」

ハリーは、妻の抗議が一座のひとびとの同情をかきたてたのを喜びながら、謝りのことばをつぶやく。そして一勝負が終わるまで待つ。待っていれば、彼女から命令の声が掛かるとわかっている。彼は、押し殺されたいらだちが部屋中にこもり、その後それが同情に変化するのを感じている。

彼はカップにお茶を注ぎ、客たちに配って回る。ミセス・ヴァンシッタートはタバコに火を点ける。ずっと前、ヴィラ・テレサに住みはじめたばかりの頃、彼女も立ち上がって、お茶の支度をするハリーの手伝いをした時期があったが、自分が手伝うのは見当違いだとすぐ気づいた。彼女は自分の気の利かなさを承知している。あまり賢くないのを自覚しているのだ。

「まあ、なんてこと、またマジパンのお菓子をつくったのね！　マジパンが好きなひとなんて誰もいないってわかってるのに」

だがミセス・セシルとミセス・ブロッホはマジパンを使った菓子を選ぶ。ハリーはまた申し訳なさそうなそぶりを見せる。ミセス・ヴァンシッタートがイングランドに住んでいた頃、三回の浮気にくわえて数々の小さな恋をした、とひとびとが語り合っていることなど、ハリーは少しも気づいていない。彼はまた、農家の女性が彼女の顔につばを吐きかけたという話がまことしやかにささやかれていることも知らない。だがもしそんな話を小耳にはさんでも、ハリーは動揺しないだろう。そんなのはゴシップにすぎないし、嘘の話など取るに足らないとわかっているからだ。ミセス・ヴァンシッタートが夫の控えめな欲望を捉え、その欲望に応えようとしてヒップをリズミカルに揺らして歩いたり、例の好色そうなまなざしをしてみせるようになってから、もうずいぶんの年月がたつ。イギリス英語を意識的に真似したのとは違って、そうしたしぐさは無自覚のうちに身についていった。ハリーは、客たちと一緒にいる妻を眺めながら、例の浅黒いウェイターが岩陰で妻の服を脱がしているところを想像すると愉快な気持ちになる。ブリッジをしているテーブルの下で、シニョール・ボッロメーオがあらぬことを企んでいるのを想像するのもとても愉快だ。

ハリーは微笑む。彼はティーポットを手に客たちの間を回り、カップにお茶を注ぎ足していく。そしてフェラ岬の大通りのひとつが夫の名前にちなんで命名されるかも知れないという話を、妻がまたすればいいのに、と思う。そういうときの室内の空気は愉快だ。あんなこと言わなければ良かったのに、とひとびとが考えているのを感じると愉快になる。妻がヒップを揺らして歩いたりしなければいいのにとひとびとが考え、あのイギリスアクセントはニセモノだと結論づけるのを思うと、やはり愉快になる。幼妻飛《ソアリング・クラウド》雲の話に妻が耳を傾けるのは愉快だし、またひとつ、自ら招いた死をテーマにした歌を書いたと聞いて、妻の表情が曇るのも愉快だ。ハリーは、妻の困った顔を見たときに最も愉快になる。

ミセス・ヴァンシッタートはわずかのあいだ集中がとぎれたせいで、勝ちを逸した。ハリーがお茶を配って回った直後にときどき起こる失策だ。かつて父を怒らせたとき、彼女はハリーへの思いを断ち切って彼のことを忘れようと努めた。ところが彼は、そばにいなくても無言のうちに思いを伝え、彼女が強く感じている愛を要求した。彼のために服を脱いだ日よりもずっと前から、彼女は彼の思いを感じていた。その感覚は今でもありありと思い出すことができる。

彼女はふとブリッジのテーブルに座っていながら勝負心が消え、多幸感に襲われる。そうして椅子から立ち上がり、彼がいる厨房へ飛んでいきたい衝動に駆られる。彼女はホランド・フォールズで最初にそうしたのと同じように、ドアのところで彼を見つめ、好色なまなざしで彼を誘っている自分の姿を思い浮かべる。彼は彼女に両腕を回す。彼女は自分の唇に、決して味わったことのない彼の唇が重ねられるのを感じる。

「ダイヤ」と誰かが言う。切り札は何かと彼女が尋ねたからだ。白昼夢が消えた後も、処女特有のあこがれが彼女の内奥を熱くする。壊れた夢のかけらの中でハリーが、いつも一緒にいてくれてありがとうと告げる。彼女の愛はブリッジのテーブルでふたたび鎮まっていく。

そうするつもりはなかったのだが、ベリティは母の後釜に座る結果となった。母が死んで六ヶ月後、彼女はフラットを引き払い、自分とふたりの兄弟——どちらも今は結婚している——が育った家へ戻ってきた。ひとりぼっちになってしまった父が心配だから——ときおり自分自身にたいしてもそのように装っていたが、本当は自分の人生を変えたかったのだ。ついつい同じことを繰り返す癖を断ち切りたかった。彼女は母がしていたように、父の主な話し相手になった。そうなってはじめて、以前は気づかなかった父の側面がわかってきた。家族に向けてさえ、ざっくばらんで愛想がよく、思いやりがあって物知りな賢人という顔を保ってきた父は、最悪の部分を隠しおおせてきた。妻の貞節にずっと助けられていたのである。娘はそこを見抜いてしまった。かつてはあり得なかった視点で老父を見据えた結果、彼の人間的な弱さに我慢ならなくなり、裁定を下したい欲望に駆られるようになった。

ミスター・アンウィルは娘の心境の変化に気づかぬまま、今回の成り行きを大いに喜んでいた。

ベリティがフラットを引き払って実家へ戻ってきたときには感激し、娘と一緒にいるところを他人に見られるのが誇らしかった。というのも傍目《はため》には、彼女は彼の娘とは見えず、美しい女が年寄りの男を慕っているように見えるに違いない、と考えたからだ。娘とふたりで、はじめて泊まりがけの休暇に出かけるにあたって、彼は自分の立場にふさわしい身なりを心がけた。行き先は、妻の生前に毎秋訪ねたヴェネツィアである。緑と赤が渦を巻くペイズリー柄のスカーフを首もとで結び、紺色のブレザーの胸ポケットからのぞかせたハンカチーフに合わせた。見た目はあまり似ていないのだから父と娘に見られる理由はあるまい、と彼は自問自答した。ベリティは小柄でも長身でもなく、ほっそりと華奢な体格なので、繊細な印象を与える。ほぼ非の打ち所がない目鼻立ちの顔が、かすかに傾いたように見える体についているので、ありふれた美人に一風変わった雰囲気が加わっている。そのせいで初対面のひとは、彼女の顔に二度目を向けることになる。端正な輪郭を描く高い頬骨にさらりとまとわりついた髪は栗色で、瞳も奇妙なほど髪と同じ色だ。美は讃えられねばならないと言わんばかりに、ドレスも化粧も入念にしている。

ミスター・アンウィルは、娘とは対照的にでっぷり太った男である。六十代後半で肌の血色がよく、頭ははげ上がっている。知人たちはしばしば彼と別れた後で、彼が口ひげを生やしていたかどうかが思い出せない。べっこう縁のメガネを掛けた、血色がいい、顔の印象を思い返すうちに、当たり前すぎて見過ごしてしまったもうひとつの特徴がよみがえってくる。上唇の上に短く刈り込んだ灰色のひげを生やしているのだが、禿頭の両側に残る髪と同じ灰色なので見過ごしてしまいがちなのだ。

「それでおまえは、今日は何をして過ごすのかな?」滞在三日目、ペンシオーネのダイニンググルームで朝食をすませた後、ミスター・アンウィルが尋ねた。「わたしは大丈夫だからね。心配はご無用だよ」

「サン・ザッカリーア教会へ行ってみようかと思っていたの」

「ほう、いいね。いろいろ見て回るがいい。こっちはゆっくり腰掛けて、行き交う小船でも眺めるさ」

ダイニングルームには他に客はいない。十一月初めのペンシオーネは満室ではなかった。アメリカ人の家族連れが姿を見せなかったのは、たぶん部屋で朝食をとったのだろう。ドイツ人の娘たちは朝食をすませて外出した。フランス人の三人組も、紫の帽子をかぶったひとり旅のイタリア人女性も、すでに出かけた後だった。

「愉快だよ、あのドイツ娘たちは」とミスター・アンウィルがつぶやく。「ゆうべ、きれいなほうの娘がすごくおもしろいことを言っておった」そこで一呼吸置いて、タバコのヤニで染まった歯を見せる。彼の目はメガネの奥で思いに耽っているようだ。「食事がない時間帯、ウェイターたちはどこにいるのかしらって言ったんだよ、あの娘。およそドイツ人らしからぬセリフだよなあ」

ベリティは三十八歳である。近頃、人生が何の楽しみももたらさずに素通りしていこうとしている、と感じている。彼女は、父のコーヒーカップの脇に置かれた、開封したタバコの包みに手を伸ばして一本抜き取る。それからちょっとうなずいて、ドイツ娘の話を聞いていることを示す。彼女がタバコに火を点けた小さな金のライターは、以前一緒にヴェネツィアを訪れた男がくれた品である。

「きれいなほうはミュンヘンから来ているんだ」と父が言った。「もうひとりのほうは――さて、あの太ったほうはどこから来たって言ってたかな？」考えはじめると額にしわが寄ったが、じきにあきらめた。それからゆっくりメガネを外し、ペイズリー柄のハンカチでゆっくりと拭きはじめる。彼特有のしぐさで、ほとんど癖と言ってもいい。まず縁を拭いてからレンズを拭く。その後さらにスイス製ポケットナイフを取り出し、ナイフに混じって折りたたまれたドライバーを引き出して、メガネの蝶番《ちょうつがい》のネジを締める場合もある。「きれいなほうは研究室の助手で」と彼はつぶやく。「もうひとりのほうは店か何かで働いてるんだ」

今朝は、ブレザーのポケットからナイフは取り出されずじまいだった。彼はメガネを光にかざした。そして、「たぶん、クッチョロの屋外席に腰掛けて過ごすよ」とつぶやいた。

「ニコのほうがコーヒーはおいしいでしょ。それに安いし」

そもそもそう言いだしたのは父のほうで、コーヒーはニコに限ると決めたのも彼である。じっさい、つい昨日もそのことは確認済みだった。ベリティは昨日、父の言い分をうっかり忘れてクッチョロの屋外席に座り、ペンシオーネで昼寝をして起きてきた父を呼び寄せて、コーヒーを飲んだ。父は後から、クッチョロのカプチーノは千五百リラもするのに、ニコやアルドではたったの千百リラなんだぞ、と言った。ベリティは父と同居するようになってはじめて、このひとが少額のお金に関してケチなのを知った。彼は本当は、娘が手を伸ばしてタバコを取るのも気に入らないのだが、さすがにタバコの包みを引っ込めることはまだしていない。

「うむ。でも今朝はニコまで歩いて行く元気が出ないかもしれないんだ」と父が返した。

ニコまでは、ザッテレ河岸を歩いて一分もかからないし、父に限って、何かをする元気が出ないなどということはあり得ない。ベリティは、父がときどき気が向くと小さな嘘を言うのにも気づいていた。ダイニングルームを後にしながら彼女は、たった今の嘘にはどんな意味があるのかしらと思案した。

白い上着をぴんと張り、額に玉の汗を光らせて、口ひげを生やしたペンシオーネのウェイターが電池式の新しい道具を使って、ダイニングルームのテーブルクロスについたパンくずをとっている。同じ服装で、フレッド・アステアに似たもうひとりのウェイターが、ディナーの代わりにランチをする宿泊客のためにテーブルをふたつ準備している。

ダイニングルームは天井が低く、鹿毛色のシルクを張った壁面に鏡がいくつか掛かり、サイドボードが置かれて、丸窓に緑のガラスが入っている。パンくずの掃除が終わり、テーブルのしつらえが完了したダイニングルームに聞こえているのは、口ひげのウェイターの息づかいと、窓の外の運河がぱちゃぱちゃいう水音だけだ。ウェイターたちはそれぞれの分担区域を一瞥した後、ドイツ娘の好奇心を裏付けるかのようにどこかへ消えた。空き時間をどこでどうして過ごすのかは謎である。

ペンシオーネのロビーでは、朝食時にダイニングルームに姿を見せなかった宿泊客たちが、フロント係のところへ集まってきていた。いつもおしゃれなそのフロント係が今朝はまっ赤な装いで身を固めている。フラーリ教会への道筋を根気よく説明するあいだ、デスクの上で子猫が遊んでいる。彼女は次に、紫の帽子をかぶったイタリア人女性に、クリーニング店なら歩いて一分もかからないところにありますよと案内する。かと思うと、「もしもし？《プロント》」と電話を受けている。ロビーはさほど広くない。電話ボックスのガラス扉と屋外へ通じる扉には、ダイニングルームとお揃いの、緑のガラスが入った丸窓がある。壁面には色あせた版画が数枚、フロント係のデスクの脇にはヴェネツィアの地図が掛かり、この宿が加盟するクレジットカード会社のリストが掲示されている。階段のところに猫がもう一匹いて、こちらは眠っている。灰色で肉づきがよく、長年ケンカに明け暮れてきた痕跡が体中についている。

「楽しんでおいで」猫をまたぎながらミスター・アンウィルが娘に言った。娘が聞いていないようだったので、丸窓がついた扉を開けながら父はもう一度同じことばを繰り返した。そうして外へ出て、河岸に並んで立った。

「行ってくるわ」と娘が返した。「サン・ザッカリーア教会へ行った後は、たぶんいろいろ歩き回ってみるつもり」

「そうだね、そうするがいい。わたしはわたしで大いに羽を伸ばすよ」

対岸のジュデッカの家並みを覆い隠していた霧が晴れようとしていた。日が射してきたせいで、蒸発した湿気がすでに大気に混じっている。ベリティはピンクがかったオレンジ色の斑入り素材のスーツに、クリーム色のブラウスを着て、ざっくり合わせたスカーフを結んでいる。上着の折り襟には小さなパールのブローチ。これも、かつてヴェネツィアへ一緒に来た男からプレゼントされた品だ。

彼女はペンシオーネの脇の運河沿いの道《フォンダメンタ》へ回り込んでいく。十一月の日射しが届かないせいでひんやりしている。ふいに身震いしたが、寒さのせいでないのはわかっていた。ひとりになりたくなかった。皮肉にも今の彼女は、一緒にいると退屈であると同時に助かりもするひとびとに囲まれていた。足を速めて、しつこくつきまとう物思いを心から追い出そうとした。アカデミア停留所で水上バス《ヴァポレット》のチケットを買い、浮き桟橋の上で待った。誰であれ他人と一緒にいれば、しつこい物思いから解放されるのでありがたかった。よそのひとたちの会話や顔や声に気を取られていさえすれば、自分自身と語り合わずにすむからだ。だが他人に囲まれてずっと過ごした後には、ひとりになりたくもなった。

時代遅れなりゆきを経て母の後釜に座っている現実が、自分のことでないように思えた。ヴァポレットの上で胸中に浮かんだのはべっこう縁のメガネをいじる父の両手だ。がっしりと太い指がペイズリー柄のシルクでレンズを磨いているところ。何度も見たせいで、このイメージが心のどこかに刻み込まれてしまっていた。明け方の父の咳や、独り言をつぶやくときの抑えた声音も耳の中に聞こえた。父の孤独を口実にして残酷なまでの悪循環から逃れようとしたのは、突然怖くなったせいかしら？　便利に暮らせるフラットでセックスをするのは気楽だったけれど、堂々巡りになりはてていた。とはいえそれでも、フラットを引き払うとはずいぶん極端な行動に出たものだ、と思ったひともいたかも知れない。

ヴァポレットではイタリア人たちの視線を浴びた。女たちはイタリア式に品定めをし、男たちの目にはさかりがついたような色があった。十一月のヴェネツィアは以前訪れた夏場の浮ついた感じが影を潜めて、別種の面影をたたえていた。蚊や炎暑とともに観光客たちも消え失せていた。サンマルコ広場でオーケストラのコンサートはおこなわれず、スキアヴォーニ河岸はヴェネツィアっ子たちのものに戻っている。ベリティは、父と母が腕を組んでスキアヴォーニ河岸を歩いているところや、トルチェッロ島やブラーノ島へ足を延ばす場面を想像した。仲むつまじく見えても、父さんの側では見せかけに過ぎなかったのかしら？　だって父さんが本当に母さんを愛していたのなら、ふたりで見つけて特別な場所に育てたこの町を、こんなにやすやすと再訪できる？　母さんの死後まだ十一ヶ月しか経っていないのに、思い出が詰まったペンションへやってきて、前回訪れて以来何も起こらなかったと言わんばかりに新しいひとたちと交遊しているんだもの。ロビーでしゃれた身なりのフロント係に父が低い声で打ち明け、相手がペンシオーネを代表してお悔やみ申し上げます、と返したのは確かだ。上階で父を迎えた年配のメイドも、イタリア語で何か口上をつぶやいた。ダイニングルームでも最初のうちは、ウェイターたちが声を低めて応対した。でもその後じきに、しんみりした空気を脇へ押しやるみたいに、ドライな態度に転じたのは父のほうだ。母の死を、そうやってあっさり片づけた。母さんは父さんを愛していたの？　それとも、この町でのふたりの関係は、母さんの側からも見せかけに過ぎなかったの？　ベリティは考えた――誠実と貞節で着飾っているけど、結婚なんて偽りにまみれている。

右にも左にも館《パラッツォ》がそびえ立っている。聖マルコのライオンが高い柱の上から傲然と見下ろし、聖テオドールはお揃いの柱の上で控えめにたたずんでいる。カルパッチョが今、静まりかえった十一月のこの町を見れば、自分が描いた町だとわかるに違いない。チーマ・ダ・コネリアーノが描いた聖母そっくりの娘たちがあちこちに架かる橋を渡っていく。ヴェネツィアのこういう見方を教えてくれたのは母だった。心に感じたままをことばに翻訳して話してくれたのだ。ベリティは母と父のことだけを考え続け、自分のことは考えぬようつとめた。以前この町へやってきたときの、サマードレスを着た自分自身にはどうしても出会いたくなかったからだ。飽きもせず同じ男と連れだって、ずいぶんたくさんの週末をたくさんの美しい町で過ごしたけれど、とりわけあの七月のヴェネツィアは特別な意味を残した。あのときこの町で、希望が失われたのだ。

ミスター・アンウィルは、クッチョロの屋外に並んだ、オレンジ色のプラスチック製の椅子に腰を下ろした。ベリティは正しかった。クッチョロはニコやアルドの足元にも及ばない。だいいち客が少ししか入っていない。おまけに昨日、愛想のないウェイターが運んできたクッチョロのカプチーノは、先客が入れた砂糖の味がした。だがひとびとの多くは、ニコやアルドの手前でザッテレ河岸沿いの道を離れて、路地の奥へ曲がって行ってしまう――であるからしてニコやアルドで待っても埒《らち》が明かない。ミスター・アンウィルは、たまたま半時間ほど前にドイツ娘のふくよかなほうがひとりで出かけていくのを見かけたので、きれいなほうの娘もまだ宿に泊まっているらしいと知った。もちろんきれいなほうが先に出たことも考えられるので、その場合は四百リラの損失となり、少々腹立たしい結果に終わるだろう。

「お願いします《プレーゴ・シニョーレ》」

ミスター・アンウィルはコーヒーを注文した。そして、イタリア語がちゃんと話せさえすれば、昨日出てきたコーヒーのカップがよく洗われていなかったのを伝えられるのだがな、と思った。これがイングランドなら苦情を言い立てていたところだ。年寄りゆえに許される数少ない利点のひとつは、ちょっとした空騒ぎを起こしても問題がないということ。もうひとつの利点は、変なやつだと思われずに誰とでも会話をはじめられること。昨夜、ベリティが部屋へ入った後、ひとりで散歩に出て、ペンションへ戻ってきた彼は、ふたりのドイツ娘がラウンジにいるのを見つけた。そのあたりに積み重なっていた雑誌のページをめくってみると、ヴェネツィアの警察の広報誌だった。娘たちが声を上げて笑い出したのが耳に入った。きれいなほうの娘が彼に失礼にならないよう、突然笑い出した理由を英語で説明しはじめた。ウェイターたちが食事時間の中間にどこへ行っているのか考えているうちに可笑しくなったのだという。そこから三人で雑談がはじまり、彼はヴェネツィアについて、職業上詳しく知っている方面の話をひとつふたつ披露した。

ミスター・アンウィルは社会に出てからずっと海運会社の事務所で働いた後、定年退職した。船舶と積み荷、造船、船の売却と保険については熟知している。彼はこうした興味から大きな港を数々訪れるようになった。ヴェネツィアをはじめて訪れた動機もこの興味ゆえであった。三人の子どもたちが小さかった頃はイギリス諸島内の港しか見に行けなかったが、後には懐が許す限り、夫婦で思い切った大旅行をするようになった。そうして旅行中はできるだけ費用を切り詰めて行動し、遠くまで足を延ばし、旅程を延長して楽しんだ。ヴェネツィアはふたりのお気に入りの場所になった。

「やあ、おはよう！」ドイツ娘の姿が曲がり角のところに見えたので彼が声を掛けた。まぶしい日射しに手をかざす娘は、明るいブロンドの髪とほぼ同じ色のショートドレスを着ている。

「見事に晴れたね！」ミスター・アンウィルはそう言いながら立ち上がって、相手が素通りできないようにした。「どうだい、コーヒーでも一緒に？」

誘われたのに敬意を表してふっと微笑んだ娘の歯が濡れて光った。大きくて真っ白な歯はどれも非の打ち所がない形をしていた。ところが娘は微笑むとともに首を横に振ってもいたので、彼はがっかりした。遅れてしまっているので、と娘が言った。リアルト橋でもうひとりと会う約束をしているのだそうだ。

ミスター・アンウィルは、娘がザッテレ河岸をせっせと歩いて行くのを見送った。健康そうな両脚がいいぐあいに日焼けして、肩からはカメラがぶらさがっていた。ジェズアーティ教会の角から路地へ入っていく後ろ姿を見て、彼はため息をついた。

サン・ザッカリーア教会でベリティは、ベッリーニが描いた祭壇画を見つめていた。母から届いた絵はがきで見た絵である。まだ物思いに耽り続けていたので疑問が心にわき起こった。母さんもこの同じ場所にたたずんだのかしら？　父さんは、母さんが大好きだったこの教会へ一緒に来たのかな。それともわざわざこの町までやってきたのに、父さんはもっとくだらないことにしか興味がなかった？　ベリティには知るよしもなかった。そしてそんなことを問うても意味がないように思えた。

祭壇画を照らしていたライトが消えて周囲が真っ暗になった。ベリティは財布の中を手探りして二百リラを出そうとしたが、彼女がコインを見つけるより先にひとりの男が前に進み出て、祭壇の脇に設置されたグレーの小箱の投入口にコインを入れた。聖母マリアと聖人たちが聖なる会話を交わしている場面が再びあらわれた。ベリティはさらに少しのあいだ祭壇画を見つめてから歩き出した。

七月に来たときは絵など見なかった。ほんの一瞬、目の前に自分自身の姿が浮かび、自分の笑い声が聞こえた。サクラソウの柄のドレスを着て、サングラスをして、笑いたくなどなかったのに声を上げて笑っていた。教会の中を歩きながら、無理に笑おうとしたあのときの骨折りがまざまざとよみがえってきたので、彼女は怒りを覚えた。ほんの一瞬にせよ、心の集中が乱されたからだ。出口の扉脇の献金箱にいくばくかを入れて、外に出た。ベリティは最後の最後――棺が音もなく運ばれて、火葬場のチャペルのベージュのカーテンの向こうへ消える瞬間まで――、自分が母をどれほど好きなのか気づかなかった。音もなくというのは不気味で不愉快なものだ。ベリティはあの瞬間を心から憎んだ。

　彼女はサン・ザッカリーア教会を出て、スキアヴォーニ河岸のほうへ歩いて戻った。鉄の架台に板を載せた、むき出しの長テーブルみたいなものが置いてある。秋から冬にかけて、潮位が上がりすぎて洪水になったときに使う仮設歩道である。この仮橋みたいなのはパッセレッラと呼ばれているんだ――ザッテレ河岸に置いてあったのを指さして教えてくれたのは父だ。葬式の日の午後、「ひとりでやっていくさ、大丈夫だよ」と父は何度も繰り返した。それを聞いたベリティの兄弟と義理の姉妹たちと彼女自身は、父の都会風な考え方をこぞって賞賛し、子どもたちの厄介者になるまいとする決意に感激した。

　ベリティはスキアヴォーニ河岸をゆっくり歩いてヴェネツィア共和国造船所《アルセナーレ》方面へ向かった。波止場地区のホテルには早くも冬枯れの兆しが現れている。ピンク色のガブリエーリ＝サンドワース・ホテルは鎧戸を閉じている。「いや、だめだよ。絶対に」後日父がそう言った。「ベリティ、おまえにはおまえの人生があるんだから」もちろんその通りだった。彼女には彼女の人生があり、仕事があり、セックスができるフラットがあった。

　河岸沿いに移動遊園地を建てているところだった。電気自動車《ドッジエム》、恐怖のトンネル、船形ブランコ、果物の絵合わせスロット《フルーツマシーン》。「アメリカン・ゲームズ」と書かれた派手な看板があり、別の板には「セントラルパーク」の文字が躍る。メガネを掛けたふたりの年配女性が射的屋台を拭いている。回転木馬の馬が到着して荷下ろしの作業中だ。ペンシオーネ・ブチントロの前ではワイシャツ姿のウェイターがタバコを吸いながら作業を眺めていた。

　ガリバルディ通りでは、学校が午前中で引けた子どもたちが下校していた。カバンを背負ったり本を持ったりしたまま追いかけっこをしている。八百屋の屋台が立ち並ぶあたりには女性客が殺到して商いの真っ最中だ。忘れ去られ、くすんで見えるシーズンオフの公園にはたくさんの猫が群れ集まっている。疥癬にかかって毛が抜け、強欲そうな目を光らせた雄猫たち。生まれたことに腹を立てているらしい、痛々しい子猫たち。こそこそ歩くやせた母猫たち。どの猫も汚い。弱々しくケンカをする二匹。混ざり毛糸の毛玉そっくりな奴がシューシューいいながら爪を立てている。ベリティが腰を屈めてマーマレード色の埃っぽい子猫をあやそうとすると、相手はそうされるのに慣れていないのか、一目散に逃げてしまう。彼女はまだ執拗に考え続けている——平然とこの町を、ペンシオーネを、ザッテレ河岸を再訪した、父の情愛のなさについて。さらに彼女は今一度考えをめぐらせる——結婚生活をずるずると長引かせた、母の見当違いな貞節について。だがおよそ観光地にはふさわしくない、いらいらした物思いに忍び寄ってくるものがあった——サクラソウの柄のドレスを着て、サングラスを掛けた彼女自身。愛し合っていたかどうかはわからないものの、両親が腕を組んでヴェネツィアの町を闊歩する面影がまだらな霧の中へ消えた次の瞬間、彼女自身が作り笑いをする声が聞こえてきた。それから自分の顔がぽっかり浮かぶ——屈してしまうのが怖くてたまらなかった絶望をねじ伏せようとした微笑みをたたえて。よく冷えたソアーヴェの白ワインに浮かんだ氷がからから音を立てる。巨大な、夢みたいな広場でオーケストラが演奏している。「わたし、幸せだわ！」嘘を言う声のこだまが聞こえてきた。薄汚い公園ではマーマレード色の子猫が手をすり抜けたのと同じくらい素早く、ベリティの美貌が色あせた。涙があふれた。だがさしつかえはない、周囲には誰ひとりいないのだから。

ミスター・アンウィルはドイツ娘とおしゃべりする機会を取り上げられたので、しかたなくクッチョロの店を出て、ザッテレ河岸をぶらぶらと、西端の客船ターミナル《スタツイオーネ・マリツテイマ》方面へ向かって歩いた。ヴェネツィアの客船ターミナル《スタツイオーネ・マリツテイマ》はとても興味深いところなので、いつの日か、誰かにじっくり案内してもらえないものか、とひそかに考えていた。彼はたびたび、一、二時間暇な時間を持てあました職員と目が合うのを期待しながら、ほぼまっすぐにターミナルへ続く橋のたもとをぶらついた。海上貿易の仕事に長年たずさわったイギリス人紳士の興味を満足させてやろうという、奇特な人物が現れるのを心待ちにしていたのだ。ところが事務職員たちはいつも忙しそうな上に三人四人と連れだって行動しているので、都合のよい機会など訪れそうにない。そもそも事務職員に頼める筋合いではないのかもしれなかった。以前一度、制帽と制服に金モールがついた男に目を留めたことがある。笑顔でその男に近づいていくと、相手は強い調子で禁止めいたことばを投げてきた。ミスター・アンウィルは、英語が理解できないせいで警戒したのだろうと解釈した。そして船乗りなら世界中の言語に慣れているはずなのに、奇妙な反応をするものだなと思った。

アルマーニュ・エクスプレスという貨物船が塗装作業中だった。ドイツ船のような名前を持つこの船はヴェネツィア船籍で、イタリア国旗をはためかせている。船体沿いに吊り下げられた厚板の上で、何人かの作業員が長い取っ手の付いたローラーを巨大なペンキ缶に浸している。ひとりだけ刷毛を手にした作業員がいて、〈アルマーニュ・エクスプレス〉と書かれた赤いレタリングの輪郭をなぞっている。この作業員は厚板の上を注意深く行き来しながら作業を進めるかたわら、甲板の上にいる仲間に向かって、厚板を吊るロープや滑車の位置を調整するよう指示している。船体の上部は白、下部は茶色に塗り分けられており、境目に黄色のストライプが走っている。ミスター・アンウィルは歳を重ねつつある女の化粧直しを見守っている気分になり、この船の塗装作業が完了するまでヴェネツィアに滞在できるだろうかと考えた。彼はつねづね、自分には作業を見守ることしかできないが、きれいに塗り上がった船ほど満足感を与えてくれるものはないと感じていた。そうして波止場近くの石のベンチに長時間座り込んで、自分自身にあてがった気楽な任務を機嫌良く遂行した。彼はまた、イタリア船なのに〈エクスプレス〉になぜXが入っているのだろうと不思議に思った。その朝、彼は部屋の窓から〈エスプレッソ・エジット〉という名前の船が走って行くのを見かけたが、船名の綴りにXはなかった。

十一時半になったところで腰を上げ、ニコまで歩いて行ってバナナアイスを買い、パッセレッラに腰掛けて食べた。

「その昔のヴェネツィア人は戦艦を一日で建造したんだぞ」

ペンシオーネの天井が低いダイニングルームの、丸いテーブルを囲んで、ふたりはディナーを食べている。口ひげのウェイターがサイドプレートにサラダを取り分けている。フレッド・アステアに似たウェイターは、チキンとフライドポテトが載った大皿を掲げて各テーブルを回っている。

確かそういう時代の戦艦はあのあたりでつくられたんだと思い出しながら、「今日、ヴェネツィア共和国造船所《アルセナーレ》の近くを歩いたわ」とベリティが言った。「ありがとう《グラッツィエ》」

「どういたしまして《プレーゴ》、シニョリーナ」

「海軍博物館へ入ったのかい？」

「ううん、入らなかった」

ドイツ娘のふたり組をはじめとして前の晩にダイニングルームで見た顔が全部揃っていた。青と白のボウタイをつけたアメリカ人女性が夫と娘とともに、すぐ隣のテーブルに腰掛けていた。ほっそりしたフランス人女性ふたりと棒切れのような男が、すきま風を防ぐ衝立の脇に陣取っていた。紫の帽子をかぶったひとり旅のイタリア人女性はドアの近くにいた。加えて、前夜姿を現さなかったイタリア人のカップルも、ドイツ娘の隣のテーブルを囲んでいた。

「海軍博物館へは行ったことがあるんだ」ミスター・アンウィルが口を開いた。「ずいぶん昔だがね。母さんとはじめてヴェネツィアへ来たときだよ」

「一緒に行ったの？」

「母さんはいつも、わたしと一緒にいろんなところを訪ねるのが好きだった。海軍博物館をとても興味深そうに見ていたよ。まああそこなら、誰だっておもしろがるだろうがね」

父は海軍博物館がどんなところか説明をはじめたが、娘は聞いていなかった。午後、彼女はリド島へ渡った。七月にヴェネツィアへやってきたとき、あそこまでは行かなかったからだ。ところが、記憶から逃げ出したつもりだったのに、鎧戸を閉ざした吹きさらしの街並みと営業していないカジノを眺めているうちに郷愁にとりつかれてしまった。味が嫌いなのでふだんは口にしないブランデーを向こうのバーで飲んで、ペンシオーネへ帰ってきたら、一日中着ていた服を着替える気持ちが起こらなかった。彼女は、くたびれたオレンジ色のスーツを着たままの娘をびっくりした顔で見つめている父に向かいあって、ばかばかしいとは思いながらもいい気味だという気持ちになった。

「やあ来たぞ、来たぞ！」ドイツ娘たちがダイニングルームに入ってくるのを見て、ミスター・アンウィルがだしぬけに声を上げた。「こんばんは《ブオナセーラ》！」父はふたりに向かって熱っぽく声を掛けた。

ベリティは娘たちが笑顔を返すのを見て、彼女たちは父親のことをいったいどう思っているのだろうといぶかった。フランス人女性のひとりが、ニョッキが冷めていると文句を言った。フレッド・アステア似のウェイターが困ったような顔をした。女性が、冷めたニョッキなんて食べられないと言いながらフォークを投げ出したので、白いテーブルクロスに染みがついた。

「今日はどこへ行ったのかな？」ミスター・アンウィルがダイニングルームを横切るように声を掛けた。「楽しかった？」

「ヤー」ふくよかなほうの娘が返した。「ガラス工房へ行ってきました」

「いい趣味だね」とミスター・アンウィルが言った。

冷めたニョッキの代わりの熱々の皿が、フランス人たちのテーブルに運ばれた。アメリカ人女性が娘に、ネヴァダで結婚式を挙げた日にあまりにもうれしかったので、窓からクッションを投げたという話をして聞かせている。「ママはちょっとお酒を飲んでたと思うけどね」と父親が言って、騒々しい笑い声を上げる。イタリア人のカップルは聖マルティーノの祝日の話をしている。

ベリティが実家へ戻って以降、週末に外泊して恋人とセックスしたのは一度しかない。感づかれてもかまわないと思って父には適当な嘘をついておいた。

「なかなかおもしろいよ」とミスター・アンウィルが彼女に話しかけた。「その聖マルティーノの祝日というやつは。一週間続くんだ。年寄りと子どもたちはプレゼントをもらえる。ショウウインドウに手の込んだ焼き菓子が並んでいるのが目につかなかったかね？　聖マルティーノが馬に乗っている形の？」

「うん、見たわ、そういうの」チョコレートでコーティングしたりしてなかったりする巨大なビスケットに、いろんな甘いもので飾った砂糖衣を掛けたお菓子のことだ、と彼女は思った。

「それからコトンニャータ」とミスター・アンウィルが続けた。「コトンニャータは見たかね？　聖マルティーノの甘菓子は何世紀も前からあって、ターキッシュデライトなんかよりもずっとおいしいよ」

ベリティは微笑み返してうなずいた。コトンニャータも見たことがあった。いったい父さんはどうやってそういう情報を手に入れるんだろう？　彼女は心の中で、英語を話すひとを求めて町で手当たり次第に話しかけてるんだわとつぶやいた。

「歴史上最初のゲットーはヴェネツィアにあった」とミスター・アンウィルが言った。「知ってたかね？　ゲットーっていうのはイタリア語だよ。ユダヤ人居住区が建設された場所にちなんだ呼び名なんだ」

「あらそうなの、知らなかった」

「それじゃあひとつ利口になったね。日々新たに学ぶことあり」

口ひげを生やしたウェイターがふたりの皿を下げて、フルーツが入ったボウルを持ってきた。

「食後にザッテレ河岸をちょっと歩いてみたらいいんじゃないかと思っていたんだが」と父が言った。「マンダリネットを一杯、それからケーキでもひとつ。どうだい、行ってみる気はないかね？」

ベリティは、自分が行かないとドイツ娘たちを悩ますことになると考え、マンダリネットはいいかもね、と答えた。

「アルマーニュ・エクスプレスという船の塗装作業をしていたよ。いい船だった」

ベリティはいったん部屋に戻り、昼間とは違うスカーフを首に巻いてコートをはおった。夜はけっこう冷え込むのだ。彼女がロビーへ戻ると父の姿は見えず、二階からではなくダイニングルームから出てくるのが見えた。「娘たちに一杯やりに出かけると伝えたよ」と父が口を開いた。「すぐに追いかけるってさ。おまえは大丈夫かい？」

　ミスター・アンウィルはタバコをふかしている。ベリティ同様、すでに部屋へ戻り、コートをとってきていた。ザッテレ河岸に出ると、父はわざと斜めに帽子をかぶった。その午後、浮き桟橋を塗り替えたばかりだったので、防腐剤《クレオソート》の匂いがした。新しく防腐加工した木材に注意を促すため、桟橋を囲んで細ひもを張りめぐらして新聞紙がぶらさげてある。建築業者のはしけに積まれた瓦礫の隙間をねぐらにして、一匹のテリアがうずくまっている。猫が数匹あたりをうろついている。ベリティの心を物思いが不意によぎる――フラットを引き払ったのがきっかけで父さんとヴェネツィアへ来ることになるなんて、なんて奇妙な巡り合わせだろう。

「いい店だよ、なあ？」琥珀色のテーブルクロスとバーの奥の活気を眺め渡して父が言った。それから帽子とコートを脱いで腰を下ろした。短くなったタバコをもみ消し、新しいのを一本取りだして火を点けてから、近づいてきたウェイターに「マンダリネット」と言った。「ふたつ《ドゥーエ》」

「はい《スイ》、シニョーレ。かしこまりました《スービト》」

　ベリティもタバコに火を点けた。ライターを指でなでまわしてからふと気がついて腹を立て、恥じ入った。

「やあ、来たぞ、来たぞ！」ミスター・アンウィルが立ち上がり、小学生みたいに声を上げて、ドイツ娘たちに向かって帽子を振った。それからウェイターを大声で呼び止め、マンダリネットをふたつ追加した。「この店は大いにおすすめできるよ」と娘たちに言い、ヤニに染まった笑みを振りまきながらタバコをすすめた。彼はそのまま語り続け、アルマーニュ・エクスプレスの話をした。客船ターミナル《スタツィオーネ・マリッティマ》の話もして、騎馬像をかたどったビスケットやコトンニャータを町で見かけたか尋ねた。そして、「この週末には奉納橋が完成するんだが」と言った。「感謝の気持ちをあらわした木製の仮橋でね。毎年三日間、ヴェネツィアの住人はその昔ペストが鎮まったことへの感謝を込めて、この橋を渡って教会に詣でる。子どもたちは風船を振り回して渡っていく。その後、橋は撤去されるんだ」

ベリティはふくよかなほうの娘に微笑みかけた。彼女はもうひとりほど熱心に話を聞いてはいない。「毎年夏には船をつなげた橋をこしらえる」と父が続けた。「これもまた感謝の祭りでね。ペストが流行した時代から続く風習なんだよ」

ペンシオーネに泊まっているアメリカ人家族が店へ入ってきて遠くないテーブルを囲んだ。それから長い時間を掛けてアイスクリームを注文した。ウェイターに英語で、クリームの増量は可能かどうか尋ねているらしかった。

「そうそう、四十年前のヴェネツィアを思い出してみると」とミスター・アンウィルが続ける。「当然ながら隔世の感に打たれるね。今はご承知の通り、ユーゴスラビアからバスを連ねて観光客がやってくる時代だから」そう言って彼はコホンと遠慮がちに咳をする。「美しくはるかな、あなたがたの国からもたくさんのひとびとがこの町を訪れるようになった。蛇足ながら」

「たくさんすぎる、とわたしは思いますけど」きれいなほうの娘がしかめ面で返す。

「ヤー、そうだね、多すぎる」ともうひとりがうなずく。

「いやいや、そんなことはない。わたしはいつも言うんだが、あなたがたドイツ人は旅上手だ。それに、ヴェネツィア人にとって観光客は観光客で、お金を意味しておるわけだから。ユーゴスラビア人に問題があるとすれば、かの国の観光客はお金を使いたがらないところだな」

彼はいつもドイツ人が旅上手だと言っているわけではない。ふだんの口癖はむしろ正反対である。彼はさらに、昔のヴェネツィア人が軍艦を一日でつくることができた話、ゲットーの起源、さらに、この町では猫が鳩を怖がるという話も聞かせた。そうしていつものように愛想よく笑いながら言った。

「ゆうべのひとことは秀逸だったなあ、イングリッド。ウェイターの話」

「あれを最初に言ったのはブリギッタなんですよ」

「おや、そうだったのかね？　どっちにしても秀逸な観察眼だ。さて、ここであらたまってお尋ねしたいのだが、おふたりはいつまでペンシオーネに滞在なさる予定なのかな？」

「ヤー、今日が最後なんです」とイングリッドが答えた。「あした発たなければならないので」

「おやまあ、なんと、寂しいですなあ」

彼は今、ふたりの娘たちにケーキを食べるよう無理強いしているが、いざ支払うべきときが来たら、マンダリネットとケーキの代金を支払うつもりはない。財布を持ってくるのを忘れたなどと言ってのける腹づもりなのである。

「スタイルに気を遣っておられるというわけだ、図星でしょう？」ケーキを辞退したイングリッドにミスター・アンウィルが言った。にっこりした彼は、微笑みが馴れ馴れしく受け取られたかなと思ったが、ベリティの目には、イングリッドがその笑みを年寄りのお愛想だと理解したのがわかった。ミスター・アンウィルが軽口を叩いたとき、ブリギッタはすでにケーキをぱくついていた。彼女はあわてて食べるのをやめた。そしてわたしたちはこれで、と言った。

「行くって？　そんな、まさか？　まだ宵の口なんだから」

ふたりは説得されなかった。前の晩くたびれすぎていて、ランプの光に照らされた〈ため息橋〉を見られなかったので、今晩のうちに見ておかなくてはならないというのだ。ふたりはまずベリティに手をさしのべ、次にミスター・アンウィルと握手した。娘たちが行ってしまってから、ベリティは、ふたりのどちらともことばを交わさなかったことに気づいた。しばらく続いた沈黙を破って、父がささやき声で言った。

「あっちのアメリカ人家族も悪くないひとたちじゃないかね？」

彼はドイツ人の娘たちにしたのと同じように、長々と話を聞かせるに違いない。目当ては愛敬のあるアメリカ娘である。あの母親は服装の趣味が下品だよ、と彼が大きな声でつぶやく。このまま放っておけば、アルマーニュ・エクスプレスと、聖マルティーノのお菓子と、仮橋の話が一通りまた繰り返されるのは目に見えていた。

「いやよ」とベリティが口を開いた。「いや。わたしはあのアメリカ人家族とはおしゃべりしたくない」

父は面食らった。何か言おうとしかけたが、ことばが出てこない。娘を見つめたままなんとかして困惑を乗り越えようとしている。父が娘に、おまえは大丈夫かいと尋ねた。今晩そのことばを口にするのは二度目である。娘は何も答えない。毎月のあれだな、とすぐに感づいた。女はかわいそうなものだと考えれば、完璧に説明がつくと思った。彼がいっそう驚いたことには、ふと気がつくと娘は、数ヶ月前に実家へ戻ってきたときの決心について打ち明け話をはじめていた。

「『父さんがひとりぼっちになっちゃった』って彼に言ったの。『それでフラットを引き払ったの』って。そのことばを口に出したとたんに怖くなった。『一緒にいなくちゃだめだ』と彼が言ってくれると信じてたから。びっくりしてうろたえるに違いないと思ったから。だって長いこと繰り返した、ふたりだけの愛の習慣をご破算にしましょうって持ちかけたことになるんだもの。ところが彼はただひとこと、わかったって言ったのよ」

両親はもちろん、娘の不毛な恋愛に気がついていた。母はそのことで深く悲しんでさえいた。だらだらと時がたつばかりで何ら進展がなく、結婚の兆しもなかったからだ。ベリティは家庭内でそのことが話題にならないようつねに気を遣っていた。母や兄弟が控えめな口調でその話にふれようとすると、彼女はいつも、プライバシーに踏み込まないでとはっきり言った。父はその方面のことには口出ししない主義だった。それゆえベリティが今いきなりそのことを打ち明けはじめたのには驚かされた。

「父さんがひとりになるからといって」と娘は続けた。「同情なんかしてなかった。わたしが同情していたのは自分自身。便利に暮らせるあのフラットでいつもおんなじセックスを繰り返す生活に、一瞬たりとも耐えられなくなったのよ」

ミスター・アンウィルは蒸し暑さを感じたのでメガネを外し、ハンカチーフを求めてブレザーのポケットを探った。娘にどう返答したらいいかわからなくなって押し黙っていた。彼は、すでに話したことをなぞるように語り続けるベリティの声に耳を傾けた。〝いつもおんなじセックスを繰り返す生活〟は、彼女が二十二歳の時から十六年間も続いていた。単調な繰り返しの合間に豪華なプレゼントと美しい都市への週末旅行が差し挟まれた恋愛は、彼女の人生そのものになってしまっていたのだ。

沈黙が流れた。父はメガネのレンズの片方を拭き終わり、もう片方も拭いた。それからポケットナイフについている小さなドライバーで蝶番《ちょうつがい》のネジをきっちり締めた。終わらない沈黙を破って彼が口を開く。

「家へ戻ってきたのが間違いなら、もう一度出て行けばいいんだよ」

「もちろん考えたわ。週末に一緒に過ごすだけじゃ足りるわけないって。便利なフラットはもうないんだから、ふたりでもう一ぺん全部話し合わなくちゃならないと思ってる」彼女は、男とふたりで週末旅行に出かけた都市の話をした。ブリュージュ、ベルリン、パリ、アムステルダム、ヴェネツィア。最初に行ったのがブリュージュだった。そのブリュージュで、はっきり言いはしなかったものの、ベリティは彼が奥さんと別れそうだという感触を得た。ふたりは肌寒い広場を歩き回り、オテル・デュック・デュ・ブルゴーニュで何時間も掛けてディナーを食べた。しばらく後に訪れたパリでも、彼女は似たような憶測をした――彼は奥さんを愛していないので、子どもたちが大きくなったら離婚するだろう、と。ヴェネツィアを訪れたときには子どもたちはみな成人していた。

「やっとのことで」と彼女はつぶやいた。「末っ子もようやくあの夏、成人したっていうのに」

父は何も言わなかった。口出しできる話題ではなかった。彼は娘が生まれたときのことを思い出していた。看護婦が差し出した赤ん坊は顔がくしゃくしゃで両手がちっぽけだった。彼女は情緒が安定した子どもで、楽しそうに学校へ通い、友達にも恵まれた。後には男友達が家へやってくることがよくあり、テニスクラブのダンスパーティや冬のパーティにもしばしば参加した。「恋愛というのは病気になることがあるんだわ」とベリティの母が怒りを込めてつぶやいた。一年ばかり前のことだ。母を不機嫌にさせたのは、幸福はすでに消え去ったにもかかわらず、ベリティが希望にしがみついて、幸せいっぱいであるかのように四六時中微笑んでいたからだ。母は、不毛な恋愛のせいで娘のせっかくの美貌が無駄使いされてしまった、とも嘆いた。

「ヴェネツィアで過ごしたのは汚いだけの週末じゃない。決してそれだけじゃなかった」

「ベリティ、頼むよ。頼むから……」

「彼は奥さんを傷つけることができないの。どうあがいても女性にひどいことをするなんてできないひとなの。誓って言うけど、彼は非凡な男性なのよ」

父は娘を諭そうとしかけてやめた。口に出そうとしたことばはすべて、それどころか、彼が感じたことすべてが、ぶざまな役立たずに思われた。タバコの煙の向こう側にいる娘のまなざしは、父を通り越した彼方を見つめていて、ふたりはまるで赤の他人だった。救いがたい恋愛を続けてきたせいで、自分自身のことを必要以上に考え抜いた結果、彼女はいつしかとげとげしさを身にまとい、自分勝手で鈍感な女になってしまっていた。本来は愚かでなく、子ども時代には思いやりがあった娘がこんなふうになりはてたのを見るのは、父としてつらかった。かつてなら、「汚い週末」というようなことばが娘の口からさらりと出てくるのを耳にすれば父がどんな思いをするか、彼女にも想像できただろう。だが今では、そのことばが父の心を傷つけるかどうかなどということに娘は頓着していない。問題の男が非凡であると認めるよう求めるのは、父にたいする明らかな侮辱である。父の知性と良識を踏みにじるに等しい行為だからだ。

「フラットを引き払ったのは」ベリティがついに言った。「ばかだったわ」

彼女がウェイターを呼んで支払いをしようとしたとき、父は脇から反論しようとした。だが娘は耳を貸さずに支払いを済ませた。父はぐったりして疲れを覚えた。彼は、死んだ妻とこのカフェのテーブルを囲んだことがある。娘が話題にした男はまだ生きている。なんだかふたりの人間の生死が逆なような気がした。ミスター・アンウィルは終わってしまった結婚生活について、ことさらに自慢するつもりはなかった。ふたりがなんとかやりくりしあい、あれやこれやを許しあいながら生きた結果、片方が取り残され、情愛がくれた賜物を懐かしんでいる。とはいえ、棺が音もなく運ばれて、ベージュのカーテンの向こうへ消えていったときには、耐えがたい悲しみに襲われた。そしてその耐えがたさは何週間、何ヶ月たっても少しも薄れず、彼の毎日は地獄になった。

「ごめんなさい。わたし、厄介者だわ」テーブルを立つ前に娘がつぶやいた。父は娘に話してやりたかった――この町で過ごした休日の記憶がわたしの心を打ち負かすままにしておけば、今頃憂鬱がのさばってとりかえしがつかなくなっていたに違いない。思い出っていうやつはじつに油断がならないからね。だが彼は、娘には聞く耳がないとわかっていたので、何も言わずにおいた。今の娘は父のことを悪く思わずにはいられないだろう。娘の中で大きく育った棘だらけの心は、父がいくら年寄りでも容赦はしないと思われた。他方、父のほうも怒りのせいで、娘に十分配慮してやれそうになかった。

「ハーイ！」アメリカ人が声を掛けてきた。さきほど、話しかけてみたらおもしろいのではないかとミスター・アンウィルが思った、あの家族のひとりである。アイスクリームを食べ終えたかれらも帰り支度をしていたのだ。微笑みを浮かべた家族全員にあいさつを返したのは父ではなく、ベリティだった。

「あやまらなくちゃならんのはわたしのほうだよ」ザッテレ河岸へ出たところで父が言った。わたしはおまえをないがしろにしたかもしれないが、おまえはわたしを大事にしてくれたし、死と向き合ったときでさえ、おまえは自分を失わなかった。おまえの態度に嘘はなかったよ——彼はそう言いかけたが、相手に聞くつもりがないのを知ってことばを呑み込んだ。

「わあ、ずいぶん冷え込んできた！」深くなってきた霧の中を娘が急ぎ足で歩き、父も急いだ。最後を中途半端に残したまま会話が終わったが、ふたりともその切れ端を拾い上げるつもりはなかった。ペンシオーネのロビーに入ると、今日は全身緑色で固めたおしゃれなフロント係が小声で「おやすみなさい《ブオナノッテ》」と言った。娘と父も口々におやすみなさいのあいさつを返した。

ふたりは階段の脇の鍵掛けからそれぞれの部屋の鍵をとって、一番下の段で眠っている猫をまたいだ。二階まで上ったところでおやすみのことばを交わし、一瞬だけ浮かんだ気詰まりな沈黙をやりすごして各々の部屋に入った。父はのろのろとベッドへ入る準備をした。もたもたと服を脱ぎ、ゆっくり顔を洗い、年寄りらしくていねいに服をたたんだ。娘は窓辺に腰掛けて対岸に見える灯火を見つめていたが、霧がだんだん深くなってついには何も見えなくなった。

帰省　Going Home

「マリガトーニースープ」食堂車でカラザーズが言った。「それから、ローストビーフとローストポテト、ヨークシャープディングにゆで野菜の盛り合わせをつけて」

「マダム、ご注文は？」ウェイターが小声で尋ねた。

ミス・ファンショーは、わたしも同じものをくださいと返す。ウェイターがうなずく。そこでカラザーズがまた口をはさんだ。

「ミス・ファンショーにミディアムドライのシェリーを一杯。ぼくには淡色ビール《ペールエール》をください。よろしく」

ウェイターは一瞬押し黙る。そうして、何か言いたげにミス・ファンショーにちらりと目をやった。

「ぼくは十六歳半だよ」とカラザーズがつけくわえる。「そうだ、ボースもボトルでもらっとこう、一九六二年ものを」

カラザーズにとって、これが毎学期の最も輝かしいイベントである。ミス・ファンショーと同じ汽車で別々の家へ帰省するのだが、車内ではふだんの関係が曖昧にほどけてしまう。ミス・ファンショーは生徒の母親にも、学校当局にも、職権を持って苦情を申し立てたことなどないし、今後もしないだろう。そんなことをする人物ではないからだ。他方、生徒のほうは自分自身を抑えられない質《たち》だった。

「汽車で飲むのはボーヌに限る」とカラザーズが言い放つ。「ブルゴーニュワインの中でこいつがいちばん旅上手だからね」

「どうもありがとうございます」とウェイターが返す。

「こっちこそありがとう、ウェイター君」

他に客がいない食堂車の通路をウェイターが足早に去っていった。汽車は速度をゆるめ、やがてふたたび加速する。流れ去る牧草地は日光に明るく照らされている。彼方の小川の水面がきらきら輝いている。

「年齢を偽るのはいけません」ミス・ファンショーが叱った。そうして、深刻なことではないと微笑みでしめしながら、でもああいう嘘はウェイターに迷惑を掛けることがあるのだからと説明した。

カラザーズは目鼻立ちがはっきりした十三歳の少年で、いつものように耳障りな笑い声を上げる。あのウェイターは気にくわないんだという少年の言いぐさをミス・ファンショーは無視した。

「なんというお天気でしょう！」代わりに彼女が言った。「あそこのしだれ柳をごらんなさい！」今まで気づいたことがなかったわと彼女がつぶやくと、あのしだれ柳には前からときどき感心してたでしょう、と少年が訂正した。彼女はかすかに頭を振りながら、ぼんやりした表情を顔に貼りつけて微笑みかえした。「たぶん今年の夏は特別素敵だから、あらゆるものがいつもと違って見えるのよ。休暇はどうするの、カラザーズ？　去年はお母様がギリシアへ連れて行ってくださったのでしょう？　わたしはいつも、お天気がこんなにいい季節にイングランドを離れるのはもったいないと思うのよ。緑が青々していて、日が長くて、暖かいのだもの――」

「ミス・ファンショー。どうして何も起きなかったふりをしているの？」

「どういうこと？　カラザーズ、何が起きたっていうの？」

カラザーズはふたたび声を上げて笑い、窓の外の、オークの木陰で休んでいる雌牛の群れに目をやった。そうして雌牛たちを見失わないように、首を伸ばしながら口を開いた――

「心の中では起きたことを考え続けてるのに、口先では毎日が暖かいなんて意味のないことをしゃべってる。心臓ばくばくでしょ、ミス・ファンショー。両手が震えてますよ。両頬のメガネのすぐ下のあたりが赤くなってる。首筋はピンク色だし。ミス・ファンショー、もしひとりぼっちだったら、心臓が破裂するほど大泣きしちゃうでしょうね」

ミス・ファンショーは三十八歳である。髪はブロンドで、美しさの恩恵を受けていない。彼女がカラザーズに向かって、何を言っているのかさっぱりわからないと返す。すると少年は、そりゃ嘘だと言わんばかりに首を振ってみせる。そしてこう切り返す――

「なんでまた、ぼくたちは、好きでもないウェイターにお給仕してもらわなくちゃならないのかな、別のひとに頼めないの？　さっきからミス・ファンショーはしだれ柳のことしかしゃべってくれないし」

「ばかなこと言わないで、カラザーズ」

「もうひとりのウェイターはどうしたのかな、ミス・ファンショー？」

「お願いだから騒ぎは起こさないで。わたしは疲れているし――」

「ぼくに淡色ビール《ペールエール》の味を教えてくれたのは彼なんだ、覚えてるでしょ？　だってふたりで一緒にこの汽車に乗ってるときにはじめて飲んだんだから。ボーヌが一番の旅上手だって教えてくれたのも彼だよ。タバコはいかが、ミス・ファンショー？」

「いりません。あなたもやめておいたほうがいいわよ」

「おあいにくさま。ミセス・カラザーズは近頃、息子がたまに喫煙するのを認めています。五月二十六日に十三歳になってからのことだけど。夜昼なく、工場の煙突みたいにスパスパしてるわたしが、あなたを止める資格はないわねって言ってるんだ」

「お誕生日は五月二十六日だったの？　知らなかった。わたしの誕生日はその二日後です」彼女はあわててそう言いながら、ついいましがた見せたぼんやり顔と同じくらい作り物の、熱心な表情を顔に貼りつけた。

「双子座ですね、ミス・ファンショー」

「そう、双子座。ヴィクトリア女王さまも――」

「情熱の星の下に生まれたんだ。あ、お邪魔虫が来た」

ウェイターがミス・ファンショーの前にシェリーを置き、カラザーズの前にビールを置いた。そして、うやうやしいことばをつぶやきながら頭を下げた。

「たった今話してたんだけど」とカラザーズが口を開いた。「君はこの路線では新しいよね」

「おっしゃるとおりです。一ヶ月――いえ、まだですね、昨日で三週間になりました」

「ぼくたちは君の前任者を知っているよ」

「さようですか？」

「この路線は開店休業状態ですって言ってたっけ。もっとも、することがないのを楽しんでたみたいだけど。覚えてるでしょう、ミス・ファンショー？」

ミス・ファンショーは首を横に振った。それからシェリーをひとすすりして、これをしおに立ち去るだけの分別をウェイターが持ち合わせてくれればいいのだけれど、と心に念じた。カラザーズはしゃべり続ける――

「ミス・ファンショーとぼくは、この食堂車をずいぶん何度も利用してきたけど、他のお客さんを見かけたことはいっぺんもないな」

おっしゃるとおりです、とウェイターが返す。たしかにお客様は多くありませんと同意した後、テーブルクロスのしわをなおしながら、スープをすぐにお持ちいたしますとつけくわえた。

「君の前任者は」とカラザーズがまた口を開く。「ハンパじゃなくすごいひとだった」

「さようですか？」

「ことばの才能があった。顔にはそばかすがあって」

「はい」

「ミス・ファンショーは彼に激しく熱を上げていた」

ウェイターは声を出して笑った。彼は息を継いで突っ立ったままでいたが、カラザーズが黙っているので立ち去った。

「いいですか、カラザーズ」ミス・ファンショーが口を開いた。

「ミセス・カラザーズはとんでもなく悪趣味なひとだって言いたいんでしょ？」

「わたしは、あなたのお母様のことを考えてたわけじゃありません。ウェイターにあんなふうに話しかけるのは目に余ります。わかりますね」

「あのひとは〈イン・ラヴ〉っていう香水をつけてるんだ。ノーマン・ハートネルのやつ。五十歳で、導火線みたいにやせてるのに。まったく！」

「あなたのお母様は――」

「わたしには関係ありません――そのとおり。でもミス・ファンショーだって、お酒とタバコの匂いをぷんぷんさせた女にぼくを送り届けるのはいやでしょう。ぼくはいつもトイレで歯を磨いてます。ちゃんと気をつかってるんです、ミス・ファンショー」

「お願いだからウェイターを話に引きずり込まないで。以前ここにいたウェイターについて嘘を言うのも禁止。ばかばかしいにもほどがあります――」

「ちょっと疲れたのかな、ミス・ファンショー」

「学期の最後はいつだって疲れるのよ」

「例のウェイターがいつも言ってたよ――」

「もう、頼むから、そのウェイターの話はやめてちょうだい！」

「ごめんなさい」しおらしく聞こえはしたものの、ミス・ファンショーは、口先だけだと見抜いていた。少年がふたたび口を開いたとき、声音は少しやわらいでいたが、まだ悪ふざけを止めていないのがわかった。「どんな話題がいいのかな？」そう尋ねられた彼女は、うんざりした気持ちに明るさをまぶして、休暇中はどのように過ごすのかしらと聞き返す。相手は答えずにうつむいたままだ。彼女は少年がにやにやしているのがわかっていた。

「ぼくはあのひとと並んで歩く予定」と少年が言った。「リミニとヴェネツィアで。たぶんチューリッヒにも行きます。ルガーノ湖のほとりか黒海にも行くかも。コペンハーゲンのアメリカ式のバーであのひとに、はじめて会うひとたちがあいさつします。あいさつの場所はスペイン階段の近くか、バビントン・ティールームかもしれないし、バンドールか、カシスか、リッツか、マドリード旧市街のホテル・エクセルシオールかもしれない。何のお話をします、ミス・ファンショー？」

「もっと聞かせてちょうだい。去年はギリシアでしたね――」

「いつだったかモルモットの話をしたでしょう。ミセス・カラザーズがぼくにくれたモルモットをどうやって殺したかっていう話。ライダー・マイナーのことも話したし。覚えていますか？」

「覚えてます。でも今はもうちょっと――」

「更衣室でマッガラムがライダー・マイナーにむかついた話。マッガラムとトラヴァースが棒を持ってライダー・マイナーを追い回して」

「その話はもう聞いたわ、カラザーズ」

少年が声を上げて笑った。

「アシュリー・コート寄宿学校に着いた日、ぼくに話しかけてくれたのはライダー・マイナーただひとりだった。あとはもちろん特務曹長。タバコは絶対吸うなって説教されて。特務曹長の友達の肺がどうなっているか聞かされたんだ」

「彼がおっしゃったことは正しいですよ」

「そうだよね。タバコは困った病気のもとだから」

「タバコはやめたほうがいいわ」

「その帽子、似合ってる」

「マダム、スープでございます」とウェイターが小声で言った。「どうぞ」

「ねえ君、ミス・ファンショーの帽子、いいと思わない？」少年がミス・ファンショーを指さしながら微笑むと、とてもよくお似合いですとウェイターが返したので、カラザーズはウェイターの名前を尋ねた。

ミス・ファンショーはスープにスプーンを入れた。ウェイターが彼女にロールパンをすすめた。

アトキンズと申します、と彼が答えた。

「ぼくたちがどういう人間か考えてるんじゃないの、アトキンズさん？」

「とおっしゃいますと？」

「誰しもそれなりの好奇心はあるものだからね」

「仕事上わたくしは、さまざまなお客様にお目に掛かります」

「ミス・ファンショーは、アシュリー・コート進学準備男子寄宿学校の副寮母。学期末にはいつもこき使われてる。母親から苦情が出ないように生徒たちの服をつくろったり、トランクに荷物をつめたり、洗濯物を仕分けしたりしなくちゃならないから、明け方から真夜中まで働き通し。疲れてるのも無理ないでしょ」

ミス・ファンショーは声を上げて笑いながら、「この子の話は聞かないでください」と言い、ロールパンをちぎってバターをつけた。それから畑に小麦が実っているのを指さして、今年は豊作とつぶやいた。

「学期末にはいつも」とカラザーズはまだ続けた。「ふたりでこの汽車に乗るんだ。帰省する方向が一緒だから。学期が終われば自由の身なんだけど、彼女はまだぼくを監視しているんだよ」

ウェイターはワインの準備をしながら、なるほどと言い、眉を上げてミス・ファンショーにウインクして見せた。彼女は気づかないふりをした。

「想像してごらんよ、アトキンズさん」とカラザーズが言った。「チューダー様式まがいの田園屋敷にあちこち建て増ししたのが校舎で、古くてがたぴしいう体育館や美術室や汗臭い更衣室がある。アシュリー・コート寄宿学校で暮らしているのは男子生徒ばかり百三人。鉄製のベッドは幅が狭くて、みんなお揃いのブルーの毛布を使っているんだ。毛布をいつもきちんとさせておくのはミス・ファンショーの管轄だけど、お役目は他にもいろいろあってね。白い上っ張りを着て薬を配布する。大食堂でココアを注ぐ。毎朝十一時には生徒全員にプチブールのバタークッキーを四枚ずつ配る。でも食前に感謝の祈りをとなえる役は任されていない。〈主よ、今、感謝をもっていただくこの食事を……〉って言うのは、先生でなくちゃだめなんだ。T・L・エドワーズ牧師がとなえることももちろんある。T・L・Eはうちの学校の経営者だけど、歴代の生徒たちに変態だと知れ渡ってる。生徒にむち打ちをくわせるんだから」

ウェイターはワインボトルのてっぺんの赤いキャップシールに切れ目を入れてていねいに剝がし、ナプキンでコルクを軽くぬぐってから開栓した。彼は、ミス・ファンショーに目くばせして安心させようと思い、彼女のほうをちらりと見たが、相手はスープに専念しているようだった。

「エドワーズ牧師はなんでも自分の思い通りにやるひとなんだ」とカラザーズが続けた。「君の前任者は、彼に興味をそそられているみたいだったよ」

「この子の話は聞かないでください」ミス・ファンショーが不意に頭を上げ、ウェイターに向かって微笑みながら、さわやかな作り声で言った。

「校長先生もご一緒に、この汽車に乗られたことがあるのですね？」

「違う、違う、違うよ。エドワーズ牧師はこの汽車に乗ったことなんかない。そうじゃなくて、君の前任者がアシュリー・コート寄宿学校での暮らしに興味を持ってたっていうこと。ぼくたちが詳しく話している間中ずっと、彼はそこに突っ立ったままで楽しそうに耳を傾けてたんだ。話のとりこになったと言ってもいいくらいだったよ」

これを聞いたミス・ファンショーは、苦笑と打ち消しの中間みたいな声を出した。

「そろそろワインを注いでもらおうかな、アトキンズさん」とカラザーズが言った。

ウェイターはワインを注ごうとしたものの、ふたりのどちらにテイスティングをしてもらえばいいか迷って、一瞬動作を止めた。カラザーズがうなずいてウェイターに指示を出した。グラスに注がれた少量のワインを飲んだカラザーズがもう一度うなずくと、ウェイターはふたりのグラスにワインを満たし、空になったスープ皿を下げた。

「あんなふうにふるまってはいけませんと頼んだはずですよ」ウェイターの姿が見えなくなるのを見計らって、ミス・ファンショーが口を開いた。

「あんなふうってどんなふう？」

「わかってるでしょう、カラザーズ」

「彼とぼくは世間話をしていただけですよ。以前のウェイターとおしゃべりしたのと同じでしょ。ミス・ファンショー、忘れちゃったんですか？　ホーンビーのフットボールカードを四十枚盗んだ話を、以前のウェイターにしたのは覚えてない？　牧師先生の戸棚にあった聖餐式用のワインを飲んだ話もしたんだけどなあ？」

「そんな話――」

「じゃあもうひとつ話しますね。ぼくはライダー・マイナーのゴム長靴におしっこしました」

「お願いだからウェイターにかまわないで。今回は騒ぎを起こして欲しくないのよ、カラザーズ」

「以前のウェイターとだって騒ぎなんか起こしてませんよ。彼は、ぼくたちが話したことをぜんぶ楽しんでいたんだから。彼がアシュリー・コートのようすや、ミセス・カラザーズが悪趣味な服を着ている姿を想像しようとしていたのは見え見えだったでしょ」

「彼はそんなこと想像してません。あなたが彼にお酒をおごって、支払いはわたしがしたんです。その一杯のせいで、あなたのホラ話を聞かなくちゃならない義理を感じただけよ」

「そうかな、ミス・ファンショー、彼はぼくたちとのおしゃべりを楽しんでたと思うけど。それにしてもぼくたちはどうして、みんなに嫌われるのかな？」

　彼女は答える代わりにため息をついた。少年のおしゃべりが際限なく続くのはわかっていても、彼女にはそれを止める手立てがない。彼女はいつだって抵抗するつもりなどないのだが、我慢するうちに、押し黙ったまま座っているのが難しくなる。汽車は先へ先へと走り続ける。

「ぼくが言いたいことわかるでしょ。アシュリー・コートではみんな、ミス・ファンショーは歩き方がへんてこだって言っているよ。それからぼくはかわいげがないって。ぼくが嫌われてるのはそれが理由。でもいったいどうやったら、ミセス・カラザーズが生んだ子どもにかわいげが出るんだろう？」

「お願いだから、お母様のことをそんなふうに言うのはやめて――」

「それなのに男たちはあのひとに惚れるんだ。週末ごとにうぬぼれ男がやってくるけど、みんなエドワーズ牧師と同じくらいいやらしい。目の鋭いいやらし男が「君のママは最高にいい女だよ」ってぼくに言ったのは去年の夏、ギリシアのホテルのパームコートにいたときだった」

「そのワインを飲み過ぎたらだめよ。この前は――」

「この前は汽車から降りたら、「あなたふらふらしてるじゃないの」と言われました。風邪引いてるからって答えておいたけど。あのひとも、ガリやせなりにきれいなのかも知れないな。あのひと、きれいだと思う？」

「そうね、きれいね」

「あのひとは港々に男ありなんだ。愛は蜜のごとく溢れてる。その一方で、汽車のウェイターで間に合わせてるひともいたりしてね」

「まったくもう、ばかな話はいいかげんにしなさい、カラザーズ」

「あのひとが指をパチンと鳴らすと男たちがやってきていやらしく慰めてくれる。ああいう女はみんながほっとかないんだね。それにひきかえ――」

「わたしの話はやめてと言ってるの！」

「ミス・ファンショーだって他のみんなとお揃いで、胸にハートがあるんだよね」

ウェイターがやってきて咳払いをした。それからテーブルに身を乗り出すようにして、ミス・ファンショーの前に温めた皿を置き、カラザーズの前にも同じ皿を置いた。ウェイターがミス・ファンショーに、ローストビーフと四角いヨークシャープディングが載った銀メッキの大皿を差し出している間、沈黙がたれこめた。その沈黙の中で彼女は料理を少しだけ取り分けてもらった。カラザーズと一緒の旅では食欲が湧かないのだ。残りはぜんぶカラザーズの皿に移された。ウェイターは次に温野菜を差し出した。

「ミス・ファンショーのブラウスは今朝、四時四十五分に自分でアイロンを掛けたんだよ」とカラザーズが言う。「疲れすぎてなければ前の晩にできたんだけどね」

「にんじんはいかがですか？」

「にんじんは嫌いなんだ、アトキンズさん」

「豆は？」

「ありがとう。彼女は今朝、ちっちゃなベッドで目を覚ましたんだけどね、アトキンズさん、足をリノリウムの床に下ろすとちりちりに凍るようだった。寝間着を脱ぐと震えがきたんだって、アトキンズさん。彼女は裸でそこに立って誰かさんのことを考えてたわけ。君の前任者は今どうしてる？」

「あいにく存じません。そのひとのことは存じませんので。マダム、何かもう少し？」

「いいえ、もうけっこう」

「アトキンズさん、君の前任者はいつも厨房のコックさんに、アシュリー・コート寄宿学校のおふたりさんがまた来ていますと報告していたよ。コックさんが料理してるのを流し越しに覗き込んで、つまみ食いできるものを物色するのが好きだったんだ。タバコをスパスパ吸ってたし、ときには缶ビールもくいっと飲《や》っていた。それでなんかおもしろい話はないかコックさんにせがまれると、アシュリー・コートという学校がおもしろいよって教えてあげたわけ。あそこじゃグレーの制服を着た生徒達が走り回ってる脇で、副寮母さんが年を取っていくわが身をじっと眺めているんだよって」

「失礼いたします」

ウェイターが立ち去った。カラザーズはまだ話し続けている——

「以前のウェイターはコックさんに、「あの副寮母さんは服を自分でこしらえてるんだ」と教えてあげた。「彼女は、生徒たちの母親がやるみたいなディナーパーティーをするのは得意じゃない。ローブデコルテを着た女のひとたちに立ち混じって、誰よりも輝いて、誰彼なく話しかけるなんてとてもできないからね」って。それにしても彼女は何が悲しくて、歴代の牛徒たちに変態だと知れ渡っているT・L・エドワーズ牧師が経営するアシュリー・コート進学準備男子寄宿学校で副寮母なんかやっているのかなあ？」

ミス・ファンショーは無理に声を上げて笑った。そしてさらりと、「それ以外にできる仕事がないからよ」と言ってのけた。

「あのそばかす顔のウェイターは余計な世話を焼きすぎたせいで首になったんだと思う。「温野菜はいかが？」って尋ねた次の瞬間にはカリフラワーが載ったお皿がテーブルに置かれてて、彼の両手が女の乗客に伸びてるんだ。「乗車券を拝見します」と言いながら廻ってきた車掌が、床の上のウェイターと女の乗客を見つけたわけ。こんなことがあっては鉄道会社としても示しがつかないからね」

「カラザーズ——」

「おおかたそんなことがあったんだと思わない、ミス・ファンショー？　ずばり間違いないでしょ？」

「とんでもない」

「なんで？」

「あなたがでっちあげたホラ話だから。彼は文句なしに普通のウェイターだったわ」

「嘘だ」

「ほんとです」

「ぼくはこの汽車が好きだな、ミス・ファンショー」

「文句なしに普通の汽車だから――」

「嘘ばっかり」

カラザーズは楽しそうな笑い声を上げて、あとは黙々と料理を食べた。やがてウェイターがやってきて食べ終えた皿をかたづけた。

「マダム、トライフルになさいますか？」と彼が尋ねた。「チーズとクラッカーもございますが」

「コーヒーだけ下さい」

「まあちょっと腰掛けてよ、アトキンズさん？　少しおしゃべりでもしましょう」

「いえ、それはちょっと、できかねます」

「ミス・ファンショーとぼくは、この車内では気取る必要ないんだ。わかるかな？　アシュリー・コートで延々三ヶ月間も体裁ぶってきた後だから、そろそろ解放されてもいい時期なんだよ。ぼくの母の話でもしようか、アトキンズさん？」

「お母様の、ですか？」

「カラザーズ――」

「一九六〇年、ぼくが三歳のときに、父は女をつくって母を捨てた。母にとっては耐え難いできごとだった。当時母にはミスター・ダラコートという恋人がいたんだけど、それでも父が去っていくのを許せなかったんだ」

「はあ、なるほど」

「父はぼくを連れて家を出るつもりだったんだけど、いざというときになって相手の女のひとが反対した。ぼくの母が産んだ子どもを押しつけられるのはごめんだっていうわけだよ。なんでそうなるわけ、説明してよって。もっともな言い分だよね、アトキンズさん」

「そろそろ戻りませんと」

「それで父は、母に毎年一定のお金を払うことにして、その見返りに母はぼくに部屋をくれた。そうして母が休暇でしゃれたリゾートへ行くときには、ぼくも一緒に行くようになったわけ。父は過ぎ去った昔の思い出になっちゃった。アトキンズさんはどう思う、この話？　ミセス・カラザーズがリゾートでどんな恰好してるか想像できる？　ミス・ファンショーとはずいぶん違うよ」

「きっとたいそう違うのでしょう――」

「似ても似つかないよ」

「わたくしの袖を離して下さい」

「ここに座っておくれよ」

「勤務中ですので。食堂車でお客様とご一緒に席に着くことはできないのです」

「じゃあ君に聞くけど、ミセス・カラザーズが好きなだけ男をかき集めてる一方で、ミス・ファンショーときたら、不幸な末路をたどった食堂車のウェイターの、密かな思い出だけを頼りに生きているの。これって不公平だと思わない？」

「そこまで！」ミス・ファンショーが声を上げた。「もうおしまい！　お黙りなさい！　手を離して、行かせてあげなさい――」

「仕事がありますので」

「君の前任者は目玉焼きの匂いがしたよ。彼女は夜になると今でもその匂いを思い出すんだって」

「上着が破れてしまいます。今すぐ手を離してください」

「君は結婚してるの、アトキンズさん？」

「カラザーズ！」彼女の顔は深紅に染まり、首筋には見覚えのある発疹めいた赤らみが広がる。

「カラザーズ、頼むからおとなしくして！」

「アトキンズさん、お察しのとおり、エドワーズ牧師は結婚してないんだよね」

ウェイターは、カラザーズがつかんでいる袖を引っ張ろうとする。そして、困惑したのと力んだせいで息が少し荒くなる。「上着を離してください！」声も高くなる。「行かせて下さい！」

カラザーズは大笑いして、手は決して離さない。上着が破れる音がした。

「ミス・ファンショーがつくろってくれるよ」カラザーズはすかさずそう言い、殴ろうとして手を挙げるウェイターに向かって鋭くつけくわえた。「アトキンズさん、やめて。乗客をおどさないで」

「上着を台無しにしやがって。小僧め――」

「ご婦人の前でそんなことばづかいはしないでください」彼が静かにそう告げた瞬間、食堂車にひとりの客が入って来た。その客の目にはウェイターのほうが悪いように見えただろうし、上着の破れた袖も、彼が何か無礼なことをしかけたせいでそうなったとしか見えなかっただろう。

「おまえは狂ってる」ウェイターは怒りで顔をまっ赤にし、汗をたらたら流しながら、カラザーズに向かって声を荒らげた。「この子どもは完全にいかれてるぞ」彼はミス・ファンショーにも叫んだ。

　カラザーズは賛美歌をハミングしていた。「主よ、われわれがここを去るとき」と静かに歌った後、「ご加護をお授け下さい」と続けた。

「弁償に必要な金額を勘定書にくわえてください」とミス・ファンショーがささやいた。「心からお詫びします」

「アシュリー・コート寄宿学校が払います」カラザーズが口をはさんだ。にやにや笑いがふいに顔から消えて、大人ふたりと同じくらい陰鬱な表情になっていた。

　食堂車はしんと静まりかえった。ウェイターがコーヒーを運んできた。そしてしばらく後に、勘定書が届いた。


　汽車が小さな駅に停まり、三人の乗客が降りていった。ミス・ファンショーとカラザーズは、仕切り客室《コンパートメント》へ戻るために通路を歩いているところだった。ふたりは黙りこくっていた。ミス・ファンショーが前を歩き、カラザーズは右手で窓ガラスをなぞっていた。食堂車へ出かけるとき、仕切り客室《コンパートメント》には老人の相客がひとりいたが、今は誰もいなかったので、ミス・ファンショーは胸をなで下ろした。カラザーズがドアを引き開けた。ミス・ファンショーは座席に置いたままにしていた本をすぐに開いた。

一ページほど読み進んだところで、「ごめんなさい」という少年の声がした。

女は目を上げず、口も開かずにページをめくった。

「困らせてしまってごめんなさい」少し間を置いてから少年が言った。

女はまだ顔を上げずに、ページの上の一行を目で追いながら口だけ開いた。「あなたはいつもあやまっているわね」

彼女の顔と首筋がまだほてっている。手の指はペーパーバックをぎゅっとつかんでいる。食堂車で襲われた不快感が身体の一部をギリギリ締め上げたせいで、張りつめてこわばった感じが抜けない。少年との旅では今までにも似たような気分を味わわされてきたとはいえ、これほどひどくはなかった。彼がウェイターの衣服を破ったのは今回がはじめてである。

「ミス・ファンショー？」

「わたしは本が読みたいの」

「ぼくはもうアシュリー・コートへは戻らない」

彼女は本を読み続けた。そして、相手が同じことばを今一度繰り返したのを聞いて、ゆっくり頭を上げた。彼女は少年の顔に目をやり、その顔を見るたびにとらわれる思いにまたとらわれた。この子は保護を必要としている。抜け目のなさそうな少年の顔はどこかうつろで、両目は真実の苦い残像を宿していた。

「ぼくはエドワーズ牧師のシガレットライターを盗んだ。それで、おまえはもう学校へは戻ってくるなって言われた」

「嘘でしょう、カラザーズ――」

「昨日の朝、十一時半にぼくはエドワーズ牧師の書斎へ入って、机の上にあったシガレットライターを盗んだ。そうして部屋から出ようとしたところで見つかった。牧師先生はぼくに、アシュリー・コートに泥棒の居場所はないと言ったんだよ」

「でもどうして？　なぜそんなばかな真似をしたの？」

「わからない。自分がなぜいろんなことをしてしまうのかわからない。なぜ、ミス・ファンショーがウェイターに恋してるなんて言ってしまうのかわからない。でも、恐怖の汽車旅は今回が最後だよ」

「あなたはもう学校へ戻らないのね――」

「ミス・ファンショー、はじめて会ったとき、ぼくは共同寝室で泣いていた。覚えてる？　ねえ、覚えてますか？」

「ええ、覚えているわ」

「『お母様に会いたいの？』と訊かれて、違うって答えた。ぼくが泣いてたのはアシュリー・コートが好きだと思ったから。ミセス・カラザーズがいない場所は天国みたいだと思ったからなんだ。でもそんなことは言わない。あのときは黙っていた」

「黙っていたわね」

「あのとき、ぼくを自分の部屋へ連れて行ってくれて、甘草入りキャンディの詰め合わせをくれたね、ミス・ファンショー。鼻をかませてくれて、他の子たちに笑われるといけないから泣いちゃ駄目って教えてくれた。でもぼくは泣き続けた」

　車窓の外に干し草をつくっている男たちが見える。子どもたちが牧草地に立って、汽車に手を振っている。最後の恐怖の汽車旅か、と彼女は思った。抜け目のなさそうな顔と苦さを宿した目もこれで見納め。他の子と同じようにこの子もかつてはよく泣いた。いっときの間、彼女は母親代わりをしてやったのだ。その後の汽車旅のときに聞いた話では、母親は、息子の顔が別れた夫の目鼻立ちを思い出させるので彼を嫌っていたのだという。

「ぼくは自分がなぜ嫌われるのかわからない。牧師先生が昨日の夜、ぼくをまじまじと見つめながら言ったんだ。おまえは決してろくなものにならない。直感でそれがわかる。おまえは役立たずで、あてにならない人間だ。おまえはそこいらの犯罪者と変わらない。泥棒したり嘘をついたりしてわたしをがっかりさせたんだからって。先生はこんなことも言った——「おまえをアシュレーでの落伍者としてきっちり覚えておこう。もっとも最初から大して期待はしていなかったがね、カラザーズ君」」

「あいつは最低の男よ」ミス・ファンショーの口からことばが勝手に流れ出した。少年はもうアシュリー・コートへ戻らないのだから、言いふらされる心配はないとわかったせいで、容赦ないことばになった。

「最初の日から親切にしてくれてありがとう」とカラザーズが言った。「部屋に掛かっていた聖画が気に入ったよ。よく見なさいと言ってくれたのを今でも覚えてる。歩くと白い上っ張りがシュッシュッと音を立てたね」

ミス・ファンショーも無性に昔ついた嘘を告白したくなった。聖モニカ女学校の生徒だった頃、群衆に交じって立っていたら、今は亡きジョージ五世が話しかけて下さったと言ったこと。エルシー・グランサムの消しゴムをふたつ盗んだこと。それから、置き時計の文字盤にインクをたっぷり流し込んだのに、とうとうばれなかったこと。

しゃべりたくてうずうずしながら、彼女は目を閉じた。少年が打ち明け話をはじめて以来、彼女の頭の中で大きく脈打ちはじめたことばの数々を引きずり出して、この仕切り客室《コンパートメント》をいっぱいにしたくてたまらなかった。少年がこの汽車の中でしたことと言えば、自分の母親と寄宿学校について一種の真実を語っただけである。少年が好きな言い方を借りるなら、帰省列車の車内は敵味方の中間地帯だったからだ。彼女が苦しめられたのは偶然の産物で、それは彼女自身よく承知していた。いたたまれない思いをさせられたのはもののはずみで、たまたま起きた出来事に過ぎない。

少年の顔は火打ち石のように見えた。どんな愛をもってしても、いまだかつて和ませることができなかった頑なな顔。その顔を見ているうちに、これまで少年を幾度となく語らせた、衝動が彼女にも押し寄せてきて、我慢ができなくなった。少年が彼女に微笑んで、「ほんとに」とつぶやいた。

「牧師先生は最低の男だよ」

「わたしは三十八歳」彼女が口火を切ると、少年はまるで、ずっと前から彼女の年齢を推し量っていたかのようにこっくりとうなずいた。「今晩、わたしは海に近いちっぽけな実家へ帰宅するの。そうすると両親はわたしに、アシュリーでの一学期がどんな様子だったか尋ねるのよ。『最初の最初から話しておくれ、ドーラ』母さんがそう言うと父さんは補聴器を耳につける。『まず第一日だね？　最初の日には何があったんだい、ドーラ？』わたしはふたりに話をはじめる。『もっと大きな声で』と言われるから声を張り上げて、新しく入ってきた子たちや、新任の先生方のことを話して聞かせるの。明日の晩はもう少し先までしゃべって、それからずんずん進んで、学期が終わって休暇がはじまるところまでぜんぶ話すのよ。『いったいどこへ行くつもり？』わたしが散歩に出ようとすると母が尋ねるの。それから、「楽しんどいで、散歩はいいよ」とつけ足すのよ。出かける時間が何時でもおかまいなしにね」

少年はそっぽを向いて窓の外を見つめている。ついさっきミス・ファンショーが食堂車で、気まずさのあまり窓の外を眺めたのとそっくりな行動だった。

「わたしはそばかす顔のウェイターに恋なんかしていない」と話す声が少年の耳に入ってくる。

「あちらが恋してたかどうかはわからないけど」

少年は思わず振り向いた。「ミス・ファンショー、ぼくはそんなつもりで言ったわけじゃ――」

「彼がわたしに温野菜を差し出すときに突然愛をささやいたとしたらね、わたしはきっと喜びで目を閉じたと思う。求められたなら。たとえどんなかたちでも、求められたとしたら……」

「ミス・ファンショー――」

「わたしもあなたも双子座生まれ。情熱の星の下に生まれたってあなたは言ったわよね。でも、器量の悪い副寮母が胸に秘めている情熱を知りたいひとなんてどこにいると思う？　あなたのお母様だったら話は違うのよ、カラザーズ。あなたのお母様ならすすり泣いたり、髪をかきむしったりしてもいい。他の女だって、泣いてもさまになるくらい美しければ問題はないの。わかるでしょ、カラザーズ。わたしが言いたいこと、通じてるわよね？」

「いえ、ミス・ファンショー。ぼくはたぶんわかってないと思う。だって、まだそれほど――」

「ある年のクリスマス、職員室でのパーティーが終わった後に、代数を教えてた男の先生がわたしを誘って屋根裏部屋へ行ったの。カブスカウトが集会をするあの部屋で、古いテントを敷いてふたりして横になったとたん、その先生ったらゲーゲー吐いちゃった。一九五四年だった。この話は実家ではしなかったわ。本当のことなんかいっぺんも話したことはない。今晩だって焼きハムとサラダを食べながら、一緒に汽車に乗ってきた男の子が食堂車で騒ぎを起こしたとか、ウェイターの服の弁償金を支払うはめになったとかいう話は決してしないのよ」

「ミス・ファンショー、そろそろ読書の時間かな？」

「とんでもない。話しあうことがいろいろあるのに、本なんか読んでる場合じゃないでしょう？　毎度の汽車旅で憂鬱そうにしているあなたを見続けていたらどんな気がするか、考えたことある？　あなたの人生はたぶんこじれていくわね。牧師先生は間違ってない。だってあなたの顔にみじめな将来が書いてあるんだもの。不幸せなひとの顔にはよくそれが書いてあるわ」

「不幸せって？　ミス・ファンショー、ぼくが不幸せに見えるの？」

「ほんとにもう、いいかげんに真実を言ったらどうなの？　ふたりっきりの毎度の汽車旅で、真実はいつだって見えていたのよ。おたがいのことを何度も何度も見つめて、真実を目にしてきたんだから」

「ミス・ファンショー、そんなこと言われてもわからない。本当にわからないんだ――」

「代数の先生がわたしをテントの上に寝かせたと思ったら吐いてしまいましたなんていう話、実家でできるわけないでしょ？　でもあなたには今その話をしました。他の誰にも語ったことがない話を」

　ドアがすうっと開いて、青い帽子をかぶった女性が、お席空いていますかと尋ねた。微笑んだ顔が赤らんでいた。よそへ行って、とミス・ファンショーが答えた。その勢いがカラザーズを驚かせた。

「あら、そうですの！」と女性が返した。

「わたしたちの邪魔をしないでと言ってるの！」ミス・ファンショーが金切り声でそう叫ぶと、女性は微笑みもろとも通路へ消え失せた。

「海に近いあのちっぽけな家はよそとは違う世界なの」そう語りはじめた声はとても静かで、一瞬前に赤ら顔の女性を撃退したのが嘘のようだった。「コペンハーゲンのアメリカ式のバーや、マドリードのホテル・エクセルシオールとはまったく違う。首を伸ばした雁の群れを描いた着色版画が壁にずらりと掛かっていて、真鍮の燭台やドアノブはいつもちゃんと磨いてある。家中が重苦しさでぎっちり満たされてるのよ。居間の家具に使っているインド木綿のカバーはぜんぶお揃いの野バラの小柄で、階段のカーペットはルピナスの模様が色あせてる。居間のマントルピースには置き時計があって、《W・J・ファンショー殿　定年退職記念　プルデンシャル有志一同》と書いた銘板がついているの。文字盤は金色で、四本の黒い柱はニセ大理石。一九五八年以来、チャイムは鳴っていない。夜はそんなに遠くないところで、海がもがき苦しんでいるのが聞こえる。リアルすぎて嘘みたいな波音。浜を歩くとカモメが金切り声をあげているんだけど、よく見ると、あの鳥たちは幸せだから鳴いてるのよ」

　少年は口を開く。だが口を突いて出るのはミス・ファンショーの名前ばかりだ。何か言おうとしてもことばにならないので、観念して黙り込むことにした。

「カラザーズ、あのちっぽけな家からわたしを連れ去ってくれるひとなんているると思う？　誰かいる？　そばかす顔のウェイター、それとも代数の先生？　どこかの店員か、銀行員か、郵便配達員か、化粧品のセールスマン？　男たちが目にするのは吹きさらしの中をとぼとぼ歩いている女。分厚いレンズの眼鏡を掛けて、胸は紙みたいに薄くてね。その女は誰が見ても歩き方がへんてこだから、男たちはすれちがうときに帽子を軽く上げて、それっきりで去っていく。わたしが傷ついているなんて思いもしない」

「わかりました」と少年が言った。

「実家ではわたし、両親におびえているのよ。物心ついてからずっと怖いの。幼い頃わたしは器量がよくないとわかったから、父も母も心配して、せめて利口であって欲しいと思ったのね。父は仕事から帰ってくると、両手をこすり合わせながら「さあ、ドーラ、読んで聞かせてごらん」といつも言った。わたしはがんばって音読した。「〝マーチャント〟〔貿易商〕の綴りは？」と問われたりもした。父の人生が掛かっているようなこの質問を聞くたびに、頭の中で文字がこんがらがってしまった。カラザーズ、想像できる？　眼鏡を掛けてへんてこに歩く女の子が、冷たい怒りでいっぱいの、二羽の鷲みたいな大人に向かいあっている場面。鷲たちはいつもたがいに目を見合わせて、恥ずかしいものを見たみたいにわたしから目をそらした。「賢くない」と思われたのよ。「欠点を補えるほど賢いわけじゃないぞ」って」

「なんて怖ろしい、ミス・ファンショー」

「ううん、そんなことない。結局、他人様がおしゃべりしているときに顔を赤らめてる一人娘がいるのは、両親にとって悪くはなかったんじゃないかしら？　どっちみちあなたのお母様と同じで、うちの両親だってあきらめる以外に何もできなかったと思うから」

「でもぼくの母は――」

「「映画なんぞ見に行くのか？」この前帰省したとき、父がそう言ったのよ。「いったいぜんたい何のために？」それで母が新聞を持ってきて、何の映画をやっているのか確認して、「類猿人ターザン」というタイトルを読み上げたのよ。「おまえ、何だ、いい年をして！」と言われてしまった。わたしはただ一、二時間、暗い映画館の席に座ってぼんやりしていたかっただけ。アシュリー・コートでの一学期間の話をしなくちゃならない義務を忘れたかったのよ。でもそんなこと言えると思う？　わたしは自分の顔が赤くなっていくのがわかった。「こんな映画は子ども向けに決まってるぞ」父がそう言って大笑いした。「ドーラは勘違いしたのよ」って母が理屈をつけて、もうひと笑いして一件落着」

「それで、行ったの、ミス・ファンショー？」

「行くって？」

「その『類猿人ターザン』に」

「行かなかった。そんな勇気ないもの。ちっぽけなあの実家の玄関を潜った瞬間、両親の失望を肌で感じて、以前と同じ恐怖がのしかかってくる。いっそのこと帰郷するまいと考えたこともあるけれど、そうする勇気も出なかった。わたしのすべては両親に吸い取られてしまったから。わかるかしら？」

「うーん――」

「神様は残酷だと思わない？　大嫌いな学校を後にして、ふたりして旅してきたと思ったら、行き着く先がもっとひどいところなんだもの。どこか素敵なところへ行き着けてもいいはずなのに」

「素敵なところ？　ミス・ファンショー、素敵なって？」

「わかるでしょ、カラザーズ」

少年は首を振る。そしてふたたび相手から顔を背けて、窓の外に目をやった。今回は哀れを誘うような横顔である。

「もちろんわかるわ」彼女の声が続けている。「ちょっと考えてみればね」

「ぼくはじっさい――」

「わたしたち、誕生日が近くて不思議ね！」彼女の気分が突然華やいだ。少年が振り向くと、彼女が微笑んでいる。彼も思わず微笑み返した。「わたしは、この汽車がいつまでも走り続けてくれたらいいのにと思っていたのよ」と彼女が続けた。「ずっと走っているうちにやがて、あなたが他の乗客やウェイターのひとたちを突拍子もない会話に引きずり込むのをやめるときがくるって。あなたは、『気分がよくなった』とつぶやいて眠ってしまう。次にあなたが目覚めた時、わたしはあなたに甘草入りキャンディの詰め合わせをあげる。『わかってるわ』とわたしが言う。『大丈夫よ』って」

「いつもひどい迷惑を掛けてしまって反省してます、ミス・ファンショー。ごめんなさい」

「わたしは、あなたとふたりして実家に住んだらどんなだろうと想像してみたの。両親は死んで、埋葬も済んで、あなたのやせっぽちなお母様も亡くなられて、アシュリー・コートも過去の悪夢になっている。ふたりして浜を歩くの。あなたはもう成長していて、わたしはあなたのためにお食事をこしらえて、つくろいものをして、セーターも編んであげる。新鮮な茶色い卵をとってきてあげるし、リンゴのパイ包みもこしらえてあげる。かりかりに揚げた厚切り肉のフライの前でにこにこしてるあなたの姿を、わたしはなんべんも思い浮かべたのよ」

「ミス・ファンショー――」

「なんでもないものが素敵に輝いてみえる夢の話をしているつもり。いままで気づかなかったお茶のおいしさを発見して、草がすごくみずみずしい緑色をしてるのもわかって、空気にはバラの香りがして、幸せがあふれているの。土曜の午後はあなたを映画に連れて行ってあげる。帰り道にふたりしてチップスを買って食べても、誰ひとり他人様のご機嫌を損ねることはない。暖炉を囲んで腰掛けて、ふたりして話したいことをおしゃべりする。そうすればあなたはものを盗んだり嘘をついたりしなくなる。だってその必要がないんだもの。美しくない副寮母をばかにすることもなくなるわ」

「ミス・ファンショー、ぼくはちょっとくたびれたかも。本が読みたいな」

「子どもをつくっておいて台無しにしようなんて、どういうつもりなのかしら？　あなたの顔が別れただんなさんの目鼻立ちを思い出させるせいで、あなたを嫌うだなんて、お母様もどうかしているわね？」

「ぼくの母は――」

「あなたのお母様は恥さらしよ」突然新しい感情に揺さぶられたように彼女が叫びだした。「ホテルや恋人を渡り歩いていく母親に引っ張り回される子どもの身になってみるべきだわ。ひとりぼっちで愛さえもらえず、余計なお荷物扱いされてるなんて！」

「それほど悪くもないんだけど。もう慣れちゃったから――」

「そういう親には天罰が下らないものかしら？」と彼女がささやいた。「神様にできないことはないはずよね。ぜひとも小さな奇跡を起こしてほしいわ！」

少年はそっぽを向いていた。彼女のすすり泣きを聞き、その音に耳を澄ましながら、どうすればいいのかわからずにいた。

「カラザーズ、あなたはかわいそう、どうしようもないひと」と彼女がまたささやいた。「でも、それが本当のあなたじゃないわ」

「ちょっと待って、ちょっと。ミス・ファンショー――」

「あなたは違う人間になれる。わたしだってなれる。わたしの愛を受け止めて。あなたが受けた傷をいやしてあげたいの。あなたの将来は決してみじめなんかじゃない。わたしがそうさせやしない」

少年は二度と向き直りたくなかった。彼女を見たくなかったからだ。ところが知らないうちに首が動いて、彼女を見ていた。相手もこちらを見つめていた。彼女の頬に涙が流れていた。少年はありったけの決意を振り絞ってゆっくりとことばを選んだ。

「話の筋道がへんてこです、ミス・ファンショー」

「あのウェイターはあなたのことを狂っていると言ったわね。わたしも狂っているのかしら？　人間というのは汽車に乗っていると、少しの間狂うものなのかしら？　孤独と封じられた愛のせい？　それとも絶望のせい？」

「筋道がへんてこなのは狂ってるからじゃない、ミス・ファンショー――」

「砂が顔に吹きつけてくる。目にも入ったりするわ。寝室で、サンダルについた砂を落とすの。わたしが居間でぼそぼそと話をしてあげると、「あらそう、ドーラ」って母があいづちを打って、父は息をずずうと吸い込む。日曜の朝は三人揃って教会へ歩いていく。わたしはひとりで、夕べの祈りにも参加する。悪くない習慣だと思う。でも、アシュリー・コートへ戻る日が来るとうれしいのよ。あなたもうれしいって思ったことある、カラザーズ？」

「そういうこともあったけど。いつもうれしかったわけじゃない。ぜんぜんそんなことない。ぼくは――」

「代数の先生が「散歩しましょう」って言ったの。服にビールの染みがついてた。「上へ行きましょう、上はいいですよ」。それで、真っ暗な中を屋根裏までよじ登って、カブスカウトが集合場所に使っているあそこまで行ったのよ。彼はライターを明かりにしてテントを広げた。どうなってもいいとわたしは思った。なんにも起こらないより何かが起こったほうがましだから。ところが彼は、具合が悪くなってしまったのよ」

「その話は聞きました、ミス・ファンショー」

「「あなた、太ったわね」と母に言われたかもしれない。「お父さん、ドーラを見て、なんだか太ったわよ」って。そしたらわたしは作り笑いをしてみせたと思う。それで突然勇気を出して、「酔っぱらいに妊娠させられちゃった」とささやいたかもしれない。ちっぽけなあの実家で。そしたら両親がわたしの顔を覗き込んで、わたしが幸せな顔をしているのがわかる。赤ちゃんが生まれるのを待つ間、わたしは毎晩ベッドの脇にひざまずいて、神様に感謝のお祈りを捧げたと思う」ここまでしゃべった彼女はひと息ついて、小さく笑った。「わたしたちを待ってるひとたちがいるのよ、カラザーズ」

「はい」

「マントルピースの置き時計のチャイムは壊れたまま。母は毎晩九時半に「ココア」とつぶやくの。両親が死んでからじゃ遅すぎるんだから」

カラザーズは汽車が減速しているのに気づいて心の中でため息を漏らし、心底ほっとした。もうじき彼は汽車を降りる。そうすれば二度と彼女に会うことはない。二度と彼女に会わない以上、すでに起きたことはすべて帳消しになる。彼女が語ったことも、彼自身が言ったことも、ぜんぶなかったことにできるのだ。

ビールとワインにくわえて、海の近くのちっぽけな家でふたり暮らしをする妄想に当てられたせいで、彼は腹痛を感じた。彼女が語った食事のメニューにはぞっとした。彼女と一緒にいたらタバコも吸わせてもらえないだろう。だが仕切り客室《コンパートメント》のなかで最後の時間を過ごしながら、少年は、彼女にあやまりたいと思わずにはいられなかった。彼女が自分の狂気について語ったのは正しかった。彼女は一皮剝けば正気とはいえない。内面がよじれ、不調をきたしている。

「ちょっと行って歯を磨いてきます」少年が席を立ち、網棚から旅行カバンを取り下ろした。

「行かないで」彼女がささやいた。

少年の手はカバンの中の青い洗面用具入れをすでにつかんでいた。彼はそれを引っ張り出してカバンを閉めた。二度と座席に腰を下ろすつもりはなかった。彼女は黙っていた。少年のほうを見てさえいなかった。

「大丈夫ですか、ミス・ファンショー?」ついに少年が声を掛けた。彼女が返事をしなかったので、もう一度同じことばを繰り返した。「ミス・ファンショー?」

「あなたがアシュリー・コートへ戻って来られないのは気の毒だわ。外国で楽しい休暇を過ごしてください」

「ミス・ファンショー、あなたは――」

「わたしはいつものように、ずっとイングランドで過ごします」

「もうすぐ着きます」と彼が言った。

「みじめな将来にならないようにね、カラザーズ」

窓の外に家々が見えてくる。裏庭、また裏庭。郊外住宅の庭また庭。ビールのポスター、タバコのポスター、家具のポスター。その中の一枚に「ジオ。スモール。シーズ」と書いてある。

「だといいなと思います」と少年が言う。

「お母様がホームにお出迎えになっていますよ。いつものように」

「さようなら、ミス・ファンショー」

「さようなら、カラザーズ。さようなら」

ポーターが立って待っている。郵便袋が手押し車に載っている。ふたりが乗ってきた汽車の名前を叫ぶ声が聞こえた。

彼女は少年を見ていない。頭を上げるつもりはない。彼女の頬を伝う涙がさっきよりも多くなっているのが、少年にはわかる。もういちど、ごめんなさいと言いたくなった。少年は仕切り客室《コンパートメント》のドアロに立って、彼女を見つめて小刻みに震えていた。彼はそれからドアを閉めて歩き去った。

彼女は、母親がにこにこしながら少年を迎えているのを見た。いつものように赤いドレスを着ていた。少年のスーツケースをとるために、ふたりが手荷物車のほうへ歩いていくと、彼女の席からはもう見えなくなった。汽車がまた動き出し、駅を後にしようとしたとき、もう一度ふたりの姿が見えた。なにか言いかけた母親に向かって、少年がいつもの耳障りな笑い声を上げているようだった。

ドネイのカフェでカクテルを

Cocktails at Doney's

「私のことお忘れですよね」アルベルゴ・サン・ロレンツォで、ミセス・ファラデーがいきなり男に話しかけた。背が高く、黒髪の女性である。さび色のスエードコートはいかにもイタリアらしいデザインで、にっこり微笑むと真っ白い歯がきれいに並んでいる。口紅をコートの色と微妙に合わせている。ことばはアメリカなまりで、柔らかくてわずかにハスキーな声。三十五歳、あるいは三十七歳だったかもしれないが、それ以上ではない。「ずっと前にお会いしました」と言いながら、さらに少し微笑んだ。「ひとの顔をどうして忘れられないのか、われながら不思議なんです」

　彼女の夫は、男が聞いたこともないアメリカの町で自営業をしているという。美しい女だが、彼女のこともその夫のことも、男にはどうしても思い出せなかった。彼女の名前を聞いてもぴんとこなかったし、夫の仕事内容を聞かされても、依然として何も思い当たらない。釣り合いのいい目鼻立ちの中で茶色い瞳が輝いている。

「そうでしたね」男は気を回して嘘を言った。

相手は声を上げて笑った。明らかに嘘だとわかったからだ。「いいわ、どっちでも」と彼女が返した。「とにかく、こんにちは」

夕食後の、まもなく十時になろうという時間だった。ふたりがホテルのバーで一杯飲むことにしたのは、そうするのがごく自然ななりゆきだったからだ。仕事はファッション関係らしい。フィレンツェへ来たのは、女性ファッション見本市《ピッティ・ドンナ》のためで、いつも二月にやってくる。

「また会えてうれしいわ。こういうショーに集まってくる男は派手で俗っぽいひとが多いから」

「博物館へ行ったりはしないのですか？　教会とかは？」

「もちろん行くわ」

フィレンツェ遊覧にご亭主は同伴しないのか尋ねてみると、博物館や教会やピッティ・ドンナみたいなショーへ連れて行ったら、一瞬でそっぽを向くに決まっている、という答えが返ってきた。ヨーロッパなんか眼中になくて、地元の競馬場のほうがよっぽど気に入っているのよ、と。

「あなたの奥さんは？　一緒にいらしてるの？」

「わたしは独り身なのですよ」

このひとには会いたくなかったな、と男は思った。こんなふうになれなれしくされるのはいやだったし、アパレルの見本市へやってくる男たちをぼろくそに言うのも聞き捨てならない。そういう男たちはつまるところ、彼女の仕事仲間なのだから。しかも自分のつれあいが、文化的なことよりも競馬のほうが好きな男だなどという話に、初対面の相手が興味を持つはずもない。会話が途切れる前に、この女と以前に会ったことはない、と男は確信した。

「そろそろおいとまします」相手がグラスを干すと、男は立ち上がってそう言った。「早起きの習慣があるので」

「あら、わたしも同じなのよ！」

「おやすみなさい、ミセス・ファラデー」

部屋へ戻った男はベッドの端に腰掛けて、少しの間ぼんやりした。服を脱いでから歯を磨いた。そうして、洗面台の上の少し曇った鏡に映った自分の顔をまじまじと見つめた。彼は五十七歳だが、鏡の中の男はもっと老けていた。若く見せたければ、もう少し体重を増やせばいい。丸ぽちゃは万難隠す。だが男にその気はない。年齢より老けてみえるほうが好きなのである。

鏡の電灯を消してベッドにもぐりこんだ。『互いの友』を読み進んだ後、暗闇の中でしばらく横になったまま、ダフニとルーシーのことを考えた。黒髪のルーシーは幼心に大丈夫よと言ってくれた。ダフニは疑いのかけらもない目をしていた。男は最初、自分のことを棚に上げてダフニを責めたが、すぐに前言を取り消して謝った。すべきでなかったこの結婚にはふたりとも責任を負うべきだと考えたのだ。だがやがて、本当はどちらにも責任はなかったのだと思い直した。というのもふたりの仲が、あんなかたちでぎくしゃくすることになろうとは予想だにしていなかったからである。男はしだいに、ルーシーの存在を通して真実を受け止めるようになった。かわいそうに、一番の犠牲者はあの子だった。

男は眠り、友人と一緒にパドゥアに滞在している夢を見た。植物園を歩きながら男が友人に説明している――今までに何冊も旅行ガイドを書いてきたけど、どの本もごく短い期間しか実用に耐えなかったのは、各都市を移りゆくものとしてとらえたせいなんだよ。聞いていた友人が、「そんなガイド本は恥ずべき代物だぞ」と口をはさむ。あの頃親しかったジェレミーだ。「インポテンツがそれほど恥辱にまみれているなんてどうして言える？　なぜそんなことが言えるんだ？」それからロージーが夢に出てきた。ジェレミーが大笑いしながら、だまされたとわかっていてあれほど可笑しかったことはないぜ、とからかった。「あたしもだまされちゃった、とんでもない話よ」とロージーがすさまじい勢いでまくしたてた。「彼ったら、しくしく泣くしか能がないんだもの」

バルジェッロ博物館ではジャンボローニャの手になる鳥たちの彫刻と、ミノ・ダ・フィエゾーレの大理石レリーフに見惚れたい。だが今日はここまでで十分堪能したと言っておこう。明日、今一度ここを訪れなければならないのだから。

男は独断的な文章を書くのが好きだった。事実に即して大胆なことを述べておいて、反論の手紙が届くのを待つのである。**ハイシーズンともなると、ホコリまみれでゴミが散らかったこの都市に、住民の五倍に上るよそ者がやってくる。落書きの洪水がかれらを迎える――フィレンツェらしく簡素に様式化された男根、禍々しいハーケンクロイツ、フラ・アンジェリコのおとなしさが似合う通りにハンマーと鎌の国旗……**

男がミセス・ファラデーに会った翌日の昼どき、彼女は他のアメリカ人数人と一緒にドネイのカフェにいた。これほど洗練された店に足を踏み入れる人間がサヴォイかエクセルシオールでなく、アルベルゴ・サン・ロレンツォに泊まっているのは不思議だ、と男は思った。というのも、サン・ロレンツォの栄光はすべて過去に属していたからである。この古いホテルの現状はおんぼろと呼ぶ他なく、カーテンがすりきれ、電話もいたるところで断線していたので、アメリカ人好みとはとても言えない宿泊施設だった。

「ハーイ！」彼女がカフェの奥から声を掛け、にこにこしながらメニューを振ってみせた。

男は、無愛想と思われるのを嫌ってうなずき返した。彼女と一緒にいる連中は、ピッティ・ドンナで見てきた商品をめぐって談笑しているようだった。向こうのテーブルから聞こえてくる会話の端々から、商品の利益率や顧客の心のとらえ方について話し合っているのがわかった。

男はタリアテッレとシェフのサラダを注文し、ナツィオーネ紙を走り読みした。行方不明になっていたガブリエラという名前の女子生徒が、フィレンツェ市内の公園で死体となって発見された。サンタ・クローチェ界隈で非行を重ねてきた若者グループがついに逮捕された。南部地区でヒッチハイクをしたドイツ人女性ふたりが酒を飲まされ、村の納屋でレイプされた。ナツィオーネ紙によればガブリエラは口数の少ない娘で、公園内でおこなわれていた麻薬の密売現場をたまたま目撃してしまったらしい。

「あなたのお仕事がうらやましいわ」男がタリアテッレを食べ終えようとしているところへ、ミセス・ファラデーが通りかかって話しかけた。連れのふたりは彼女の前を歩いていた。彼女はまるで古い友達のように微笑みながら椅子に腰掛けた。「あのふたりとははぐれてしまいたいの」

男は彼女にワインでも飲まないかと勧めた。相手は首を横に振って、「カプチーノをもう一杯いただきたいわ」と言った。

コーヒーが注文された。男は新聞を折りたたみ、自分の脇の空いている椅子の上に置いた。ミセス・ファラデーはおじゃまするわと言わんばかりに、さび色のスエードコートを椅子の背に掛けた。「あなたのお仕事がうらやましいわ」彼女が繰り返した。「わたしもあちこち旅してみたいもの」

黒いドレスの胸元に真珠のネックレスをした彼女は、指輪をいくつもつけていた。イヤリングがしゃらしゃら鳴った。爪は形を整えてマニキュアを塗っている。昨晩同様、化粧には隙ひとつない。

「結婚していらっしゃるの、なんて」コーヒーがテーブルに届いたところで彼女が口を開いた。「お尋ねしてしまってお気に障ったかしら？」

男は、そんなことないですよと答えた。

「結婚なんて大しておもしろくないわ」

彼女はタバコに火を点けた。結婚したのは今も続いているあの亭主とだけ。娘がひとり生まれたけれど生後一週間で死んだ。それ以後妊娠できない体になった。

「お気の毒に」と男がつぶやく。

彼女は男をじっと見つめ、ふたりの真ん中をタバコの煙が渦巻いて立ち上っていく。唇の端についたタバコの小片を女の舌先が舐め取る。そしてもう一度、結婚なんて大しておもしろくないと繰り返した。それからさらに、重大な話を打ち明けるかのようにこうつけ加えた――

「ゆうべ、目を開けたままベッドに横になって、この町がわたしを呑み込んでくれたらいいのにって考えていたのよ」

相手の胸中が読めなかったので男は応答しなかった。だがついつい思わず、目の前の美しい女がアルベルゴ・サン・ロレンツォの部屋で、目を開けたまま横たわっている姿を思い浮かべた。彼女が暗闇の奥を見つめていて、タバコの火がぽつんと点っている。煙を吸い込む息づかいまで聞こえるようだった。男はこの女が情事を求めていると感づいた。そして、自分は情事の相手にふさわしい男ではないと悟ってくれと念じた。

「残りの人生はずっとここに住んでもいいと思っているの。年を追うごとにますます好きになるんだもの」

「たしかにここは驚くべき都市です」

「パラッツォ・リカーゾリという館があって、部屋をアパートとして借りられるようになっているの。わたし、そこに住もうかと思っているんです」

「なるほど」

「パラッツォ・リカーゾリの秘密を教えてあげましょうか」

「ミセス・ファラデー――」

「あそこでわたし、一度だけいたずらな一週間を過ごしたことがあるのよ」

男はしゃべらないですむようにコーヒーをすすった。それから音を立てずにため息をついた。

「ピッティ・ドンナで会った男とね。あなたと同じ国のひとだったわ。ホーシャムとかいうところから来た男」

「あいにくホーシャムへは行ったことがありません」

「あらごめんなさい。わたし、あなたを困らせてる！」

「そんなことありませんよ」

「まあ大変。ごめんなさい！　ほんとに！　大丈夫だと言って下さい」

「大丈夫ですよ、ミセス・ファラデー。ちょっとやそっとのことでは驚きません」

「素敵なイギリス紳士を困らせるなんて、わたしったらとんでもなくうさんくさい女！　お願い、許すとおっしゃって」

「許さなくちゃいけないことなんて、本当に何もありませんよ」

「言っとくけど、そのいたずらは完全な失敗だったの」彼女はひと息ついてさらに続けた。「フィレンツェのガイドブックにはどんなことを書こうと思っていらっしゃるの？　ちょっとだけ話して下さいな」

「ありふれたことばかりですよ」

「まあ、そんなはずないわ！」

男は肩をすくめた。

「それじゃあ、いいほうの部類に属する秘密を教えてあげます。あなたほど才気に溢れた顔を見たのは何年かぶりよ！」

男はまだ黙っている。彼女はタバコをもみ消し、次の一本にすぐ火を点けた。そうしてハンドバッグから地図を取り出して広げた。そしてまた口を開いた。

「サント・スピリト教会はどこにあるか教えて下さる？」

男は教会の位置を指さして道順を教え、自動車用の道路標識にしたがうと一方通行の道伝いに遠回りさせられるので、気をつけるよう指示した。

「あなたは親切ね」微笑むと道案内の返礼を与えるかのようにまばゆくて均等な歯並びが見えた。

「とても親切なひと」と彼女が言った。「本当よ」

小遊園地や動物園や競馬場を横目に見ながら、男は広大なカッシーネ公園を散歩した。ぽかぽかした二月の日射しの下、小枝が目立つ生け垣に春の最初の緑が灯り、樺の木が川べりに優美な枝を広げていた。ベンチや自動車の中でくつろぐ恋人たち。風船を手に持って歩く子どもたち。屋台店には肉料理やナッツ類、コカコーラやセブンアップ。自転車道をジョギングするトレーニングスーツ姿のランナーたち。よく肥えた若者が、「空腹です《オ・ファーメ》」と走り書きしたダンボールを目の前に置いて施しを待つうちに居眠りしていた。

ロージーとつきあっていた頃、あなたがイタリアの都市について書くのは、ずっと第三者で居続けるためなのよね、と言われたのを男は思い出す。図星だと思った。だが破局したロージーとの関係についてそれ以上考えたくなかったので、彼は公園を歩きながら、ミセス・ファラデーの美しい面影が心に侵入してくるままにさせておいた。口紅がついたタバコの吸い殻や、繰り返しの多いおしゃべりが絶えず邪魔しなかったならば、彼女の美しさは彼を喜ばせたかもしれない。彼女は、自分の夫は人柄がいいと語りはしたものの、女が必ずしも人柄のいい男を求めるとは限らない。彼女の娘が生後一週間で死んだのも、その後子どもが出来なかったのも、つじつまがあうように思えてくる。子どもをつくるに値しない結婚だったからなのだろう。そういえば彼女は、受胎告知の絵が好きなので、サント・スピリト教会でもそれがお目当てなのだと話していた。

「あなたを夕食にお招きしたらいけないかしら?」男がアルベルゴ・サン・ロレンツォのロビーへ戻るやいなや、彼女はソファーから立ち上がってそう尋ねた。彼の帰館を待っていたのを隠そうとさえしなかった。「ご一緒できたらうれしいと思って」

男は、ほうっておいてもらうほうがありがたいのですと返答したかった。あなたとは初対面だし、なれなれしくされる筋合いもない、ときっぱり言ってやりたかった。

「どこかお店を選んで下さいな」美貌を盾に取った傲慢をちらつかせるかのように、相手はそう断言した。

彼女はレストランでパスタを注文し、ひっきりなしにしゃべり続けた。彼女が経営しているブティックは、彼女が退屈せずに機嫌良く暮らせるようにするため、亭主が買ってくれた店なのだという。でも、店の仕事で忙しくしているだけじゃ何の満足も得られないので、夫のもくろみははずれたのよ、と彼女は語った。表情がすうっと引いた彼女の顔が、今まで見ていたよりもいっそう好ましく感じられた。悲しくて儚《はかな》げなその面持ちは、しゃべり続けている声と同じ人間に属しているとは思えなかった。

男はよそを向いた。現代絵画を壁に掛けたレストランにはちらほら空席がある。ずんぐりした年配の男の客がひとりで来ていて、ウェイターとときどきことばを交わしている。ささやき声で話しているのはドイツ人のカップルである。ふたりの男と女ひとりが早口のイタリア語でしゃべっていた——例のガブリエラという女子生徒の死を哀れんでいるのだ。

「処女マリアはさぞかし驚いたでしょうね」とミセス・ファラデーが言った。「だって本を読んでいたら、いきなり翼が生えたひとが空から舞い降りてきたんだもの」マリアが夢を見ていたとでも考えない限りつじつまが合わないわ、と彼女は続けた。天使なんて本当は存在しないし、あんな気取ったインテリアの部屋でマリアが読書してるのもいかにも嘘っぽい、と。「確かずっと後で」と彼女がつけくわえた。「マリアはもう一度天使の夢を見て、自分の死を予告されるのよね」

男は話を聞いていなかった。ウェイターがサーモンのグリルとサラダを運んできた。ミセス・ファラデーがタバコに火を点けて話し続ける。

「パラッツォ・リカーゾリで一緒にいたずらして過ごした相手は、さえないジゴロだったの。どうしてあんなことしたのか、自分でもわからないわ」

男は何も言わない。彼女はタバコをもみ消した拍子に、目の前に料理が届いているのにようやく気づいた。そして、フィレンツェ・ルネサンスの画家や、この都市の貴族や芸術の後援者たちについて質問をしはじめる。サヴォナローラが火刑に処せられた理由を尋ねられた彼は、サヴォナローラがひとびとを恐怖に陥れたためだと答える。彼女は一瞬黙り込んだ後、身を乗り出して、片手を男の腕の上に置いた。

「あなたのことをもっと話して。お願い」

しつこくせきたてるような声音に逆撫でされて、男はいままで以上にいらだった。そうして、ガイドブックを書いたことがあるイタリアの他の都市や、トスカーナの丘の上の町々や、ワイン産地の「五つの土地《チンクエ・テッレ》」について、あたりさわりのない話をしゃべって聞かせた。相手が気乗りしていないのに気づいた彼女は、男が話し終わるとまた口を開いた。

「あなたがどういうひとなのかよくわからない」その後さらに、あなたほどおしゃべりしていて楽しい相手には出会ったことがないとつけくわえた。彼女は酔っていたのかもしれないが、本当のところはわからなかった。

「わたしの夫は、メディチ家とかいうようなお話を聞いたことがないんです。マザッチョの名前だって知らないの。わかってもらえるかしら？」

「はい。あなたのご亭主がどんなタイプの方なのか、よくわかるように説明して下さってますよ」

「パラッツォ・リカーゾリの話なんかして、わたし、台無しにしてしまったわね。そうでしょ？」

「何を台無しにしたというのですか、ミセス・ファラデー？」

「さあ、わからないわ」

ふたりはさらに少しの間テーブルを囲んでワインを飲み終え、コーヒーを飲んだ。一度だけ彼女は手を伸ばして男の腕にふれた。それから、あなたは親切ね、とまた繰り返した。

「もうこんな時間だ」と男が言った。

「わかってるわ、そう、わかっています。あなたは早起きなのよね」

誘ったのは自分なのだから、と彼女が言い張ったが、勘定は男が支払った。ミセス・ファラデーは、次は自分の番なのでもう一度食事をご一緒させて欲しいと言った。外へ出ると、彼女は男の腕に自分の腕を絡めた。

「いつかマイアーノへ一緒に行って下さる?」

「マイアーノ?」

「そんなに遠くないのよ。マイアーノ農園を散歩するのは楽しいってみんな言ってるわ」

「あいにく忙しいので」

「そうよね、わたし、あなたをまた困らせてる! 厄介者だわ。マイアーノのことは忘れて! ごめんなさい」

「わたしが言いたいのはつまりその、ミセス・ファラデー、わたしはあなたのお役に立てそうにないということなんです」

男は手をつかまれて気恥ずかしく感じている。彼女の腕が男の腕に絡みついて、手の平どうしがほとんどくっついているのだ。女の指が甘言のリズムに合わせて、男の指をもてあそんでいた。

「あなたほど上品な声のひとに会ったことないわ! もう一度だけ会うと約束して! 一度ならいいでしょ? 明日、カクテルを飲みましょう? ね、お願い」

「ミセス・ファラデー――」

「ドネイのカフェで六時に。あなたがお望みならわたしは何もしゃべらない。一緒に音楽を聞きましょう」

彼女の手の平はひんやりしていた。指の一本が男の指の一本に触れて、輪を描くように動いている。あなたの人生はもたもたしっぱなし、とロージーにかつて言われた。結局、ジェレミーにまで同情された。ふたりとも当然のことを言ったまでだ。他の友人からもっとひどいことを言われたこともある。彼は哀れみを催させるぶざまな存在だった。

「わかりました。いいですよ」

アルベルゴ・サン・ロレンツォまで戻ってきたところで、彼女は彼に向かって、話を聞いてくれた上にディナーとワインまでごちそうになってしまって、と礼を述べた。自分の部屋の前まできたとき、「毎年、フィレンツェへ来るたびに、素敵なひとに出会えますようにって祈っているのだけれど」と彼女がつぶやいたが、そのことばはどうやら本気らしかった。そして、「はじめて願いが叶ったわ」とつけくわえた。

彼女はぐっと近づいて男の頬にキスをした。それから部屋のドアを閉めた。男は自分の部屋の鏡で、かすかについた口紅を仔細に眺め、拭き取らずにおいた。やがて夜中にふと目をさまし、横になったまま、口紅はまだ頬についているだろうかと考えた。

ドネイのカフェで待つ間、男はよく冷えたオルヴィエートを注文した。ジュディ・ガーランドではない、誰か他の歌手が「虹の彼方に」を歌っているテープが流れていた。やがてヨハン・シュトラウスの軽やかなワルツや、三〇年代の曲が掛かった。七時になってもミセス・ファラデーは現れなかった。男は七時四十五分に店を出た。

翌日、男は、ミセス・ファラデーの美貌を頭に思い浮かべながら、サンタ・マリア・ノヴェッラ教会の中庭に面した柱廊をさまよい歩いていた。彼女からの伝言はついに届かず、ドネイのカフェに来なかった事情を説明したり詫びたりする置き手紙も見つからなかった。ただ単に忘れたのか？それとも、もっといい男が現れたのだろうか？　若くて、彼女がじっとしていられないような男と出会ったか、さもなければ彼女の「人柄のいい」亭主と同様に、マザッチョのマの字も知らない男が現れたのか？　彼女は自分のことを、すぐに恋してしまう女だと言っていたが、愛と肉欲を混同しているに違いない。彼女はいわゆる色情症《ニンフォマニア》なのだろうか、と男は考える。そのせいで幸せをつかみそこねてしまうのだろうか。

彼女は、ミセス・ファラデーが新しくつかまえた男と一緒にいるようすを想像した。相手の男に見つめられて満足そうな彼女がギフト売り場を歩き回り、次のシーズンはどんな色合いのグリーンが流行るか品定めしている場面も思い描いた。セックスした後は豹変して、ばかなことを口走ったり受胎告知に気を取られたりせず、仕事に熱中するタイプかも知れない。それにしても言い訳のメッセージひとつよこさないのは納得できなかった。そこまで不作法な人物とは思えなかったし、その気になれば言い訳ぐらい簡単にできたはずだからだ。

男は柱廊を出て、サンタ・マリア・ノヴェッラ教会前の広場をゆっくり横切った。口ではあれだけの褒めことばを並べたにもかかわらず、彼女は、彼がちゃんと耳を傾けていないと感じたのだろうか？　それとも、彼は彼女の容姿にしか関心がないと考えたのだろうか？　あるいはもっと単純に、彼がひた隠しにしている真実を見抜いたのだろうか？

その晩彼女はホテルのバーに姿を見せなかった。もしかしたら日にちを間違えたのかも知れないと思って、男はドネイのカフェも覗いてみた。しばらく待った後、現代絵画を壁に掛けたレストランへ行ってひとりで食事をした。

「シニョーレ、私どもがこれから衣服を荷造りいたしございます。ラ・シニョーラの行方は、警察軍《カラビニエリ》が捜査することでございましょう。申し訳ありません《ミ・ディスピアーチェ》、シニョーレ」

男は濃い口ひげをたくわえたフロント係にうなずいて、バーのほうへ向かった。彼女に新しい恋人ができたのであれば、ひょっこりあらわれてもいい頃合いである。部屋に置いた衣服を遅かれ早かれ取りに戻らなければならないことを考えれば、勘定もすませずにあわててホテルを立ち去ったとは信じがたい。フィレンツェが自分を呑み込んでくれたらいい、と彼女が言い放ったとき、こんな事態を予言していたとはとうてい思えなかった。男はフロント係のところへ戻って尋ねた。

「ミセス・ファラデーはパスポートを持っていたのかな？」

「スィ、シニョーレ。ラ・シニョーラはパスポートお持ちでございました」

男はその晩一睡もできなかった。意識をまどろみの世界へ追い込もうとしても、彼女の微笑みと茶色くてけだるそうな瞳が割り込んできた。彼女は脚を組み、やがて組み替えた。おかわりしたグラスを手に取った。指輪をはめた指が何本目かのタバコをもみ消した。イヤリングがしゃらしゃら鳴った。

翌朝、男はフロントへ行って、もう一度尋ねた。昨日とは違うフロント係が、勘定の支払いは必須ではないと鷹揚に認めた。病気や、生命に関わるようなことが起きて、客が急いで出国しなければならないさいには、ホテルの勘定はしばらく支払われぬままになることもあるという。

「ラ・シニョーラはアメリカから小切手をご郵送くださりましょう。警察軍《カラビニエリ》もそのように申してございます」

「そうだね、きっとそうでしょう」

男は電話帳のページをめくって、彼女が話題にしていたアパートを借りられる館を探した。パラッツォ・リカーゾリはマンテッラーテ通りに見つかった。彼はボルゴ・サン・ロレンツォからサン・ガッロ通りへ出て、その館へ向かった。ガラス張りの詰め所に立っていた門衛が「ノ」と言って、事務所のほうを指さした。事務所へ行くと美しい娘が「ノ」と首を振った。彼女が別の娘のほうを振り向いて尋ねると、彼女も「ノ」と返した。

男は中心街へとって返し、ルンガルノ・アメリゴにあるアメリカ領事館へ行った。彼は、ハンバーという名前の、長身でやせた男のオフィスへ通され、椅子に腰掛けた。ミスター・ハンバーは一歩距離を置いた態度で話を聞き終わると、警察へ電話を掛けた。そして二十分ばかり話した後で受話器を置いた。スーツ、シャツ、ネクタイ、靴からハンカチにいたるまですべて茶色で、おまけに肌まで小麦色に日焼けしている。ゆっくり物憂げにしゃべるこの男は、古風な空気をまとっていた。「先方がそれとなく言わんとしているのは」とハンバーが言った。「女性は行方をくらましたということです。気晴らしに旅行へ出たのだろうと」そこで一呼吸置くと、やせた体におかしみのようなものが漂った。「ホテルの勘定がかさんできたので逃げ出したのだろうと警察は考えておりますな」

「彼女はちゃんとしたファッションショップのオーナーで経営者ですよ」

「ちゃんとしたお歴々にはいつも驚かされるというのが、警察軍《カラビニエリ》の言い分です」

「彼女がアメリカへ帰国したかどうか確かめてもらうことは可能ですか？　ホテルの関係者によれば、警察軍《カラビニエリ》はそのような想定もしているというので」

相手は肩をすくめた。「わかりました。さっそく確認をとってみましょう。六時半にもう一度、ここまでご足労いただくということでよろしいですか？」

男は共和国広場《ピアッツァ・デッラ・レプブリカ》のカフェの屋外席に腰掛けてトルテリーニを食べながら、周囲のテーブルの会話に耳を傾けた。錯乱した男がローマの学校へ迷い込んで凶暴になり、子どもたちを人質に取って管理人を殺害した。ローマ市長が説得に乗り出した結果、男はついに観念した。イタリア人たちは口々に、怖ろしい世の中になったものだと言い、ガブリエラ殺害事件と同じくらいひどい事件だと語り合っていた。

男はトルテリーニの勘定を支払ってさらに歩き続けた。時間つぶしにベルベデーレ要塞へ上った。ふと彼女を見かけた気がしたが、赤っぽいコートを着た別人だった。

「帰国しておりません」ミスター・ハンバーが、あいかわらず古風で無関心な物腰でそう告げた。

「トラブルが起きたようですな。ファラデーさんは行方不明です」

警察署の一室で男は、ミセス・ファラデーと自分はアルベルゴ・サン・ロレンツォでたまたま同宿だったのだと説明した。ある晩一緒に食事をしましたが、そのときにはとりたてて落胆しているようではありませんでした。彼女は、ファッション見本市を見るためにやってきた他のアメリカ人とも知り合いです。かれらと彼女がレストランで一緒にいるところを見たのです。

「その一行はすでにアメリカへ帰国しました。今頃はアメリカの警察で聴取を受けているでしょう」

男は警察署のその部屋で五時間缶詰になった。翌日ふたたび呼び出され、同じ質問にもう一度答えさせられた。帰りしなに、彼はひとりの男に目を留め、彼女の亭主ではないかと疑った。見知らぬその人物は大柄で髪はブロンドだった。動転しているせいで周囲が目に入らないようすだった。ミセス・ファラデーと初対面だったのと同じで、この男とも会ったことはないし、見かけたことさえないと言い切れる——男はそう胸の中で考えた。

警察署からはそれ以後呼び出しは掛からなかった。男のパスポートは三十六時間取り上げられた後、手元に戻ってきた。その週の終わりには、行方不明のアメリカ人女性に関する新聞報道は終息した。ミセス・ファラデーはついに姿を現さなかった。

「イタリア当局の見るところでは」とミスター・ハンバーが口を開いた。ほぼ一ヶ月が経過していた。「彼女はちょっとしたセックス旅行に出かけて、気に入った場所にたどりついたので、そこに居着いたのだろうと」

「わたしはてっきり、当局は、彼女がホテルの勘定を踏み倒したと見ているのだと思っていました。あるいは誰かが急病にでもなったせいで」

「当局は少々見立てを変えたのですよ。さまざまな要因を勘案して」

「どういうことですか？」

「あなたのお話によれば、彼女は快楽を求めて遊び回るタイプの女性でしたな。イタリア人のわが友人たちは、そこのところに重大な意味を見いだしたわけです」ミスター・ハンバーは音を立てずにデスクを連打した。「ご賛同なさいませんか？」

男は首を横に振った。「ミセス・ファラデーにはもう少し込み入った事情があったと思いますが」

「もちろんそうでしょう。警察軍《カラビニエリ》は高等教育を受けた集団ですが、ご承知の通り、デリケートな領域には踏み込まないのですよ」

「彼女は俗悪な人物ではありません。わたしが警察に話したことのせいで、彼らがそういう印象を持ったのかもしれません。もちろん彼女が俗悪な業界にいるのは否定できませんが、当局が出した結論は飛躍しすぎていますよ」

ミスター・ハンバーは、よく理解できないとつぶやいた。「俗悪？」と彼が聞き返した。

「わたしと同様、彼女も、浮きカスのように無価値なものを取り扱っているんです」

「あなたもファッション業界にいらっしゃるのですか？」

「いいえ、違います。わたしは旅行ガイドを書くのが仕事です」

「ほほう、そりゃあ実におもしろい」

ミスター・ハンバーは人差し指でデスクを軽くはじいた。そろそろお引き取り願いたい、という気持ちが明らかに見えた。彼は机上の紙を裏返しにした。

「観光客のみなさんに、ペルジーノ作の〈ゲッセマネの祈り〉のような絵画作品は二度見る価値がありますよ、と注意を促すのがわたしの仕事です。ボボリ庭園は見ておくべきです、とかね。まあそんなことをやっているのです」

ミスター・ハンバーの退屈そうな顔が、うわべだけの興味を示すかのようにぴくりと動いた。彼にとって観光客は頭痛の種である。パスポートを紛失したり、レンタカーの車内に〈キー閉じ込み〉をしたり、盗難被害にあって大騒ぎしたりするからだ。この町は観光客のおかげで儲けている一方で、かれらを腹に据えかねてもいる。そうした感情が一瞬だけミスター・ハンバーの淡い茶色の瞳に浮かんで、すぐに消えた。彼はふたたびデスクを指ではじいて口を開いた。

「今回の一件でひとつだけ不可解なことがあるのですがね。お尋ねしてもよろしいですか？」

「もちろんですとも」

「あなたは、その、つまりですな、ミセス・ファラデーと交際していらっしゃったのですか？」

「色恋沙汰があったかと？　そんな事実はありません」

「美しい女性だったでしょう。誰に尋ねても――というよりはあなたがおっしゃるところによれば、ですが――きわめて人好きのする人物だったとのことですから」

「はい、確かに愛想のいいひとでした」

彼女はアメリカ人にしては他人を信じやすく、軽率だった。見ず知らずの人間を警戒せず、あさはかに自分の裕福さをさらけ出してしまう傾向があった。そうしたもろさそのものが魅力だったのだ。

「詮索するつもりはないのですよ」とミスター・ハンバーが詫びた。「つい先頃、ミセス・ファラデーのご亭主が雇った探偵一行が到着しましたのでね、提供できる情報が多いに越したことはないと思ったわけでして」

「わたしには話を聞きに来ませんでしたよ」

「あなたには語るべきことがないと先方が判断したのでしょう。ファラデー氏本人はすでにアメリカへ帰国しました。身代金を要求する手紙がアメリカのほうへ届くかも知れないとのことで」

「ということはご亭主は、ミセス・ファラデーが愛の冒険旅行に出たとは考えていないわけですね？」

「誰しも現実は無視できませんからね。イタリアでは無差別誘拐が横行しておるのです」

「イタリア人の誰かが、ミセス・ファラデーのご亭主が金持ちだと知ってしまったというわけですか？」

「その気にさえなれば、どうしてここまで、と驚くようなことまで探り当てられるものです」ミスター・ハンバーは手入れが行き届いた自分の手指を見つめる。そうしてふたたび、何事もなかったかのような表情になる。語る話の内容がどう変わっても、アメリカ領事の辞書に狼狽の文字はなさそうだった。「目下のところ要求は届いておりませんが、今日び、営利誘拐はしばしば失敗するということを頭に入れておく必要があります。イタリアでも事情は変わらんのです」

「ファラデー氏は、誘拐が失敗したと考えているのでしょうか？」

「ファラデー氏は困惑しています。途方に暮れていると言っていいでしょう」

「そりゃあそうでしょうね」同意を強調するために彼はうなずいた。ミセス・ファラデーの夫は、結婚生活が不満を蓄積させてきたのは明らかなのに、いまなお困惑し、途方に暮れるような男なのだ。妻のほうはすでにきっぱりとふたりの関係をあきらめていた。何よりもその自暴自棄が彼女を突っ走らせた。やけになってさえいなければ彼女は別人だったはずで、その場合にはもちろん、旅先で男にちょっかいを出すはずもなかった。退屈がすべての元凶だった。「あなたのことをもっと話して」人間関係に飢えたハスキーな彼女の声が響いた。男は何も語らなかった——引き裂かれた無惨な恋も、後悔と恥辱も、賃貸部屋で抱いたみじめな希望も、怒りへと変化した苦悶も。彼女には美貌があった。男には、明るみに出れば笑われるだけの不器用さがあっただけだ。現代絵画を壁に掛けたあのレストランで男が打ち明け話をしたとしたら、彼女の退屈は、お気に入りの服を脱ぐようにあっさり肩から落ちただろうか？　それとも彼女も、「だまされちゃった、とんでもない話よ」と怒り出しただろうか？

「ファラデー氏が雇った探偵一行による捜査とは別に」とミスター・ハンバーが言った。「われわれ独自の捜査もおこなっております。ファラデー氏は捜査費用を惜しんでいませんし、警察軍《カラビニエリ》の捜査もさらに継続中です。これだけの陣容でかかっているのですから、見つかるべきものは必ずや見つかるでしょう」

「もちろん、手を尽くしてくださることを信じています、ミスター・ハンバー」

「おまかせください」

男が立ち上がり、ミスター・ハンバーも立ち上がって、小麦色のやせた手を差し出した。そして、不運な状況ではありますがお目にかかれてよかったと述べた。ミスター・ハンバーにとって外交術は油のようなものである。彼のふるまいとことばをなめらかにし、現実から一歩引いた態度を完璧な位置に浮かべさせていた。

「それではこれで、ミスター・ハンバー」

男はエレベーターを使わずに領事館の階段を下りていった。彼女は死んだのだと思った。森の中に全裸で横たわっている姿が脳裏に浮かんだ。笑ったような死に顔に不釣り合いなほど歯並びがきれいで、白い肌の血の気のなさは、公園で見つかった女子生徒を思わせる恥じらいを漂わせている。男の頬におやすみのキスをした彼女は色情症《ニンフォマニア》とは思えなかったし、世慣れた女という感じでさえなかった。女子生徒と同じく、他人を信じやすい自分に襲いかかった、氷のような冷酷さが見えなかったのだ。彼女を奪い去ったこの都市について男が書いた、不器用で頭でっかちな文章が心をよぎった。**サンタ・クローチェ教会ではジョットの〈聖フランチェスコの生涯〉を探して、あなたは墓石だらけの床をさまようだろう。サヴォナローラの広場では、彼が処刑された場所を示す灰色の石の銘板の存在が、魅力的な婦人警官の流れる髪や観光客の暢気なふるまいを断固として容赦しない。**フィレンツェが今ある姿になったのは不正と粗暴な野心の結果であり、何世紀にもわたって烈しい強欲がこの都市の血流であった。ラメ入りの表皮の下には冷酷無情が鼓動している。**フィレンツェ人は真の地方人の例に漏れず、仕事と金銭を第一に優先する。シニョーリア広場では鳩が、ありふれた乗用馬の糞をつついて朝食とする。ここフィレンツェでは無駄にされるものは何ひとつない。**

男はアメリカ領事館を出て、川沿いの道路をゆっくり歩いた。日射しは強く、車の騒音が耳障りだった。彼は道路を横断し、アルノ川の緑色の水面を見下ろしながら考えた——ミセス・ファラデーの人生をくるんだ黒い屍衣が、闇夜にまぎれてここを流れ去ったのだろうか。ウフィッツィ美術館では、受胎告知の絵ばかりを拾って歩いた。シモーネ・マルティーニ、バルドヴァネッティ、ロレンツォ・ディ・クレディ、などなど。サンタ・トリニタ教会では彼女のさび色のコートを見かけた、と思ったが顔は別人だった。アイスクリーム屋から彼女の声が飛んできた——それは記憶の中のこだまに過ぎなかった。

男は川岸から離れて、ゆっくりした足取りで市の中心部へ向かった。共和国広場《ピアッツァ・デッラ・レプッブリカ》のカフェの屋外席に腰掛けて、彼は心に思い描いた――あの最後の夜、ベッドに腰掛けた彼女が暗闇の中でタバコをふかしながら考えていただろう、あれこれのことを。彼女は恋の最高に幸せな瞬間を味わっていたはずだ。何ひとつまだ壊れておらず、期待は豊穣そのものだったのだから。彼女は、マイアーノ農園をふたりでそぞろ歩く場面を想像し、その小遠足への誘いをどうやってもう一度切り出せばよいか思案していたに違いない。今度こそ、男が喜んで一緒に行く、と言うのを期待しながら。あるいはまた、パラッツォ・リカーゾリの貸部屋にふたりでいる場面を想像していたに違いない。今度こそ、以前とは全然違う滞在になるのを期待しながら。彼女はすでに、大が自営業を営んでいるあの町には二度と戻らないと決心していた。「こんなふうにひとを愛したのははじめてよ」彼女が暗闇でささやいた。

男はホテルの部屋へ戻って髭を剃り、風呂に入ってから、プレスしたてのスーツを身につけた。彼は六時にドネイのカフェへ行った。彼女をはじめて待ったあの日の夕刻以来、それが一種の儀式になってしまっていた。男はアメリカ人たちがカクテルを飲んでいるのを眺めた。彼女が突然現れるはずはないので、いつまでそこにいても心を騒がす心配はないとわかっていた。男は、彼女が好きだと言った音楽に耳を傾けた。そして本物の恋人のように、彼女に哀悼の意を捧げた。

スズメバチみたい、とローラがつぶやく。縞模様の列柱が激しく口論しているように見えるシエナの大聖堂へ来るたび、彼女はいつもそう独り言を言う。数日前の夜、彼女の夫も、パラッツォ・ラヴィッツァに泊まっている他の観光客たちに、なんだか落ち着かない気分になる場所ですと教えていた。

ツアーガイドたちがいくつかの言語で、説教壇とパストリーノの〈最後の晩餐〉について解説している。アメリカ人はぐったりと椅子にへたりこみ、ドイツ人は写真を撮るのに余念がない。イタリア人の老女がロウソクに火を点け、ぺちゃくちゃうるさい子どもたちが静かにしなさいと注意される。ローラは、はずしたサングラスを指先で弄びながら、大聖堂内の人混みを縫って歩き、フランチェスコ・ピッコローミニが教皇ピウス三世になったのだと確かめた。夫はピウス二世だと言い張っていたのだが、彼女は自分のほうが正しいと確信していた。あのひとはよく、いろんなことを間違える。

「ローラ？　ローラじゃない？」

　彼女は、八月の熱波に赤らんだ丸顔を見つめる。もとは赤褐色だった髪にごま塩が混じっている。レタスみたいな緑色と青色のドレスは、大聖堂の列柱の縞模様ほど格調高くない。ローラは微笑んだ後、すぐに首を傾げる。くたびれたドレスから蚊に食われた両脚へ視線を動かし、コットンのドレスの青色とかつてはぴったり響き合っていたとおぼしき、サンダルの青に目を移す。そうしてふたたび笑みを浮かべて、五十歳くらいに見えるこのひとを自分は知っていると思う。

「あなた全然変わっていないわ！」相手の声を聞いてローラの記憶が即座によみがえる。声こそ全然変わっていない。わたしが全然変わってないなんて、このひとはごていねいな嘘をついてるわ。

「あなたこそ全然変わってないじゃない、マーガレッタ」

　ローラの声音は堅い。観光客の群れと怒ったような縞模様の列柱に囲まれて立っていると、持ち前の気の強さが溶けてしまう。こんなところで会えたなんて不思議、と口に出してはみたものの、近頃では誰もが観光客なのだから不思議でも何でもないと思い直す。こんなふうに出会いたくなかった、と彼女は思う。マーガレッタがわたしに気づいても、声を掛けずに立ち去ってくれれば良かったのに。

「会えてうれしい」とマーガレッタが言う。

　ふたりはお互いを見つめ合う。そして気分を食い違わせたまま、大昔の友情にわしづかみにされる。それぞれの結婚と子どもたちが一挙に吹き飛んでしまう。

　ヒースリップ家の邸は、草がぼうぼうに生えて、夏なので砂埃が舞う四角広場《スクエア》に面していた。医学博士ヒースリップという真鍮の表札が家主の職業を物語っている。オークの木目が浮き出した玄関扉は重々しく堂々としており、表札に見合う重厚さと色合いを持つ真鍮金具がついていた。すぐ近くにアイルランド銀行がある。建物にツタが絡まっている分、灰色の石積みが露出したヒースリップ邸ほど物寂しい印象は与えなかった。他の建物もそれぞれ隣とは分離されたつくりになっており、灰色の石積みがむきだしか、さもなければピンクやクリーム色や白に塗られていた。広場の、草が刈られた区画の真ん中あたりに、緑の鉄柵で囲った空っぽの台座が残っている。かつてはその上からヴィクトリア女王の銅像が周囲を見下ろしていた。四角広場《スクエア》の角と本通りが交わる交叉点にド・ルックス活動写真館という、名前と同じくらい古めかしい映画館があって、反対側の角にはホーガンズ・ホテルが建っていた。

　第二次世界大戦中の六月のある日、真鍮の表札が暖かい陽を浴びてちらちら輝いていた。ローラにとって生涯忘れられない一日となったその日に、邸の客間でミセス・ヒースリップが言った——

「ローラ、この子がマーガレッタ」

　ローラは教わったとおりに手を差し出したが、マーガレッタは、少女ふたりが向き合って堅苦しいあいさつを交わすのがおもしろくてくすくす笑った。

「マーガレッタ！　ほんとにもう、ローラに失礼ですよ。すぐに謝りなさい」

「アイルランドじゃみんなこうなの」謝る代わりにマーガレッタが断言した。「だって沼地の泥ん子なんだもん、わかるっしょ」

「何言ってるの、違うでしょ」ミセス・ヒースリップがたしなめた。細身で背が高く、花模様のドレスを着た彼女はちょっと気取って、紫のリボンが色あせた麦わら帽子をかぶっていた。いつも野外で過ごしているせいなのか、顔も腕も足もこんがりした茶色だった。「ほんとにもう、わたしたちは沼地の泥ん子じゃありませんよ」ミセス・ヒースリップがもう一度念を押した。「それから、「わかるっしょ」なんて言わないこと、マーガレッタ」

一九四一年、娘ふたりは九歳だった。ローラは戦争のせいでイングランドから疎開してきた。中立を保ったアイルランドでは、戦争は「非常事態」と呼ばれていた。アイルランドのほうが食糧が豊富だったし、田舎町には平穏無事な空気もあった。ローラが生まれる何年も前、彼女の母親はアイルランドに住んでいて、ブレイという町の寄宿学校でミセス・ヒースリップと机を並べて勉強した。「きっとアイルランドが好きになるわよ」と母親が請け合った。「このお仕事さえなければ、わたしだってあなたと一緒に飛んでいきたいくらいなんだから」母親と娘はバッキンガムシャーのアンスティー・ライという村に住んでいた。一九三九年十二月、戦争がはじまってまもなくローラの父親が戦死した。操縦していたスピットファイアーが海上で撃墜されたのだ。母親はアンスティー・ライ洋装店で働いており、経理全般と卸業者との交渉を任された上に、衣料品の戦時配給切符に関わる面倒な手続きの管理も担当していた。アイルランドとは万事事情が異なっていたのである。「あの木が、サルも上れないっていうチリ松《モンキーパズル》。わかるっしょ」マーガレッタが庭でそう教えてくれたのを聞いて、ローラはあの木なら知っていると思ったけれど、口には出さなかった。

ミセス・ヒースリップとは違ってマーガレッタは細身でなく、肌の色も茶色くなかった。その代わりに物憂くて無頓着な魅力があった。瞳は眠たそうな青で、頬には暢気そうなえくぼがあり、手入れをしない赤毛はローラがいまだかつて見たことがないくらい美しかった。マーガレッタは成長したら驚くほど美人になる――ローラは彼女とはじめて会ったあの日の午後、トロイのヘレンはきっとこんなだったに違いないと思った。マーガレッタの身体の動きひとつひとつに刻印され、庭と屋内を案内する足取りに約束された美の前兆を見て、ローラは焼きもちを焼いた。

「これからぜんぶ案内するけど」とマーガレッタが言った。「町を見たらものすごく退屈すると思うから、覚悟しといてくれる?」

「え、そんなことないよ、もちろん。ありがと、マーガレッタ」

「言っとくけど、ほんと、たいしたことない町なんだ」

娘ふたりは広い本通りをゆっくり歩き、マーガレッタが商店を順々に紹介した。ローラの目にはどの店も雑然として見えたが、パン製造所の隣の、パンではなく小麦粉や砂糖を売っている店だけはきちんと片付いているように見えた。ふたりはマーテルズ簡易食堂、ジェームズ・ライアンズ布地店、薬局の前を通った。クランシーズ食料雑貨店はパブも兼ねているの、とマーガレッタが言った。それからホーム・アンド・コロニアル商店、金物店、靴店、その他のパブの前も通った。ふたりは練習帳やスティーヴンズ印のインク瓶がたくさん並んだショウウィンドウの前で足を止めた。マーガレッタはこの店が一番のお気に入りだと言った。ウィンドウには箱入りのペン先や鉛筆、ゴムバンドの束、モノサシ、鉛筆削り器、それから、さまざまな色のマーブル模様の軸がついたウォーターマンの万年筆が陳列されていた。メリフォント・ブックスの広告が貼られ、派手なカバーがついた子ども文庫シリーズの『アンジェラと小妖精』、推理の世界シリーズの『彼方からの殺人』など、本そのものも何冊か置かれていた。マーガレッタが説明した――この店のドアにはT・マッカーシーと書かれているけど、本当の屋号はコフィーズ。お店に入るとすてきな紙の匂いがするから好き。クランシーズはウイスキーとおがくずの匂いがして、肉屋は臓物の匂いがするんだ。

「やあ元気かい、マーガレッタ？」ミスター・ハーンが店の戸口から声を掛けた。がっしりした体格で、血がついたエプロンをしていた。

「ローラはイングランドから来たんです」マーガレッタが彼女を紹介した。

「ご機嫌いかが、ローラ？」とミスター・ハーンが言った。

この日以後、何週間も何ヶ月もかけて、ローラはこの肉屋とずいぶん親しくなった。というのも、彼女はマーガレッタとふたりで家の買い物を一手に引き受けることになったからだ。「肉と女に無理強いは禁物だよ」というのがミスター・ハーンの口癖だった。彼はよく娘たちになぞなぞを出題したが、その答えを知らなかった。ミセス・ヒースリップの話では、ミスター・ハーンの奥さんはひんぱんにお腹が大きくなるのだという。

マーフィーズ、オコーナーズ、エルドンズ、モリッシーズ、ミセス・フィニーズ。ローラは町の菓子屋ともおなじみになった。H・B、ルーカン、メルヴィルとさまざまなブランドのアイスクリームが売られていた中で、エルドンズの自家製アイスは他のどれよりも安く、黄色っぽい色をしていた。マーフィーズでは菓子類の他に果物も扱っており、菓子屋の中でいちばんしゃれた店だった。マーガレッタによればこの店の匂いが最高で、バニラとブドウの混ざった香りがした。どの菓子屋でも売っていたのは、運がいいと球の中から紙にくるんだぴかぴかの半ペニー青銅貨が出てくる、まっ赤なマネーボールである。アーニーのチョコレート、パイプ形のリコリス菓子とヒモ状のリコリス菓子、レモン印のナッツ・ミルク・タフィーとレインボー・タフィーもぜんぶの店で買えた。菓子屋のショウウィンドウにはウィルウッドの色とりどりの小菓子や、ミッキー・タフィーの厚板や、赤ん坊の形にこしらえたゼリー菓子がずらりと並んでいた。いちばんのお値打ち品は真っ黄色のレモネードパウダーで、ふたりはいつもレモネードをつくるまで待ちきれずに、買ったらすぐに道端で食べてしまった。

アイルランドでの最初の夏は新しい経験に溢れていたけれど、とびきり魅力的なのはヒースリップ家そのものだった。ドクター・ヒースリップは悠長な語り声でしかつめらしいジョークを飛ばした。聞いたばかりの話がジョークなのかどうか迷っていると、ドクターが悠然と微笑んでみせるのでジョークだとわかった。ミセス・ヒースリップは庭で読書をした。修道女がやっている図書館から借りてきた書物には茶色い包装紙でカバーが掛けられていた。マーガレッタの弟たちは六歳と五歳で、毎日通ってくるフランシーが面倒を見ていた。彼女は十九歳で、内斜視だった。アイリーンとケイティが料理と掃除を引き受けていた。ケイティはドクター・ヒースリップの診療所へやってくる患者さんを玄関で出迎える係で、地下へ通じる階段をいつも上ったり降りたりしていた。アイリーンのほうはかなり年配――六十歳よ、とマーガレッタが教えてくれたが、端で聞いていたミセス・ヒースリップが四十五歳だと訂正した――で、ローラの大のお気に入りになったブラウンブレッドをこしらえる名人だった。ケイティは金物店で働くハガネのボーハン《ワイリー》とつきあっていた。ふたりがキスしているのを見たことがある、とマーガレッタが言った。

町で見かけるほとんどの自動車は、「非常事態」による燃料不足のせいで車庫に入れっぱなしになっていた。ところがドクター・ヒースリップの自家用車だけは例外で、毎日、マッティ・デヴリンという男が裏のガレージから出してくる。彼は邸の前に車を駐めて、田園地域での出産や農場で突発的な事故が起きた場合にドクターがすぐ駆けつけることができるよう、つねに準備しておいた。

「はあ、わかりました。できるだけのことをします」というのがドクターの口癖で、あまり期待できそうにない口ぶりでいつもそうつぶやくのだが、ローラが聞いたところでは、ドクターはひんぱんに人命を助けているらしい。「ドクター、車はいつでも準備できています」マッティ・デヴリンが毎朝食時に、邸じゅうに聞こえる大声でそう告げる。彼の一日の仕事はこうしてはじまり、昼間は庭の菜園で畑仕事をするのだが、土が合っていないという理由でエンドウ豆、空豆、ほうれん草の栽培を拒んだので、ミセス・ヒースリップは不満だった。彼が代わりに栽培したのは、黄色いスウェーデンカブと白カブを含む大量のカブ類、じゃがいも、それから家族の中で誰ひとり好む者がいないケールのような作物だった。いつもストライプ入りの茶色いスーツを着て、ベルトとズボン吊りを両方つけて、菜園で作業するときにはズボンの裾を靴下の中に突っ込む。上着や帽子を脱ぐことは決してなかった。

ドクター・ヒースリップに呼び出しが掛かり、自家用車で出かける必要があるときには、娘ふたりに一緒に行きたいか尋ねた。だが世間から、ふたりが同乗しているせいで燃料を無駄遣いしていると後ろ指を指されては困るので、道中は後部座席でできるかぎりおとなしくしているようにと言い聞かされた。医術を必要とする農家に到着するとドクターは厳格な言いつけを解いて、ふたりの下車を許可した。「さあ行って、鶏や雌牛を見ておいで」と彼が言った。「鶏がどんなものかローラに見せてあげるんだよ、マーガレッタ」天気が良く、農家が町からそれほど遠くない場合には、娘ふたりは歩いて帰りたいと言った。ふたりが町への帰り道をたどっていると後ろからドクターの車が追いついてきてクラクションを鳴らし、速度を緩めて、一緒に乗っていきたいか尋ねる。娘ふたりはたいていの場合、首を横に振る。てくてく歩いて帰宅して、食事の時間に遅れても、誰ひとり文句は言わない。肉と野菜の載った皿をオーブンから取り出して、食堂兼居間《キッチン》で食べるのだが、グレービーは乾き、マッシュポテトは茶色くなっている。ティーポットのお茶も、料理用ストーブの上で保温されていたせいで、ほとんど真っ黒になっていた。

ドクター・ヒースリップは娘の性格を、せっかちで無鉄砲だと評した。「ローラ、君と娘は大違いだよ。君には思慮分別がある」彼はミセス・ヒースリップを相手にしばしばこの比較を繰り返し、ときにはケイティやアイリーンや、マッティ・デヴリンにまで、同意するかどうか尋ねた。マーガレッタは父を無視し、ローラは行儀良く微笑んだ。ヒースリップ家をかき乱したり、せきたてたりするものは何ひとつなかった。ミセス・ヒースリップの気に掛かることと言えば、娘のしゃべり方とマッティ・デヴリンが栽培する野菜の好みぐらいのものだった。

「『雨ぞ降る』」とマーガレッタが言った。「インドと恋。わかるっしょ」

他の映画と同じように、この映画もふたりで見に行った。ド・ルックス活動写真館ではウェスタン・エレクトリック・サウンドがまだ導入されていなかったので、音声がときどき聞き取りにくかった。マーガレッタとローラは週三回の割合でド・ルックスへ通ったが、行くたびに違う作品が上映されていた。ヒースリップ夫妻も娘たちに負けないくらいド・ルックスの常連だった。娘たちが映画を見た翌朝、朝食時に彼女たちの報告を聞いて、夫妻はその作品を見に行くかどうか判断した。『オペラハット』がミセス・ヒースリップの長年のお気に入りで、ドクターのお気に入りは『ロスチャイルド』だった。だがマーガレッタに言わせれば、『ロスチャイルド』は『ノートルダムのせむし男』よりも退屈な、最悪の映画だった。彼女とローラにとって、最初の夏のハイライトは『翻弄』、『無法者の群れ』、『春の序曲』、『浮かれ姫君』で、とりわけふたりが気に入ったのは『雨ぞ降る』だった。毎週土曜日には『炎の砦』という連続物が上映された他、紀行ものとニュースに加えて、チャーリー・チェイスかレオン・エロルが出演するコメディの短篇映画も上映された。「ド・ルックスって匂いも素敵だと思わない？」フランチョット・トーンやディアナ・ダービンの演技について詳しく論じ合った後、話の種が尽きてもまだ語り足りない気がするとき、マーガレッタはしばしばそう言いだした。「熱くなったセルロイドの匂いだよ、たぶん。それと吸い殻の匂いが混じってるの」

戦争は一九四五年五月に終わった。ヒースリップ家と田舎町と、マーガレッタとともに通った学校と、町のひとびとといろんな店の思い出をローラはイングランドへ持ち帰った。マーガレッタはときどき手紙を書いた。のたくったような大きな字で、綴りはへんてこな間違いだらけだった——ミセス・ハーンはローマ教皇にちなんで、生まれたばかりの子をリアム・ピウスと名付けたよ。ド・ルックスでは今、『警告発令』をやってます。次に来るのは『飛行士の恋』。

ローラの字はきれいだったが、手紙に書くことが何もなかった。戦後の暮らしの立て直しや実用本位の服について説明しても、マーガレッタがおもしろがるはずはなかったからだ。マーガレッタはローラの親友になり、ローラもマーガレッタの親友になった。ローラがイングランドへ帰る前の晩、ふたりしてそう決めた。ふたりはマーガレッタのベッドの上で、ささやき声でおしゃべりをした。十時だと思っていたら、いつのまにかドナルドダックの置き時計が二時二十分を指していた。「もう寝なくちゃ。わかるっしょ」マーガレッタはそう言ったけれど、ローラは、時計の針をゆっくり進ませるためにまだ話し続けたかった。マーガレッタが電灯を消した後、ローラは暗闇の中で考えた——マーガレッタみたいに、わたしが退屈するものを同じように退屈がる友達ははじめてだし、一緒にいて気を遣う必要がない友達もはじめてだ。少しの間、薄暗がりに月光が射して、マーガレッタのからんだ髪が枕の上に広がっているのが見えた。彼女はすでに熟睡し深い寝息を立てていた。おもしろい夢でも見ているのだろうか、顔に少しだけ微笑みが浮かんでいた。次の瞬間、月に雲が掛かって部屋が急に真っ暗になった。

ローラが後々まで思い出すのはこの夜のことだ。「こんな町じゃ友達なんてできないよ」とマーガレッタがつぶやいた。「ていうか、できなくもないかもしれない。でも難しいんだよ。わかるっしょ」そう言って彼女は、ローラも知っている町の娘たちの名前を挙げた。あの子らったら、お菓子屋のミセス・エルドンが口紅をでっかく塗って唇を大きく見せてるのを見ても、全然おもしろがらないんだ。ミスター・ハーンの無精ひげがいつも同じ長さなのはどうしてなんだろうって疑問に思ったりもしないしね。あるとき娘ふたりがドクター・ヒースリップに尋ねたところ、「一日分の伸び代《しろ》だよ」と教えてくれた。それにしても毎日毎日、どうしてきっちり同じ長さだけひげが伸びるのかしら？　「この町の子たちはみんな修道女とかになりたいんだよ」とマーガレッタが言った。あの子たちもド・ルックスへ来るけど、演技には関心がないし、吠えるライオンとか、サーチフイトとか、松明《たいまつ》持った銅像とか、雪をかぶった山とか、電気を発してるラジオアンテナとかのトレードマークにもちっとも関心ないんだよ。町の子たちはおもしろいものを見つけるために映画館へ来るわけじゃないんだ、と彼女はこぼした。ローラとマーガレッタが町を歩いているとときどき、店のひとが語るひとことがふたりの笑いのツボにはまった。そんなときふたりは別の店のウィンドウの脇へ移動して寄りかかり、脇腹が痛くなるまで大笑いした。誰かの姿を見ただけで笑いがこみ上げてくることもあった。ローラが六歳の誕生日におきたできごとを話しはじめると、マーガレッタは我を忘れて聴き入った——おじのギルバートが骨張った膝の上にローラを載せて、理由もないのにお尻をペンペン叩いた。その後お菓子を渡して、さっきのことはふたりだけの秘密だよと告げたのだ。「その男には近づかないほうがいいよ」マーガレッタがきっぱりそう言い捨て、ふたりはくすくす笑った。だがふたりとも何を笑っているのかはわかっていなかった。ローラがその話を打ち明けたのはこれがはじめてだった。

全然楽しくありません、とローラは書いた。**あなたがいつも言ってたのと同じでものすごく楽しくないの。知っての通り、最初は誰もが、戦争はクリスマスまでに終わると言っていました。ヒットラーはおめかし屋で自分がしていることをわかっていない、と誰もが言っていたのを覚えています。ところがアイルランドから帰ってからはすべてが楽しくなくて、ヒットラーが戦争に勝ったのかしらって思ってしまうほど。わたしはもう何ヶ月も卵を食べていません。**

戦争はそのようにして終わり、安全上の不安はなくなったので、ローラの母親が娘をふたたびヒースリップ家へ行かせたのはもっぱら栄養をつけさせるためだった。ミセス・ヒースリップはアイルランドのよさを力説し、ローラの母親も一緒に来るよう説得した。「母なしではお店が立ちゆかないのだそうです」ローラは到着するとすぐに、母親がすでに手紙で書き送った内容を繰り返した。「なんとかして一緒に来たいと言ってはいたのですが」戦後の楽しくない耐乏生活は戦時中と同じくらい厳しいものだった。

アイルランドで過ごす二度目の夏がローラに与えたのは、最初の夏に新しい経験をした場所を再訪して懐かしさを味わう喜びである。ミセス・ハーンにはたぶんまた赤ちゃんができているかも。ミセス・エルドンの口紅はあいかわらずたっぷり塗られているかしら。角が黄ばんで丸まった表紙を輪ゴムで押さえた『彼方からの殺人』は、今でもペン先やゴムバンドに混じってショウウィンドウに居残っているかな。ローラはそういうあれこれが気になった。

マーガレッタは一年の間に自転車を買ってもらっていた。ローラは、ミセス・ヒースリップ用のハンバー社製の自転車を、サドルを低くして使わせてもらうことにした。ふたりは何マイルも続く、平たくて見応えのない景色の中で、自転車を乗り回しながらおしゃべりをした。話題は『ブーム・タウン』のクローデット・コルベール、『影なき男の影』のウィリアム・パウエルとマーナ・ロイ、『医師、妻をめとる』のレイ・ミランドなど、ド・ルックス活動写真館でかつて見た映画をめぐる演技論だった。ふたりは、ついついスピードを出して遠くまで行きすぎてしまう舗装道路から脇道へそれて、丘が広がる田園地帯を楽しく探訪した。マーガレッタのサドルバッグにはアイリーンがつくってくれたサンドイッチが入っており、ふたりはレモネードを買うお金ももらっていた。ふたりはいつも自転車を路肩に倒し、牧草地に入りこんでサンドイッチを食べ、日射しを浴びながらいつまでもおしゃべりを続けた。一度だけ、服を脱いで小川に飛び込んで水浴びをしたが、あまりに水が冷たかったのでふたりして悲鳴を上げた。いろんな遊びをした中でふたりが一番好きだったのは、田舎家を訪問して水を飲ませてもらうことだった。ふたりはたいてい食堂兼居間《キッチン》に招き入れられ、水桶かポンプで汲み上げた水を一椀ずつもらった。あるときはたいそう年老いたおばあさんがちょっと食べて行きなさいと言い張って、サンドイッチをたくさん食べたばかりなんですと繰り返し伝えたにもかかわらず、ゆで卵とパンとお茶をふるまってくれた。おばあさんはマーガレッタとローラに、シカゴに住んでいるという息子の写真を見せた。そして、きっとまた寄りますとふたりに約束させた。もらうのは一杯の水にすぎなかったけれど、その水をくれたひとについて後から語りあう楽しみが大きかった。ひとびとをよく観察し、語られたことばの一字一句や食堂兼居間《キッチン》の隅々まで思い出すのが一種のゲームになった。町から離れたところまで遠乗りしたばあいには偽名を使った。マーガレッタは名前を聞かれると「アナベラ・コールマンです」と名乗り、ローラはイングランドに住んでいる知り合いの娘の名前を借りてイザベル・バチェラー＝テイトと名乗った。マーガレッタはあるとき、わたしたちはダブリンの人間なのですが、休暇でホーガンズ・ホテルに泊まっているのですと言った。彼女の父親は干し草商人で、ローラの父親は紅茶鑑定士というふれこみだった。「わたしの場合はそういうことを言うわけにはいかんな」ある日の昼食時、ドクター・ヒースリップが重々しく告げた。「なにしろみんなに素性を知られているから」そう言い終わるとハミングをしながら行ってしまった。娘ふたりは、彼が怒ったのではないとわかると、まっ赤になった顔を隠せずに照れくさい思いをした。しばらくたってからミセス・ヒースリップが愉快そうにふたりを眺めて、退屈を持てあましているのならド・クーシー家を訪ねてみたらいいわよと勧めた。

「いいえ、退屈なんてとんでもない、ミセス・ヒースリップ」ローラがあわてて ことばを返した。

「ちっとも、全然」

「マーガレッタ、ローラをド・クーシー家へ連れて行っておあげなさい。もっと早く、あの家のひとたちにローラを紹介しようって思いつかなかったのが不思議なくらいよ」

「ゲーッ、あの家はすごく遠いよ」

「ゲーッなんて言うんじゃありません、マーガレッタ。あの家には病弱なひとがいるんだから、いずれにしろ様子を見に行かなくてはならないの。アイリーンがサラダサンドイッチをつくってくれますからね」

翌朝ふたりは出かけた。自転車で街道を九マイル走った後、田園屋敷の玄関に通じる並木道へ入った。門衛小屋の男が用心深そうに、ふたりのサンダルと白いソックスから麦わら帽子までじろじろ見た。小屋の戸口に立った彼は、ハガネ《ワイリー》のボーハンがケイティに求婚しているという噂話を聞き逃すまいと、ふたりの会話に聞き耳を立てているようだった。男は門衛の制服を着ている。首のところが開いた、ごわごわした紺色の短い上着だ。灰色の陰気な顔をして口の真ん中にタバコをくわえ、髪も灰色。マーガレッタがハローと呼びかけたのにうなずいてみせたものの、声は返さない。ふたりはずいぶん先まで走ってからくすくす笑いあった。

並木道は長く路面はかなりでこぼこだったが、木々が直射日光を遮ってくれるので心地よく涼しかった。ローラはロマンチックな気分になり、『レベッカ』に出てくる並木道みたいだとつぶやいた。だがマーガレッタに言わせれば、それは暢気な夢想にすぎなくて、『レベッカ』の映画には、豊かな葉が生い茂った木々に覆われた並木道など出てこないのだった。ふたりが激論を交わすうちに、壁一面をピンクに塗った屋敷が現れた。左右に真っ白なアジサイが植わっていて、丈高い窓があり、玄関扉は開いている。地面が砂利敷きになったために、こいでいくのが難しくなり、ふたりは自転車を降りた。そして自転車を押して玄関まで歩いた。

「マーガレッタ・ヒースリップです」玄関ホールで置き時計のネジを巻いていたメイドに向かって、マーガレッタが名乗った。「ド・クーシー家の方々にお会いしたいと思って」

メイドは驚いたような顔をして振り向いた。階段の上り口の脇の、テーブルに置かれた時計のネジを巻き終えると、彼女は文字盤のガラスを閉め、はずしたネジを壁の凹所にとりつけた真鍮のフックに掛けた。時計の針は十一時半を指している。

カーブを描いて上っていく階段脇の壁に、タピスリーが何枚か掛かっている。黒ずんだ板床のところどころに小さな敷物があるが、階段に敷き詰めたじゅうたんやタピスリー同様かなり色あせているので、何の図柄かはもうわからない。マーガレッタが後から語ったところによれば、玄関ホールには花とベーコンの混じった匂いが漂っていた。

「取り次いでもらえますか？」不意の来訪者にどう応対したらよいか、メイドがためらっているようだったので、マーガレッタがつけくわえた。「マーガレッタ・ヒースリップとその友達が来たと言ってくれればいいのよ」

「ド・クーシー家はお揃いで、パンチズタウンの競馬大会にお出かけでございます」

「ラルフ・ド・クーシーはいるんでしょ？」

「もちろんご在宅です」

「だったら彼に取り次いでくださらない？」

「お坊ちゃまは無理が掛かって身体をお痛めになるといけませんので、レース行きはお取りやめになったのです」

「マーガレッタ・ヒースリップとその友達が来たと伝えて下さいな」

メイドはケイティと同じくらい若かったが彼女ほど美しくはない。前歯が迫り出し、白いキャップの下で髪が乱れていた。彼女は今一度ためらった後、心を決めたようだった。

「お伝えしてきます。客間の椅子に掛けてお待ち下さい」

そう言い残してメイドは消えた。ふたりがひとつのドアを開けてみると羽目板貼りの部屋が現れたが、客間としては狭すぎるし、実用的すぎる感じがした。別のドアを開けると青いブラインドを下ろした部屋で、細長い大テーブルを囲んでダイニングチェアが配置されていた。その他の家具は薄暗がりに溶け込んでいてよく見えなかった。客間をようやく見つけた。暖炉に火が入っていたが、とても暖かい日だったので窓が開いていた。マントルピースとテーブルとグランドピアノの上にそれぞれ花瓶が置かれて、花が生けられている。壁には家族の肖像画がぎっしりと掛かっている。暖炉の前の敷物の上に白黒ブチの老犬が寝そべっており、娘ふたりが部屋に入ってきても動かない。ローラは、こんなに美しい部屋に入ったのは生まれてはじめてだと思った。

ふたりは色あせたピンクの濃淡でストライプ模様を浮き出させたソファーの隅に、注意深く腰掛けた。それからささやき声で、あのメイドは門衛小屋の制服を着た男とつきあっているかどうか話し合った。

「もう少々お待ちくださいますか?」メイドがドアのところに現れてそう告げた。

マーガレッタはくすくす笑い、唇を手で押さえた。お待ちしますと答えたのはローラだった。

「あの子の名前なんていうんだろう」メイドが行ってしまってからローラがつぶやいた。

「ルドミラだよ。きっと」

ふたたびくすくす笑いがはじまり、犬が眠りながら鼻を鳴らした。開いた窓の外で鳩の鳴き声がした。

「いやあこれは名誉なことです」姿より先に声が聞こえた。「ごきげんよう」

現れたのは娘ふたりよりも三歳ばかり年上と思われる男性である。肌が青白く、髪は黒くて瞳は茶色。フラノのズボンに緑色のツイードジャケットを着ていた。

「マーガレッタ・ヒースリップ」満面に笑みをたたえながら彼が話し続けた。「君が小さかった頃のことをぼくは覚えている」

彼はまるで彼女が――いや娘ふたりともが――今だに子どもであるかのような態度で話した。要するに彼自身は大人の世界に属しており、娘ふたりが属している世界はとうの昔に卒業した、と言わんばかりの態度だった。

「こちらをお訪ねしなさいと母に言われてやってきたんです」マーガレッタはそう告げて、自分たちがここへ来たことについて責任逃れをした。「あなたの様子を確かめがてらローラをご紹介しようと思って」

「ごきげんよう、ローラ」

彼が伸ばした手をローラが取り、軽く握手した。彼の手はひんやりしていた。大理石みたい、と彼女は思った。

「ローラはイングランドから来てるんです」

「なるほど。イングランドはどちらかな、ローラ？」

「アンスティー・ライという村です。バッキンガムシャーの」

「魅力的な響きだなあ！」

「でも全然活気がありません」とローラが返した。「戦争のせいで」

「確かにね。怖ろしい戦争だった。でもとにかく連合国が勝ったから。うれしいでしょう、ローラ？」

彼の話しぶりは正確だったが、アイルランド特有のなまりのせいで、文末が引き延ばされるように聞こえた。顔には絶えず微笑みがある。眼窩に輝く茶色の瞳はローラの目をしっかりと見つめることで、君が語ることに心から興味を持っていると告げている。

「はい、そうですね、うれしいです」

「ぼくはホーホー卿のラジオ〔ドイツによる対英宣伝放送〕を聞いていた。おもしろいことを言う奴だったな」

メイドが、ティーカップとティーポットと一皿のビスケットを持って戻ってきた。

「ありがとう、メアリー」

このひとことを聞いたマーガレッタは片手で口を覆った。だが彼はめざとく気づいていた。

「何のジョーク？」彼はていねいに尋ねた。

メイドが部屋を出て行き、黙っていると自分も笑い出してしまいそうだと思ったので、ローラが答えた。

「マーガレッタったら、彼女の名前はルドミラだよって言ったんです」

「ルドミラ？」

この瞬間はなぜか、ドクター・ヒースリップが怒ったのではないとわかったときと違って、おどけた気分になれなかった。ラルフ・ド・クーシーが丁重なしぐさでふたりにティーカップを渡した。

彼は正しかった。娘ふたりはまだ子どもで、彼自身はそうではなかったのだ。

「マリエッタ・ビスケットはいかが？」

ふたりは手を伸ばした。そして自分たちがしていることのばかばかしさを恥じた。マーガレッタが言った。

「お加減はよさそうですね？」

「具合が悪いと感じるときはないんだ」彼はローラに向かって言った。「子どもの頃、運悪くリューマチ熱を患ったせいで心臓が弱くなってね。死ぬといけないからいろいろ注意しなくちゃならなくなったわけ」

死ということばがこんなふうに口にされるのを聞いて、娘ふたりは驚きのあまり息を呑みそうになったが、ぐっとこらえた。マーガレッタがまた尋ねた。

「少しずつよくなっている感じかしら？」

「その通り。トーマス・マンを読んでいるんだ。『ブッデンブローク家の人びと』。トーマス・マンは好きかな？」

ふたりはこのドイツ人小説家の名前を聞いたことがなかったので、あいまいに首を振った。そしてローラが白状した――わたしたちはその『ブッデンブローク家の人びと』という本を読んだことがありません。

「マリエッタ・ビスケットを食べ終わったら庭を見てもらおうかな？」

「ぜひ見せて下さい」とローラが言った。「もし無理が掛からないようなら――」

「みんな無理ということばを使うんだな。マーガレッタ、君のお父上が一、二度ここへ来て下さったよ。ぼくが死の扉口に立ったとき、相談に乗ってくれたんだ。死の扉口に立つというのは、ことばで言うほど不愉快な経験ではなかった。もちろん二、三歩離れて立つに越したことはないけれどね」

ローラは、彼の話は尋常でないと思った。ある意味彼の存在自体が尋常でなく、わけても世の中を突き放したような微笑みと瞳が並外れていると思った。彼のまなざしは決してぶれない。ローラは彼ほど安定したまなざしの人物に会ったことがなかった。死について語るとき、彼の目はひときわ落ち着き払っていた。

「ほんとに」と彼が言った。「みんなが大騒ぎするから困る。君たちはテニスはするの？　お昼を食べていくといい。食後にテニスをしよう」

「でもそんなことしたら――」マーガレッタが口を開いた。

「ぼくはちょっとだけならテニスをしてもいいんだよ。プレイの後、セーターもブレザーも着ないで過ごしたりしないという約束さえ守れば、テニスをしてもいい。少なくともぼくはそう心得ているんだ」

　彼が死んだらどうなるだろう？　ローラは思いをめぐらした。テニスコートで倒れて二度と起き上がれなくなったとしたら？　当然報告しなくちゃならない！　ドクター・ヒースリップは黙って聞いてくれるだろうけれど、わたしたちが馬鹿なせいで彼が死んだのだから、ふたりに責任があると考えるに違いない！

　ラルフはふたりに庭を見せた。植物や花の名前には詳しくないようだったが、青白くて冷たそうな手であちこちを指さした。彼はふたりを案内してトマトがたくさん実っている温室へ入り、反対側の出口から出た。それからまた指さしてまわった。指の先には、レンガを積んで漆喰を塗った塀沿いに桃の木が繁茂していた。「ジョナサン・スウィフト首席司祭殿お好みの桃だよ」彼の説明は娘ふたりにはちんぷんかんぷんだった。

　彼は木製ベンチの、ふたりの真ん中に腰を下ろした。広い芝生の端にヒマラヤ杉が何本も聳えて、根方には白いアジサイが咲いていた。さきほどの犬とは別の、茶色いスパニエルがどこからか現れて、三人のそばへ来て休んだ。きれいな庭、とマーガレッタが言った。

「バリー軍曹が丹精しているんだ。門衛小屋にいるバリー軍曹だよ？」

ふたりはうなずいた。

「彼はアイルランド語が習得できなかったせいで軍隊を辞めた。降格される恐れがあって、そうなるのはプライドが許さなかった。それで軍曹の位までで退役したんだ」

さきほどメイドが客間へお茶とビスケットを持ってきたとき、彼がメイドに、お客様は昼食を召し上がる予定だと告げた。ふたりは、マーガレッタのサドルバッグにサラダ・サンドイッチが入っていますとは言えなかった。

「お腹ぺこぺこでしょう」と彼が言った。「遠乗りをして来てくれたんだから。今日は家族が不在なので、厨房係がどのていど食べ物をかき集められたかは神のみぞ知る、だけれどね。そろそろかれらのお手並みを拝見する時間だ」

ラルフは先に立って屋敷へ戻り、ふたりをダイニングルームへ案内した。青いブラインドが上げられ、大テーブルに三人分の席が設けられている。壁のベルを彼が引くと、数分後、メイドがスープ皿を三つ載せたトレイを運んできた。

「クロス・アンド・ブラックウェルの缶詰だな」と彼が言った。「キドニービーンズが嫌いだったら残して下さい」

食事の間じゅう彼はあれこれ尋ねた。バッキンガムシャーやアンスティー・ライはどんなところか、近くに爆弾は落ちなかったか。一度だけ行ったことがあるというド・ルックス活動写真館は最近どうか。ド・クーシー家の近くにはマーガレッタの町よりも大きな町があって、そこのパレス座にはすでにウェスタン・エレクトリック・サウンドが導入されていた。ラルフはその映画館で『風と共に去りぬ』を見たと話しながら、映画の印象を「娯楽的」と表現した。そして紹介記事で知ったドイツ映画を見たいのだけれど、パレス座やド・ルックスには回ってきそうにないな、とつぶやいた。正気を失った男がいくつも罪を犯すという映画の筋書きをラルフが語ると、娘ふたりは熱心におもしろそうだと反応した。戦争はもう終わったのだからイングランドでドイツの映画が公開されるかもしれませんんね、と言うローラのことばにラルフがうなずいた。それから三人がサゴプディングとスグリの赤ワイン煮を食べ終えると、ラルフがだしぬけに、少し疲れたと言った。顔にはあいかわらず微笑みがあった。そして、食後には必ず休息することになっているのだと説明した。習慣を破ると後が怖いからね。

ふたりは立ち上がって彼に礼を言い、早く元気になりますように、とあいさつを述べた。テニスをやろうという話は帳消しにされ、みんなが大騒ぎするから困るというセリフも忘れられたかのようだった。ラルフは細長い大テーブルの上座に腰掛けたまま動こうとしなかった。そしてただ、ふたりと会えて楽しかった、半病人と時間を過ごすためにわざわざ遠くまで訪ねてきてくれてありがとう、とだけ言った。それからひどくおとなしい声で、また来てくれるかなとつけくわえた。

「もちろんです」とローラが言った。そのすぐ後に、マーガレッタも同じく請け合った。

「体に気をつけて」とマーガレッタが言った。「じゅうぶん休養を取って下さいね」

ふたりは無言のまま並木道を走り抜けた。門衛小屋にさしかかると、脇の小庭でバリー軍曹が新聞を読んでいた。彼は目を上げてふたりをじろりと見た。唇の真ん中にタバコをくわえていた。今回もまた、彼はひょいとうなずいただけで何も言わなかった。

「ゲーッ！」門衛小屋からじゅうぶん離れたところまで走ってからマーガレッタが言った。「ちょっと驚いたね！」

「無理が掛からなかったかな」

「それそれ！　わたしもそのこと考えてたの」

帰宅してからドクター・ヒースリップに尋ねてみると、「大丈夫、大丈夫」という答えが返ってきた。「かわいそうなあの少年にはたぶん、人づきあいがいい薬になるんだから」だが娘ふたりには、ラルフ・ド・クーシーがかわいそうな少年だとはどうしても思えなかった。ふたりは半月ほど後にもう一度、ド・クーシー家の屋敷まで自転車をこいでいった。ところが並木道の入り口のところでバリー軍曹に呼び止められ、ド・クーシー家は全員ダブリンへ行っているので留守だと知らされた。

「いつ帰ってくるんですか？」マーガレッタが尋ねた。

「さあしばらくは帰ってこないね。月末まで戻ってくるまい」

その一週間後、ローラはイングランドへ帰った。今回彼女が持ち帰った思い出の中には、ド・クーシー家の屋敷と庭で過ごした数時間の心象も含まれていた。図柄が分からなくなったタピスリー、玄関ホールの壁の凹所に掛けられた置き時計のネジ、暖炉の前の敷物の上で眠っていた白黒ブチの老犬。それらのイメージが彼女の心に来ては去り、メイドの顔、門衛小屋の軍曹、そしてフラノのズボンと緑色のツイードジャケットを着たラルフ・ド・クーシーの姿と入れ替わった。彼女は、マーガレッタとふたりで白いアジサイとヒマラヤ杉のそばを歩いて、ピンクのストライプ模様が浮き出たソファーに今一度腰を下ろす場面を夢に見た。その夢の中で、玄関ホールの置き時計から針が外れて落ちた。ドクター・ヒースリップが、無理が掛かるとそういうことがときどき起きるんだよと教えてくれた。

マーガレッタは手紙に、ド・クーシー家のひとびとがダブリンから帰ってきたと聞いたけれど、ひとりで自転車をこいであの屋敷まで行く勇気は出なかった、と書いた。ド・ルックスにもようやくウェスタン・エレクトリック・サウンドが導入されたよ。ハガネ《ワイリー》のボーハンがケイティと結婚する段取りを取り決めるためにわが家にやってきたんだけど、母が、結婚はもう少し待ったらどうかしらと言うと、彼は顔をまっ赤にして、これ以上は待てませんって言い返した。ミスター・ハーンは闇取引の砂糖とお茶に手を出して、肉で儲けた以上の荒稼ぎをしているよ。もうじき捕まるぞってみんなが言ってます。

ローラは次の夏、アイルランドへ行くことができなかった。そのせいでマーガレッタまでが残念がった。同じ年の初め頃、ローラの母親が肺炎になり、回復までに長い期間がかかっていたのである。本人は這うようにしてアンスティー・ライ洋装店の奥の、狭苦しい隅にあるデスクへ戻り、勤めを再開した。ところが、肺炎が残した体調不良がいつまでも治らなかったので、夏休みがやってきたときには、ファーカー医師のすすめで母親の負担を減らすために、ローラが家事と料理のすべてを受け持つことになった。戦後復興のため国民ひとりひとりが力を尽くさねばならない、という時代の空気さえなければ、医師としてはローラの母親に、三ヶ月の完全休養を申し渡したところだ。だが医師は、彼女が働かなければ家計がたちゆかなくなることも承知していた。

そういうわけでローラは、母親と自分の食事をこしらえ、小さな家の隅々まで掃除機を掛けるようになった。日曜日には母親に休養をとってもらうため、食事を載せたトレイをベッドまで持っていった。ラジオの湿電池に毎週充電するのを忘れず、菜園の雑草を取り、レタスの苗を植え替えた。その間じゅうずっと、夏の終わり頃に一週間でもいいからマーガレッタを訪問する許可がもらえたらいいな、という希望を心に抱き続けていた。母親は目に見えて元気を取り戻しつつあった。日曜日はベッドで過ごさず、菜園に椅子を出して腰掛けるようになった。そして八月半ばには料理ができるまでに回復した。

　マーガレッタが手紙で、この夏は来られないのか何度も尋ねてきたが、アンスティー・ライの家でアイルランド行きが話題になることはなかった。ローラの母親は家計が厳しいことばかりこぼした。肺炎を患っていた期間は仕事時間を減らさざるを得なかったので、収入も減っていたからだ。ローラはそうした事情をマーガレッタに書き送った。

　不思議だよね。その夏が終わってからずいぶん経ち、ローラの母親が健康を取り戻した頃、マーガレッタが書いてきた。**あなたのお母さんとラルフ・ド・クーシーがそれぞれに病気を抱えていたなんて。**彼女の筆跡は以前ほど奔放でなく、綴りの間違いもだいぶ少なくなっていた。**父さんが言うには、彼はすごくゆっくりだけど快方に向かっているらしいよ。**ローラは夢想した——曲線を描く階段を上ってトレイを運んだり、菜園に置いた椅子にクッションを運んだりして世話をした相手がラルフならどんなだったろう。門衛小屋でバリー軍曹にあいさつしてあの屋敷を再訪したらどんなだろう。**リンダ・ダーネルって美しいと思わない？**　マーガレッタはこうも書いていた。**あんなふうになれたらいいな。『トルティーヤ台地』は見た？**

　一九四八年、ローラはアイルランドをまた訪れた。ケイティはハガネ《ワイリー》のボーハンと結婚して子宝に恵まれていた。台所係のメイドとしてマッティ・デヴリンの娘のジョージーが新しく雇われて、アイリーンと一緒に働いていた。商店主たちはローラがますますきれいになったと言ったが、彼女自身は、きれいなのはマーガレッタのほうだと思っていた。ローラは、マーガレッタの見事な髪と無鉄砲な性格にとてもあこがれていたのだ。ローラが前回ヒースリップ家を訪れたときから大きく変わったのは、マーガレッタがブレイの寄宿学校に入学したことである。その学校は娘ふたりの母親たちが出会った場所だ。「リンダ・ダーネルよりもマーガレッタのほうがきれいだよ」ローラがそうつぶやいた。そのことばは本心だった。

娘ふたりは照れくさくて、ド・クーシー家の屋敷までもう一度自転車で行く勇気が出なかった。はじめのうちは、ふたりの内面で恥じらいがそれほど強くなっているのに気づかなかった。ところが二年前の夏のあの暖かい日のことを、ふたりで話し合っているうちに、あんなことは二度と繰り返せないと悟った。白いソックスと麦わら帽子をかぶったふたりの子どもがおしゃべりを楽しみ、くすくす笑いながら並木道を自転車でこいでいく——今あれを繰り返すのはあまりにもみっともなかった。ところがある晩、ド・ルックスで『サンダーロック』を見ていたとき、娘ふたりの二列前に、ラルフ・ド・クーシーがブロンドの髪の娘と並んで座っているのを見つけた。「まさかマーガレッタとローラ?」映画が終わったとき彼が声を掛けてきた。そしてふたりは通路で彼と対面した。「そうです」ローラは自分の顔がまっ赤になっているのがわかった。マーガレッタのほうをちらっと見ると彼女も赤くなっていた。

「妹だよ」と彼が紹介した。「ヘーゼルだ」

マーガレッタが口を開いた。

「わたし、あなたに会ったことあると思うわ、ヘーゼル。何年も前、わたしたちがまだ子どもだった頃」

「わたしも覚えてるわ」

「こちらはお友達のローラ」

「ふたりで来て下さった日のことは聞いてるわ。ラルフ以外、パンチズタウンへ出かけていて留守だったのよね」

「君たちは二度と来てくれなかった」いつもの笑顔を浮かべながら、彼はとがめるようなことを言った。「また来るって言ったのに」

「ローラは、去年の夏は来られなかったの」

「ひとりで来てくれてもよかったのに」

マーガレッタはまた顔を赤らめて笑った。

「ひどい映画だった」と彼が言った。「チケット代を捨てたようなもんだね」

「ほんと」ローラが相槌を打った。だが本心ではそれほどひどいとは思っていなかった。「ほんとにひどい映画だったわ」

ド・クーシー兄妹は、「非常事態」時代の名残を残す、プロパンガスで走る自動車に乗ってきていた。ローラとマーガレッタの目には、車体後部に何やらの装置がついているだけで、その車は普通の自動車と変わらないように見えた。夜の空気は暖かかったけれど、ラルフは運転席に乗り込む前にマフラーをしてオーバーコートを着込んだ。母さんとは違って、このひとはまだ健康になったわけじゃないんだとローラは思った。

「いつかテニスをしに来て」ラルフの妹が誘った。「朝来てくれれば一緒にお昼が食べられるから」

「金曜日がいい」と彼が言った。

「夫は眼科医なの」大聖堂のドームの下でローラが語る。

「うちのはラジオの部品をつくってるわ」

マーガレッタは町に住み続けてシュルマンという男と結婚し、彼は一九五五年に工場を設立した。

彼もシエナに来ているが今はペンシオーネで休んでいる。子どもは三人いて、皆すでに成長している。

「あなたは結婚してるだろうなと思ってた」とローラが言う。

「わたしも同じこと考えてた」

眼科医はどんな風貌をしているのだろう？　シュルマンはやせているか太っているか？　ローラは思い出す——マーガレッタの髪が枕の上に広がって月明かりに照らされていた場面。ド・ルックス活動写真館は熱せられたセルロイドと吸い殻が混じった匂いがする、と彼女が言ったこと。バリー軍曹のことをおもしろがって、ふたりでくすくす笑いあったこと。もしふたりの友情がずっと続いていたとしたら、それぞれの人生はどれほど違っていただろうか？　大勢の観光客がいる場所で立ち話をしながら、ローラはふいに、娘ふたりが友情で結ばれていた頃のきずなは、今しがた教えあった夫とのつながりよりもはるかに強かったのだと悟る。そして、ふたりが自転車をこいでいく姿を思い起こす。ふたりのサンダルと白いソックスからリボンのついた麦わら帽子までじろじろ見つめた、バリー軍曹の好奇心むきだしの両眼。ピンクのストライプ模様が浮き出たソファーに座って、「ルドミラ」とつぶやいたマーガレッタの姿。ローラは考える――友情っていうのは大切であればあるほどもろいのかしら。マーガレッタも思いを凝らす――過ぎ去った三十八年のあいだに友情は見る影もなく面変わりしてしまった。ふたりは今や周囲のひとびとと区別がつかない観光客で、見知らぬ群衆に混じった見知らぬ人間同士になりはてている。

テニスパーティーが開かれる金曜日、ふたりは早めに出発した。だがあいにく、ド・クーシー家の屋敷に到着すると同時に雨が降り出した。他にも客がいて、テニスを楽しむつもりでやって来たヘーゼル・ド・クーシーの友人たちもいたが、雨がいつまでも降り止まないので所在なさそうだった。やがて誰かがホイストをやろうと言い出すと、会の趣旨は客たちが最初に期待していたのとは違う方向へ横滑りしてしまった。客間の暖炉にはあかあかと火が燃えて、十一時にお茶とマリエッタ・ビスケットが供され、一時に昼食が出され、四時にはお茶とケーキにバターつきのパンとスコーンが用意された。ラルフ・ド・クーシーは昼食後しばらく休憩を取った後、愉しみの輪に加わった。彼はぽつんとたたずむマーガレッタに話しかけ、ブレイの寄宿学校の建物や校庭や食事などについて質問した後、つらいことはないか尋ねた。

「ええ、大丈夫」マーガレッタはそう答えてから、校舎に改装される以前は屋敷の舞踏室として使われていた、大集会ホールのようすを説明した。かつては温室として使われ、今は上級生向けの談話室になっている部屋にはすきま風が吹き込んでくる。松材でできた幅の狭い整理棚と旧式の洗面台を脇に従えたベッドが何列も並ぶ、共同寝室は寒くてわびしい。校長先生と副校長先生は姉妹で、ツイードのスカートとセーターを着ていて、その上にネックレスをしている。食事なんかまずくて食べられたものじゃありません。

「かわいそうなマーガレッタ」とラルフがつぶやいた。

彼女は、本当はそれほど悲惨じゃないと言いかけた。だが同情されるのが心地よかったので黙っておいた。ラルフは、まずい食事をしたり、校長先生と副校長先生に礼儀正しく話しかけたりしているマーガレッタの姿が目に浮かぶようだと言った。彼女は暖かい身震いを感じた。頭に感じたのか体に感じたのか、さだかではなかったけれど、それは甘美な興奮で、ふいに目を閉じたくなった。

「これから先、君があの学校にいる姿を想像できるだけで」とラルフが言った。「ぼくはとてもうれしいよ、マーガレッタ」

四時のお茶の後になって雨がようやく止んだ。でもテニスコートが水浸しなので、テニスはあきらめるしかなかった。パーティーはじきにお開きになった。ふたりはほとんどことばを交わさずに――ヘーゼル・ド・クーシーの友人たちについて印象を述べあったりもせず――自転車をこいで町まで帰った。夕食の時、ドクター・ヒースリップにラルフ・ド・クーシーの様子がどうだったか尋ねられたときでさえ、ふたりとも最初は口を噤んでいた。一呼吸置いて話しはじめたのはマーガレッタだった――ラルフはいつものように休憩を取ってはいたけれど、ずいぶんよくなっているみたい。毎日少しずつ快方に向かっているって。このぶんでいけば、もうじき他のみんなと同じになると思う。

ローラはハムとサラダを細かく切り分けながら、今日一日が彼女に残した意味とぶつかる話が耳に入ったら嫌なので、何も聞きたくないと念じていた。ド・クーシー家からの帰り道は太陽がぽかぽか照って気持ちがよかった。濡れた牧草地と生け垣は屋敷で起きたことを祝うかのような美しさを見せていた。「手紙のやりとりができたらいいな」ローラとふたりきりで話しているときにラルフが提案した。イングランドやアンスティー・ライ、彼女の母親について、彼はいろんな質問をした。いつにも増してにこやかで、その微笑みがローラへのご褒美のように感じられたので、彼女は浮き浮きした。

「今まで気づかなかったんだけど」マーガレッタが二、三日後につぶやいた。「自転車をこいで初めてあの屋敷へ行った日に、わたしは彼に恋してしまったんだよ」

娘ふたりは町のすぐ外側のさえない道路を歩いていた。マーガレッタは、フルフが彼女の学校についていろいろ尋ねたことは黙っていた。秋以降、君の学校生活を思い浮かべてみたいから、と彼が言い、学校暮らしのなんでもない細部に興味を示したことも、ローラには語らずにおいた。マーガレッタが口を噤んだのは、ローラもラルフに恋しているのを知っていたからだ。ローラは口にこそ出さなかったものの、ひと目見ればすぐにわかった。だから彼がマーガレッタに、わびしい共同寝室や大集会ホールに改装された舞踏室のことを熱烈な勢いで尋ねたと知れば、ローラは深く傷つくに違いないと思ったのである。

「うん、当然だよね」とローラが言った。「彼はとても素敵だもの」

それ以上何も言えなかった。さよならのあいさつをしたとき、ラルフはローラの手を、ずっと離したくないと言わんばかりに強く握りしめた。彼の深い茶色の瞳が彼女の瞳をとらえたとき、彼女はそのまなざしを決して忘れないと思った。キスされたも同然だった。「秘密は守れるかな?」と彼が尋ねた。「どうかな、ローラ?」彼女はただこっくりとうなずいた。彼のいわんとするところは、ふたりの心のつながりをふたりだけの秘密にしておこうという意味だった。ローラも彼と心をひとつにした。

「わたし、彼ってつくづくすばらしいひとだと思うんだ」マーガレッタが我が物顔でそう言った。

「うん、ほんとにそうね」

もう九月だった。ふたりはそれ以上彼のことを話し合わなかった。一週間もしないうちにローラはイングランドへ戻り、それから二、三日後、マーガレッタは新学期がはじまるブレイの寄宿学校へ戻っていった。

君の姿がくっきり見える、と彼が書いてきた。**君のことを想って、どうしているか考えている。あの日庭で過ごした時間を、ぼくは決して忘れないだろう。昼食に食べたあの缶詰スープの味さえ、ときどき思い出している。ぼくはあんなふうに中座して休憩しなければならなかったので、君にどんなふうに思われたか今でも心配になる。ぼくは不作法だっただろうか？　お願いだから返事を下さい。そしてあなたは不作法じゃなかった、わたしは気になんかしていない、と書いて下さい。ぼくはクッションの脇に君の顔を思い浮かべながら休息を取った。**

彼の求愛は無駄にはならなかった。ブレイとバッキンガムシャーで、娘ふたりがそれぞれに有頂天になって愛を捧げたのだから。とはいえ娘たちは、お互いがやりとりする手紙の中ではラルフ・ド・クーシーや彼からの手紙のことには一切触れなかったので、それぞれに寂しさを抱えてはいた。**雨が降ったのはうれしかった。というのも、ぼくは本当はあまりテニスができないからだ。ああ神よ、君と一緒にブナの林を散歩できたならどんなにいいだろう！　ぼくたちがはじめて会った日、君はぼくが死の扉口に立っているように見えたかい？　ぼくはあの日、君はぼくのもとへ遣わされた天使だ、と自分自身に言ったんだ。ド・ルックスで出会えたのは奇跡だよ。君もそう思った？**

返事を下さい。君から届く手紙を愛しています。

ブレイとバッキンガムシャーで、娘ふたりはそれぞれに彼から届く手紙を心待ちにしていた。手紙が舞い込むやいなや、上級生向け談話室のテーブルから、そしてアンスティー・ライの家の玄関の帽子外套掛けのトレイから、娘ふたりはひったくるように持ち去った。そうして手元近くに手紙を隠しておき、思いが募ったときには取り出してキスした。**休暇がはじまったらお訪ねしましょうか？** マーガレッタが返信を書いた。**それともお父様のガス自動車で町までいらっしゃるなら、ド・ルックスへご一緒しましょうか？ 本当のことを言うと休暇まで待ちきれないのです。十二月十六日。**

これらの提案に対してただちに返信が届いた。マーガレッタとラルフの関係は秘密である。マーガレッタがド・クーシー家を訪問した場合、ふたりの関係を家族の目から隠し通すことはできるだろうか？ 家族が例の、無理が掛かるということばを持ち出して、映画館へ行くなどもってのほかだと言い出すのではないか？ **親愛なるマーガレッタ、ぼくたちはもう少し待たなくてはならないと思う。少し待って下さい。今しばらくは手紙のやりとりだけにしておきたいのです。**

十二月十八日、マーガレッタは矢も盾もたまらず自転車をこいで町を出て、ド・クーシー家の屋敷へ向かった。寒い朝だった。生け垣に厚い霜が降りて牧草地が美しく真っ白になっていた。彼女はただ、彼の姿をひと目見たかったのだ。

どれほどの騒ぎになったか簡単には言い表せない。彼は何週間も経ってから、ローラへの手紙にそう書いた。**ぼくが感じた悲しみがどれほど大きかったかも言い表せない。自転車用ズボンを履いた彼女は滑稽なほどどかさばって見えて、情けなかった。どんなにひいき目に見ても、わが家の者た**

ちの目には泥棒にしか見えなかったんだ。いったいどうして彼女は家へやってこようなんて思ったんだろう？

　バリー軍曹がシャクナゲの植え込みの中でマーガレッタを見つけた。そして、すすり泣いている彼女を屋敷へ連れて行った。「あらまあ、マーガレッタ！」玄関ホールで気持ちを立て直そうとしている彼女を見て、ヘーゼル・ド・クーシーが声を上げた。マーガレッタは、ちょっと通りかかったのでとつぶやいた。

　彼女は君と一緒に来たときとは別人のように見えた。もっともあのときは君が一緒だったせいで違って見えたのかも知れないけれど。玄関ホールに突っ立っている彼女を見たら、誰だって絶句したと思う。ぼくは彼女に背を向けて二階へ上がった。他にどうすることができただろう？

　マーガレッタはみじめに打ちひしがれて、四角広場《スクエア》に面した自宅へ戻った。そしてただちに手紙を書いて謝罪し、説明しようとした。だがとうとう返事は来なかった。彼女は自分を慰めるすべもなく、休暇の間じゅうずっと食べ物が喉を通らなかった。ブレイの寄宿学校へも手紙は届いていなかった。ラルフ・ド・クーシーからマーガレッタに宛てた手紙は二度と来なくなった。

　ばかげてる、と妹が言った。酷だとは思いながらぼくも同感だ。美しさのかけらもなかった。まっ赤なほっぺたをして、みっともないなりをして。マーガレッタが愚かだなんて考えたことなかったのに。

　ローラはこの手紙を読んで胸が痛み、マーガレッタに短い慰めの手紙を書けたらどんなにいいだろうと思った。かわいそうに彼女はあの朝、勇気を貸してくれる親友もなしにひとりで自転車をこいでいったのだ。ド・クーシー家のひとびとの目には、マーガレッタは恋煩いにさいなまれた娘としか見えなかっただろう。でもきっと、夏になればマーガレッタの心の傷も癒るだろうから、彼女に優しく告げることができるだろうとローラは思った――「ごめんなさい、わたしとラルフは愛し合っているの。秘密っていつまでも秘密にしてはおけないものね」と。

ところがいざ夏が来てみると、予想とはまるで異なっていた。その年の二月、ラルフ・ド・クーシーからの手紙がぷっつり来なくなったのでローラは気を揉んでいた。そうやってかれこれ一ヶ月も過ごした頃、マーガレッタからそっけない手紙が届いた。**伝えておいたほうがいいと思うので書いてます。ラルフ・ド・クーシーが死にました。**

その夏、マーガレッタとローラは十六歳になった。ここ数年、闇取引に手を出していたミスター・ハーンは捕まることもなく、まっとうな商売に戻っている。「肉と女に無理強いは禁物だよ」いつもの口癖をつぶやきながら娘ふたりを見る、彼の目には好色な光が宿っている。ド・ルックスでふたりは『陽気な幽霊』と『青の恐怖』を見た。ローラは、ラルフ・ド・クーシーの墓がどこにあるのか尋ねた。

「さあね、知らない」とマーガレッタが答えた。「道端にでも埋まってるんじゃない。わたしの知ったことじゃないよ」

「わたしたち、彼のこと好きだったじゃない」

「見かけ倒しだった」

「彼は死んだのよ、マーガレッタ」

「死んでくれてうれしいよ」

マーガレッタはまだ、身を切るように寒かったあの朝、自転車をこいで彼に会いに行ったときのことを、ローラに話していなかった。激しすぎる心変わりの理由を彼女が説明しなかったので、話して欲しいとローラが言った。

「どうしても知りたいっていうのなら、何が起きたか教えてあげるよ」

マーガレッタはそう口火を切ってから、ラルフ・ド・クーシーから手紙が来るようになったいきさつを語った。多いときは週に二、三通もブレイの寄宿学校へ手紙が届いたのだという。

「他意はなかったのよ、ローラ。彼の姿をひと目見たかっただけ。夜行けばよかったなんて言わないで。片道九マイルもあるんだから」

ローラはほとんど聞いていなかった。「手紙って言ったよね？」沈黙を破って彼女が言った。「ラブレターってこと？」

ふたりはマーガレッタの寝室で話していた。マーガレッタが化粧テーブルの引き出しの鍵を開けて、赤いヒモで結んだ手紙の束を取り出した。

「読んでもいいよ」と彼女が言った。「気にしないから」

ぼくはクッションの脇に君の顔を思い浮かべながら休息を取った。ローラが自分の寝室で読み、悲しさと懐かしさが入り交じった思いでアイルランドまで持ってきた手紙にあったのと同じことばが、そこにあった。**君はぼくのもとへ遣わされた天使だ、と自分自身に言ったんだ。**

「一秒で蒸発してしまう愛なんて」とマーガレッタが声を上げた。「いったい何だったんだろう？わたしがしたことは間違っていたのかな？」

手紙の束は化粧テーブルの引き出しに戻され、鍵が掛けられ、鍵はフリルつきのテーブルクロスの下に隠された。ローラは化粧テーブルの鏡に映った自分の顔を見た。おしろいをつけたみたいに真っ白になっていた。体から力が抜けるのを感じて、今もし立ち上がったらきっと失神してしまうと思った。

「彼から届いた古い手紙なんか、なぜとってあるんだろう。自分でもわからないよ」とマーガレッタが言った。「ほんとにもう」

ローラにとって、ばかげた行為をしでかしたのが自分ではなくマーガレッタだった、という事実は全然慰めにならなかった。彼が死の前日まで手紙を送り続けた相手がマーガレッタではなく自分だった、という事実も慰めにはならなかった。彼が綴り続けた恋心の告白は、今ではまがい物にしか思えなかった。

「でもわかってることがひとつある」とマーガレッタが言った。「わたしが彼を愛し続けていくっていうこと。ずっと愛していくんだ」

わたしもよ、とローラが心の中で言った。味わされた苦しみは耐えがたかったし、彼がなぜあんなことをしたのかも理解できないままだったが、彼女は彼を愛し続けていこうと思っていた。ひとりより、ふたりの女の子のあこがれを手玉に取るほうが、いっそうおもしろかったということ？彼は他人の苦痛をもてあそぶ残忍なひとだったということ？

「わたし、頭が痛い」とローラがつぶやいた。「ちょっと横になるね」

ローラにとってそれからの日々は、マーガレッタが無鉄砲なふるまいをした後の日々と同じくらい耐えがたいものになった。ドクター・ヒースリップは、わが家の客人はやつれて見えるね、と二度も言った。ローラは笑みを返すことしかできなかった。「わたしは大丈夫だよ、ほんとに」マーガレッタはローラがふさぎこんでいるのを自分への同情だと解釈したので、そう言って安心させた。

「もうすべて終わったの。彼は死んでしまったんだから」

ラルフは、ド・クーシー家の屋敷から一マイルばかり離れたところにある教会墓地に埋葬されている――ローラはマーガレッタからそれだけの情報を引き出した。ある日の朝、夜明けの光がかすかに輝きはじめる時間に起き出したローラは、マッティ・デヴリンが毎日ドクター・ヒースリップの車を出す車庫の木製扉を押し開けた。そして自転車をこいで田園地帯へ向かった。日が昇るにつれて、ただの影だった木々に緑の葉が茂り、生け垣や牧草地がほどけて色を獲得し、夜が隠していた石塀や門扉の細部がふたたび姿を現した。教会墓地の周囲ではミヤマガラスがやかましく鳴き、ラルフ・ド・クーシーの墓の上には生花が置かれていた。ローラにはそれが、マーガレッタが密かに手向けたものだとわかった。ローラもスイカズラを摘んで、死者の頭のあたりの地面に置いた。それからひざまずいて、彼の名前を口に出した。彼に宛てた手紙に何度となく書いた名前だった。いろんなことがいまだに理解できなかったけれど、彼を愛さずにはいられなかった。

「行ったのね。行ったんでしょう?」マーガレッタが詰め寄った。「真夜中に行ったの?」

「朝早く行ったのよ」

「わたしがばかなことをしでかす前には、彼はわたしを愛してたの、わかるっしょ。手紙をたくさんくれてたんだから」

夏は知らぬ間に過ぎていった。娘ふたりは以前ほど語りあわなくなった。ふたりの間に、ていねいな言動とうわべだけの微笑みが忍び寄った。昔がなつかしくなったけれど、ふたりともそれをことばにはしなかった。ローラがイングランドへ帰る前日の夜、マーガレッタが言った。

「今年の夏は、わたし、あなたが嫌いだった」

「嫌われる理由なんてないよ、マーガレッタ」

「彼のせいだよ。なんでかわからないけど」

「でもわたしはあなたを嫌ってないよ、マーガレッタ。嫌いになれるはずないもの」

「それならよかった」

「マーガレッタ、悲しまないで」

ローラはなぜ本当のことを打ち明けられなかったのだろう？　彼が仕掛けたゲームの中で、彼はアンスティー・ライのことも洗いざらい知りたがったんだよ、とどうして言えなかったのだろう？　静かな明け方とかミヤマガラスの鳴き声とか、スイカズラの花とかいう、当たりさわりのない話をする暇があったら、わたしがした墓参りはマーガレッタがしでかした愚かな行為よりもみっともなくて意気地なしな行動だった、とはっきり言うべきだった。マーガレッタは娘らしい機転を利かせて、彼が墓場へ行ってしまう前に会いに行ったんだもの、と。

「マーガレッタ……」

ローラはぐずぐずしてその先が言えなかった。するとマーガレッタが口を開いた。

「あなたが彼の墓へ行ったのを、わたしは永遠に許さないよ」

「さよならを言いに行っただけなのに」

「彼が手紙を書いた相手はわたしなんだから」

ローラはこの瞬間、あなたと同じくらいわたしも恥をかかされたんだよ、と言おうとした。自分たちの愚行を告白しあってしまえば、これまで他のたくさんのことについて大笑いしてきたのと同じように、ラルフ・ド・クーシーの一件についても、ふたりして最後には大笑いできるのじゃないか、と彼女は考えた。マーガレッタの寝室で一晩の半分ほども語りあえば、しつこくつきまとう苦しみを追い払うことができるのじゃないか。

「マーガレッタ」ローラはもう一度口を開いたものの、ついに話ができずに終わった。

ド・ルックス活動写真館は閉館した。ミスター・ハーンは死去した。ミセス・エルドンの唇は徐々に小さくなり、やがて彼女も亡くなった。だがコフィーズの店内にはあいかわらず心地よい紙の匂いが漂っているし、マーフィーズではバニラとブドウの混ざった香りを嗅ぐことができる。ハガネ《ワイリー》のボーハンとケイティには、今では孫がいる。

「でもね、そんなに変わってはいないのよ、わかるっしょ」

ドクター・ヒースリップとミセス・ヒースリップが健在かどうかについては、マーガレッタが話題にしないのでわからないままだ。たくさんの名前を挙げていく彼女の声には張りがない、とローラは思わずにいられない。マーガレッタの顔立ちそのものに、失われたものへの哀悼があらわれている。今さら遠い昔の話をしてもおもしろいはずがない。マーガレッタの鈍感な日々をうかがわせる肥満と生彩のなさにめざとく気づいたのは酷だった。ローラのほうから手をさしのべてキスをすべきなのだが、そんなしぐさは嘘を上塗りするだけだろう。

マーガレッタの心に今浮かんでいるのは、毎年墓に供えた生花と、ローラのことを思い出すたびに感じた苦い気持ちである。彼女はド・クーシー家の遺族に気づかれるかもしれないことなどおかまいなしに、自転車をこいで墓地へ行き、彼の墓の雑草を抜いた。その習慣をやめた当初は自分の不誠実さに心が痛んだけれど、痛みは時の流れとともに消えた。

　ローラの胸中には書こうとして書き上げられなかった手紙や、自分自身への失望といった罪悪感の記憶がぐずぐずと居座っている。**親愛なるマーガレッタ**――自分がおこなった裏切り行為を和らげてくれることばがきっとあるはずだと確信して何度も書きはじめ、そんなことばなどないと気づいていつも中断した。マーガレッタが墓参りをやめたのと同じように、ローフもやがて、手紙を書こうとむなしく努力する習慣を捨てた。

　無言のまま、ふたりの間に悔恨が行き交う。肩をすくめるような笑みをやりとりするだけだ。うぬぼれ屋のラルフ・ド・クーシーが、娘ふたりの激しい恋心を利用して自分自身の記念碑をこしらえようとしたのならば、中年を迎えたふたりが今ここで出会ったのも偶然でないかも知れない。スズメバチそっくりの縞模様で飾られた大聖堂は皮肉な勝利を反映している。とはいえ今や、彼の勝利は空《うつ》ろになった。流れ去る年月がドラマを奪い、無惨な仕打ちが生んだ混乱の渦もいつしか鎮まったのだから。ラルフは死の人質になって久しい。恋をするだけの体力がなかったせいでふたりの娘に小手先の奇術を見せた男は、ずっと昔に亡霊になってしまった。かつて娘だったふたりは、別れる前にもう一度だけ微笑みを交わす。

旅の栞――訳者あとがきにかえて

ウィリアム・トレヴァーの短篇小説の中から〈旅モノ〉を選んで収めた、『異国の出来事』をお届けする。

オールタイム・ベスト・コレクションをめざした『聖母の贈り物』、アイルランドをめぐる短篇を集めた『アイルランド・ストーリーズ』に引き続き、独自編集による三冊目の短篇集を国書刊行会から出すことができたのは、前の二冊を読んで下さった方々から力強い応援をいただいたおかげである。まずはじめに、この本を手にとって下さったあなたに感謝を申し上げたい。

アイルランド以外を舞台にしたトレヴァーの短篇を集めたアンソロジーとしては、著者自選による *Outside Ireland: Selected Stories* (Penguin Books, 1995) がある。「著者自身が個人的に会心の作とみなす作品を集めた、というよりは、『短篇全集』(*The Collected Stories*, Penguin Books, 1992) から代表的なものを集めた一冊である」とだけ述べた、簡潔な「著者覚え書き」を付したこの本には、十七篇の短篇小説がおさめられている。そのなかには、すでに『聖母の贈り物』に収録した「トリッジ」「こわれた家庭」「イエスタデイの恋人たち」が含まれている。*Outside Ireland* はトレヴァーの小説世界の幅広さを物語るアンソロジーではあるけれど、舞台がアイルランド以外であるということ以外、作品群に共通したテーマがあるわけではない。

『異国の出来事』の収録作品を選ぶさいには〈旅〉という補助線を引いて、*Outside Ireland* との差異化をはかった。『アイルランド・ストーリーズ』にはトレヴァーの母国であるアイルランドの土地と歴史に根を張った作品を集めたので、『異国の出来事』では、移動するひとびとを描いた作品を集めてみようと思ったのである。結果的に、*Outside Ireland* 収録作から七篇（「サン・ピエトロの煙の木」「ザッテレ河岸で」「帰省」「版画家」「ドネイのカフェでカクテルを」「家出」「三つどもえ」）選び、その他に新旧取り混ぜて珠玉の五篇を加えた。

なおウィリアム・トレヴァーの経歴と背景、作風の特色などについては、『聖母の贈り物』の「訳者あとがき」に詳しく書いておいたので、ごらんいただけたらうれしく思う。

＊

『異国の出来事』には十二の旅の物語をおさめてある。夫婦の観光旅行、父と娘の旅、転地療養にやってきた少年とその母、家出、帰省、旅先での男女の出会い、旧友どうしの再会など、旅の形はさまざまである。旅の舞台もスイスの湖畔、イタリアやフランスのリゾート地、ヴェネツィア、シエナ、フィレンツェ、パリ、イングランドの鉄道、イランの古都、アイルランドの田舎町など変化に富んでいる。どの旅の物語もいきなり読んでもらえばいい。登場人物たちがくりひろげる喜怒哀楽の世界に浸るために予備知識は不要である。とはいうものの、いくつかの作品については注釈的な情報があっても邪魔にならないと思うので、メモふうに書きとめておきたい。

まず、「帰省」についてひとこと。小説の冒頭、寄宿学校の副寮母をしている女性と男子生徒が、それぞれの実家へ帰省するためにイングランドを走る列車に揺られている。たまたま帰る方面が一緒なので同じ列車に乗り、食堂車でテーブルを囲んだふたりがメニューを見ている場面。料理を選んだ後、少年が副寮母と自分のためにシェリーとビールを注文する。するとウェイターは一瞬押し黙り、何か言いたげに副寮母のほうへ目をやる。男子生徒はすかさず、「ぼくは十六歳半だよ」とウェイターに告げ、ワインもおまけに注文するという流れである。

このシーンに漂う微妙な緊張感をより深く理解するためには、イギリスにおける飲酒年齢に関する知識が役に立つ。なにしろ日本とはずいぶん違うのだ。まずイギリスでは、家庭内において、両親が同意であれば、五歳以上の子どもは酒を飲んでよい。パブやレストランで飲酒する場合は十八歳以上でなければならないが、十六歳と十七歳の子どもは大人が同伴しており、食事とともに飲む場合に限り、ビール、ワイン、サイダー（リンゴ酒）を飲んでもよいとされている。ただしその場合でも、子どもが酒を買うのは違法である。この規定を「帰省」の冒頭場面にあてはめれば、少年と副寮母とウェイターの間をよぎる一触即発の緊迫感を正確に読み取れるだろう。小説は、三人のやりとりが生む爆発寸前の危機を徐々に増幅しながら、読者を思いがけない目的地まで連れて行ってくれるだろう。

「ふたりの秘密」の原題はフランス語の“Folie à Deux”である。「二人組精神病」、「感応精神病」、「共有精神性障害」などと訳されるこの疾患は、精神性障害を持つひとと同居したり、親密な関係にあるひとが、障害を持つひとが抱く妄想や幻覚を信じ、共有するようになることを指す。小説に登場するふたりの中年男は幼少時の遊び友達である。彼らがまだ幼かったある夏、海水浴をしたときにふたりでおこなったなにげない遊びが他人に言えない結果をもたらし、「二人組精神病」を引き起こした。この物語を読むと、秘密の遊びの後遺症とおぼしき心のトラブルが、長じてからずっと別々に暮らしてきた男たちの人生を静かに、そして確実にむしばんだことが窺える。なおこの作品は、二〇〇八年、優れた短篇小説に与えられるオー・ヘンリー賞を受賞している。

「ドネイのカフェでカクテルを」は、旅先で出会った直後に消えたアメリカ人女性をイギリス人男性が探そうと試みる、ミステリー仕立ての短篇である。この作品を翻訳しながら、こいつはレイモンド・チャンドラーの『ロング・グッドバイ』へのオマージュかもしれないぞ、と気がついた。チャンドラーの小説の前半、「私」こと私立探偵フィリップ・マーロウに、メキシコの田舎町で自殺したと伝えられる行方不明の男、テリー・レノックスから手紙が届く。長いその手紙の終わりに近い部分を村上春樹訳で読んでみよう――

事件のことも僕のことも忘れてほしい。ただその前に〈ヴィクターズ〉に行ってギムレットを一杯注文してくれ。そして今度コーヒーを作るときに僕のぶんを一杯カップに注いで、バーボンをちょっぴり加えてくれ。煙草に火をつけ、そのカップの隣に置いてほしい。そのあとで何もかもを忘れてもらいたい。テリー・レノックスはこれにて退場だ。さよなら。（『ロング・グッドバイ』、ハヤカワ・ミステリ文庫、二〇一〇年、一三四ページ）

「ドネイのカフェでカクテルを」の舞台はフィレンツェである。消えた女ミセス・ファラデーを探す無名の男――旅行ガイドのライターをしている――には手紙など届かないし、ふたりがカフェで飲むのはギムレットではない。その上この男はハードボイルドがおよそ似合わず、マッチョになれないある事情を秘めてさえいる。ところが彼は、ミセス・ファラデーが「退場」した後、彼女の残り香が漂うドネイの店をひとりで訪れ、「彼女が好きだと言った音楽に耳を傾けた。そして本物の恋人のように、彼女に哀悼の意を捧げた」（本書二九八ページ）。男の後ろ姿を眺めていると、彼はトレヴァーがたくみにひとひねりしたフィリップ・マーロウではなかったかと思えてくるのだ。

「ザッテレ河岸で」の舞台は十一月初旬のヴェネツィアである。心の行き違いを抱えた父と娘がザッテレ河岸を歩く姿を想像しながら、ある年の「十一月も終り近い」頃、薄ら寒いザッテレ河岸を散歩したもうひとりの旅人を思い出した。須賀敦子である。彼女は生涯最後の作品集『地図のない道』の末尾におさめた「ザッテレの河岸で」のなかで、この河岸付近の水路名に残る〈なおる見込みのない人たちの病院〉に興味を引かれる。そして昔あったその病院に収容された、業病に命をむしばまれた娼婦たちに思いを巡らす。エッセイの最後のところで須賀はザッテレ河岸にたたずみ、対岸のレデントーレ教会を眺めている。心に去来するのは遠い過去の娼婦たちの祈りの視線だ――「人類の罪劫を贖うもの、と呼ばれる対岸の教会が具現するキリスト自身を、彼女たちはやがて訪れる救いの確信として、夢物語ではなく、たしかな現実として、拝み見たのではなかったか。彼女たちの神になぐさめられて、私は立っていた」（『地図のない道』、新潮社、一九九九年、一六〇―一六一ページ）。

他方、トレヴァーの「ザッテレ河岸で」の末尾では、ぐっと冷え込んだ夜の霧をかき分けるように、父と娘が急ぎ足でザッテレ河岸の宿へ戻っていく。気まずいふたりにとっては希望も救いも霧の彼方だ。とはいえ父娘はひと晩眠り、明日からも日々を生きていく。須賀敦子のエッセイと並べて読むと、この短篇の結末に漂う、生そのものに付随した深い慰めがきわだってくるように思われる。

「娘ふたり」には、それとは名指しせぬままにアングロアイリッシュの末裔の日常が活写されている。アングロアイリッシュとは、小作人の地位に封じ込められていたカトリック信徒が解放され、自作農が増えてくる二十世紀初頭までの間、英国植民地アイルランドの支配階級を少数で独占した、プロテスタント（英国国教会の流れをくむアイルランド教会）信徒のアイルランド人をさす。この小説に描かれた第二次世界大戦中から戦後の時代にも、彼らが特権階級だった頃の名残が消え残っている。無鉄砲で暢気なマーガレッタの父親は田舎町の開業医で、往診用の自家用車を持っている。彼女が恋に落ちるラルフは、維持する財力がなくなったとはいえ、重厚な家具調度品をしつらえた田園屋敷に住んでいる。マーガレッタもラルフもアングロアイリッシュの末裔なのだ。

　マーガレッタがイングランドから疎開してきた（当然プロテスタント信徒の）ローラに、「こんな町じゃ友達なんてできないよ（中略）この町の子たちはみんな修道女とかになりたいんだよ」（本書二〇九ページ）とこぼす場面がある。マーガレッタが孤独感を感じるのは、彼女が少数派のプロテスタント信徒であるせいだ。彼女はようするに、「近所の子どもたちのほとんどはかつて小作人だったカトリック信徒なので、将来、神父や修道女になることをめざしている子も多い。でもわたしは宗旨も育ちも違うので価値観が合わない」と言いたいのだ。マーガレッタが地元の学校ではなく、遠く離れたブレイ（ダブリンの南の海岸にある小さな町）にある寄宿学校へ進学するのも、宗派的・階級的な理由からに違いない。マーガレッタとローラの母親同士はその学校のかつての級友なのだ。

*

なお、各作品の収録短篇集は以下の通りである。

「エスファハーンにて」In Isfahan　*Angels at the Ritz*（1975）
「サン・ピエトロの煙の木」The Smoke Trees of San Pietro　*The Collected Stories*（1992）
「版画家」The Printmaker　*Family Sins*（1989）
「家出」Running Away　*The News from Ireland*（1986）
「お客さん」Le Visiteur　*The Hill Bachelors*（2000）
「ふたりの秘密」Folie à Deux　*Cheating at Canasta*（2007）
「三つどもえ」A Trinitiy　*Family Sins*（1989）
「ミセス・ヴァンシッタートの好色なまなざし」The Bedroom Eyes of Mrs Vansittart　*Beyond the Pale*（1981）
「ザッテレ河岸で」On the Zattere　*The News from Ireland*（1986）
「帰省」Going Home　*The Ballroom of Romance*（1972）
「ドネイのカフェでカクテルを」Cocktails at Doney's　*The News from Ireland*（1986）
「娘ふたり」Virgins　*The News from Ireland*（1986）

＊

今回の短篇集は旅をテーマに選んでみようと考えた当初から、『異国の出来事』というタイトルが頭に浮かんでいた。知るひとも多いかと思うけれど、「異国の出来事」というのはアメリカのシンガーソングライター、トム・ウェイツの歌のタイトルでもあり、一九七七年に出たアルバム『異国の出来事』の標題にもなっている。（念のためにつけくわえておくと、英語の曲名は“Foreign Affair”、アルバムタイトルは *Foreign Affairs* と芸が細かい。）

トム・ウェイツが歌うサワリの部分を日本語に吹き替えてみるとこんな感じになるだろうか——俺が知っていたたいていの流れ者は、本人がしつこく追い続ける当の相手を見つけたがらない。かんじんなのは追いかけることで捕まえることじゃないからだ。ただ追跡あるのみ。捕まえたって意味はないから、決して押さえ込んだりはしない。

放浪癖とは、「今」と「ここ」から刻々とすり抜けていく何かを追い求める、人生の癖みたいなものだろう。放浪の経験者なら体で知っている通り、すり抜けていく何かは決して押さえ込むことなどできやしない。だからこそ追い続けることに意味があるし、それが一生のしごとにもなりうるのだ。トム・ウェイツの歌をこんなふうにパラフレーズしてみると、八十歳を超えた今でも、小説という逃げ足の速い芸術を追い続けているウィリアム・トレヴァー（一九二八年生まれ）のことを歌っているように聞こえてくるから不思議である。

「異国の出来事」はストリングスをかぶせたピアノの弾き語りで聞かせるトム・ウェイツの渋い歌

声がすばらしいけれど、コーラスグループ、マンハッタン・トランスファーがアルバム『エクステンションズ』(一九七九年)でカバーしたバージョンにも別種の輝きがある。こちらはベルベットのようにつややかな男声と女声が掛け合いを繰り広げている。機会があったら聞き比べてご覧になることをおすすめする。

本書におさめた十二篇の小説は昔懐かしいLPレコードを意識して、最初の六篇がA面、後半六篇がB面という心づもりで配列しておいた。お好みの名唱をバックにグラスでも傾けながら、さまざまな人間模様に彩られた書物の中の旅をお楽しみいただければ、と思う。

なお「娘ふたり」と「ふたりの秘密」の翻訳稿の一部は、日本アイルランド協会文学研究会例会(二〇一四年一月二十五日と二〇一六年一月三十日、於立教大学池袋キャンパス)というセッションの場で披露する機会を得た。

この選集をつくるにあたっては前回同様、国書刊行会編集部の樽本周馬さんにお世話になった。本づくりをレコーディングにたとえるなら、樽本さんはさしずめレコーディング・エンジニアだが、録音とミキシングにおける彼の技術とセンスの良さのおかげで、今回も大船に乗った気分で〈旅〉を終えることができた。いつも楽しく仕事をさせてくれる樽本さんに心からお礼を申し上げる。

二〇一六年　二月一日、インボルグの日に　東京

栩木伸明

著者　ウィリアム・トレヴァー　William Trevor
1928年、アイルランドのコーク州生まれ。トリニティ・カレッジ・ダブリンを卒業後、教師、彫刻家、コピーライターなどを経て、60年代より本格的な作家活動に入る。65年、第２作『同窓』がホーソンデン賞を受賞、以後すぐれた長篇・短篇を次々に発表し、数多くの賞を受賞している（ホイットブレッド賞は３回）。短篇の評価はきわめて高く、初期からの短篇集７冊を合せた短篇全集（92年）はベストセラー。現役の最高の短篇作家と称され、ノーベル文学賞候補にも名前が挙がる。長篇作に『フールズ・オブ・フォーチュン』（論創社）『フェリシアの旅』（角川文庫）、短篇集に『聖母の贈り物』『アイルランド・ストーリーズ』（共に国書刊行会）『密会』（新潮社）『アフター・レイン』（彩流社）などがある。英国デヴォン州在住。

訳者　栩木伸明（とちぎ　のぶあき）
1958年東京生まれ。上智大学大学院文学研究科英米文学専攻博士課程単位取得退学。現在、早稲田大学教授。専攻はアイルランド文学・文化。著書に『アイルランド現代詩は語る――オルタナティヴとしての声』（思潮社）、『アイルランドモノ語り』（みすず書房、読売文学賞受賞）など。訳書にウィリアム・トレヴァー『聖母の贈り物』（国書刊行会）、コルム・トビーン『ブルックリン』（白水社）、ブルース・チャトウィン『黒ヶ丘の上で』（みすず書房）などがある。

装幀　中島かほる
装画　ヴィルヘルム・ハンマースホイ
“View of Gentofte Lake. Sunshower”（1903）

William
Trevor
Collection

〈ウィリアム・トレヴァー・コレクション〉

異国《いこく》の出来事《できごと》

2016年 2 月25日初版第 1 刷発行

著者　ウィリアム・トレヴァー
訳者　栩木伸明
発行者　佐藤今朝夫
発行所　株式会社国書刊行会
〒174-0056　東京都板橋区志村1-13-15
電話03-5970-7421　ファックス03-5970-7427
http://www.kokusho.co.jp
印刷製本所　三松堂株式会社

ISBN978-4-336-05916-1
落丁・乱丁本はお取り替えいたします。

ウィリアム・トレヴァー・コレクション

全5巻

ジョイス、オコナー、ツルゲーネフ、チェーホフに連なる世界最高の短篇作家として愛読されているアイルランドを代表する作家、ウィリアム・トレヴァー。天性のストーリーテラーの初期・最新長篇、短篇コレクション、中篇作をそろえた、豊饒にして圧倒的な物語世界が堪能できる本邦初の選集がついに刊行開始！

恋と夏　Love and Summer　谷垣暁美訳

孤児の娘エリーは、事故で妻子を失った男の農場で働き始め、恋愛をひとつも知らないまま彼の妻となる。そして、ある夏、1人の青年と出会い、恋に落ちる——究極的にシンプルなラブ・ストーリーが名匠の手にかかれば魔法のように極上の物語へと変貌する。トレヴァー81歳の作、現時点での最新長篇。

異国の出来事　Selected Short Stories Vol.3　栩木伸明訳

イタリアやフランスのリゾート地、スイスの湖畔、イランの古都など、異国の地を舞台に人間の愛おしさ、悲しさ、愚かさ、残酷さがむきだしになる——様々な〈旅〉をテーマにトレヴァーの名人芸が冴えわたる傑作を選りすぐった日本オリジナル編集のベスト・コレクション。長篇小説のような読後感を味わえる珠玉の全12篇。

ディンマスの子供たち　The Children of Dynmouth　宮脇孝雄訳

ダブリンの港町ディンマスに住む15歳の孤独な少年ティモシーは無邪気な笑顔をふりまく町の「人気者」だ。しかし、やがて町の大人たちは知ることになる、この無垢な少年が大人の事情を暴きだし町を大混乱に陥れることを——トレヴァー流のブラック・コメディが炸裂する1976年の傑作長篇（ホイットブレッド賞受賞）。

ふたつの人生　Two Lives　栩木伸明訳

施設に収容された女性メアリーの耳には、今も青年の朗読する声が聞こえている……夫がいながら生涯いとこの青年を愛し続けた女の物語「ツルゲーネフを読む声」、ミラノで爆弾テロに遭った女性作家が同じ被害者たち3人を自宅に招き共同生活することになる「ウンブリアのわたしの家」、熟練の語り口が絶品の中篇作2篇を収録。

オニールズ・ホテルにて　Mrs Eckdorf in O'Neill's Hotel　森慎一郎訳

かつては賑わいを見せたオニールズ・ホテルはなぜ薄汚いいかがわしい館になってしまったのか？　女性写真家アイヴィ・エックドルフはその謎の背後に潜むドラマを解き明かすべくホテルを訪れた。そして、ホテルを取り巻く奇妙な人々をアイヴィはカメラに収めていく……トレヴァー初期の代表長篇（ブッカー賞候補）。